新版　三ヶ島葭子全歌集

角川書店

明治 43（1910）年 9 月 1 日 葭子 25 歳。浅草にて

明治 40（1907）年 3 月 葭子 22 歳

明治 45（1912）年 3 月 小宮村尋常高等小学校卒業式、
高等科卒業生と共に。前列右より 3 人目が葭子

大正2（1913）年8月 右より
葭子、中川一政、倉片寛一

大正元（1912）年夏 東京府西多摩
郡小宮村尋常高等小学校勤務時代

大正2（1913）年3月24日 小宮村尋常高等小学校職員一同、校長官舎前にて。右より、三ヶ島よし准訓導、市川染之助訓導、久保訓導、長田良助訓導、河村与一校長

大正４（1915）年３月 原阿佐緒住居近くの内藤新宿にて。
左より、葭子、倉片みなみ、原保美、原阿佐緒

大正10（1921）年刊行・初版 歌集『吾木香』（東雲堂書店）。葭子の生前唯一の歌集

大正7（1918）年7月 宮城県宮床村の原阿佐緒邸の庭にて

大正10（1921）年9月 アララギ歌会。前列左より、島木赤彦、斎藤茂吉、古泉千樫ら。中列左より、葭子、2人おいて杉浦翠子、今井邦子ら

大正9（1920）年10月26日 東京市麻布にて。左より、
原阿佐緒、葭子、倉片みなみ、倉片寛一、石原純

昭和61（1986）年9月建立 中氷川神社
（所沢市三ケ島）境内にある、葭子の歌碑

大正 13（1924）年 8 月 18 日 葭子脳出血直前の写真。
左より、倉片晶子（夫の妹）、葭子、倉片みなみ、晶子友人

写真提供：所沢市文化財保護課

「三ヶ島葭子の会」の事

大河原惇行

ある日、所沢に用事があったのと言って、倉片みなみさんが来られた事がある。

お土産といって、小さな包みを手渡されたのであった。それは、炊いた零余子飯だと言うのである。しばらくは、雑談をして、時を過ごしたのであろうか。僕が一人でいたので、家の休みの日であったのかも知れない。

昼になったので、その零余子飯を食べたのである。

歓びながらも、黙って食べたのであった。

食べ終えたところで、「これだから大河原さんは、駄目なのだ。」と倉片さんが言ったのである。

その一言が今に忘れられない。

三ヶ島葭子の歌集が、角川書店から文庫本となるので、「三ヶ島葭子の会」を起こした日々の事を記憶に頼って書いて置きたい。

時と場所は覚えていないが、川合千鶴子さん（「明日香」編集人）に会った時に、三ヶ島葭子を母に持つ倉片みなみさんが、その資料を寄付したいそうなのだが、母の生まれた所沢は如何だろうかと思い悩んでいると言うのであった。僕もその心に共鳴して、協力すると約束したのであった。

取り敢えず、僕は、所沢にて歌を作っている幾人かに話し、協力をお願いしたのであった。当時、我妻泰（田井安曇）さんも、所沢に越してきていたので、いろいろと相談をした。

そして、皆さんと共に、所沢市と交渉したのであった。たびたび出かけたのであったが、倉片みなみさんの意向に、駅に近いところと言う条件があったので、困難であった。

そのような時に、当時の教育長から、「大河原さん、一つの団体を作って、交渉した方がよいのではないか。」と話があったのである。その助言に、そうかと考えて、皆に相談して出来たのが、「三ヶ島葭子の会」である。それからの事、多くの人の知るところであろう。

令和五年三月二十五日

凡例

一　本書は『定本三ヶ島葭子全歌集』（短歌新聞社）を底本とし、生前に諸雑誌に発表したものを中心として、年次により収集したものである。

一　掲載誌が不詳ながら、自選歌集『吾木香』に収録されたものも加えている。

一　更に全歌集の目的に添って、女子師範学校在学中及び、その後の日記の中に折々記されたものも、すべて収録した。

一　著者の日記の中に大正二年及大正八年に、歌稿下書きと思われる記載があり、その歌の中には発表された歌もあり、またその原型と思われる歌もあるが、すべて収録し、重複歌及び類似歌についてはその都度注をほどこした。

一　旧全歌集（立命館出版部）中の大正十年より昭和二年に至る未発表歌は、その時点で活字になっている発表歌とみなして、各年次の歌の最後にこれも収録した。

一　『吾木香』掲載歌は下に吾の符号を附し、旧全歌集の歌は全の符号を附した。

一　署名は、初期の頃に三ヶ島秋子、よし子、芳子、葭、西多摩、よし子などを用いたが、それらのものもすべて葭子の作品とみとめて本集に組み入れた。

一　発表年次は雑誌その他諸誌の発行年次によるので、制作はすべて、それより以前とみなされる。

一　旧全歌集の誤記は訂正した。

一　日記中の作品には『古今集』に類似した短歌もあるが、習作期のものとしてそのまま収録した。

一　収録作品には職業や障がい者を差別する言葉があるが、明治、大正時代にはこのような認識はなく、著者も故人であるため、発表時のままとした。

目次

明治四十五年（大正元年）　二二六首

大正二年　六六二首

大正三年　五四四首

大正四年　七七七首

大正五年　一八〇首

大正八年　三七五首

大正十年　三七四首

大正十一年　二六〇首

大正十二年　二〇九首

大正十三年　五六五首

装幀・DTP　南　一夫
装画　三ヶ島葭子
提供　所沢市文化財保護課

新版　三ヶ島葭子全歌集

明治三十五年　――五〇首――（日記より）

ゆきふれば木毎に花ぞさきにけるいづれを花とわけてを《ママ》かまし　（一月二十二日）

ふる雪は如何につもれど忌《ママ》ともせじ老いたる人の衣うたねば　（一月二十六日）

春まちて冬（五字不明）上のとぶ鶯とふぞうれしかりける　（一月三十一日）

きのふまでつもりし雪はかげもなく空うちかすみ鶯のなく　（二月十四日）

しろがねとてらすしら雪とけはてて空晴るれども月おぼろなり　（二月十四日）

峯白くのこれる雪をしりながらはるまつ色に雲雀まふかな　（二月十九日）

帰りゆく鳥のつばさも影きえて庭は木立のおぼろ月まつ　（二月二十一日）

みどり木の若葉につゆのおきそめて夕べすずしく蛙鳴くなり　（四月二十九日）

よひよひに雲間をすぎてつゆの間にはや望月となりにけるかな　（六月二十日）

学びやの窓にいつしか夏はきてあすはいでたつふる里の空に　（七月十九日）

かざしたる玉のさなへは植ゑられて田草とるなる笠ぞ見えける

もろともに学びし友と袖わかつあした待つらんふる里のはは

友垣とわかれし袖もわすられて故郷近き山ははれけり

日ぐらしの声もきこえてみどりなるはたにそひゆくむらさきの空　（七月二十四日）

まちわびてけさぞ晴れたる大空に夕べの風の殊にすずしき

暑けさに草葉しほるる頃なるをけふも雨にぞうたれけるかな　（七月二十九日）

久方の空にちぎりもなければや花咲きいでてぬるる姫百合

天つ星祝ふゆふべもくれ竹のふしもて千代やいはふなるらん　（八月一日）

山里は萩の下露おきそめてかくも涼しき風の立つらん

月かげは草の葉つゆとくだけけむこころしづけき夏のあけぼの　（八月二十八日）

一葉散る桐の木の間に日ぐらしの声する時ぞ秋風のふく

雨ごとに色見えゆきし木の芽とも思ほえぬまでしげる頃かな　（八月三十日）

水の色はいつもおなじく流るれどうつろふ草に秋風ぞ吹く　（八月三十一日）

さらぬだにわびしきものを秋の夜は虫の鳴く音に衣《ママ》ひかるる　（九月三日）

半ばなるこの月影のみちたらば尾花の袖に秋風のふく　（九月九日）

けさもまた雨とめざめしわびしさも打忘られぬ月のひかりに

朝つゆに咲きたる花のちりてこそさやけき月ぞやどる姫百合

朝風に木々のこずゑのうらみえて秋のみ空ぞかがみなりける　（十月八日）

学びやのまどゐの窓をひらき見てすむ月かげぞ楽しかりける　（十月十一日）

あはれとも見し月かげはかはらねどこよひの月のすむぞたのしき

土やけしあつさは雨の打けしてこころもきよく秋風のふく　九日十日頃

野分すぎし野辺を如何にといで見ればぬれし千草ぞさらにやさしき

よろづ木にまさるかたちもありながらはつ秋風にちるや桐の葉

秋きりの晴れてさやけきよひ月のおちゆく時ぞ虫の音しげき

秋草のみなとりどりに花さけどなく虫の音に心そしらる　九月十三日　北野より帰る時

野辺にさく千草はみえで尾花のみ風さへ月に見ゆるなりけり

みだれやすき心ぞ知らるかるかやのおくあさつゆの玉とならねば

長き日の暑さにやすむ暑はすぎていでゆく空に秋のあめふる

田の面より立つ秋風に空晴れてゆふべの月に太鼓うつなり

ききなれし軒ばの虫も今宵のみと枕に近く心ひくなり

さなへとりし頃もしらるる雨晴れてみづほにやどる月ぞさやけき　（十月十七日）

にひしねの神にささげしけふよりぞ月にまことの秋もしる《ママ》れぬ

かすみさり夏の木立も枯れそめしかく月かげのきよくすむらむ　（十月二十日）

虫の音のかれゆく庭に月ぞすむ秋もいつしか末となりけむ

くれてゆく秋のみ空のくもりきてところしられぬいざよひの月　（十一月十四日）

つゆにそめしもみぢの上におく露の手にとり見れば色もしらつゆ

いとほそき月の姿や立田姫空まで染めぬくれなゐの色　（十一月二十七日）

朝な夕な文の林のしげければくも間の月ももるるひまなき

枝ごとにおち葉とどめてときは木ももみぢの衣ぞうちまとひける　（十二月二十三日）

けふはいかに明日はさかんとまつきくぞふかき香りは空にみちけり

明治三十六年　——六四首——（日記より）

冬の月　日記

木枯らしにふきさらされし月なれば冴ゆる夜寒く身にやしむらむ　（一月九日）

冬枯れし木立の風もたえはてて入日のあとに残る富士のね　（一月十七日）

こぞの雪のこれる峯をうちけしてそめし空にぞ日はおちにける　廿三日

ふみ学ぶまどの窓かけ吹き入れてふみよむ目にぞ初雪の見ゆ　（一月三十日）

まちわびし木々の梢にむつの花さくかちるかのわかちなきまで

きのふかもわか葉しげりしまどのとに真白き花ぞかぎりなく散る

山里の雪のけしきやいかばかりやねさへかくもうるはしければ

一すぢに学びの道をゆきながら雪降る里ぞなほ思ひける

雪とけておつる軒ばの雫にぞ月の光りのくだけちるかな　（一月三十一日）

かぎりなくおぼしき空をふり来り松の雪これわきて白けれ　（二月三日）

わか竹の雪にたわめどみどりなる心の色はかはらざりけり
をとこにもまさる心の見ゆるかな雪なげ遊ぶそのいさましさ
ひねもすに雪降る里の山見れば鳥のつばさのかげ一つなき
をちこちに残れる雪のかがやきてみ空の風にとけやしぬらむ　（二月十一日）

山里の軒ばの梅もかをるらむくまなくわたるけふの春風
よべまでもくもりし空の朝風にはれわたりたるけふのうれしさ
かしこきにさきなん梅の一枝こそかをらぬさきにちらされにけり　（二月十五日）

梅が香にまよひし空の月かげのしろきすがたにかすみまとひぬ　（二月二十二日）

あけがらす一こゑつげし霞よりたえずきこゆるうぐひすのこゑ　（三月二十三日）

いにしへの人のすみける山の穴つづく軒より眺めけるかな　（三月二十九日）

野に山にかすみの中にまよひつつ学びの友と遊ぶたのしさ

梅の花ちりそめてより芝生なるみどりの色は見えそめにけり

何人か心つくしし宮殿のきざみの花に春はきにけり　紀元節

日のみはた立てしまがきのしらゆきはけふより色もみどりやすらむ

きのふかも波うちし稲の田をかりて春の日かげに若菜つみけり　（三月三十日）

なつかしき小川の流れ今日はしも親しき友と渡りけるかな

鶯のなくねにゆめのさめてより声たえざりき春の山里

うぐひすのしらべは更に清くしてこずゑのつゆやみどりなすらん

こけあをき岩間をいでし水なれば池さへ深くみどりなりけり　（四月一日）

たえ間なく清き流れにさらされつ光いでぬぞあはれなりける

ひねもすに摘みし若草洗ふとき月もくだけて梅の花ちる

すぐる毎に絶えず桜の見ゆるかな川にそひゆく春の山路は　（四月四日）

わがすみしあとをしとへば春風のなみうてるのみ麦のみどりに

さいつ年若菜あらひし谷川はおなじ姿に流れたるかな
山の色は未だみどりのあさけれど桜は今ぞさかりなりける
もろともに遊びすみける川のわかれても又あひやしぬらむ
この雨にまちしわらびもいづるらん今はいで立つ袖ぬるるなり（四月六日）
吾はされど春は今よりさかゆなりなほ朝毎になけや鶯
明日を待たでいでよ早わらび今日の外この野に遊びくることやなき
月かげは花にくもりてわがせどに（せどの田に）かじかさやかになけるなりけり
秩父ねはいつかかすみてくまがやのつつみの上に桜木のもと（四月七日）
いにし年わらびをりける秩父嶺は又もゆかしきかすみまとひぬ
わらべらは若草のうへに遊べるをふりわけがみにさくらちるかな（四月十九日）
かりいねのつみしかなたに見えし山はふもともみねも打かすみけり
みどりせし若葉の上に春雨はこがねのつゆやおきしなるらん

はるの夜のふく風きよく夕ぐれに妹と遊びし頃ぞ思はる　（四月二十四日）

あさごとに花をくすめてたきし火のほのほのかげになりしこの室　（四月二十六日）

雨すぎて（七字不明）そよぎよりたつ春風やかすみとくらん　（五月五日）

夕やけに冨士の高ねもうづもれてみそらに高く星かがやけり　（十一月十三日）

そめはてしもみぢの梢ぬけいでてよばふみ空ぞ打しぐれける　（十一月二十二日）

ちりしける庭のもみぢに月かげは冬のすがたに梢ねかせり　（十二月五日）

梢には色深かりし紅葉のちりたる庭に霜白きかな　（十二月十九日）

流れゆく月日によどむふちもなし人にはなどかうきしづみある　（十二月二十三日）

きのふかも秋のはじめと思ひしを今年も今は末となりけり

明日はとくかへらんものを一夜なるゆめにまづ見る父母のかげかな

こがねせしわらぞたかれてしろがねの田の面とかす畑となりしか　（十二月二十四日）

ふるさとの知れる家にぞかへるなるけふの旅路のわれのうれしさ

花もなき枯木なれども覚えある姿にわれをむかふなりけり
折々にとまる船さへまちかねて心はやくもいそぐ旅かな
はらからと遊べる庭の月かげはわかつかげさへおなじなりけり
あかつきのかねのひびきともろともに田の面にうつる朝日かげかな
（十二月二十七日）
枯れはてし尾花のかげは白けれどこぎゆく舟の竿みどりなり
（十二月三十日）
峰白き雪ももえなん夕ばえに羽ぶき寒く雁なきわたる
一年もくれゆくよひの月かげにはづる心ぞいとど寒けき
（十二月三十一日）

明治三十七年 ——一一首——（日記より）

あたらしき年の一日もくれそめて月さへ清くかがやきそめぬ　（一月一日）

としたちてみちくる潮もまさりけん白帆高くぞ見ゆる江戸川

かりがねはつばさをつなぐ竿きりて風にふかるる笛となすらむ

月清き夕べはゆめも惜まれて寒さにまさる光をぞ請ふ

雪白き富士の高ねの色までもあかねをそふる朝日かげかな　（一月二日）

有明の月の光ともろともに白くも見ゆる田づらなりけり　（一月七日）

雁がねのつばさにさえし有明の月にかかれるうすがすみかな

あたらしき年の始ともろともにあたらしきこと学ぶうれしさ

あかつちの土手のくづれに霜見えて枯れし芝生のねぞいとよわき　（一月十日）

あたたかき御心のみか師の君のいたつきいえしたよりうれしき　（一月十五日）

いたつきのとくおこたりしうれしさよ母ともあふぐわが師の君の

明治四十二年　——一三首——

女子文壇　明治四十二年四月号（第五巻第五号）

けさ雪はしろがねのこと枯草のかわきし上ぞかがやきにける

女子文壇　明治四十二年五月号（第五巻第六号）

鶯の巣とも思ひて蕗の薹ひとつ残して橋を渡りぬ

女子文壇　明治四十二年六月号（第五巻第八号）

ためらひし長きその日を永き世におろかなりしとあざけらしめよ

女子文壇　明治四十二年七月号（第五巻第九号）

うす色の牡丹の花にいだかれて白き胡蝶よ何を夢みし

女子文壇　明治四十二年八月号（第五巻第十号）

あめつちのあらゆるものにことよせて歌ひつくさばゆるされむかも

女子文壇　明治四十二年八月号（第五巻第十一号）

名もいらず命もいらずされどなほ胸はもだえを宝と秘めぬ

女子文壇　明治四十二年九月号（第五巻第十二号）

短夜を悲しき夢のふとさめて二こゑばかりほととぎす聞く

女子文壇　明治四十二年十月号（第五巻第十三号）

立ちこむるさ霧の中に白はちす有明月の如くにほへる

女子文壇　明治四十二年十二月号（第五巻第十四号）

君もまた文のしげきをはばかりてとだえ給ふやわれと同じく

女子文壇　明治四十二年十二月号（第五巻第十六号）

紅葉散る庭に黄菊もうつろひぬあかつき白む月のさむけさ

日記より（五月十六日）

あな清し小雨のすぎて白芙蓉青葉の庭に一つ咲きたる

真白なる御文の封切りし夢さめにしあした黒き蝶見ぬ

友禅の被布きてなやむ美しき少女に似たり雨うつ牡丹

明治四十三年　——二四〇首——

女子文壇　明治四十三年一月号（第六巻第一号）

夜は明けぬやさしき兄が若水を汲むといでたる軒のつまより

女子文壇　明治四十三年二月号（第六巻第二号）

思はるる子もまたかくは思ふ故ひそかに泣くと君はしらなく

女子文壇　明治四十三年三月号（第六巻第三号）

秋なれば谷のもみぢを春に咲く花にまさるとわれはいふなり

湯あがりの手拭こほる夜の道を遠廻りしてかへり給ひぬ

天《あま》の姫の小指はなれし切り爪のこぼれてありぬあけぼのの月

力なき歌などつくり送らんはみづからさへも足らふ心地す

小さなる胸の時計と大時計同じ時をばさすを疑ふ

女子文壇　明治四十三年三月号（第六巻第三号）

君が庭に移されしより朝毎に花びら落つる紅薔薇かな

女子文壇　明治四十三年三月号（第六巻第四号）

玉の床よごすこゝちに雪ふみて若水汲みぬ年のあけぼの

女子文壇　明治四十三年四月号（第六巻第五号）

ことごとく取れとのこらず手の玉を君にしめしぬま玉紅玉

霞（の欄の中に）　スバル　明治四十三年四月号（第二年第四号）

たへがたくものなつかしき夕ぐれよわが櫛をさへ手にとりて見る　吾全

うつむきてゆくよりわれは晴れやかにみ空仰ぎて行くを好めど

小板橋わたせる水になつかしき芹の葉見えて風寒く吹く

帆のごとき有明月のゆく空に啼けば鳥もおもしろきかな

しら雲に似て微白き月ぞゆく茜のいろの夕ぐれの宮《ママ》

いつのまかわれの心のしら玉を奪ひて笑ふ人の声する

名も知らぬ小鳥きたりて歌ふとき我も名知らぬ《まだ見ぬ（吾）》人の恋しき　吾全

十年見ぬ君によく似し夢のきて我の帷《とばり》を覗きけるかな

悲しきは枝の花みな灰色の空に圧されて地に向ける朝

こころよく頬《ほ》をば流るる涙とも花より落つる朝しづくかな

霞立つ街のはづれの一つ家の後の畑に雲雀あがりぬ

ひと花を摘みなむことの惜しくして根こじもて来し草は枯れにき

背に負へる風呂敷の白麦の青朝目よろしき田舎道かな

女子文壇　明治四十三年五月号（第六巻第六号）

べに椿花まひおつる色に似る美く《ママ》しき帯おひたまふかな

雛罌粟（の欄の中に）　スバル　明治四十三年五月号（第二年第五号）

ものすねてそを好まずといひし身は蔭にかくれて涙ぬぐひぬ

杉の葉のわか芽をぬらす朝靄の白きなかにて鶯のなく
ぬれながら泣けよとわれのまぶた打つ雨おちそめぬ重き空より
洗ひ髪かわく心地に雨はれし麦のみどりをわたる春風

創作詠草

創作　明治四十三年五月号（第一巻第三号）

吾　全

薪折るくりやの音を夕ぐれの奥の間に聞く心もとなさ
春の風ふと雲うかび山と岡かはるがはるにてりかげりする
おどけたることなど思ひひとりにて笑ふ間のおもしろさかな
右左畑に烏あまたゐて今日はすこしくおもしろかりき
大空の数ある星の中にややすぐれし人とならむはかたし
新らしき樋つたはりて限なく落ちくる水のうれしき音よ
はらからも恋しき人もわが父の年としならば悲しからまし
女居て楮さらせり白梅の咲くと見下ろす谷の流れに

なまぬるき風ふく夕べすあしにて花咲き過ぎし梅の木による

ともに来し籠屋の妻は今日もなほそのよき羽織着て働けり

寂しさを歌ふ人なくなりし時ろをまの国は亡びしときく

こよこよと呼びし子犬の走り来しおどろきに子は泣きいでしかな

春の日の光届かぬ谷川を水黙しゆく朝のしづけさ

女子文壇　明治四十三年五月号（第六巻第七号）

心地よく雨に打たれてねむるかな緑する木も花さく草も

三里ほどまた遠き地にゆくといふ死なざるうちは逢はれざらまじ《ママ》

きはまれるわが行く道よ白雲は月の上ゆき月の下ゆく

女子文壇　明治四十三年六月号（第六巻第八号）

ひとむきに思ひつづくる性もちて君を恋しと念じはじめぬ

欝金香（の欄の中に）　スバル　明治四十三年六月号（第二年第六号）

水ぐるまめぐらぬ日には空しくも落ちゆく水のすごき音かな
わが心昔遊びし野に出でて花摘みをれば幼くなりぬ
とばかりに花にきたれる蝶のごと君が御口を吸ひにけるかな
指嚙みて物おもふことを知りにけりかのなつかしきますら男のため
わが心君に流るるままにして三年へしかど尽きぬ源

創作詠草　創作　明治四十三年六月号（第一巻第四号）

はかなくも空の心と地の心あはざるに似て卯月雪ふる
大海の底にもつづく心地してもやのなかなる山道下りぬ《下る（吾）》　吾　全
色うすき小田巻草の花見たるふもと恋しくなりて下りきぬ
柔かき茎水色の菜の花のしほれぬまでに日は土にてる
筏組む木の音冴えて水ませるあさけのたにに鶯の鳴く

たそがれの町より白く見ゆるかな山の桜の咲きそめし色

梳き髪の香油蒸されてただよへる朝けの窓の鉢に咲く花

女子文壇　明治四十三年六月号（第六巻第九号）

くれなゐの花びらぬらし雨に咲くさつきのあふひうつくしきかな

白雨集（の欄の中に）　スバル　明治四十三年七月号（第二年第七号）

このくさり君によりてや解かれなんその時われも御空ゆくらん

かの君に重き心を入れられて風になびかぬわが袂かな

母子ぐさ父子ぐさはた女郎花をとこへしなど聞きのよろしき

朝顔の小鉢ならべる庭石に髪より落ちし針《ぴん》の音かな

物思へばなれし夜床にいねながら浪にただよふ心地さへする

わがひとみ君を放たず大空の星の一つを見初めしに似て

昼顔（の欄の中に）　創作　明治四十三年七月号（第一巻第五号）

青あらしやみぬやみても散りぬべき夕の桐の花のしづけさ

色づきし麦の岡よりながめけり苗代小田の水にうつる木

ややつよく濡しわかばに日はてりて松虫啼けり夏めきしかな

三辻の草にまぢ《ママ》りて一八の咲きてありしを思ふかなしさ

女子文壇　明治四十三年八月号（第六巻第十号）

二つなき心を神と恋人にささげんとしてまどひぬるかな

鏡影（の欄の冒頭に）　スバル　明治四十三年八月号（第二年第八号）

この三とせ君とわれとのかはしたる文の数にも似る天の川

猶恋ひん苦しきことのまさるとも相見がたくて命死ぬとも

みづからの腕を枕きて眠ること半さびしく半のどけし

とこしへに下りじとしたるきざはしの上の一つを踏みもはづしぬ

吾全

召せとしも玉の小靴を贈りきぬ地を踏まずして穿きがたき身に
われ忍ぶ木ぎれ石くれ草葉にも跪づくごと拝をするごと
君にしもわが隠るるは薄雲に月の隠るる風情なるかな
白き帆に風をみたせる船のごと君恋しさに満てるわが胸
人ひとり見つる時より祈るべき神のいますを世にぞ知りにし
よろこびてわがくちづけし酒杯の苦かりしより泣く身となりぬ
ぬれ髪のしづくの如くしとどにも涙流るる少女なるかな　吾全

創作詠草

創作　明治四十三年八月号（第一巻第六号）

えうもなきぬけ毛一すぢ捨つるためいくつの指をつかひたりけん
われ一人小駅に待てばうれしくも同じ心の人よりて来ぬ　（旅にて）
襖とぢ歌くちずさむ細き声扇の風にふるふわが部屋
栗の花落ち重れる上をゆく朝の山路の青き風かな

摘む花の中より蜂のとびいでし今さらならぬ驚をする

病む兄よ柿の花散る音などは今年はじめてわれも知るなり

一つ鳴くこゑ止めばまた一つ鳴く悲しみ尽きぬ山の蜩

消えはてしと思ひつつもかきまぜし灰の中より火の出でしとき

思ふままおほふ木立の葉をもれて雨みじめにも打つベンチかな

女子文壇　明治四十三年八月号（第六巻第十一号）

紅苺樺色苺くちびるに色ごのみするわれならなくに

舞扇しづかにたたむさまに似て夕ぐれしぼむ紅芙蓉かな

女子文壇　明治四十三年九月号（第六巻第十二号）

今われの泣くより更につらかりし涙ながせし君ときくかな

白萩　スバル　明治四十三年九月号（第二年第九号）

美しき灯かげを愛でて眠らんとしばらく恋の前に目閉ぢぬ

吾全

起きゐつつ一日とせんか寝通して一夜とせんか君を待つ三日《みか》　吾全

君にしも遠ざかれるかあまりにも近づきたるか夢に映らず　吾全

通路を人の埋めて茨など高く植うとも越えて相見ん

あはれにも小鳥の啼くよ恋に満つわが胸刺すや黄金《きん》の針もて

月に似る恋を得つればわが心またさまざまのうき雲に遇ふ

あたたかに抱くが如く重きもの負はせたまひぬ立ち難きかな

わが恋になずらはんとかあはれにも咲きて且つ散る白萩の花

みすがたを見ては涙す香料のしぶきにしみて泣ける目の如

人妻のとりすましたるおもむきに落ちし茄子のむらさきの花

足らはぬと言ふこと知らぬ富家《ふか》の子か思はぬさきに思はれてありぬ

酔ひはててわが住みかをも忘れたる心たづぬる夕まぐれかな

あやまちて袖よりぬけし玉なれど空より落ちし如く拾ひぬ　吾全

この命わが心にも問はずして君に捧げぬ咎めたまふな

後かけて逢ふこと無けん君とわれ向かはで枝に咲く花の如　吾全

打たんとかはた除くとかわが前の石をもたぐる人を見るかな　吾全

青みたる君が心の月かげにわれはにほへる黄なる夜の花

みこころを天地としてその中に生れし如く君に抱かる

君が瞳（の欄に）　創作　明治四十三年九月号（第一巻第七号）

わか竹のつめ皮拾ふ女居て桔梗さびしく咲ける家かな

家人はみな老の目に見えずてふうすき虹をばわれひとり見る

色白き越後の女藍葉干す庭より薬売りにこしかな

嬉しさもかなしさもなく疲れたりさて逢はん日は今日なりしかな

さしよりて問はれし今日のおそれより思ひそめにしわれならなくに

やがてまた別れん君をしみじみと今ぞ見てある後ろみすがた

君が瞳に見えぬ心も悉く君を思ふにわづらはしをり

女子文壇　明治四十三年十月号（第六巻第十三号）

灰色の空をはづかにのぞくかの青より落ちし君が髪かも

金砂　スバル　明治四十三年十月号（第二年第十号）

ともしびは極めて暗き方におけ人恋ふる子は家深く住め　吾全

うすやかに衣に透る涙かと汗ぞかなしき夏のうたたね

うつそみを殺さん毒の惨み出でよ秋を悲しみ嚙む指《をよび》より　吾全

しら玉のかがやく洞に消ちもせで小き灯とりて入りしさびしさ

朝かぜや蚊帳と簾をあとにして海へ行かんと髪の騒立つ

わが恋は流のするゑも灰色の海へは入らじ天の川たれ

わが被く恋のうすぎぬふと脱がば世の中いかにさびしからまし

藤の花にほへるままに夏に入る君わかきまま人妻となる

悔さとり疑などの箱あまた開けたるままにわが覗く恋
おもひわが君を恋ふると告ぐる時うれたや恋の半死ぬ時
みすがたの見ゆる玻璃《がらす》の戸によりてわが泣く如き秋の雨かな
五六段なほ上るべききざはしにゐて美しき塔と叫びぬ　　吾全

ほつれ毛と袂のはしを与へつつわれ秋風にとられじとする
むらさきの君が思の流るれば金砂《きんしや》の動くわが心かな
あつかりしかのみ手よりか蕾落ち咲きしとぞ見るだありあの花
青原になびく薄のわかき穂に似てつやつやし蜻蛉《せいれい》の翅

創作詠草

創作　明治四十三年十月短歌号（第一巻第八号）

堪へがたき淋しさひたと押へたる胸のわが手をわれと放たず
そのかみと同じ感じのくりかへし胸にわくときものみな悲し
ものいはぬ帰り俥に行き逢ひぬ夏の夜ふけの公園の月

ふたたびはまたあひがたき君を見し三日の後よりひた泣きそめぬ

われに似る鳥あり寒きみ空とぶ淋しきむれを離れえぬ雁

明日といふ後ともならば止みなんと思ひて三年今も恋ふかな

ほし草のかをりにつきぬうるほひを思ひて君が細き指すふ

朝がほの小き花さき蜱の鳴き止まぬこそうら悲しけれ

われを見てこの美しき天地をみな厭はしといへる君かな

両の頬両の耳たぶ両の袖わが身一つを秋の風吹く

秋はなほ見よみどりなりわが涙君にもてゆけ野風山風

幼き日頬につけられしたらちねのみ口思ひぬ馬追ききて

女子文壇　明治四十三年十一月号（第六巻第十四号）

君見ゆとあまたのかげの胸にきてすばやに重き憂もて去る

菊のいろいろ

スバル　明治四十三年十一月号（第二年第十一号）

こころよく恋をわれ捨つ茂りたる木立を斫《き》りて空を見るごと

大いなる生死《いきしに》をする変りにもあはれ劣らじ恋をわれ棄つ

山裂くる世までと人の誓ふをば笑ふべかりと眺めしものを

残りたる桜のもとをさまよひて国ほろびたる人のごと泣く

すさまじきこの世をよそにおもしろく死の一方に瞳そそがん

おぼろげに恋ひし千人《ちたり》を捨てし時一人の御名をさやかにぞ知る

恋ひじてふ掟をわれと誇りかにつくりて身をば苦むるかな

地を踏みて来りし人に抱かれつつ大空たかく飛ばんとぞ泣く

平なる道より我は切崖の下に来しなり上よりな見そ

しら菊は天つ人にや嫁ぐらん錦をつけて眉刷毛を取る

おのづから虫の籠編むけしきにも入り乱れたる秋草の花

水いろの風に吹かるる銀《しろがね》の薄《はく》のやうにも飛ぶ蜻蛉《あきつ》かな
夕雲の紅き色をばついばみて秋の木立に注すや百舌の音
朝寒や木の間に掛けし薄ぎぬの落つる音して桐ひと葉ちる
秋のかぜ悲しき雲を織らんとてわが落ち髪を集めにや来し
花におく露とことなり天つ日の下におけども乾ぬ涙かな
とこ長く天つ光の地にてるを思へと言ひて捨つなとぞ泣く
美しきみ涙を見てしづくする巌と君をたのみぬるかな
退きぬその香に飽きし身ならねど虫の食めるを花に見ぬ前
風のごとわが灯を消すは何なるや薄むらさきの油尽きぬに
人妻はあはれ網さすすべもなき小き池に飼はれたる魚
思はるる幸より覚めてはげしくも恋ふべきために捨てられにけん

吾全

創作詠草

創作　明治四十三年十一月号（第一巻第九号）

秋の夜の森につづける草道のところどころの絵灯籠かな
別るとも悲しむまじと今ぞ言ふ今し心の底よりぞ言ふ
命もて報いんとせし心さへ日をふりゆけば衰ふるかも
七日前また見じといひ別れしをたはぶれごととなほ思ひゐぬ
東方の尾の上にあかく夕日てりわが家もけぶる秋のひととき
一つ木の根よ梢よとこの恋のつのるがままに淋しさを知る
山越えて見おろすすすき一面にわれにそむきし秋の風かな
人捨てし人の心はいかならむこれのみ思ひやるすべもなし
恋の外また何ものもあらざりし二つの胸と知りぬ別れて
恋なしといはんか恋を捨てし身とまこと言はんかはた黙《もだ》さんか
はばかりもあらぬことよとわれ言へば君もうなづくされど淋しく

朝しづく　女子文壇　明治四十三年十一月号（第六巻第十五号）

恋衣わが縫ふ料《しろ》の赤《あけ》染めてみ空にしぼる朝しづくかな
相逢はぬことの悲しくそのひまに相老ふ《ママ》ること更に悲しく
三葉の同じ写真の中のいとすぐれたるをば選りぬ君にと
火の上をゆききするらんわが心物を思へば休む間ぞなき
急ぎ来てみ窓見し時この道のなほ幾曲りあれと思ひぬ　吾 全
思ひては黄金しろがね語りては野の女郎花をとこへしかな
朝顔の咲くさへうきに秋の日は曇り小雨し昼もしぼまず
秋の虫悲しあまたの縋る子を捨てきて寝たるわれならなくに
そよ風の吹きてもゆらぐ若き枝に君が命の鳥とめにけり
わが鳴らぬ笛捨て百も鍵盤のかをれるピアノそもふれぬ人

女子文壇より　明治四十三年十二月号（第六巻第十六号）

地に撒きて君が素足に踏まさまく星をおもへる夕ぐれの窓

寒草（の欄の中に）　スバル　明治四十三年十二月号（第二年第十二号）

大き鐘撞くごと山の麓つき流れや出づる谷川の音
みづからを砕きて死ぬともたげ得ぬ重き槌をば置き去りし人
いくすぢか昇れる青き煙みな黄なる銀杏を中に挟める
君により清く残らん運ばれて河原に来るしら砂のごと　吾全
幾千とせ変らぬ恋の川すぢを人新しく流れては行く
上つ代の少女すがたを思ひ見て朝の灯かげに黒髪を梳く
埃とは甚だ違ふ恋なれどあらゆるものの上にしも置く
真白なる兎を小屋に追ひわびて悲しく《哀しく（吾）》なりぬ秋の夕ぐれ　吾全
何惜むわだちに淀む水にすら姿をうつす雲もこそあれ

何おそれ誰はばかりて恋に倦み世に飽くとしも人の言ふらん
恋の原わが生れたる武蔵野をいくつ集めし広さならまし
山ひと重霧に隠るるおもむきと驚きもせず去る人を見る　吾全

創作詠草

創作　明治四十三年十二月号（第一巻第十号）

おどろきてめさめし厨赤き火のまたしづかなる朝まだきかな
野山など見るに疲れてかへりみるわれの命のなつかしき秋
別るべくこと定まりて後にいふ「美しいかな悲しうもなし」
わが家に多くもたまる古手紙裂きて櫛など拭くあぢきなさ
袖はらふ人の力は身に知らずすがらんとして立たざりしゆゑ
この涙とめんと思ひたちし時肩なるみ手の重たさを知る
かろき羽風に吹かるる赤あきつ風ふくなかを飛ぶあかあきつ
悲みを捨てなば残るものもなしけふの命をたふとみてゐむ　吾全

あめつちに尽きなで秋のあるかぎり淋しきわれも生きながらへむ

淋しさにうらなつかしさ加はりぬ去年もわびたる秋風なれど

日記より　（三月九日）

春さむき風こぬ崖に小さき花なわすれ草ににたるその花

二人なき母てふ人の名を二つ呼ぶべくわれは生れこしかも

あえ《ママ》て口にいはざりしかどいつしかに母なき子とぞしられけるかな

紫の雨ふるとのみ思ひたる京のあなたにふるとしらゆき

春の夜の灯かげに君とむかひゐて蛙なくよといひあひしのみ

みぞれ雪ふる夜となりて送られぬむしろひとりにおとるさびしさ

紅ゐの花の一つも舞ひて来よ歌となすべし冬枯の道

蕗の薹手にたくはへて谷川の石ふみゆけば山がらのなく

日記より　（三月十日）

吠えられし人影もなし《は走りぬ》こだまする山はたそがれ犬も走りぬ
髪の丈肌の色など誇りえぬ子なれど何か歌ひ得べけん
オルガンの白けん一つ鳴らぬより君が宿の名忘れたる時
薪折る厨の音を夕ぐれの奥の間にきく心もとなさ　吾　全

〔注〕「創作」明治四十三年五月号に掲載

日記より　（三月十一日）

咲きすぎし白梅の香の悲しさに涙ながしぬ星淡きよひ
十ばかり痩馬につけ炭俵一つを負ひて市にゆく人
たへがたくもの懐しき夕ぐれよ櫛さへぬきて手に持ちてあり　吾　全

〔注〕「スバル」明治四十三年四月号初出「霞」の欄に冒頭歌としてあり、但し下句は「わが櫛をさへ手にとりて見る」となっている

秋咲かむ草の種など持ちいでて庭に下りたる春の夕ぐれ
青き空青草の地青き水かくて花まつ世とはなりつる

夕されば淋しき山に赤き灯の笑へる如くうごめけるかな

明けがたの長き廊下に電灯の光のこりて暗消えやらず

はなれてはいとはげしかるこの恋のさめてん後と逢はざるがよし

春の風ふとふきかはり山と岡かはるがはるにてりかげりする

〔注〕「創作」明治四十三年五月号に掲載、但し上句は「春の風ふと雲うかび山と岡」となっている

午後の空春の病か山と岡かはがはるにてりかげりする

けし印の三つに消されず美しくわが名かかれしうれしきはがき

何事もなき趣きに松の枝枯木の如く雪をはらひぬ

何事もなかりし如き夕ぐれに思ひ出しぬ今朝の春雪

日記より　（四月四日）

日記かく春の夜ふけの渇きたる口は思ひぬ山の《（今日の）》清水を

亡き母が乳はれし時もらひきしうゑし水仙花はよくさく

明治四十四年　――三〇七首――

霜柱

女子文壇　明治四十四年一月号（第七巻第一号）

霜柱踏みかへされて白菊の花くづされしおもむきをする
雲片《くもきれ》に劣る煙も花火よとはやせみ空のものにあらねば
君が樹に木葉蝶ともならずして紅羽《べには》休めし心もとなさ
盃に似ると思ふや酒肆《さかみせ》に入る小男のかへりみし月
赤き糸もつれしままに火となりしわれらが恋は心地よかりき
灰色の大き玉抱き三日月の沈むと見ゆるさびしき光　吾全
たのまれぬ黒髪ぞかし乱す日はわがあづからぬものあまた撫づ
ゆく秋を火のつく如き樹に見つつあはただしげに夕百舌鳥鳴く
目に見ゆるものの何よりわが思ふ君が姿はあざやかにして

美しき恋にしあれば捧げまし否秘めましと胸ぞふためく

山鳴らすほどはかしこしわが胸に似ずと思へばいとし木枯

大地《おほぢ》すらものいはぬ日に引かれゐぬわれは歌もてさそはれしかな

飛ぶまでを落つる木の実と見よがしにいと美しき小鳥とまれる

山茶花の木の間の雪にさす紅の価を問はん秋の使に

似つきても見えましものを雪の日はここに来らぬつばくらめかな

天地はみな新しとたたへましわが年一つうとましけれど

帰りなば若き日暮れんこの恋は墓につづける道なりしかな

何を泣く二人の心相よりて一つとなりし淋さに泣く

女子文壇　明治四十四年一月号（第七巻第一号）

土つける木の根には似で美くしき落髪なれば櫛にかかるか

歌（その三）

スバル　明治四十四年一月号（第三年第一号）

心いつみ胸に入らんなほ君がみ瞳のみを美く《ママ》しと見る
美く《ママ》しき靴をえてよりなれそめし橋も渡るが危くなりぬ
なかなかに真白きものは見劣りすわれの心も君に知られじ
忘れましかかる心のつぶやきをわれと聞くまで《聞くまでに》（吾）なりにけるわれ《かな》（吾）
吾全
かざしたる花の香をさへわれの香と思ふ男のあはれなるかな
上に見るわれらを円く囲む空われらを酷く捨てはなつ空
落葉せし白き木立のあらはにも巣の如つづく武蔵野の冬
悲しみはかぎりなけれどわく時の異なればこそなほ命あれ
君を見て今はた何を思ふべき忘るといふはただにこの時
はじめより青き竹なる空《うつろ》にも住みなば恋を知らでありけむ
その命恋せし人とせぬ人といづれか長きいづれ短き
わが声は円しその名を限らずて呼べばこだます右左より

思ふことわが手づからは捧げかね君に摘まれん薔薇《さうび》にぞやる

創作詠草

創作　明治四十四年一月号（第二巻第一号）

残りたる梢の赤き柿とるやあまりに早く下りし男よ

冬三月育つともなき麦の青ながむるがごと見られんわれも

夢よりはややあざやかに新しきはるかさびしき俤としぬ　（人に逢ひて）

匂よき石鹸つかひて白足袋の土を洗ひしある秋の旅

はるかなる煙なれども谷間よりみ空につづくものと思ひぬ

わが心ゆきては戻るあはれにもこの悲しみのおこりはじめに

横たはる《ママ》（吾）　丸太の白き冬は来りぬ（吾）

山腹の杉の木の間に横たる白き丸太のよき冬は来ぬ　吾　全

君を得ぬかくと静に眼をふするほどのいとまも身にあらばこそ

冬の野になほ鳴く虫はなかなかにあはれともなく聞き憂かりけり

やうやくにわれをあはれむ君を見ぬわれも静かにそむかむとする

落葉する静まるまたも落葉するさびしいかなや林とわれと

美しき失落の身を投げいだす八畳の間の青だたみかな

西窓に有明月の消ゆるころわが悲しみもきえなむとする

そことなく風の重たし油絵の匂するなり秋の夕ぐれ

枯れ落つる一葉を金といふよりも歌へるわれの心はさびし

明暗 ㈠

女子文壇　明治四十四年二月号（第七巻第二号）

捧げんと思ふ心の器なる身ははや君のみ手にありしか

淀にゐて早瀬の末にわが見るは今の今までならび来し船

君が吸ふ刻煙草の毛の色の君が撫でます犬とならまし

幽霊の如き影をば草に投げ心の玉は君に捧ぐる

恋ふと告げあはれむといひ捨つとさへかはるみ言葉いぶかりもせぬ

白雪は君が尾根なる黄金の甍に重くつもるのみかな

あはれなる雀の歌にはやされて冬は来りぬ後妻《のちづま》のごと

歌（その二）

スバル　明治四十四年二月号（第三年第二号）

君といふ木蔭に立てばすがすがし月夜の如きわが心かな
しろがねのからまはりせし我枠に深紅の糸を投げし君かな
この獄《ひとや》いとひろやかに美く《ママ》しと随喜の涙猶君に落つ
この君に逢ひしことより大空もはてあるものと推して思ほゆ
青き鳥枝わくるごと巧にも君がくぐりし我心かな
花をもて塞ぐと言へど我道の極まると言ふ事は悲しも
物おもふ心のうへにためなみだ落つればしめる海棠のごと
夢かこれ今日までひとり眠りきて君が朝日に目ざめしものを
天つ日と御空の月とならぶだに稀なる世にて君に近づく
鶯は春をもてきぬわが鳥はかけりて君が心もてきぬ

かすかなる心の奥の琴の音を聞かんと我は物おもひする

歌（その二）

スバル　明治四十四年三月号（第三年第三号）

白き梅うれしく咲きぬわが髪にかざせば匂ふみこころのごと

ある時は月と仰ぎて嘆く君ある日は玉とわが抱く君

心をばそそりて花にさへづりぬ君がみこゝろに似たる鳥かな

はかなくもかたみとなれるもののごと孔雀の羽を手にとりて愛づ

君が眼にはぐるなあかきわが心花とし咲かば夜は灯となれ

国へだて逢ひえぬものを隣にも住みて来らぬごとく恨みぬ

春風になびける髪はつつましく燃ゆる心の青き焰か

おどろきてまた君を見ぬきさらぎの雪の中より咲く花のごと

言葉てふあかき錦の袋きて絃なき琴に似たるわが胸

はらはらと桜散るかなうつくしき恋に乱るる命のごとく《心のごとく（吾）》

吾全

想はれて何を嘆かむ快くわがため涙落つる日に逢ふ

あたたかさかはることなきめでたさかわれさへ冷えて知らぬ鈍《おぞ》さか

悔更なり君に行かむと叫びたるわれをなみして拒みたる後

きさらぎの青きがらすの蓋《おほひ》よりすきてぞ見ゆる三月の赤

獄とは誰なげくらむ翼《はね》なきに飛べとさへ言ふ恋のあめつち

君去りしはず《ママ》みか時のうつろひが《ママ》散る恨にもまどふこの花

わがものとよろこばずして美く《ママ》しとほめはやす間に失せし白玉

冷えはてしわがふところをあはれにも塒とするや悲しき小鳥

忍ぶるになれし心の殊勝さを冷えゆくとしも嘆きたまふか

君とわが心のしげる森ならむ青き鳥鳴くあかき鳥鳴く

君あらずあなあぢきなしわが家も海となれかし寝たるいとまに

濁水の一夜に青く澄みかへる心地よきには似ずて悲しき

新らしく《あたらしき（吾）》人見よとてか死ねとてか目を洗ふひと《洗ふごと（吾）》涙流るる　吾全

桜散れこちたき人の情負ひ死なむ少女のうづもるるまで

明暗　㈢　女子文壇　明治四十四年四月号（第七巻第五号）

てのひらは詮なし何の酒注ぐや盃となる口ならなくに

わが道の雪払ふとは知らずして心を汚す人と憎みし

岩根をもつらぬくごとき音すれどあけくれ弱く曲りゆく水

こころよくわきいづるかなわが涙君がみ口や吸ひいだしけん

み心のまろき暈《かさ》被て嘆けるも半月に似てわが足らぬゆゑ

あめつちはましろに凍れ雪も降れわれは何をか抱かん火のごと

満ちやすき悲しみの壺君来てはかたむけたまふ心地よさかな

きりぎしの土死の如くくづれては埋めぬわれに似たるしら花

歌（その三）

スバル　明治四十四年四月号（第三年第四号）

わが陸《くが》の尽くる歎きを知る日来ぬ君は渚に船泛けて待つ
いつまでも歩める路のあとさきをひとしと思ふ若しと思ふ
黒髪を土に引くごと厭ひしかこの清き座にひざまづく日を
あやまてる言葉ならむか忘れしと言ふ時すでに人を思へり
この恋を苦しとまでは思へども捨てむとまでは思ひ到らず
わが宝もてさる人を愛づと言ふ聖のごとき心となりぬ
あはれにも恋しき人を思へるにならべて思ふ我のおとろへ
待つと言ふ無為につかれぬやはらかき草生にありて物思ふ如
思ふこと夢につづきぬはかなさに死に終るべき運命と知る
恋ふる人無きにひとしく空虚《うつろ》しぬ甚しくも思ふ心は
何よりもゆゆしき事を己のみひそかに思ふあはれなる恋

唯すこし君におくれて歩めるを足なへのごと歎きたまへる

乏しとて泣けども君がゆたけさにまさる心を未だ知らぬ子

狂はねどけものならねど玉垣の如き檻をばよしと思ひぬ

酒甕を中に据うとも隔つるは我等がために物足らぬかな

苦しくも胸かき乱すわが吐息黄ばみて匂ふ麦の穂に似る

歌（その二）

スバル　明治四十四年五月号（第三年第五号）

船びとが明日の嵐をうらなふを嗤ひて己が死を思ふかな

われさびし青き李の花に似て弥生の空のもとに悩める　吾全

残されし心地にさびし水門を入江の汐の落つる夕ぐれ　吾全

心は寂し水門を入江の水の落つる夕ぐれ（吾）

男等を用なしと見る変りたる少女となら《ママ》りぬ余り思はれ

美く《ママ》しとあやまたるるは堪へがたし醜き我を知らるるは憂し

似つかざる衣をも被《かづ》く飽かずとは思へど猶も我を欺く

見ざること三日《みか》に到れば大空の遠《をち》なる如く尋ねんとする

み唇うれしと言はでこの笛の直ちに洩す悲しきひびき

猶かづくきのふの心あたらしき柱うづめてかをる鉋屑《かなくづ》

けうとくもわが顔にせし扇もて煽られしなど人のさわげる

悪に名を仮したる我と思へるに懺悔するごと涙流るる

紫の藤もわがため咲き出づるものと見るまで思ひあがりぬ

空しかる歎きを知らぬ癡人《しれびと》は手をも休めず枯草を引く

識るてふ人もあはれに見えぬれば我等が恋は秘めやおかまし

血の海にわが身ひたると夢に見る小町ざくらの花ざかりかな

山川に物怖ぢしつつ河鹿鳴くわが如く鳴くしぶかれて鳴く

うたがひに終らん恋を初めよりさとり顔して覗きつるかな

みづからを識るも君に阿るにひとしき事と黙すさびしさ

人恋ふるかぎり命は足《たら》はんとあはれ心をさかしまに置く
芽をふきし柳の枝を引きて見ぬ釣りたる魚を手に取るが如　吾全
物かげを好める草の心捨て撫子となり砂に咲かまし
春の雪雨にかはりぬいつの間か君が心にわれの慣れゆく
みじろげば真白き砂とわれなりて崩るる如し衰へて臥す
こころよく夕立きたる憚らずわが泣く時の来れるが如

歌（その七）

スバル　明治四十四年六月号（第三年第六号）

すだれよりぬれ髪出づる心地しぬ木立を透ける水色の空
おのれより招くが如く待つ如くはかなみて泣く行末のこと　吾全
遠ざかる人の如くにつばくらめさはらで飛びぬ門川の水　吾全
男ゐるふなばた低し恋にのみ心かたよるわが如きかな
われ末だ悔ゆてふ暇君に無し弱さをかこつ日のつづくのみ

この我にいと近きおのれをも人に後れてめでぬ識りぬ

籠《こ》に入れて蛍を飼へる草に似ぬ君ゆゑ未だ死なぬ命は　吾　全

かく作りかく悔いぬとも言はまほし人の知らずて過ぎし罪をも

恋を織る杼《ひ》の如はやくおもしろく藤をくぐりてつばくらめ飛ぶ

さびしさはものならねども君見ずて乾きゆく頬のあはれなるかな

わざはひを幸ひとせん常とせん燕の雨をものとせぬ如

空を撞くしゆ木《もく》の如く吊らるるか斯くこそ歎けつれづれにして

あくがれの失せし心か初夏の風に吹かれて桐の花ちる

わかき日の命を人の捨つるごと声を捨てゆく山ほととぎす

ある時は己が恋さへありなしのおぼつかなさよあはれうつし世

むらさきの緒房に似たる藤の花われに投げんと誰か木にゐる

年のごと必ず冬に終るとも定めかねたる後なれば待つ

寝にゆきし作男らの《作男らが（吾）》下部屋に鳴らし出でたる秋の夜の笛　吾全

蔦のごと思ふまま這ふ心もてまた蔦のごと君をたのめる

鶯は事なき蔭にただ二人われと住めるかわびしげに啼く

歌（その五）

スバル　明治四十四年七月号（第三年第七号）

花咲きて枯れたる竹か日に触れて死にし土鼠か恋のなきがら

〔注〕信濃毎日新聞、明治四十四年十一月五日号にこの歌重複、但し上句「かれたる竹の」となっている

わたつみに抛つ網のいきほひにわが里ぬらすゆふだちの雨

袋より蜘蛛の子出づる数ばかり柿の花ちり雨晴れし朝

あはれにも悲しみをもて宝とすうれしき事をつつめるが如

猶多くものあやまてる我ならん漸く恋を命と知れど

かすかなる焔をたててともり行く蠟の心地に月見草さく

わが投げし笹の流るる形して哀しき雨につばくらの飛ぶ

君を得しよろこびなれど新しくおのれを得たる驚きぞする
山川は石そばたちてわが恋は禍ありて烈しくなりぬ
朝庭の葡萄の蔓のここちよさわれ露となりつたふが如し
一ときに散る花よりも一つづつ花咲き出づることの悲しき
大地《おほつち》を穿つにまさるひびきしぬ細き柱に我も鑿せん
にがき乳《ち》を吸ひつつ泣けるわれなるかうつし世といふ継母の膝
白といふ透きとほりたるよき色を空しき如く歎きけるかな
おばしまのわが手とるかと驚きぬ帆ばしら倒す橋下の船
待つ門に石楠さきぬ巣にありて文鳥の雛啼く如きかな
恋すやと人とよめけば《人どよめけば（吾）》みづからを問ふに先だち思ひ揚りぬ　吾全
桑の葉を払へる鎌の指にふれ血の出づる時日の暮れて行く
まぼろしにあくがるるにも空しきを待つにもあはれ「時」のかかはる

〔注〕信濃毎日新聞、明治四十四年十一月五日号にこの歌重複、但し下句「待つにもあはれ時のかかるは」となっている

歌（その一）

スバル　明治四十四年八月号（第三年第八号）

大地をたたき飽きたる雨ならん濁りて海に流れゆく川

終るべき恋にあらぬをあやまちてわが捨てしこそ悲しかりけれ　吾　全

蜘蛛のいも風きてよき音立てましとはかなきことを思ふ夕ぐれ　吾　全

煙りつつ大海原を走る日も錨を持てる船なりしかな

衰へて素直になれる己をば誰よりも先づなつかしむ《なほなつかしむかな（吾）》われ　吾　全

葉の末に露結ぶごとすみやかにやすくととのふ恋ならなくに　吾　全

よろしくも周囲《まはり》かがやきわれの影うすく乱れて形《かた》をなさなく

悔やあるもと美しき過ちを美しと見てなせるわれらに

しとどにもそそぐと聞きてわれ足りぬ君が涙を君が心に　吾　全

さばかりにおのれを知るにあらねども人の謗れば腹立ちて泣く

わが恋を美しといふ少し前雑草のごと捨てんとぞせし

俵ほど堤の土の落ちしかと思ひぬ田より鳥の立つ音

君故に多く悲むわが身こそ生甲斐もあれ死甲斐もあれ

風ほどのおもむきあらばよからまし同じうつろの心なれども

われの来し道はみにくし魚の行く後ろの如くさざ波となれ　吾全

いかにして示さんよりは如何にしてつつまんとする心なるかな　吾全

わが恋のやや照さるる心地しぬ木立の雨に月のさす時

いたづらに愛でらるるをば少女子の悲しきことと思ふ頃かな

かの虫も盛を知らず春を見ず秋出でて鳴き秋鳴きて死ぬ　吾全

また見ずと泣きて去にけるその日より人待つわれとなりにけるかな

美しと感ずるはよしわが心ものに隠るる時と思へど

なつかしき車なれどもわれさけぬ坂にまかせて走せ下る時

挟みたる羽をとほしてわが指と指に脉をば打つあきつかな　吾全
照る日をも足らぬ顔してうつろする《うつろなる（吾）》寂しき空のもとにこそあれ　吾全
わがたのむ恋しき人とわが知らぬ「明日」と甚だ似たるものかな
恋よりは悔を恥ぢつつ人を恋ひ死よりも生を悲しみて生く
わが上に白き虹をば見る如きこの初秋の天の川かな　吾全
生きんため死なんがための恋ならじ死も美しくうつる恋かな
さびしかり我は又なき過ちにひとしと知りて人を恋ふれば
枝常に暗くおほへる森なれど地まで這はねば人の通りぬ
飛びたるは捉へがたかり飛ばざるは捕らん心も起らざるかな

上流　女子文壇　明治四十四年九月号（第七巻十一号）

一とせはわかるる道の三辻にいさめて君と遊びえしかな
飛ぶことは君がゆるさずかく言ひてわれの心を守れるは誰

わが思空しからずと言ふがごと蜘蛛の糸にもたまる淡雪

鐘鳴れば心の中の吹流静に垂れぬ春の夕ぐれ

ことごとく君が心にとびゆけとわれわが花のわが蝶を追ふ

捧げんに足らぬ心かとらへんに惜しき心か嘆きためらふ

袂より羽音はげしく鳥の立つ心地かあはれわが秘密洩る

くらやみの海に捨てたる櫂なれど底の玉よりたのもしきかな

わが心火なるを君に恥づる日も君しら花とわれを嘆くか

わが心菰をとりたる牡丹よりさはやけきかな三月の朝

歌（その一）

スバル　明治四十四年十月号（第三年第十号）

涙はや物を思ふに先だちぬはつはつ萩の咲き初むる頃　吾全

如何ばかり我を知るやと問はまほし褒むる人にも謗る人にも

われもまた人ぞと影の心知り猶まごころの知らぬ悲しさ

因縁を君の語ればやや滑稽《おど》くひとり思へば悲しきものを
あくがれず恋ひず慕はずはた待たず君見る人と我をなさまし
ひさかたの空より落つと過ちぬかの浮雲の撒きて行く雨
みづからを破ることとさへ物とせずまたなき恋を捨つる今日かな
糸曳きてあがれる赤き風船の落ちぬここちに寝ねがたき夜
麦藁の流るる如く木の流れ松明ぬれて水の増す音
はかなかる夢にくらべて現し世の不思議なるまで頼もしきかな
大いなる白百合の花わが胸の鼓に似たる白百合の花
灰色の張《ママ》金などにとまりつつ遊ぶ燕のあはれなるかな
わが聞かぬ《知らぬ（吾）》隣まで来て物多く言へば事足る恋と思ふや　吾　全
山消ゆと先づ驚きぬわが家をもつつめる霧と直ちには見ず　吾　全
秋の空雁来紅に触れてより紅の雲刷く夕となりぬ

わが蒔きし大根のふた葉あはれなる萍《うきぐさ》のごと見えそめし畑
わが思ふ《ママ》の心の半ありやなど問ひ給ふこそわりなかりけれ
露草の花あざやかに目に入りぬ初恋となるみ心のごと
ただ一つ言ひ抗《さから》ふにわが言葉ほとほと尽きぬ更に物言へ
危かるものの中にも今日われを待てる君より危きはなし
昨日まで死にがてにせし我なりき今日より嬉し生き難きわれ
ひたすらに夕となるをわれ待たず昼も来んかと君をこそ待て
この人にわれの恋すと知るまでの心は長き時を見たりし
くりかへしわれ悪しとのみ歎《かこ》つこといと久しくもなりにけるかな
艫を放ち岸に舟引く人のごと我を引かましむらさきの綱
恋するに足るよしもなき時をさへ長しとわびて人を待つかな
恋ゆゑに躍れば涸るる血しほかとかひなきことを思ふ初秋

恋なきをさびしと泣ける女をも恋する人の中に数へよ　吾全

はづかしき言葉は癖となりにけり読む暇なし書く暇なし

くれなゐの滴る花に風ふけばさびしき蔓の見ゆる葛の葉

色をもて深さを示す淵も聴き音のあらはす浅き瀬も観る

わが伏屋なかば緑に掩ひたる芭蕉も裂けて幣《ぬさ》のごと鳴る

秋の日　微光　明治四十四年十月号（第二号）

わが庭のしげき木かげに日ぐるまの散りしく如く朝日さす秋

煙すら空色をして立ちのぼる秋の谷間にもの思ふわれ

月を見てもだえ嘆きぬいたづらにけがれ無き身を清めんとして

声かれぬおのが心の谷底を覗きて君を呼べるいとまに

小雨をば降るにまかせて秋の日の白き姿をすかしたる雲

言ふことと思へることとの異なるはとこしへ君に逢ひがたきため

わが上を謗る言葉も美しき声なる時はなつかしきかな
古りし木の朽ちたる樫にいたましく恋にも似たる茸かをりぬ
その心危くなれるきはに来し君と思へば拒みかねつも
かりそめの雲ならずては天地にみつるものなきあはれなる空
百舌鳥鳴けば涙の落ちぬ秋に逢ひ得たる涙と知る暇なく
わが心こしかたにやり野にひろぐ香もなき秋の野葡萄の実も
捨てにけん捨てられぬかく思ふことかたみなるこそあはれなりけれ
紫のつめたき繻子の帯となり我を巻くごとそそぐ秋雨

スバル　明治四十四年十一月号（第三年第十一号）

歌（その四）

わがなすは世の楽みと異るや得ても捨てても歎かるるかな
夢さめて寂しさ来るおほかたの女と人の我を見る時
ふと行きてふと近づくになし難き事を遂げたる心地こそすれ

君を泣き世を泣き後の後に知る我は恋する少女ならずと
み心にわが入る如き舟の笛川より海に鳴らしつつ行く
美しき芒の穂かな吹く風に根をさへ上げて任せたるさま
わが涙足らぬならねど人により聞かまほしかり己が歎きも
わが身より刹那を除くさばかりに空しき日をも送るべきかな
熾んなる火をば求めてみづからを炭の如くに投げも入れまし
わりなくも見まく思へりみづからの死後の世界とかの遠き人
ひろがりてすべなき我の恋に似ぬ蜻蛉の触れて渦を描く水
ゆたかにも与へらるれど我物とならぬ寂しき自由なるかな
かへりみるともし火よりはいと強く心に沁みぬわが前の闇
恋は唯かの一点の灯ならねど光に集むわれのすべてを
美く《ママ》しき涙さへ湧くわが恋に頼む要なき涙さへ湧く

ただ一つ猶生きんため病より魔より何より自覚を怖る

美しと永久《とこしへ》に言ふ恋なれど抱きて怖れ隔りて泣く

横瀬夜雨　〝夜雨集〟中　「峠より麓より」の中に　明治四十四年十一月

死ぬ日までわれを歎きおかんとすつよきに似たるわが弱さかな

そのかみとなほ異ならぬおもむきをわれ悲しくも明星《あかぼし》を持つ

眼は眼にて泣きぬ涙はぬぐはねば額にみだるる髪かかげねば

信濃毎日新聞　明治四十四年十一月五日

花咲きてかれたる竹の日に触れて死にし土鼠か恋のなきがら

まぼろしにあくがるるにも空しきを待つにもあはれ時のかかるは

〔注〕この二首は「スバル」明治四十四年七月号に重複、但し「スバル」では「枯れたる竹か」又「時のかかはる」となっている

歌（その二）　スバル　明治四十四年十二月号（第三年第十二号）

うる限り近づきをれば隔らん心起りぬ君な憂ひそ

をりをりは忘るべきかなみ心はわが上にのみ有りといふこと
この少女怖るるばかり美しと見たる恋なり急ぎたまふな
今日限り別れむといふことなれど話にするもどかしきかな
器こそ砕《わ》れしか中もその中もみな美しき器なるかな
恋にのみめでたき我の恨をば聞き給ふ日となりにけるかな
置きたまふ花を厭ふにあらねども錦を敷かず恥づかしきわれ
あてに咲く牡丹を雲につなぐかな糸より細きしろがねの雨
何物にまたなぐさまん彼ゆゑによろこびをさへ敵とせしわれ
ぬばたまの君が暗をぞ頼みける寂しき灯をも消したまふかと
飛ぶことはあぢきなけれど鳥となり空に吸はれむ雲に抱かれむ
みづからのしもべとなれどはづかしやいたはる日なしいつく日も無し
美しき病なるかな人を泣き甘きに愁ひをどる血に瘠す

その恋を大事の如くいはずとて怒る男と別れけるかな　吾全

みな知るはいつの日ならんみ心の片はしを見て不可思議に入る　吾全

おもしろき世界のほかに遊ばじと我を限るもふと悲しかり

あさましき魚の性かな水に居て木かげを慕ひ幻にゆく

待ちし甲斐あれとそぞろにほほゑみぬともに泣くべき君が文にも

塵なれど塵の中にもありかねつ清きところに捨てられて泣く

いたづらに生死《いきしに》などをねがひたる心を捨てて心地よき冬

ただ我の心をぬらせそのほかにあれとのぞまぬ涙なるかな

悲しみを君に聞くこと重りて心に咲きぬダアリヤの花

明治四十五年（大正元年）――二二六首――

歌

スバル　明治四十五年一月号（第四年第一号）

年一つわが加ふるを明かにめでたしとして初春に入る
美しと見れば罪をも犯しゆくはしたなき身といつなりにけむ
ひたすらに悲しくなりぬはじめよりよこしまもなき恋なりしかど
わが夜は暗《やみ》いと強く霧深し灯をもて穿ち焔もて裂く
心より羞恥《はぢらひ》の雲あかくわくまづみひとみを掩はんとして
誰よりも低きにをれば誰よりも高き尊き空をいただく
みづからの美しさもて足れりとし空も仰がぬ海棠の花
あふれつつ満つるひまなしこの器おちくる水の勢のため
待つといふはげしき時を失ひし衰へ人と物語りする

火の家をたつればやがてはなやかにきて垣となる若き男等
今日までの命にかへん美しき刹那は無きかわれいまだ生く　吾全
平らかに出でよとばかりさまたげす焔を覆ふ金の網かな
なほほかに愁や無きとまどふかな今の一つを忘れむとして
盲目か魔かと己れにをののきぬみだりに君をたたへたる後
な咎めそ暗を怖れぬ心よりたまたま我のかへりみざる灯

歌

スバル　明治四十五年二月号（第四年第二号）

すなほなる心にはやくたちかへり我に従ひ君に従ふ
おびゆるにはたおそるるにあらざれど争ひがたくなりにけるかな
悲しくも死をもて人の証したる恋にわが身を費せるかな
いとくどくおのれを説くに似て悲し我は寂しと告ぐる一言　吾全
人並に今日と君とは忘れねどしばしば忘る明日と我とを

美しと叫ぶ外にはなすあらず何のはずみにこれを取らまし

ひとりなる姿も色も水銀のかけらの粒に似たる我かな

この暗にただ一つ見ばよしとせむ生の灯死の灯いづれなりとも

この後もなほ多からむかく思ふあやまちなれば涙流るる

疲れきて餓もおぼえぬわが心味ひをれば夢ごこちする

聞くことのおそろしきかな男より女を誘ふ知恵の無しなど

くれなゐの糸か金糸か知らねども命を織れる少女子の恋

自らを入れじと閉すいと憎き心の門を毀ちかねつも

いつかまたかかる涙を流す日のあらんかとまた君がため泣く

「人と我」「我と我」とを境するとばりの如き寂しさを引く

母無きか呼ぶ人無きかかく思ひいまはの如くうめく悪夢に

君思ふ心ともなく平ぎぬこれ我が恋の姿なるらむ

美しき理なれやことごとく光を吸へる黒髪の色

白日

女子文壇　明治四十五年三月号（第八巻第三号）

白日は明るしされど君にわくわが涙こそ明るかりけれ
狭き世を出でんとすれば思ふこと我に及びて悲しくなりぬ

吾全

言はずとも悲しき女音に立てて我の嘆くは人におどけん
影の我よこしまの我魔のおのれ滅びて寂し君を思へば
みづからを花とまさしく思ふべき少女の前に春のこしかな
あはれにもひとたび逢はんその願そればかりをば恋とするわれ
幾夜にもつづかんとするわが夢を昼の断つこそ悲しかりけれ
すさまじきわがうづまきのただ中に消えじと思ふ一点の夢
みづからの欠く幸をあめつちの備へぬものとあはれみて泣く
我知らず怒れることに気のつきて俄に落つる涙をな見そ

男らの燃ゆる世界を覗かんと君が心の管玉をとる

恋をせず思ひあがらず泣かずしてあらんとせしをみづからに恥づ

わが犯す罪を挙げんとまづ一つ生くるを数へ心失なふ

悲しさにをりをり次の世を思ふその世に似たる大空の青

たゆたふは口惜しけれど禍をわれなほ天のいましめとする

若き血はならはんとしぬ春立つ日屋根よりはしる雪どけの水

この胸に

青鞜　明治四十五年三月号（第二巻第三号）

なほ君を知らぬ少女にひとしけれありし恨も言はで経ぬれば

みづからの心を盗むいたはしきわざを思ふになほも問はるる

わが前に一言親をののしりしその心よりあはれなるなし

三年前否逢ひし日のありけるかあらざりけるか忘れはてつも

朱の海にいざよふ月か少女子のはぢらひゆゑにもどかしき恋

ゆゆしくも君によりては生死すおのれを拒む心なれども

わが向ふ心によりて無とならんかくしも思ふ禍に泣く

幸あれとただ君ゆゑに思へるが悲しき我の命なるかな

この胸にうす雪ほどの色浮けば白き雲かと思ひあがりぬ

打黙し我をきはめてあぢきなきものとし知れば愁だに無し

みづからを貶さんとしてあらはれしこれも危きおのれなるらむ

朝風に花の散るごと心地よしあくがれの火のまれに消ゆるは

おのれにはおもひやり無しはなやかに心ばかりも保てよと責む

とこしへに若き血しほの通ふらむ夢をかてなる少女の命

人の世にわが住むかぎり氷とも火ともおのれを言ふ日無からむ

スバル　明治四十五年四月号（第四年第四号）

歌

死と言はばすべておそろしおのれにかはた君にかと別けて思へば

わが方に醜きものの滅ぶるも君にとりては寂しかるらむ

病めるらむ涙しやすしさめやすし胸にまどろむ悲しみの乳児

まぎれんと事を思ふはいや寂しこの悲しみにまかせて嘆く

吾全

涙てふ明るきものの動く時非も過ちも美しく浮く

影となれ別れ死ぬとも消えまじき悲しき恋よ幻となれ

よきことを我も知れりと手を打ちて直ちに思ふあへてなすまじ

蠟流れあはれ火の消ゆ君と見ばかかることだにうれしからまし

君をもて世の男みな寂しとは我悲しくもおしはかりえず

たはむれのまこととかはる悲しさに恋の成るなれ恋終るなれ

我は欲し君しもあたへ給はずや百条ばかりきびしき掟

短しと人の限れるわが命もてあますこそうれしかりけれ

夜より夜と冬より冬となる国に慣るるは悲し移る日よりも

うきことを我に授けて「ほ」と息をつく君又も抱きて泣かまし

ふとおそる未だ自然の復讐を近きものとは思はざれども

捨つべきを限りなく持つわが前に取るべきもののあまた影さす

みこころははかりがたかりその如くおのれゆたかに君を思はん

吾全

うまいせる弟にわれささやきぬわがこの思ひ行きて告げよと

くらがりに

女子文壇　明治四十五年五月号（第八巻第五号）

くらがりに小さきものをさぐるごとわがなす恋のもどかしきかな

母となり子にもよき恋教へんと思ひしものを一人あるかな

捧げんと君にちかひしその日よりわれの心はゆたかになりぬ

うとまるるわが寂しさはかにかくにめでよと祈るみこころのため

つねはよし怪我にも幸を知る日こそ男の世にもあらまほしけれ

恋といふいみじき波に洗はれし清きこころかももいろの貝

君が世にとられしことを我もまた君とひとしく誇とぞする

歌

スバル　明治四十五年五月号（第四年第五号）

心より人とおのれを除きたる尊き時を恋とすわれは

わが恋は我の心に従へりわが運命をつかさどれども

何よりも恋は美しめでたしと思ふ時にも涙流るる

くらべては相思ふ日ぞしどけなきひとり思ふと思はるるとに

まことにもわが身をのろひ虫などといふときすこし心とがめぬ

ただ恋のはじめばかりを語るとき我は全くいみじかりけり

わが世には生死無しと知らずして死もめでたしとおもひけるかな

きのふけふ心乱れて思ふこと夢ならずては識りがたきわれ

わが夜も残してあけよ木蓮の花のやうなる有明の月

桃色の灯

青鞜　明治四十五年五月号（第二巻第五号）

あけがたの竹のそよぎをわづかにも春めく胸のさざなみと聞く
夢を待つひろき心の姿かな花若草に土筆交る野
黄も白もわづらはしきにあらねども春はゆかりを問はず尊ぶ
十年の君が恨を負ふと聞きそぞろうれしき日にぞ別るる
ここかしこ花散りまじる雨にだに似るよしもなきわが涙かな
誇るべきわが世ならねど身にあまる栄華と思ひ片恋をする
とりなほし近づきしかとよろこびぬ日日に低しと知りし声をも
山かげの暗き夜道を悲しみぬ恋の及ばぬわが心とも
なりゆきに従ふといふはしたなきはじめのわれにかへらんとする
生きなんなど思ふによりて死にゆきし心はすべて虫なりしかな
なほ多く醜きものを持てるゆゑたのしみありぬ明日の心に

はかなくも遠き夕日をよこいとにしばらく織りぬ春雨の機
咲くをこそ惜め牡丹の蕾見ゆ肉いろをもつ軟玉のごと
残りゐぬ古き墳墓のほとりより出でし埴輪の心地しながら
去ぬる時示したまひし美しき死あり数《す》段《だん》のきざはしの上
灰色の死も桃色の灯もひとし上に見る時明日に置く時
この山は春きて悲し木立みな涙の如き青き芽を吹く
地を這ひてゆかまほしげにつと低く飛ぶたそがれの名も知らぬ鳥
やがて今君きたるてふさきぶれにさからひをれば春風ぞ吹く
君ははや出でぬ木の芽と春雨とけぶりとざせどかひなしや門

油煙

青鞜　明治四十五年六月号（第二巻第六号）

ひと色になほ堪へかねて目閉づる日あれど寂しき野の緑かな
あまりにもつつしみたれば過ちを君に重ねぬゆるしたまへや

なほ深く君を思はぬ報いとて片恋などのはかなさに泣く
われはなほ思はる恋はるこはひとりうなづけばよきあはれただごと
まことかと言ふ驚きの一言に人の怒るも憎からぬかな
聞えつつ耳のふさがる心地す《ママ》ともにいぶせむさみだれの音
昨日より逃れこしてふ話をもなほなしがたき顔にうつむく
悲みも恨も尽きていたづらに君が影描く白砂の胸
いつとてもはなれやすかる心もて思ふと言へばよろこびし君
簾せし青き光にふるへつつ橘の香の暗にただよふ
消えてゆくわがかたはらに君の泣く夢もおもしろ不可思議ゆゑに
わがことにはやかかはりもあるまじと詰る日なれば否と答へじ
この後をいかにせんかと相泣きぬ死もさやかには見ゆるならねば
わが命一つなるこそもの足らねいみじく思ふ一人のため

ややものに驚き過ぐる性ありてこれより後をはかなきに附す
わが渡る橋のくづるるおもむきもなつかしきかな朝の川霧
おのが吐く黒き油煙に掩はれつ暗にも劣る焔となりぬ

わが身

青鞜　明治四十五年七月号（第二巻第七号）

灰色の空のやうなる恋なればのがるる道のあらばのがれん
思はるる言ひてしばしば苦しめし捨てられ人のあだし心尽く
もだえ死ぬわが身をかけて毒しぼる搾木の如し床も柱も
悔恨胸にあふれて身浸るもあらぬ名負ふも恋なればよし
うつそ身を忘るる刹那たのもしや捨てて年経し人の心も
あはれとぞ打嘆かれし己のみめでられもせじ恨まれもせじ
死の道をたどれる身ぞと知りながら疑ひ泣きぬ君や見ゆると
ひとへにもものの光に遠ざかる心と知れど救ふすべなし

堪へがたき秋こぬほどに死にてましはやり病も夏痩もして

おのが身をはかなみ死ぬも誰ゆゑとおしはかられんことの悲しき

この憂この寂しさもみづからが招きしなればあぢきなきかな

もとむるは光にあらず火にあらず氷の鎖とこしへのやみ

おほかたの心は捨てぬなほ一つのこれる恋の心を捨てん

夜をとほしあくがれ泣きし心には薔薇の花の露も痛まし

合歓の花水に浮べは《ママ》うすものの袂のぬるる心地こそすれ

また鳴きぬよき声かなとほととぎすほめしはず《ママ》みに人の去りける

見とほして泣きし日よりもとらはれて泣くこの頃ぞやすき運命

女子文壇　明治四十五年八月号（第八巻第八号）

西多摩より

惑《まどひ》こそ賑さなれ左右より身を奪はるる苦しさに似て

なほ多く悔ゆる日なきかなほ深く心傷つく時のあらぬか　吾全

誘はるる心なるこそ悲しけれもてゆかましを投げうたましを

われ稀に美しきことなしたればかくして言はず恋人にさへ

やるせなき歎に浸す心もて今日より明日に逃れんとする

明日ははやわが仇《あだ》さるることも今思ひきはめて許す心ぞ

満願のしるしが如き涙落つ捨てよといひて捨てられしわれ　吾全

我ゆゑかあらずか知らずかにかくにゆくへも知らずなりにけるかな

ある限尽さんとして尽さざる悲しき日にぞ《悔しき日にぞ（吾）》見捨てられにし　吾全

初恋を抱きておそるるわが胸のわななき止めば最終《いやはて》の見ゆ

君思ひ残る血しほのをどる時大天地《おほあめつち》を指して恋てふ

甲斐なきを命と思ふほか無しや男みづから世をもてさとす

君ははや冷くなりぬ敵《かたき》すらほのほの玉を夢に投ぐるを

悲しくも恋に先だち悔いがたし又恋ひてまし又悔いてまし

わが影

青鞜　大正元年十二月号（第二巻第十二号）

死すべきか求むべきかと惑ひたる身もてふたたびのがれんとせし

のがるるはつひに危くみづからを放つは已に寂しかりけり

まのあたりしら玉まろぶ危さよはた君ならでたすくるもなし

恋来たるこの暗なるを如何せんよそには見じと待ちけるものを

恋をして恋を知らざりうつし世の罪か前世の仮の掟か　吾全

おのれにも君にもあらず恋はただ時にあるかと惑ふたゆさよ

この恋はここに起りてここに尽く刹那に酔ひてたまゆらに醒む

女にて恋をする日の破りやうそれのみさきにならひたるわれ

君により統べんとしたるわが世こそ流転に終れ渾沌にをれ

と思へば我もわが世もあらぬなりわが影見ては死に走るわれ

君にさめ君に酔ふなり万人の呼ばるる如く我呼ばれつつ

呼びたまへ君に投げたるみづからのうつろにありて苦悶する身を
我も呼ぶたがへず我に来よと待つ心のほかの寂しさにゐて
この場すらつくろひがたしみづからをなのらで君を呼べば窮まる
恋とのみ言はまほしかり悲しくもまことに恋を知らぬ身なれば
見しをもてはじめて来よと呼びえたるしどけなさにぞ涙流るる
恋をこそ我とは思へこの我らわれらはつひにわれらなるかな
ふと知りぬ君我なるの断末魔愛は苛酷にひとしきものと
君は我我君なるの夢のまにうらぎらるべきあはれなる人
破りしか君がまぼろしそれならでたのむものなきわが身なりしを
みづからを疑ふ身こそ悲しけれ神を疑ふ君のかたへに
きはめたることをも更にとりいでて泣くこと多しはしたなき身は
抱擁か離別かここにさらばてふ心二つを如何見るべき

君去りて我またあらず一すぢの寂しさここに残りて震ふ

君もまたかへり見ざるや我もまたこの世に於けるかりそめのもの

我時に我ならざるをおぼゆとも悲しからずや恋は恋なり

代りうべき我にはあらじ君が身の君が捨ておく欠陥にだに

すす《ママ》みゆく心

微光　大正元年十二月号（復刊号）

いと多くいと美しく後のため犠牲にならまし君もおのれも

今をはやこの日をすでに無きものと思ひてふとも楽しくなりぬ

かにかくに冷えはてしなどくりかへすわが心こそわづらはしけれ

なすことと心とつねにひとしかる男なれども悔ゆる日の無し

恋人のほかにおのれを愛づること我には未だむづかしと知る

いづかたにいたるを知らずただ知れりわがゆく道のはてしなきこと

人をのみ救はんとして我ともに奈落の底に落ち沈みゆく

捨てがたき君なることを思ひあまり憎しと叫ぶ今知りぬわれ
死をおそれ飛ばぬが如く砂の巣に去年も今年も生くるかげろう《ママ》
淋しさも事によりにて火の如き怒となりて我をまぎらす
世にありや君をわづかにそればかり思ひては泣くあぢきなからむ
悲みはただちにとれどよろこびは夢かとまどふ消えはつるまで
引きて下り縋りて上り張りて待つ蜘蛛の糸をも忘れたまふな
あひ泣きぬあはれ恋するたのしさと我を欺くこころよさとに
うつろなる我の心にせめてほし形めでたく竹のもつふし

日記より　（七月二十七日）

悲しくも大君の上ゆめにしぬ七月二十八日の朝

日記より　（八月四日）

待つ心恋しき心後にしてわがつみ捨つる門の夏草

恋といふこちたき事も試みぬ悔多かれとのぞむこころに
悲しみの立ち立《ママ》りやすき天地に残さるるこそ悲しかりけれ
さびしさが真心なりしはかなさを知りて歎きも訴へもきく
後れたるわれと思へど及ばざる我と思へる人の見がたし
死を待ちて世をおづること醜くけれ死をば頼みて生くるはかなさ

日記より（八月十二日）

紫の松虫草に風そよぐわれこそ風の心なりけれ
一台の車えたれば山出でしここちこそすれ走る山路に
ひろびろと限界ひらけ風すずし坂よりつづく平なる道
後れたり待つさへうきに足さきに水を打たるる停車場のわれ
停車場の小さき窓より覗きたる埃の中の凌宵の花
白衣の山詣らと乗り合ひて汽車に揺らるるわが夏の旅

青煙集

〝李の花〟より　吾木香中掲載誌不詳歌（自明治四十二年至明治四十五年）

わが手元なほ明るしと父のいふ窓に迫りて蜩の鳴く　吾全

目閉づれば君が一つのため息に覆るべき天地ぞ成る　吾全

このわれと別るるものはそのままに一人ありとも幸ひならまし　吾全

時にふとわれ悟りぬと思ふまで迷へるなればかなしかりけり　吾全

夢ならば醒めよあらずば速やかに夢に入れよとそのかすかな　吾全

大正二年　——六六二首——

夢の夢

青鞜　大正二年一月号（第三巻第一号）

十年を一日として君とこそあらまほしけれ死なまほしけれ

おろかなることかな君とあらんなど夢の夢なり末の末なり

聞きをれば言ふにひとしくなりにけりこの時悲し滅びたるわれ

ここも憂し君が過ぎけむ追ひゆけばここもはかなし君が越えけむ

かたむけて来たまふよりはむしろ行けわが追ふよしもあらぬあなたへ

君恋し今か倒るる木の如く今か流るる花の如くも

よりがたくのがれがたかりわがために危きものは大いなるかな

ひれふしぬ君が悲しみ知らぬ日の弱者の前に朦朧の世に

たのむものみな仇なるを知れどわれ伏すとし言へば心より伏す

これ君が《ママ》これまぼろしかまかせたる身のわりなさに涙流るる
まもりにもざんげにも足らずあはれなる君にならひて流るる涙
いくばくを我はゆづりしゆづら《ママ》しはしたなけれどことごとくなり
そのはじめ何思ひけむよるべなき身をなげくにも君によるわれ
もの言へばいよいよはかなしこれすべておのれの思ふことにあらねば
あたり《ママ》がたき君とは知れど何事かうなづきをれば我もぬかづく
つつましくなほ包まんと思ふなどはや放縦のわが心なれ
放つとはみづから縛るいたましき臆病者のそらごとと知る
聞ゆるはつめたき言葉おぼゆるは燃ゆる唇君は何ぞや
ゆくりなく我を捨てたりはてしなく惑ふべき身のありのすさびに
逢ひがたしその一人にもわれらある世のひろきこと教へられずば
愧づるなり導かれたるここのほか心のほかに迷ひ出づるを

身衰へ呼ばんとすれど呼びがたきその一瞬に逢ひにけるかな
君はさりぬ打たれたる身のおどろきに我を抱きて我を放てば
とれといふ見よといふその心なり追ふべくもなし知るべくもなし
うつけくも待つ日は走る心にて追ふべき日こそここにさまよへ
なほわれを疑ふほどのあまりあるその心こそうらやましけれ
これもまたとるに足るまじみづからを欺く時に君を欺く
われは泣くとるやとらるるはかなさに見るや見らるるせんすべなさに
あはれとも思ひたまはばおのれ今足りて忘れん身をも君をも
はなれてはあひては心迷ふなり夢とは言へどうつつなる世に

青鞜　大正二年二月号（第三巻第二号）

あな妬し

誰ゆゑにひらくみ胸ぞあな妬しわれ入りわぶと告げにしものを
誰も見て誰も知るそのまごころをあはれわれにも語り給ふや

去ぬるにはおどろかざれど来たるこそ不思議なりけれ夢のまながら
あすの日もなほあるわれと見まがひて見せ給ふにやもてあますさま
女なれば悲しといはむ何なれば君は悲しき男なるらむ
君を恋ひはらちがひなる弟にいたはられつつ病める苦しさ
あきらかにわがあやまり《あやまち（吾）》のあらはるる日なくばいかに悲しかるらむ《寂しからまし（吾）》　吾全
恨さへつもれば消ゆる我ならむ打てども鳴らぬ胸のさびしさ
君に見るおのれはありて我に見る君は無きなりあなあぢきなし
ああつひにひとりなるべき男かとわが前ならでいつ嘆くらむ
見ねどうし今は二人を二人とも君を君とも我を我とも
狂ふなり言ふまじとして言ひたまふその悲しさに聞かまほしさに
与ふるやこの世にみつる悲しみを前世の仇に来世の仇に
ありうべき身とも《わがいのちとも（吾）》けうともおもほえねど《思ほえねど（吾）》うつそ身《現身《うつそみ》（吾）》なれば死にがたきかな　吾全

いづくより来るや去るや乱されて心は知らずその姿をも

ゆくりなく理に誘はれぬああかくもわれ薄弱の心なりしか

あな苦し君のほかなきこの心惑ふと言はばゆるされむかも

迎ふべき君が笑みをばおぢにけり死も恐れずと言ひし身ながら

男よりはた女より言ふことのきはまるところあはれ何ぞや

そこにあれ如何せずともよしといふ君にまた問ふ如何すべきぞ

さびしき心

微光　大正二年二月号（第三巻第二号）

この心ふれて知りしはさびしくもわれらの世界一つなること

うらわかき男の命燃ゆと聞くわれにさびしきものがたりかな

君と呼び君と思へどさびしかりこの時君は君にあらねば

思はずや君が弱さに限られしわが世の狭さ早さはかなさ

夢に似て悲しさめしに似てさびし君はいづくぞ恋はいづれぞ

信ずれば死にゆくのほかあらじとも今は盲ひし悲しき身なり

そこにしもわが影あらばいかばかり恋しき世をもわれは捨てまし

今日さけび明日ささやきて二いろに見せんとしたるさびしき心

はしたなくうれひに痩せぬわが心つゆつくせしと思はざるまに

かなしみにかたよりをれどあめつちのただなかにある心地こそすれ

永遠にさまよふのみの心なり進むもあらず退くもなし

ほこりかに君が語りしさばかりの人々ゆゑに妬む悲しさ

欺くも欺かざるもあらぬなりその日も今も涙流せり

動かすは君がなさけかものの理かかくまどふまで君に迷へり

このごろのはしたなきさま見られじとかくるる身にも人の待たるる

歌

吾全

スバル　大正二年三月号（第五年第三号）

何ものをわが欲りすとは知らねどもまづ与ふてふ君をたづねむ

めぐりあひて泣けばひと夜もとこしへに君にかへりし身かと惑ひぬ

待つ身なり待たるる我は失ひぬ夢に終るも無為に終るも

追ふまじきことわり知れど堪へがたしうき名の中にひとり残るは

来るべきそれすら今は待ちがたしふとあらはれて迫らずや君

追ひゆかん人とおのれをさだむれば前に後ろに道を失ふ

追ひつべき我か待つ身か知らねども寂しきまでにさまよへるかな

いたづらにめざめやすきは悲しくも夢に終らんわが身なるゆゑ

ここにして危きかなと打泣くやすべては既に終りたるらし

感ずるやただちにきたる判別の心の鬼を如何がしてまし

迷ふ身か信ずる我か世にひろく問ふべきことを君にこそ問へ

はかなくもみづからをもて為さんこと無き世にこそは生れきにけめ

吾全

身を知らず男を知らず夢をのみ歌ふ身なればげに悲しかり

わがねがひ少しかなひぬ恋しともうしとも言はで君の泣く時
罪と知り罪を犯して滅びざるものなきことをやうやくに知る
うとましやよきに悪しきにみづからをはぶきて責をのがれむとせし
何ものを追へと言ふらむよこぎりしものの外無し我の前には
無しと見て人の恋しくなりにけり何のいはれと知らねば悲し
ものの理もものの心もとほらざりおのれを泣きて破る胸には
暗に立ち我は盲に異なると言はむとすれば涙流るる

吾　全

はや我に欲りするものも無しとてか心うつせし男なるらむ

逢ふこと　青鞜　大正二年三月号（第三巻第三号）

笑へども泣けども悲し逢ふことのすでに悲しきわれらなりけむ
流るるは君が歌にて命にて死こそまことのわが身なるなれ
いたづらにものぞ言ふなる嘆くなるわが恋尽きし身の終とて

我としてここに忘れんとこしへに恨むにかへて思ふにかへて
夜の心昼の心と異なるを知る日来れば夜も昼もなし
いちじろき恋も見《ママ》ずあまり寂しきわが世ならずや
みづからを偽るよりも苦しかりありのままなる我を語るは
寂しき身寂しき心ふさひてか泣けど呪へどなほ生くるなり
伏して泣き仰ぎて泣けりあはれにも君をまともに見がたきわれは
伏して泣く今日を除かば心また君と合ふ日も無からん悲し
音も無きよきみ心をたもとほり騒ぐ我かと知りし悲しさ
恋しくば取れといふかなあな憎しかくれて泣かんその瞳にも
新しき女ぞ夢の女ぞといつの日待ちて我をとなへん
君が前日なる時なるこの恋の明日を憂ひて泣くにあらねど
憎むべしおびや《ママ》すべし行くべしと罵りたるもひめごととして

一切をゆるされずして泣く身をも妄想狂と思ひなすらん

君にして我にしてはた時にして天地にしてさだまらぬ恋

君がためそれにもあらでいたづらに我は泣きつつさいなまれつつ

あはれにも死に近づけるわが身とてかかる心をよせられにけむ

はかなくも心この場に限られて与へらる《ママ》ややがて奪はる

隔てては思へど悲しもの言へば君と我とをわかちがたき身

言ひやうも泣きやうもなしわが恋はむなしや火にて氷なりけり

いつの日もこれかぎりなる我としてまみゆるなればあへなかるらん

われ深き眠におちぬ更にまた酔ふ時ならでさめがたきまで

我を捨つ我を忘ると一あしもあはれ我をば出でがたきなり

はかなき生

青鞜　大正二年四月号（第三巻第四号）

唇の動けば我に消えにけりはかなき生の姿なるかな

いたづらに心をば張り《心を張りて（吾）》言ひがたき悲しみなる《悲しみをさへ（吾）》を言ふまじとする《言ふまじとせし（吾）》　吾全
涙みつ愛には生きじ憎悪には死なじと思ふ心の中に
さまざまに思ひめぐらしそのはてにうつつなきこと言ひし《我の言ひしはうつつなきこと（吾）》さびしさ　吾全
忍ぶとも言はむか悲し破るともまもるともなきこの日のおのれ
たまゆらに死するこころもとこしへに生くるこころも探るひまなし
あさましき夢の女か忍辱のあへなきまでに強き心か
おろかなるものとおのれを知りながらなほはた何を忍ぶと言はむ
さびしくも激するわれを見てありぬうそを言ふやとせまられつつも
恋人をただなかにせるみづからの悲み《ママ》をさへよそに見て泣く
君が知る悲しきみ《ママ》づからはわかちがたしと言ひてのがれむ
万人にかよふさびしきあぢきなきこの心ゆゑひとりためらふ
おほらかにわが醜さに《さびしさに（吾）》打むかふゆゆしさもなく君にあくがる　吾全

わが心半遂げたるものと見む恋はるることを嘆きたまはば
ふたたびは我にかへる日無かるべしなど惑ふ身の悲しくなりぬ
君あるをかのあたりとも思ひやる心は無くて身のへだたれる
言ふのみに過ぎねばゆるせあさましく裏に表にかはるべきこと
むなしさにみつと言はむかあな苦しわが胸鳴るや耳さへも鳴る
悲しさになしえでありぬ我をもて男をはかるほどのことだに
弱きかなここを越ええずのがれえず倒るる身をばひとり見て泣く
安はむ《ママ》死か暴君か知らねども待つまもあらず迫る身なれば
けふはなほ悲し苦しと言ひうればわれかにかくに幸の身ぞ
一方にゆきてわかるる道あらば惑をさへもたのむ身ならむ
味へ《ママ》と授けられけむ運命をのがれむとする我ぞ悲しき
おのれより呼びて求むるさばかりもかくれまはれる我なりしかな

今となり君にこはばや悔なきにせめてこの身の滅びなむこと
ことさらに欠くと思へるまごころの無きにひとしく終らむとする
「あ」とさけぶその前とだに後とだに知らず滅ぶる命なれかし
みづからになしえで君にねがひしを恥ぢて苦しむ何の心ぞ
君あれば足るてふものを人はなほ寂しきものの中に数ふる
いづくにか悲しき人のあればこそ無き影さへも追ひて泣くなれ
あやしめとさしのべたまふみ手ならむをよび一つをもてはやす身に
君がこころあやしみそめしゆふべよりまづ解きなやむおのが悲み《ママ》
みづからをはかなき《かなしき（吾）》ものとさだむるをさだめ《運命（吾）》のほかと思ひけるかな

吾全

山裾　　女子文壇　大正二年四月号（第九巻第五号）

春の夜の月の前にもあれはてし頬のさびしさをおぼゆる女
たちまちにおのが暗きを投ぐればか恋しき人のあはれにも見ゆ

そはすべてあやまりなるも我をややはなれて君は美しきかな

やるせなし君が与ふとのたまへる命のすでに燃ゆる世なれば

みづからを打つにあらねど君に負ふ心と知れば身の痛きかな

たのむまであやふくなりぬわが見るは君も知らざる君と思へど

一人てふ迷へるわれの謂に似て二人といふもあはれなる夢

みづからが泣くべきもののほかなれや恋と言ふだに悲しき心

惑ふまに長き日暮れて夜に来しやはた夜を待ちて来しやはたして

残る夜を明かしなやめる暗に知りぬ灯かげに受けしその宵の毒

へだたりぬ嘆くや笑むやかにかくに聞かまほしきは君の消息

何の夢ぞ苦悩の今か悦楽の身かとおのれを判ずれば消ゆ

うつつなき身はみづからを砕きかねあだしおもひをつづけむとする

しばらくは氷とだにもおぼえざる我が熱火《ねつくわ》を投げらるる日も

恋ふるをもわがまたそれを恥づるをもあはせて高くあざわらふべき　吾全

あはれにもそむかむとする我のみが引かれゆくべき悲しき力

そこなはれまじとわれまづいまはしき言葉の中に葬れる恋

おろかなる心ならでは知りがたき男なれかし心なれかし

わがためならぬ悲しみ

微光　大正二年四月号（第三巻第四号）

はかなくもわが伝へんと叫ぶまに失はるべき命とぞ知る

かへりみるものなし波も打ちこよと念じそむれば身こそわななけ

さびしとは何を願へる心ぞと問はれざる身の幸ひに生く

いたづらに燃ゆべき身とて悲しみぬ冬の心と別るるをさへ

おのれらの別々なるに似て寂しおなじちまたにさまよへること

つづかぬが口惜しきなりおのれにも君を打つてふ心起れど

君のためわがためならぬ悲しさになすこともなき心となりぬ

われもまたやがて裏切る一人にたがはぬことをかたくちかはむ
刹那をとねがひし我はいづくぞや今はすべてのはかなさに泣く
一方に逐はれてなほも惑ふかなああ死は君か我か今かと
君によりこんかなしみに先だちて涙おつればおどろくと言ふ
かくなりぬかく終りぬと告ぐべき日如何なさむとわめくかなしさ
あやふさを避けんとばかりかなしくも恋しき人にまことをば欠く
逢はざれば君が若さも尊さも忘れてしばし泣くことをえぬ
さびしかり悲喜こもごもにあふるともおのれてふもの胸に残れば
暗の中ふと相あひし心だに捨てむとすれば涙流るる
永遠も一瞬間も忘れけり生くとしもなく生くるなげきに
死に急ぐ君にはるけき心地して心いよいよたゆたへるころ
一しづく夢にはせめて受けたまへ面影させば冷ゆる血なれど

歌

スバル　大正二年五月号（第五年第五号）

強さにも優しさにもふれずして君がゆらぎに乱れむとする

おどろきぬ君は心の宝玉をただ寂しさに譬へたまへる

何故のこの思ひぞとおもそむけ嘆くを君が懺悔とぞ聞く

君何ぞ君何ものぞこはむしろこのままにしてほかを思はむ

さびしさの限をここに尽すとも逢はずて何の甲斐かあるべき

すさまじき望をかけて待ちながら《われ待てり（吾）》待つ身と知ればはかなく《いへばはかなきものを（吾）》なりぬ

吾　全

影にもあれ君にもの言ふ日の来れ歌無き身ともなれと願へる

我にこそ君は君なれああおのれ君には何のこの身なるらむ

えがたしと泣く日もとはにあらざらむ求めがたしとここに泣く人

あらたまるこのさびしさよ君とある日こそひとりの心地するなれ

わがあるをゆるせ君には君あるも苦しといふがまことなりせば

かたみさへこのわが身さへうとましや今まのあたり見しを思へば　吾全

いづれぞやこの悲み《悲しみ(吾)》のただなかに残るもおのれ消えゆくもわれ　吾全

いづくにもやらじと思ひゆくところいと多からむ君と勧むる

若き日をこれに捧ぐとのたまへば何とは知らぬ身にも仰がる

かなしくも君がとらふるつかのまのおのれのほかにわが自由なし

わが上をはなれたまへるみ心はまたたきのまといへどたのもし

恋しさに泣きたまふともそをわれの知るにあらねば世は寂しかり

いくばくか似通ふところありけむと思ひぬ二人落つといふべき

いづれにもあやまらるべき我ならむまづみづからをあやまてるかな

我に今かへりみよてふ声ありて追へどかへらぬまぼろしとなる

価無きおのれにかへるここちよさ苦熱の涙たちまちに冷ゆ　吾全

恋はわが尊しとだに思ひうるほどのあたひもあらざりしかな

さすらひの身ぞと知りえて歎かねどまたゆくへなし帰るかたなし

朽ちずしてあることかたきかなしみを生くとしもなき命におぼゆ

みづからを殺すことこそ悲しけれわかき命を四方に見ながら

かなしくも君がとこしへ用ゐずといふたましひの中に身を置く

そのままに葬りうべきたましひを裂けよと泣きて呼びしかなしさ

わざはひの及ばざりしを悔ゆといふ君が心の解きがたきかな

あなゆゆしまたかへらずとなげく時明日をきのふにしたまひし君

のこりなく言はむとすればなやましさまさる悲しきわが心かな

うすずみ　青鞜　大正二年五月号（第三巻第五号）

君により衰ふるとき栄ゆべき命は朽ちぬいとけなき日に

思ふ子にそそぐに足らぬかなしさに涸れゆく血こそ躍りそめけれ

ことわりに合せて日毎打たるるをわれはじめより無理と思ひぬ

今君に尽くと泣きしも笑まひしもと《ママ》無き我のいはれなりけむ

みづからを語るにたゆき我ゆゑか追へど慕へど近づきがたし

尽きせじとわがいづれより嘆かまし追へば失ひ失へば追ふ

犠牲となる君が命のうらやましわがことのみを思ふ身なれど

今しばしおちつけるさま見せむなど思ふならねど疲るれば寝る

あぢきなしおのが命の拙きを不可思議と見ることもなければ

おのれなほ狂者ならずとあかさんがためにのみする起居かさびし

あやしみて後あはれむやあはれみを乞ふわれなればそのまも待たむ

ここにしてわが一切は君に尽く今もこん日もこしかたもなし

とこしへにはた何ものも与ふなとかくれて祈る臆病のわれ

嘆かれぬ取るも捨つるもこの身には正しきことと思ひかぬれば

みづからを正しきやなど問ふごときよこしまごころ又も加はる

身をのろひまづたましひの死をねがひいまだ一つもかなはずと言ふ

まもられて悲しといふにあらねどもおのが後ろの見がたさに泣く

美しき君が心をほしからぬものの一つに数へむとする

さばかりも深く悲しむ身ならぬをなぐさめられてすこしふためく

悲しきを悲しからずと言ひなほしあやしまれむと思ふならねど

おどろきぬ裏より書きしものならで表に淡くちる墨なれば

与へつつ取れとは言はず知れといふみ心をしも何となすべき

ほりせずと何をいひけむ疲れたる我には我のねがひありしを

殺さんと思ふときのみ生くるかとおのれの前になげうつ白刃

あなさびしふたたび君に求むるはそのみ心を捨つるなりけり

君ありて我に驚くことありぬいづちむかひてかくと叫ばむ

誘はれぬ君はすべての君なるも我はすべての我にあらねば

みづからを幸無きものと思ひしは悲しきことにあらざりしかな
疲るるは命ならずと聞きぬその命のほかに生くる我かも
死にあらじ影にもあらじあはれいとさびしき我の生くるなりけり
恋ふるをばおのれの罪となす如き悲しき身もてなど逢ひにけむ
きはだたん三日を一日とおしなべぬ君がきのふをわが明日として
かなしみになぐさめられて生くる身か人と生れしよろこびに《よろこびもせず（吾）》死ぬ
吾全
我に問ふおのが弱さを知ることの多きに過ぎてあやまりし身か
あはれみなあやまりなればこのままにしばしも早くなげいださまし
いとほしさ身にもおぼえずみ心にたづさはるてふことのかなしさ
開きてもののかがやき入らぬ眼を閉づと答へてのがれんとする
今知るといふにあらねどおののきぬ捨てられたるは捨てしなること
飽きにけりわがおろかなる性のみがおどろける身のおだやかさにも

そこはただたましひ死するとろ《ママ》とぞ聞くもまことと思へば険し
臆病のわれと恥ぢしが嘆きしが臆すべきこそわが身なりけれ
われむしろこの悲しみをきはめんと思へるはなほにげ《ママ》みなるかな
くるしさに思ひとまりし心をもそむくと思へのがれしと見よ
愛でたまへあらゆるものが捨ててしてふそのことにいとおもむきあれば
よるべなき身にしるきこと祈るかな君がゆらぎのはてしなかれと

初恋人　女子文壇　大正二年六月号（第九巻第八号）

やうやくに残るもの無き身となりぬ君にぬかづき君にくだきて
かなしくも言ひつくせしと思ふこと片言なりしさいはひに生く
みづからをそこなはざればまづ君の心おのれに入りがたき世か
いつの日も初恋人の心もてむかひがたくば別れて死なむ
わが知らぬ恋のわざなりあぢきなしかたへに君の泣きて伏せるは

ああわれら明日を思へば今日あるも今あるさへも堪へがたきかな

おかしがたき弱さを知らでさびしくもこの危《あやふ》さに身をば置くなり

はかなしや刹那の今を除きては残る我だに無しと思へば

ことごとくゆるすはやがて一切をゆるさぬなればともに泣けとか《かなしみにけり（心の花）》

〔注〕「心の花」大正四年二月号「おのれなりけり」と重複

伏して泣くみづからなれどわりなしやとどまりがたし君があめつち

避くべきをいづれの人ときめおかむまたあるまじき狂態のため

越えがたきものおのれなりこれをしも恨むと言はば疑はれなむ

残るもの無しと告げむか悲しみに消えも入らむと思ふ心を

今といふ今を識らざる我なればげにこそ夢の女なりけれ

いづれにもあやまらせじと思ふらむ我に心を置くと置かぬと

囚はれ人

青鞜　大正二年六月号（第三巻第六号）

肌寒き風にひとへの花ちりぬことしの春もこれに終るか
夜も昼も暗き心をはなれえぬ囚はれ人も花散れば泣く
暗に咲く花とほのかに驚けば人待つ胸に鳴りし血の燃ゆ
しのびいでし春の月夜のおもひより花にうつりて恋の止みにし
春の夜を花にゆく身のたよりなさきびしくまもる父母もがな
わが上の暗にぬれたる花の色動かばあはれあかつきの来む
怖るるにたがひぬ春のあかつきも夢の夢見る我と思へば
わが身かと夢にゐまひしかがやきを花に見よとて夜は明けにけむ
ああ一つわれの心を引きし花そはまぼろしの花なりしかな
はてしなくゆらめくものと思ひしは君にとどまる心なりけり
何にてもあらじと言ひしいささかのことにも小き《ママ》心は狂ふ

乱さるる心は悲しなつかしき人の前にも恨のみ言ふ

はかなしとさだまれる身になほあるはうれしや夢の悶なるらむ

わがなせば罪となるかなよき人のなせば教となるべき恋も

恋をわが世ともなしうる少女子となりて必ず次の世は来む

願はくは恋ひたる罪を名と賜へ生くるも死ぬも恥の身なれば

如何せばこれにまさらむおのれはや遅しと言ひてけふもためらふ

まこと我に泣きておのれを新しくするにもあらでけふもわれ泣く

まもらるるそのかたへよりくづれゆくやるせなさにぞ君に傾く

恋なるも恋ならざるも君無くばまことに死なむ我としぞ思ふ

君無くてあらむ我とは思はねどあらむ我こそおぼつかなけれ

世に永く敗れし身にはかりそめの人の心も沁みてうれしき

罪としてやがてさやかにあらはれむわがこの頃の恋にをののく

恋ありて生あり死ありなど惑ふ身は生死のさかひにぞ泣く
裏切る日あらむのがれて死なむなどきのふもけふも同じことといふ
新らしくわが知るものはみな悲し君見て泣くもこれがためかも
ああわれは言ふにも足らぬかなしみをおぼえこの世のたのしみ忘る
戯れと思はれがたき悲しかる性もて君を打たむとぞせし
逢はむとも願はずなりぬ逢ひがたき身の悲み《ママ》はいまだ尽きねど
わが如き寂しき女如何ばかり君を恋ふとも事は無からむ
聞きえねば君が何故捨てしかも知らずてありぬ幸ひなるかな
君に尽き君に失ふもの無くばわが世やいかにあぢきなからむ
さびしさに堪へむともせず身も魂もここに消えよと思ひ入るかな
吾 全
堪へがたきうらはかなさを覚えしもわがあめつちのめぐみなるらむ
かなしみをもて男より迫らるる身ともなりなば足らひて死なむ

たまゆら　女子文壇　大正二年七月号（第九巻第九号）

このおのが弱き心に従ひて君を恋ふるを責《せめ》と思ひぬ

涙落つわが真相を穿《うが》たれしこのうれしさにこのかなしさに

すくなくも我には死かなみづからを知りつくすてふめでたきことは

践《ふ》まんにもはや道なしと惑ふかなよきことのみを教へらるれば

身をはなれ今にほはしき夕野にも抱くと歌はむ心あれかし

奪はるるものもたまはるものもなきあぢきなき世に君を見しかな

恋するやあな美しきことかなとほほゑまるるも身には沁むかな

しのびのむ涙がものを言ふさまのしらじらしさを我とおぼえぬ

忘るべきときにわするるあたはずばおのれ君にも見捨てられなむ

星見えて若葉を落つる一しづくあやしきものとなりにけるかな

われはいと寂しきものと思へども生きてしあればよしと言ふかな

かなしみと幸とを同じ時に知るこれぞ流離の心なるらむ
もののみな不思議に見ゆるたまゆらに逢ひてやうやう悲しみの消ゆ
われ君に死をも托してありながらこのまま死ぬもよしと思ひぬ
ゆくりなくうつしごころを失ひてまことの我をなげしかなしさ

歌

スバル　大正二年七月号（第五年第七号）

不思議てふ悲しきものによらざれば君を見しとも言ひがたきわれ
おほかたはわがあくがれによりてのみ不可思議を見るおのれなるらむ
わが遙か思ひ及ばぬものもまた恨によらば求め得べきか
誘はるる弱さを秘めていいと猛く進む命の泣くと言ふかな
快し心日に日になやまされ思ひつづくることの無ければ
かくとしもとりいだすとき身をよするものに過ぎじか我のまことは
うき人に泣きて従ふみじめさをわが生死のたたかひとする

けふもこれあだしおもひに身を駆られ急ぐを知らで忙しさに泣く
解けざれば苦し解くればはかなしと謎をのろへば謎のしげかり
解かずしてはかなくなりぬあやまりてあまたの謎を一つと見れば
夢みつつありし男に逢ひながら今見て恋ふと言ひしさびしさ
永き世の中にふと逢ふうつし世はかりそめながらめでたからまし
何ぞやとわが驚きしなめげさをゆるし身をもてあかしたまへる
かくしても生くるがまさるこの身かと呆るれば世の恋しくなりぬ
恋のほか世界もなしとおどろけば覗きがたくも身のなりにける
おのが身を知るてふことにとどまりぬ我は尽きせぬかなしみをもて
死なばこのかなしみ絶えんそれにかも一縷の望つながれて生く
ともすれば死をもてはかるわが病重きを知らず軽きを知らず
その人の恨をだにも聞きがたき敵となりてへだたらむかも
吾全

後の世も近づきがたき解きがたきみ心と知り恋しくなりぬ《みこころと知りていよいよ恋しくなりぬ（吾）》　吾全
またもなき恋人よとてたはむれぬげにそれよりも思へるものを　吾全
うつろにもなほなにものかあるべしと惑ひしまでの悶なるかな
今何の悲《ママ》みも無き心地しぬこの瞬間の不思議なるかな
われ女死のみ思ふに堪ふべきや病みて死相は備へたれども
こしかたとならでは夢となしがたきこの悲しみを如何がすべきぞ
おのれまづ泉とならばさかしまに焼くるが如き渇をおぼえむ

うき人　青鞜　大正二年七月号（第三巻第七号）

二人ゆゑはげしかりしをわが力ここに尽きぬと泣きにけるかな
ああおのれこのうき人と別れなばわがおろかさも知る日なからむ
のがれむと思ふ心も失ひて泣く眼の前に開くる道か
暗にすらまぎれたまへる君見ればわがそむかれし心地するかな

み心にひとしきものをうき人の心の中に見いでし尊さ
つばさありあはれ自由と迫害のわが身を挟むつばさなりけり
苦しくもわれに浮ばぬほほゑみを君に開けと待つべき身かな
疲れはて酔ひたる如くよろめけば花を踏みても危かりけり
限りなきよろこびをもてうけむにもあまりあればかなしみのわく
身の痩せぬ寄せくるものに導かれ疲るることを忘れてあれば
その一つとなりておのれのとどまれるそを熱愛の胸と言ふらむ
わがための熱さはやがて冷たさと知りておのれをはかるたやすさ
かなしさに死なむと思ふ身にかくれ生きむとするもおのれなるらむ

歌

スバル　大正二年九月号（第五年第九号）

姿見ゆまぎらはしとは思ひつつ心は叫ぶ君なり君なり
あなうれし今宵死ぬとも別るともおのがまにまに君がまにまに

月夜惜し見ゆるところに君無きがわが恋しさのもとと思へば

見てもなほ心の変るさま見せずまた訪はましと言へる君かな

明日見むと言ふことさへもなぐさめとならで別るる悲しきゆふべ

くちづけてすべてを忘れ大空のもとひとり泣くここちせしかな　吾全

君につき思へることのかずかずをつらぬきしとも知らで逢ふかな

忘れしや一度逢ひし後ならで言ひがたかりしことなどはみな　吾全

この心君が知るとは思はねど恋しきことの悔しも悔しも

悔にのみ身のある如き心地して悔ゆべかりしを我におどろく

一人のなさけを知りて一人のうらみを忘れ心もつるる　吾全

よるべなし男の嘘とまこととをおのれの作るものと思へば

この上も悲しからむと思ふまに失はれたる今のかなしみ

時としてふさはずといふ我待たむ否けふならで無きにあらずや

逢ふ日のみ待たれていまだ君を待つ我も我待つ君も見がたし

わがために命のかぎり尽すをば男のつねと思ひぬゆるせ

一ことのみいらへをだに然るべきものとはなさでまことは泣ける

また逢はむさまの別れむさまの見ゆこはおもひでのはじめなりしか

再会のさまたげとなるかなしみを別れし人は捨てがたきかな　吾全

別をば急ぎたまへるうらめしき君より得たる幸のかなしさ

幸ひの上なしと知るいと寂し我に於てのことと思へば

みじめなるおのれを見れば捨てられし心地するかな思はるる身も　吾全

あはれなるかたちによりて《みにくき姿によりて（吾）》知られたる我こそ我のすべてなりけれ　吾全

人はみなわが身方かと思ふ時敵となれる我の寂しさ

あな悲し直ちに焼くと誓ひても消息書かぬこのごろの君

銀河

處女　大正二年九月号（第一巻第一号）

みこころか我の心か識りがたき悲み《ママ》もちて何を選ばむ
君と居ぬ明日の別に嘆くべき心のもとを養はれつつ
おのおのが帰るべき道知らずして別と知るはあはれなるかな
他《ほか》をもて証したまへるしるけさをわれまづさして暗示とぞいふ
憎きかなわかれて走るわが汽車のかたへにたわむ紅萩の花
憎き蝶まだらの羽を打ふればまことは色も捉へがたかり
歌よまばただに足るべき身なりしをわれ何事ぞ君の恋しき
銀杏ちる秋は寂しと語りしを春も寂しき山かと問はる
青葉して小暗きかげをつくれるも銀杏なりけり初夏の雨
夏はきぬやがて悲しき秋も来むわれ堪ふべきかその悲しさに
わが前にあらはるるこれとこしへにはなるるものの姿なるかな

夜に消えし悲しき道のつづきかと仰げば高き天の川かな

いかばかりおのれを悪しと思ふともわが悔さ《ママ》は止まぬ身ならむ

みづからをおほふ言葉の変るまに嘘のまこととなれるかなしさ

退きてわれをなだむる心さへ君を追ひゆくものと思ひぬ

いづちゆくべき　青鞜　大正二年九月号（第三巻第九号）

今行かんされどな待ちそさはいへどいまはたおのれいづちゆくべき

逢ふことのおろかさ今に思ひえてうそぶく前に君の来れる

人々がうとめる一つ君のその一つを恋ふる我に過ぎねど　吾全

君が言ふままに君をば鬼と呼ぶとりとめなさを君が泣くかな

君が前にふるふ心をよそにして我は醒めぬと嘆くべきやは

逢ひたればほかに思はんことの無し君そこにあれ我ここにあれ

世にもなき醜き女君恋ふとひとり嗤へば恨むよしなし

恨めしや死のよろこびを知らぬ身に死ねと迫りし君を思へば
みづからのたらはねざるを《足らはれざるを（日記の下書きに）》思ふ時恨まれてこそ尊かりけれ
君が今別れをなげく心にははや無かるべきおのれとぞ思ふ
かたみとは君が我よりもてゆきてとはに秘むべきなげきなりしか
我をしてかなしましめずすねしめず別れしめたる君のたくみさ
君がこと聞かまほしかり君我にのこらず告げしそのほかのこと
みにくかる真昼のわかれつめたさを忘れしめんと夏の日ぞ照る
ひとりにて我は全く思はるとさだむべき日に知りし男心
わが命けふを限と思ふとき世のたのもしくなれる秋かな
君が住む都の空の明るさよわれ秋風に消なばよからむ
まみえては君に聞くべきものならむ待つまにまさる胸の高鳴

みぢか夜

創作　大正二年九月号（第三巻第二号）

君を見る《君を見ん（吾）》明日の心に先だちぬ夕雲赤き夏のよろこび　吾　全
ゆきて逢ふことのかなしくなりにけり帰るべき日の見えしたまゆら
父も見ん君をも見んと心をば二重にもちて夏の旅する

〔注〕この一連は「日記」の下書きに記されているが右の「父も見ん」の歌は日記にはない

夏の花夏寒ければ色無しと思ひしほかの月見草かな
逢はん身の心は明日にあるものをつねのごと呼ぶ叔母の声かな
つらきをもなさけと思ひ負ひきつるおのれなりしかはや堪へがたし
君が待つものといつしか思ひこし心を恥ぢていづる停車場
逢ふまではこのたのしみもかなしみか否たのしみは今日に尽くべき
かけたまふ熱きいぶきとまづ思ふかの日を思ひわが頬染まれば
近づきて寂しくなりぬたのしみし昨日の心未だ失せねば
ふつつかの我よこの日は黙さまし君が唯一のなぐさめとして

いまわれの思へることをことごとく惑と知れば悔も尊し
おちいりし今知る悲し大いなるこのほらあなぞわがすべてなる
死をおづる心となればこの身さへ過ぎこし方のなつかしきかな
なやめる身短き夏の夜にも飽きあかつききぬとひとりよろこぶ
わが心なやめるほどはあはれこの恋しき人もかたきなるかな

青鞜社詠草

青鞜　大正二年十一月号（第三巻第十一号）

嘆く日はこの世のかぎり変らじとちかふ心も足らはざりけり
新しく愁ふる我の何故ぞ空ゆく鳥の心地せらるは
わが家にやどりかねたる旅人が臥しけむさまにすすきなびける
なやましさむしろかくせば癒えなむとちがやに切りしをよびならねど
さればとて近づけばとて待てばとて戦ふにてはあらざりしかな
身一つをしづめかねたるかなしさにそぼふる雨を見つめてありぬ　吾全

秋となる今年も山に赤き実の初霜待つと思ひたまはむ　吾全

別れては月日とともにうすれゆくみ影ならむと泣くもけふのみ

影のごと君があとゆく我に見てさまよふさまのをかしかりけむ

君を見て足らひしままのわが心木の葉となりて秋風に散る　吾全

この胸は打たれて鳴るにとどまらず誘はれて鳴く小鳥なりけり

堪へがたしわれの心は苦しきに来りて責むるものも無ければ　吾全

天日に

青鞜　大正二年十二月号（第三巻第十二号）

暗き額君に射られむたのみしておのが心も語らざりけり

胸苦しこれみなここに滅ぶべき影とはいへど君がかたはら

夢見むか死なむかかかる惑するけふを限の夢に死なしめ

見て過ぎし心とはいへ今も眼に残れり君が真顔横顔

ゆめうつつにはあらざらむそれよりも悲しきことのはじめならまし

捧ぐべきわが身悲しやぬばたまのわが夜は来ぬと君は叫べど
露だにも君が心に適ふべき命のあらば捧げてましを
いやまさるおもひのほかに一目見て尽きしは何のおもひなりけむ
君去にてやがてなやましこの心なほひるがへる時のあらまし
あめつちになづまぬ心たちまちに悔いてはおのが恋を破れる　吾全
君ゆゑのなやましさとはつゆ思はじああただわれの弱きゆゑかも
人ありてえ落ちはてぬをたのむまにもどかしむまに一人となりぬ
春をまつよしもなき身と知りながらかるはずみをばせじと誓ひぬ
頰にうすく匂ふを見ても飽きしみ血吸ひそめてより足らふ日もなし
あやまちに泣かぬ日もなき《日のなき（吾）》我ながら君にあやまつよき時のなき　吾全
君が目に避くるおのれの見えしてふその危《ママ》さを知らざりしかな
水仙の花の息にも燃ゆべきかかつ消ゆべきか君があめつち

やうやくに迫ると見ればはるけしと言ひていでたつさびしき我は
今せちに思はるる身の苦しさよ死なば欺く心とも見む　吾全
美しく死なむともがくわが上に君が笑ひの赤くみなぎる
散る花をさかしまさそふ風あらむ時は逝きぬと君は誇れど
君が目にさる人の顔うつせよとこの夜半たのむ暗ならなくに
忘れむとしたるこの身の痛手見て君はかがやくみ心やえし《心をや得し（吾）》　吾全
み心のかがやく見ればかりそめにわが世嘆くもをののかしけれ
み力となりてあふれしそのからか我に葬る命といふは
おのれをば君が命のおくづきと思へど笑めるかんばせの見ゆ
思はるるにもかかはらずこの日なほわがあやまれる君がほほゑみ
或はまた我にめくらむみ心が《み心か（日記）》花を埋めて暗ぞ匂へる
何といふあさはかさぞと我を見てよするみ眉の美しきかな

いとかろく一言我はあさましと言へば人みな手拍ちうなづく
この心今はた何に動くべきさゆらぎなしと君は倦まむも
いささかも人の思はく思はざるそれを憎めりそれをたのめり
よろこべど価しがたし悔ゆれども恨むよしなし君が心は
尽くるなく我にそそがむみ心はああこの川か流れ流るる
身にあまる犠牲にかがやく天つ日に我はむなしき嘆きをぞする
今こそは心吸はるる故とせめ君見る力いつありし眼ぞ
この暗のいづくをとれる君ならむ玉の腕も打まかせつつ
日は空ゆく君は流るる時を越ゆ冬来とかこつ我を知りつつ
み別れのしるしに盛りし初雪を君はあましとたはむるるかな
み手とらむ心もあらずひたすらにすがりこし身は火など摑みぬ

君が心

處女　大正二年十二月号（第九年第四号）

思ふことなほ言ひがたし君がみ言くりかへす身に飽く日無ければ

いやまさる君がこころに今更のわがさゆらぎの呪はしきかな

弱さのみかこてるほどにみづからを知りつくしなば如何がしてまし

あだなりしけふをも高きおもひでとして慕ふべき時の来らむ

わが涙一夜晴れたる初秋の君がねざめに鳴きし百舌鳥かな

強ひられて打むかひたる影ならむ俄に消えて心おちつく

ゆくりなく君見しものをわが夢の一つをえらびまゆめと《真夢と（吾）》せむや　吾　全

君一人恋ふることをばまづ君のゆるさずといふ悲しかりし日

託したる胸むなしさにふるへそむさびしや君もうなづかぬまに

かかる夜は又あるまじと言ひしかなこの夜の心語りがたさに

このことかわれのまことの足らぬためわれのまことのへだてらるとは

恋しきか否この心おのれさへ知らずとこそは泣かまほしけれ

友よりもはらからよりも君が息はげしきはその性と思ひぬ

ほほゑみて眠る君にも近づけば涙流るる我なりしかな

さばかりの身にもあらぬを思ふてふ君は如何にか苦しからまし

日記より　（七月）

〔注〕七月とある二五首はすべて「スバル」大正二年九月号掲載の二五首と表記若干異なりつつ重複している、歌稿下書きを日記に書いたものと思われる

姿見ゆまぎらはしとは思ひつつ心は叫ぶ君なり君なり

あなうれし今宵死ぬとも別るともおのがまにまに君がまにまに

月夜惜し見ゆるところに君無きがわが恋しさのもとと思へば

明日見んといふことさへもなぐさめとならで別るるかなしきゆふべ

見てもなほ心の変るさま見せずまた問はましと言へる君かな

くちづけてすべてを忘れ大空のもとひとり泣く心地せしかな　吾全

君につき思へることのかずかずをつらぬきしとも知らで逢ふかな

忘れしや一度逢ひし後ならで言ひがたがりしことなどはみな　吾全

この心君が知るとは思はねど恋しきことの悔しも悔しも

悔にのみ身のある如き心地して悔ゆべかりしを我におどろく

一人のなさけを知りて一人のうらみを忘れ心もつるる　吾全

よるべなし男の嘘とまこととをおのれのつくるものと思へば

この上も悲しからむと思ふまに失はれたる今の悲しみ

時としてふさはずといふ我待たむ否けふならで無きにあらずや

逢ふ日のみ待たれていまだ君を待つ我も我待つ君も見がたし

わがために命の限り尽すをば男のつねと思ひぬゆるせ

一ことのみいらへをだに然るべきものとはなさでまことは泣ける

また逢はむさまの別れむさまの見ゆこはおもひでのはじめなりしか

再会のさまたげとなるかなしみを別れし人は捨てがたきかな　吾全

別をば急ぎたまへるうらめしき君よりえたる幸のかなしさ

幸の上なしと知るいとさびし我に於てのこと思《ママ》へば

〔注〕「スバル」には「ことと思へば」とある

みじめなるおのれを見れば捨てられし心地するかな思はるる身も　吾　全

あはれなるかたちによりて《みにくき姿によりて（吾）》知られたる我こそ我のすべてなりけれ　吾　全

人はみなわが身方かと思ふとき敵となれる我のさびしさ

あな悲し直ちに焼くと誓ひても消息書かぬこの頃の君

日記より　（八月）

君を見る《君を見ん（吾）》明日の心に先だちぬ夕雲赤き夏のよろこび　吾　全

ゆきて逢ふことのかなしくなりにけり帰るべき日の見えしたまゆら

夏の花夏寒ければ色なしと思ひしほかの月見草かな

逢はむ身の心は明日にあるものをつねのごと呼ぶ叔母の声かな

つらきをもなさけと思ひ負ひきつるおのれなりしかはや堪へがたし

逢ふまではこのたのしみもかなしみか否たのしみは今日に尽くべき

かけたまふ熱きいぶきとまづ思ふかの日を思ひわが頰まれば《わが頰染まれば》（創作）

ふつつかの我よこの日は黙さまし君が唯一のなぐさめとして

近づきてさびしくなりぬたのしみし昨日の心いまだ失せねば

君が待つものといつしか思ひこし心を恥ぢていづる停車場

おちいりし今知るかなし大いなるこのほらあなぞわがすべてなる

いま我の思へることをことごとく惑と知れば悔も尊し

死を怖づる心となればこの身すら《さへ》（創作）過ぎこしかたのなつかしきかな

なやめる身短き夏の夜にも飽きあかつききぬとひとりよろこぶ

わがこころなやめるほどはあはれこの恋しき人もかたきなるかな

〔注〕ここまでの八月の一五首は「創作」大正二年九月号「みぢか夜」と順序不同に重複する、「創作」には一六首で一首多い

逢ふことのおろかさ今に思ひえし《えて》（青鞜）うそぶく前に君の来れる

人々がうとめる一つ君のその一つを恋ふる我に過ぎねど　吾　全

君が前にふるふ心をよそにして我は醒めぬと嘆くべきやは

逢ひたればほかに思はんことの無し君そこにあれ我ここにあれ

世にもなき醜き女君恋ふとひとり嗤へば恨むよしなし

恨めしや死のよろこびも知らぬ身に死ねと迫りし君を思へば

みづからの足らはれざるを思ふとき恨《ママ》まれこそ《恨まれてこそ》（青鞜）尊かりけれ

君がこと聞かまほしかり君我にのこらず告げしそのほかのこと

みにくかるま昼のわかれつめたさを忘れしめんと夏の日ぞ照る

ひとりにて我は全く思はると定むべき日に知りし男心

わが命けふを限りと思ふとき世のたのもしき《ママ》なれる秋かな

君が住む都の空の明るさよ我秋風に消なばよからむ

まみえては君に聞くべきものならむ待つまにまさる胸の高鳴

かたみとは君が我よりもてゆきてとはに秘むべき嘆なりしか

我をしてかなしましめずすねしめず別れしめたる君のたくみさ

〔注〕右一五首は「青鞜」大正二年九月号の「いづちゆくべき」一八首中の一五首と重複している

君を見て足らひしままのわが心木の葉となりて秋風に散る　吾全

身一つをしづめかねたるかなしさにそぼふる雨を見つめてありぬ　吾全

秋となる今年も山に赤き実の初霜まつと思ひたまはむ　吾全

〔注〕右の三首は「青鞜」大正二年十一月号「青鞜社詠草」一二首の中の歌と重複する

いま誰か山に火を焚くああこの身煙となりて君にゆかまし　吾全

〔注〕「吾木香」中にあるも掲載誌不詳

ほほゑみて眠る君にも近づけばみぢろぎかねて涙流るる

〔注〕この一首「處女」大正二年十二月号の「君が心」一五首中にあり、但し、下句「涙流るる我なりしかな」となっている

わが妬見むと思ふやその中のたはぶれごころ一つ示して

いち早く帰さざりしを悔ゆるまですさみし人のもとにまた来ぬ

この日まで待つといふにもあらざりし身のえ逢はずは如何に恨みむ　吾 全

〔注〕「吾木香」中にあるも掲載誌不詳

ああ君は《君は今（早稲田文学、吾木香）》わがこしかたを笑ふまでこの日の我を信じたまふか　吾 全

〔注〕この一首「早稲田文学」大正三年五月号（第一〇二号）「焔」二〇首にあり

ものがたり聞きゆくままにくちづくる我にもあらずさびしかりけむ

橋桁を組める男のもの言はず君を見送る我を見かへる

ああ昨日君を送りて別れきて下りがたかりし秋の山かな　吾 全

〔注〕「吾木香」中にあるも掲載誌不詳

その道の遠からむなど思ひやるこの心ゆゑ君をそこなふ

この後も君あるゆゑの苦しさをおぼえなば身の幸と思はむ

誰も知る交りをして人知らぬ愁に泣くは口惜しきかな

その時を限とだにも思ひえばかへりみるべきいとまもありけむ

ほかならじそのほかならじかく思ふ時も君には拍ちかねし手ぞ

まみゆともわが身のうさは一言も言ふまじとして待ちし日なれど

よりてその明るき額はあふぐともみ心探る我ならなくに

心またゆくかたなくば憎みても飽きても君を思ひてあらむ

思ふことなほ言ひがたしくりかへす君がみ言に飽く日なければ

〔注〕「思ふこと」以下一三首は「處女」大正二年十二月号の「君が心」一五首の中にある

いやまさる君がこころに今更のわがさゆらぎの呪はしきかな

弱さのみかこてるほどにみづからを知りつくしなば如何してまし

あだなりしけふをも高きおもひでとして慕ふべき時の来らむ

強ひられて打ちむかひたる影ならむ俄に消えて心おちつく

ゆくりなく君見しものをわが夢の一つをえらびまゆめとせむや　吾全
君一人恋ふることをばまづ君のゆるさずといふかなしかりし日
託したる胸むなしさにふるへそむさびしや君もうなづかぬまに
かかる夜はまたあるまじと言ひしかなこの夜の心語りがたさに
このことかわれのまことのたらぬため我のまことのへだてらるとは
恋しきか否この心おのれさへ知らずとこそは泣かまほしけれ
友よりもはらからよりも君が息はげしきはその性と思ひぬ
さばかりの身にもあらぬを思ふてふ君は如何にか苦しからまし

〔注〕左の歌一六首は掲載誌など一切不詳

まざまざと君見し夢の心追ふ朝のさびしさこのおぼろげさ
破れたる心と知らず我に君あれば夢見るものと思ひぬ
君にえし恨にまさる恨もて生れしこともけふに知るかな
何ものか心細げに見えよかし落葉するだにしづ心なし

何ありて生くる我ぞと眼もていふ我ならなくに涙さへぎる

あめつちに我の心を語るものあまりに多し黙すべきかな

へだたりてあるそれゆゑの命のみ待つべきもののありや死のほか

ゆくりなきおのが愁に君を待つ心くだけてここちよきかな

汝を恋ふはかの頃よりと聞けどわれさびしさ思ひあたることもなし

もてあそぶ心の前に舞ひゆかば塵にも値あらましものを

このことをことさら夢と思ふまで世をあぢきなきものと思ひし

わが心ひるがへさむと前の人かくもしばしば夢に来るや

おろかさのはてを知らずといふ人のある世にありて君に思はる

言はましと思ふ心に奪はれて思へることの失せしさびしさ

思はるる身ぞとみづから尊ぶも君には足らぬ心なりしか

ああ我は君がきのふのみ心を死の後までもたのまむとする

日記より　（十月）　かたみの林

〔注〕「かたみの林」と題したこの十月の歌一五首は「君がきてのぼりし山に…」の一首が「吾木香」にとられているのみで、発表されたものか否か不詳

あはれよき林なるかな君ははやぬれし落葉の上を歩める
ものふりしにほひをめでて君が入る林の杉に脂の流るる
君が倚る杉にもあらぬさびしさをおぼえ小径に走せいでにけり
など醒めし夜の雨匂ひ朝日もれ木立も酔へる林ならずや
若杉の並ぶ林にふとわきしたはむれごころ惜しかりしかな
枝さして空こそ落ちね林には君がうつろの見えにしものを
わが心かがやかざりしそれのみに二人が恨む林となりぬ
捨てられし日はわれゆきてさまよはむ名こそとどめぬかたみの林
君がきてのぼりし山に見かへりし《かへりみし（吾）》はざまに今や《今ぞ（吾）》雪のつもれる　吾全
わが心君をはなれてただよへばゆふべの空の朱に揉まるる

緑失せ紅失せ枯れぬ落葉今朽つるほかなし燃ゆるほかなし

君あればものの朽ちゆくにほひすらいやなつかしき林なるかな

はるかなる山に見ゆるは煙のみ火のみみ靴の跡や燃ゆらむ

また逢はむかのなつかしき恨めしき林忘るるよろこびをもて

土に乞ひ空にもとめし百千夜の夢も焼くべしそのたまゆらに

日記より　（十一月）

〔注〕十一月と書かれた歌四〇首は「青鞜」大正二年十二月号「天日に」四〇首と重複する、但し順序は不同

見て過ぎし心とはいへ今も眼に残れり君が真顔横顔

暗き額君に射られむそれのみに《たのみして（青鞜）》おのが心も語らざりけり

胸苦しこれみなここに滅ぶべき影とはいへど君がかたはら

夢見むか死なむかかかる惑するけふを限の夢に死なしめ

ゆめうつつにはあらざらむそれよりも悲しきことのはじめならまし

捧ぐべきわが身悲しやぬばたまのわが夜はきぬと君は叫べど

露だにも君が心に適ふべき命のあらば捧げてましを

いやまさるおもひのほかに一目見て尽きしは何のおもひなりけむ

君去にてやがてなやましこの心なほひるがへる時のあらまし

あめつちになづまぬ心たちまちに悔いてはおのが恋を破れる　吾全

君ゆゑのなやましさとはつゆ思はじああただわれの弱きためかも

人ありてえ落ちはてぬをたのむまにもどかしむまに一人となりぬ

春をまつよしもなき身と知りながらかるはずみをばせじとちかひぬ

頬にうすく匂ふを見ても飽きしみ血吸ひそめてより足らふことなし

あやまちに泣かぬ日も《泣かぬ日のなき（吾）》なき我ながら君にあやまつよき時の無き　吾全

君が目に避くるおのれの見えしてふそのあやふさを知らざりしかな

水仙の花の息にも燃ゆべきかかつ消ゆべきか君があめつち

やうやうに迫ると見ればはるけしと言ひていでたり《言ひていでたつ（青鞜）》さびしきわれは

今せちに思はるる身の苦しさよ死なば欺く心とも見む　吾　全

美しく死なむともがくわが上に君が笑ひの赤くみなぎる

散る花をさかしまさそふ風あらむ時は逝きぬと君は誇れど

君が目にさる人の顔うつせよとこの夜半たのむ暗ならなくに

忘れむとしたるこの身の痛手見て君はかがやくみ心やえし《心をやえし（吾）》　吾　全

み心のかがやく見ればかりそめにわが世嘆くもをののかしけれ

み力となりてあふれしそのからかわれに葬る命といふは

おのれをば君が命のおくづきと思へど笑めるかんばせの見ゆ

思はるるにもかかはらずこの日なほわがあやまれる君がほほゑみ

或はまた我にめくらむみ心か《めくらむみ心が（青鞜）》花を埋めて暗ぞ匂へる

何といふあさはかさとぞ我を見てよするみ眉の美しきかな

いと軽く一言我はあさましと言へば人みな手拍ちうなづく
この心今はた何にうごくべきさゆらぎなしと君は倦まむも
いささかの人の思はば思はざる《いささかも人の思はく思はざる（青鞜）》それを憎めりそれを頼めり
よろこべと《よろこべど（青鞜）》値しがたし悔ゆれども悔ゆるよしなし君が心は
尽くるなく我に注がむみ心はあこの川か流れ流るる
身にあまる犠牲にかがやく天つ日に我はむなしき嘆をぞする
今こそは心吸はるる故とせめ君見る力いつありし眼ぞ
この暗のいづくをとれる君ならむ玉の腕も打まかせつつ
日は空ゆく君は流るる時を越ゆ冬来とかこつ我を知りつつ
み別のしるしに盛りし初雪を君は甘しとたはむるるかな
み手とらむ心もあらずひたすらにすがりこし身は火など擱みぬ

大正三年　——五四四首——

新派和歌百人一首　處女　大正三年一月号（第十年第一号）

久方の日にも月にもかへがたし君と居し夜の暗のかたはし

夢　青鞜　大正三年一月号（第四巻第一号）

難かりしならむとはやもねぎらはる我なほここに惑へるものを
なほつつむ心のあるをたのめればあえかにさびし君がまなじり
なやましき心なるかなおのが身のはかなさを知りすこしなぐさむ
おほよその心か我はとらはれの心か我はひとりなやまし
この心惑へるひまにまだ君を見ることなくばここに死なしめ
恋にさへ身の捨てがたきなげきして生くるに過ぎず醜くかりけり
なやましき心抱きて打むかふ雨夜の暗に浮ぶわが顔

北風は死ぬべく我をいざなひぬ君見む春の近づくままに
何ごとも知らざりし身のああつひに陥りたるかあとさきの見ゆ
今はただ問はれて燃ゆる身なりけり心はまづぞ君に答へし
今となり問はでもしるきことを問ふ吸ひ滅ぼさむ君が唇
そらごとにあまた挿みし君がみ名一たび近く呼ばまほしけれ
そのあたりあまり明るきくやしさにつと別れたる秋の川べり
蔓草の黄の枯葉にもよそへられ心くまなく晴れて別れぬ
いつまでも我を見つめて立てりしはかの枝ひろき木なりけらしな
昨日までけふの昼まで君と見し山暮れはて《山暮れはてて（吾）》雁鳴きわたる　吾　全
かばかりも誓ひし君がみ心を身のもろさゆゑ夢となすかな
真昼とてゆるしたまひぬすさめる手つひに捧げぬ我なりしかど
めぐりさす一縷の光暗になほ消えがたかりしおもかげの消ゆ

惑消ゆここに二つの道も尽くむくろを踏むを何と知るべき

はてしなきわが悲《ママ》みをふと掩ふ暗は明るし君が影かも

湯の如き涙今わく蒼き額夢に蒸されて花とも咲かむ

みづからを投げいださんと思ふまにうつろとなりぬせんすべもなし

われはよし君が惜《ママ》めるたまゆらを幾世と思ひ生くる身なるも

日に悲しわが知ることの多きにや君が心のいやまさるにや

われ悲しわれ危しと泣くを見ておもしろしてふ君はあらぬか

恋してふおもたき心身を圧して走せむとすれど立ちがたきかな

まづ消ゆと光も暗も待たざりし命のために冬も這ひゆく

春の夜の星もて空を境せよ恋しき君と共に住むべく

明滅

我等　大正三年一月号（第一年第一号）

たましひはいづち去にしぞわが手今み靴の泥にふれてふるへぬ　全

狭霧だに立たずもあれと思ふ夜を木さへしげりて山のそびゆる　全

さまたぐるもののあるらしこの日こそ心ははるか行かめ《君にかよはめ（吾）》とどかめ　吾　全

世に君のあらん限は死すとてももてあまさるるこの身ならまし　吾　全

あやまちぬあなと恥ぢえずさけびえず心ぞをどる愁にをどる　全

あやまちのわざはひゆゑに涙してわが見し神に価あらんや　吾　全

みづからはあらためがたしこの心君にはせめて美しくゆけ　全

君は今我をふり捨てゆくかとも人の思はむことを我言ふ　全

み心は如何がありとも知らぬ身のいや遠ければ涙流るる　吾　全

さまざまの顔きて覗く世界をばわが知らぬまのここちよきかな　全

さびしくも君が一つのまばたきの中にさまよふ我を見しかな　吾　全

真夜中もねむるべきやと君怒るわれの願を知りしやうれし　全

君によりわがねがふことかなひたり怖るることはいつか遂ぐべき　全

わが影の如何がひらめく時ならむみ心のうへ明らけしてふ　全

そよ風もなきあかつきの霜にぬれ枯れし木の葉の滴れるかな　全

高らかに君が唱ふる日輪は逆《ママ》にそそげる雨に濡れたり　全

よろこびのあらはしがたきかなしさに身を亡ぼさん驕こそすれ《さへする（吾）》　吾全

日を取りて嚙むも足らずと嘆きたる心も舌も枯れにけるかな　吾全

わが知らぬものに捧げし命なり君もてあますことなありそね　全

病める身を起さむとしてめざめたり涙夢よりうつつに流る　全

いや深き眠をさへもたまはるか夜は夢なし昼はうつつなし　全

いまさらにいでやかの目に見入らむと立ちあがるまで我の暗きか　全

はかられし身とは思はじ君は今火をもて我を囲みたまへど　吾全

煽りては冷やすかなしき癖なくば我は焰も抱き得べけむ　全

火の夢　我等　大正三年二月号（第一年第二号）

よしと見し君が心のそのままに捨てがたきこそ悲しかりけれ

火に溶けて赤く流れむそのほかに願ふことなき岩は動かじ

たちまちに指もふれじと悔いたまふわれ死なしめと言へど甲斐なし

なせしことみな我なりと言ひてまし君が心の苦しからずば

ややありて星ぞ脈膊つ木枯しのはたと止みたる夕ぐれの空

何人にかかはり何時につながらむふとあらはれし今日のかなしみ

口重く疲るとばかりつぶやくや夢ごこちにも酔ごこちにも

ことさらに悲しき人とならましと思ふ心の我にあるらし

相ありてものを思ひぬ別れゐてうつつなき日もありにしものを

つつましく忍ぶにあらずやごとなく別れて泣けるそれのみのわれ

さびしてふわがならはしの止まぬまに夢は流れてうつつとなりぬ

吾　全

このきはものがるる道をたまはるや残れる涙そこに流さむ

雪

青鞜　大正三年二月号（第四巻第二号）

濁りなき心と君に思はるることの我には堪へがたきかな

癒ゆべきか癒えざるべきが《ママ》君見る日十日に迫り我病みて伏す

何ものも諭しがたしと神は今わが身を病ませ君を護るか

我病むか君が招く日きりぎしの枯草の根をつかみたるまま

身立たずば心ばかりもまゐらせんその日を告げよ時を知らせよ

いねがたし君来て呼ぶや眠るまに病癒えんと横はれども

風寒し我は遙かに抱かれて心ときめく身ぞと思へど

山河のへだてすらなほ除かんと君は心をくばりたまへる

君思ふままわが思ふままなりと誓ひし身をば病みてそこなふ

病にて死にうべき身の事無さに熱き涙のとどまらぬかな

時迫り狂ほしかりし心をばきのふに持ちてけふも君見ず
数ふるも憂き逢ふまでの十日をばたのて《ママ》み病癒やさんとする
かにかくに待つてふものを我病みてむなしくなさば生きがたからむ
みづからの光に酔はず山かげに凍れる雪を我になずらふ
病癒ゆあな心地よし解けそめし春の雪にも裏切りてゆく
君に事起りてこの日逢ひがたしわれあきらめてうれしさを知る
逢はんことおぼつかなしと知りそめて心は空も翔ける《翔るなりけり》身《（吾）》となる　吾　全
すみやかに来たれと言はずこの身にもとく逢はましと言ひし君かな
夢みたる道のべまでも行きて見む君は見ずど《ママ》も心なごまむ
絶望のもだえに堪へじあきらむと言へど小さきことと思へど
夢ながら悲しかりけりあはれまたこのかなしさもゆめなりしかな
やごとなきみ憾負はば残るものあるまじき身も死なじとぞ思ふ

水色の雨の中にて火の燃ゆる夜明けの山に君を思へる　吾全

ひとときにこしよろこびとかなしみの前に涙のためらはずわく

残る身

コスモス　大正三年二月号（第二巻第二号）

言はむことなしと男は身を投げぬくちびるを吸ふ夢のうしろに

山川のうづまく岸に立つときは我の姿も旅人に似よ

残る身はかなしからねどうらわかき君がまたする旅の妬まし

流れゆく花にはあらずはしきやし旅なる君は文もおこしぬ

はばからずおそれずみ手を待たんとし心地よさにぞまづ打たれぬる

去年の秋君がのぼりし御獄《ママ》路の枯木は春も白く残らむ

かかる恋誰か知らんと思ひたる方にうき名の立てるおどろき

わがたのむゆゑの一つにみ心を我にうつさんことはしのびじ《忍びず（吾）》　吾全

うき山をはなれあたはずなつかしき君にゆきえず我は痩せぬる

逢ふところ道のかたへも草原もわれら世界のただなかとせむ
君にのみ走せんとあせる身をしばし愁の中におきて休むる
険しきはかなしさながらみづからに安きを行かば我また死なむ

或る日の後

我等　大正三年三月号（第一年第三号）

わがために君はことさら柱無き家を建つるや入りて倒れん
世に人にみ親に君を罵らせ猶われ勝つと誇り得べきや
はかなくて別れんされどこの恋はそこなはじはた夢は破らじ《この夢は破らじ（吾）》　吾全
うつそ身を君抱くともわが心このままにては寂しからまし
被はれてある束の間も苦しとてはやちの中に君をのがるる
舞台をば人降り幕の垂るる時はじまると言ふ悲しき芝居
近づきて思ひがたくばへだたりて思はんともに甲斐はなくとも《甲斐は無しとも（吾）》　吾全
世の人に怒られたまふはじめとは知らでたまはるみ手にすがりぬ

よろこびて後みづからをかへりみる我は惑を求むるならん

君が世のものとしならば亡骸のおのれにて足る生きざるもよし

何ごとか猶ためらひて忘れよと云ふいさぎよき言葉さへ避く

おほかたの人のためらふところにて我もためらふみにくけれども

はや我をことほぐごとくほがらかに春の小鳥は歌へるものを

かなしかりいまだ夢にもうつつにも君が捨てんと思ひ得ざれば

林檎

青鞜　大正三年三月号（第四巻第三号）

おほらかに噛める林檎の心地しぬ足駄にふるる春のあわゆき

滞りなかれと願ふたまゆらに心は急ぐかたちこそすれ

明日といふ誓を破り今日とせしみこころなどを恨むべきかな

傷一つ癒ゆるとともに甦る心はつひに死もくぐりえず

君死なば我も死なましそのほかに如何なることもあらじとぞ思ふ

もろともにと思へばこそ悲しけれ火を見ていよよ心冷えゆく

ここにして君と別れのかなしみを夢みるまでに心足らひぬ

悔さへも力となりていや深く陥らしむる身かと思ひぬ

かなしみは我に足るてふみ心をいぶかしみたる心よりきぬ

くらがりを探る心地に靴深く入るれば雪のきしむ朝かな

小鳥きてついばまんよりめでんなど言ひぬ木の実は数あるものを

鳥よしまろきこがねの夢と言ひ枇杷の実一つくはへて飛べば

たたかひはここならましと思へどもすべての敵は君にむかへり

逢ふまでの苦しき心まぎらせる明日もあさても愁おこりて

火光

我等　大正三年四月特別号（第一年第四号）

暗き日のやうやく明くる心地してたそがれの灯にをどりたつわれ

弱き身のつねと思ひてさばかりも悲しまぬこそあはれなりけれ

人われを嗤ふ言葉とたがはざるかなしき声をわが心持つ

寂してふ我の心をあはれみて焔の真似をしたる白玉

恥かしきこと愚かしき事毎に我をば見よと言はまほしけれ

はや我の離れぬことをかなしむや別れを包むことを嘆くや

恋しさにひとりありえぬ身の如く弱さにひとりありえずなりぬ

君すこしほかに迷ふと聞くにしもうなづかれてぞ涙流るる

あはれ今わが求むるはことごとく一たび君の賜ひたるもの

おのれより隔つる時をこの恋の限と言ひて我は泣くべき

ああさなり君の恋しきためなりと狂ひし後の心にぞ知る

このたびは逢ひて別れじかく思ふ心もしばし貸したまひけり

日出でなば東の空にわが夢の燃えうつりたるものと思はん

みづからをつくろひかねて運命をもてあそぶこそ忍びがたけれ

曙光

我等　大正三年五月号（第一年第五号）

我に酔ふものと思ひて覚まさじとつとめし人に恨まるるかな

夢によりやや明らかにせらるべきほどの恋をば忘れかねつも

如何にともなしがたき身のおほかたに恥を知るこそをかしかりけれ

ただ早く世を忘れんといたづらに後の後まで思ひわづらふ

気も遠くなりぬおのれはののしりに堪へず君をばわづらはし得ず

忘れめや焼けたる石に舌あてて味ひ得たる一滴の水

ひたすらに恋慕の心寄せきたるこはまた何のてだてなるらん

一たびは醒めて君ますよろこびを歌はん永き夢の中にも

若き日をあわただしくも送るなりやがて如何なる悔を見るべき

かばかりに恋しきものをゆくりなく逢はんことのみ夢みてぞある

眠にも夢にもいまだ入らぬ身の更けし夜に聞く春雨の音

窮れば親も男もはらからも我をたのめる心地こそすれ
持てるなりたゆき眠をたのまずば保ちがたくもなれる命を
逢ふ毎にもののはずみの心地しぬ何に思を凝らす身ならん
わがままの心の底のまことをば一つ語りて君を怖るる
このことの如何に凄きか知らねども恋する身には何ものもなし
この胸にやどる時猶この耳に馴れぬ声する小鳥なりけり
我れいまだすすりあげねどもろともに打たれし如く人も静まる
後の日もちぎりもあへず拒みえぬ今日にあるこそ悲しかりけれ
おのづから心は水に染むものか危し君と川に来れば
時経ればさからひごとの一つにも涙のむせぶ心なれども
みづからを傷つけてするやみがたきうつせみの世のはかりごとかな
知りがたき見がたき人の心にもかかはり深き心地こそすれ

山を去りて

青鞜　大正三年五月号（第四巻第五号）

いと浅き夢と浮名に促されわが去る山に春ぞ来れる
苦しさを洩らせしのみに忍びつつありし六とせの甲斐なくなりぬ
急ぎきて汽車の出でたる小さなる停車場の灯に見いでたるわれ
ああ今日は君が待てると待たぬとにかかはらでわが行く日なりけり
別れをば惜しむと見らるるひとりゆく身の寂しさに涙落せば
入相の鐘のなごりを鴬の初音と聞きてわが春を愛づ
異なりぬ君が悲しと言ふことをわれは嬉しと思ふさばかり
おのづから知りうる日などあらざらん我はなどかく君の恋しき
死ぬばかり恋しと言へどいつはりとなしたまふこそうれしかりけれ
父母をたのみて帰るわれは世のみなしごよりもあはれなるかな
何といふ寂しさならんうらうらと朝日はさせど起す子もなし

わが身いと安らかなれど不思議にも心をどらぬ故郷の家

戸開くれば東京の空さまざまの汽笛霞をめ《ママ》夢のごと鳴る

いつの日の我にならひて君はかくつれなきことを言へるならまし

何にてもあらざりしかど別れたる心地するまで近づきにけり

火の柱すこしゆがめば君ははやつめたき家と言ひてやどらず

嘲笑

処女　大正三年五月号（第十年第五号）

そのかげにわれの命ははやすでに断たれてあらん紺青の空

君あれば心づよしと思ひても養ひがたきわが身なりけり

笑ふときせめて笑ふと嘆くときせめて嘆くと思はれてまし

とこしへに安行く道を開かれし身の危さは如何すべきぞ

あまりにも恋しなつかしかかる時寄らばおそらくわざはひあらん

恨をば持たねど悲し針とめて山見る毎に白雪の降る

身は苦し浅間の溶岩《なれ》の利根に落ち浮ぶ石ともなりなんものを

かにかくにうなづきがたき心なり願ふところは異ならねども

松の枝一ひら赤き夕雲をとらへし後の空のしづけさ

焔

早稲田文学　大正三年五月号（第一〇二号）

逢はぬ身はもぬけのからと思へるに胸の痛みてなつかしきかな　吾全

夕闇に浮べる白き花にすらなほ天地の明るさを知る

海のかた明るくなりぬ疾く起きて君と別れて山に行かまし

あまりにも眠りがたさに何事かはからんとしもすれば夜の明く

君は今わがこしかたを笑ふまでこの日の我れを信じたまふか　吾全

かわく口ぬらしやらんと細きこゑ打ふるはして焔寄りきぬ

かの星はわが森かげにめぐり来ずみ空の限夜毎はなやぐ

耳あてて笛吹く身かと驚ききぬ君が腕に血潮高鳴《たかなり》

ゆくりなく二人の息の交るとき血吐て死ぬる君が顔見ん

わがたのむゆゑの一つにみ心をわれにうつさんことは忍びず《しのびじ》（コスモス）　吾　全

〔注〕「コスモス」大正三年二月号「残る身」と重複

かなしみて別るる今日の涙にも破らざるべしありし日の夢　吾　全

君来んと開きし窓をゆるがせぬ《ゆるがしぬ》（吾）風を帯びたるにはか雨かな　吾　全

濡れて来ん君を見んよりこの雨にまたかの船も空しくてあれ

潮どきは今悪《あ》し君が乗りにけん船の動かでかくおそきか《かくは遅きか》（吾）も　吾　全

いたづらにゆきかふ《君来らず船いたづらにゆきかへり》（吾）船のさわがしき汽笛よ遠く海ゆきて鳴れ　吾　全

たのむことおぼつかなしと知りそめていやさら君をたのまんとする

ああ人が我がかなしみのみなもとを知れば歎きを忘れて怒る

何事《なにごと》を思ひ捨てたる宵ならんふと耳に入る山の水音　吾　全

弱きもの滅ぶるなりと思へどもおのが身なれば涙流れぬ

人の子の一人に掛くるわが願絶えはてぬべき日こそ待たれる

白鳥　文章世界　大正三年五月号（第九巻第五号）

人の世のおほよそごとに驚けりあらはれのみを伝へらるれば

〔注〕「秀才文壇」大正四年二月号「低唱」の歌と重複

いま君にためらへる是れいつのまにつかさどられし心なるらん

〔注〕「青鞜」大正三年七月号「ためらひ」の歌と重複

つかのまの心ゆるしてその長き恨のなかに終る身ならん

〔注〕「秀才文壇」大正四年二月号「低唱」の歌と重複

ましろなる焔のさまに水落つる箱根の山を春の日に行く――旅にて

肩のうへ並木の杉のかげおとす夕月すべて藻の心地する

牝《め》馬《うま》のみ遊ぶかと見し熊笹のかげより近く唄のきこゆる

磯づたひ君が放てる瞳にもそむきて沖に消えし白鳥

人と別れて　青鞜　大正三年六月号（第四巻第六号）

このままの別れなるべきいましめを君が寝顔に見よと夜の明
堪へがたく恋しき心明日明日に迫れることも知らで別るる
われもまた共に送りし人々と別るるまでは泣かざりしかな
幾度かかく送られし身を思ひはじめて君を汽車に送る日
君は今いづち過ぐらん帰りきて座れば身さへ汽車のごと揺る
君をやりひとり空しくあらんやと狂ひまはれど逢ふ人も無し
旅ゆゑに世なれぬ人のいとしさを文待ち暮らす身にもおぼえぬ
われ君を何と思へる別れては共にさまよふ心地こそすれ
いまだよし世にも寂しきわが姿忘るるほどに寂しからねば
今にてもすでにおそしと歎く身を見つめて待てと言へる君かな
何となく別れし君を思はせてなつかしけれど知らぬ人かな
おのが身を嵐の中に置くもよし春の夜君は知らぬ國ゆく

君遠く去りましてより夕ぐれの風なつかしき夏とこそなれ
海山にむかへられつつ安らかに君は行くべしさは思へども
東京にまさるところのあらずとも君猶しばし海な渡りそ
みづからは君にまめなる心地してあれどいつしか恋を失ふ

曙光　我等　大正三年六月号（第一年第六号）

いささかも我を正さずまづ君に逢はしめたるかものの恨めし
玉溶けて心の中に流れたる心地しつつもいつか傷つく
わが上の明けゆく空のことながら鳥来て啼けば心なごみぬ
とりわけて悲しき時は言ひなしぬ我を斯くせし人のある如
おほらかに人に語りしさばかりもおのれをたのむ心あらばや
何をもて燃ゆる心となしたまふ君か知らねど火こそ欲しけれ
君待ちてあだなりし日の夕ぐれは風の前にもひれ伏して泣く

かなしみの見とほしえぬにあらねども君あるほどは歎くよしなし
ひとりゆく旅人よりも沈みゆく我の心をあはれと思ふ
おそらくはみ胸に咲きてとこしへにみ目にふれざる花となりけん
険しさを夢みたるより昔にもかへりうる身の心地こそすれ
ただひとり恥ぢて泣くべきみづからを人にまぎらし怒りてぞ泣く
君はその求めたまへるものをまづ我に与ふるあはれなる人
われ寂しまぼろしにても夢にてもただ美しき我を見てまし
あはれわが生くる力の止みたるをしばらくのまのことと思ひぬ
いくばくの愛着ならんかく言ふは既に久しく悶えたる人

白帆

早稲田文学　大正三年六月号（第一〇三号）

待てる身のしばしも早くまみえんと端居しをれば白帆など見ゆ
あめつちののりかわが世のならはしか待つ時君の来らざること

その時の一つ二つに限りたる我にもあらであやまちを恥づ

木を打ちて手を痛めたる風のみが君を怒りて止まぬ夕ぐれ

今日ははや君を待つ日にあらざるを出でて西見る東をも見る

今日もまた君来らんとはかりたる時過ぎ風の吹き出でにけり

約したる我に来らず何ものが君を捕へて放たざる日ぞ

来ぬ人の上に起りしことどもを思ひて待てる苦しさをやる

君見ぬ日いやつづくともかばかりに待つ日また無き心地こそすれ

君を見ば甦らんと待つ胸に悲みこそは甦りぬれ

おほらかにたのむ心のあるほどにあきらめ早き人と呆れん

悔いて泣くおのが涙のしとどさにふと夢みたる君がみ心

これもまた君にはあらず待てる身の恨買はんと店に寄る人

待つといふほどのことぞとあきらめてもの読みしかど何を読みけん

はてしなく待たましものをさだめなき君がありかを求めてぞゆく
ただわれの肌になすほかあるまじと惑ひし文を焼けと教へぬ
かくもなりはてぬと言ひてなげいだすほどにあらずと知りしあやしさ
小さくも生くればもののかがやかさゆたかさにのみ心とまりぬ
捨てたまふ日の悲みのそのほかに君がみ心つなぐもの無し
悔ゆるとき黙しておのが唇を噛めば怒るに似たる我かな

ためらひ

青鞜　大正三年七月号（第四巻第七号）

おのれさへべつべつなりやあな寂し心しづみて涙流るる
みづからをののしることのおろかしさ止まねどもまづ人を憚る
そのこころそのことわりのあきらかさうとまるるにもまさりて寂し
あさましき女とたえずみづからを思ひもあへず寂しくなりぬ
さびしくも敬ふことのまさる日は君を失ふ心地こそすれ

はてもなくおのれの前にひろがれる君が心はとらへがたかり
われ君に求むるのほか無かりけり心水なすしづけさをさへ
逢はずともよきにあらずやうれしくもかく言ひてまで試みたまふ
ありしにもまさる悲しき夢ながらなほまさゆめの心地こそすれ
あさゆふのいぶせきことにまぎれゐてつねに心の遊ぶかなしさ
みづからを失ひもえずけふもまた我は我にて遊ぶさびしさ
逢ひし時おほかた君に失ひしわがをしさは問ひなたまひそ
心にて思ふばかりのなほざりさ恕されぬこそたのみなりけれ
うつけたる心をまれに用ふればわがなすことはことさらめきぬ
われ悲し君を恋ひなば死なむこの命をかけてなすこともなく
おのれまづ君をあはれむ日無ければ陰府にさまよふ心地こそすれ
おもひやる心はあらじその人はやがて我なる悲しさに泣く

みづからを破る力も失せにけむわが涙にもとらはれて泣く

道無しとのたまひたるをまことかと今も思へる悲しき女

恨をも述べえずあはれとく老いてとく死なましとひとりごと言ふ

悲しかり人の心のはかなきももとづくところ我と思へば

みな我にもとづくといふあはれなる我を砕きて恨みそめんか

ためらひに終る心のさびしさに落つるも君によれる涙ぞ

なほ少したのむところぞありにけるあらはに我を憎みたる日は

何といふひややかさぞと恨まれぬそこなふまじとながめてあれば

つれなさを恨み泣くなどいとゆかしあだにせし日を惜みたまふな

君がいふひとりごとをも誓かと泣く我こそはうとむべきなれ

今君にためらへるこれいつのまにつかさどられし心なるらん

（「文章世界」大正三年五月号と重複）

走りこし心と言ひぬ三たび見てなるがやうにもなれと泣きつつ

恨めども我はと問へば一人をもひまなく思ふ心はあらじ
世のもののみな一いろに見ゆといふ君に見らるるけふののどけさ
足るにやと後に問はれむその日こそ恨むべきなれ君がつれなさ
君飽きて女ごころの美しさ無きかと泣けばさそはれて泣く
止みがたき遺伝なりしをおろかにもかへりみる日は死ぬほど苦し
思ふことはひとりごとにもなしがたきものとしみじみ我を嘆きぬ
かかること夢にも思ふ男かとはなれて思ふ日にはおそるる
やうやうに思ひそめしをこのごろもなほ思ふやといぶかしむらむ
泣きもえじふみにじらるるその日まであくがれたりし我と思へば
捨てらるといみじく泣けど捨てしとも人の思はぬこの身なるらむ
仇なるもよしと男の前に泣くわれはや同じ失恋の子に
自らに問ふべきほどの疑も思へばわかぬけふのさびしさ

君悲しおのれ悲しと同じ時涙流すにすぎぬはかなさ

な咎めそわがままなればえも悔いで求めんとするさかしまごとも

おのが死を忘れはかなきこの涙そそぐにかなへ君がむくろは

仇とまで呼びて心をまぎらはすほどの恋にもあらざりしかな

悲しくもなつかしきかな仇とのみ思ひつづけて死なましものを

追ひがたし君にとほらでただよへる心が描く赤きまぼろし

ためらふもゆくも走るもなかりけり動かされたる悲しき身には

毀てとも言ふべき人に追はれつつ悲しやけふぞまぼろしの君

この身はやささへらるるも立ちがたし願こそあれ弔ひたまへ

わが心よこしまなるを知りたまふ君にしあればなつかしきかな

ものうさに我を投ぐればくばりたる心地こそすれ憎むべきかな

何にてもおのれはよしと思へばか悲しきものと身をばさだむる

悲しかり恋とし知らばなすまじと人に誓ひておのれ破れば

こしかたに言ひなすのほか言葉なし今をなみする恋にあらねど

君見むと待つはよからむみづからを愧ぢむと待てる我の悲しさ

待つことにたへぬ心の混乱か春の日更に長かれと泣く

まことには待たじと告げぬ言葉なき國に語らむ願はあれど

相よ《ママ》りは棄てよ毀てよかく泣けど言葉尽きなば悲しからまし

泣く日きぬをさなきままに老いたるが如き暗なき生涯を見て

病むときは書き終りたる消息も送らじとする我のはかなさ

恋人に逢はんとあした山をいでゆふべにつきしふるさとの家

雪白き山にまたきぬもの思はず働くことを父に誓ひて

忘るとも死ぬとも今日の悲しきは悲しきなるを如何してまし

病みほけしゆゑとかこちしうつけさによるわざはひをひとりかうむる

み手にだにふれがたくして影にゐぬ今や去なれむ今や消えむと

かかる恋とげうとかりにさだむともわれいくばくのことかあるべき

我死なばけふの如くもしたまはむ君もし死なば我如何せむ

失ひし身もて恨みぬおのれには女の命たまはらぬかと

ためらひぬ胸はなやみにとざされて来るも去るもあらぬ時さへ

まよひ

青鞜　大正三年八月号（第四巻第八号）

その後は君と別れしさびしさをおぼゆるほどに心なごます

さまよはんさまよへるまは暗き身の明日も忘れん今日も忘れん

憂ふべきことかあらずかそのいまだ知れがたきまにおどろきて痩す

やごとなく捨てられざるに過ぎぬ身の苦しさをもて君に安らふ

悶ゆるはいたづらなれど君思ふ身は運命にまかせがたかり

わが心淡きがゆゑによろこびのわくかと思ふ恋もせしかな

なほわれは君無き今日に病むことを身の幸ひと思ひてぞ泣く

おもしろさありてか我を笑ひてか知らねど人の笑へるはよし

かばかりに涙流るる暗き身となれるも我の弱さにぞよる

一人にもの言ひかねてあめつちを恨めば近きもろびと怒る

かなしくも傷つきにけり我れ生きて君を愛でえず頼みえぬまで

はしたなきわが噂にも耳立つるよるべなき身となりにけるかな

如何がしてわれは醒むべき悲しさをつれなさとするこのまよひより

まぼろしにむかへる我の今よりも強かりしかと涙流しぬ

あさましき我のまよひを知りてこそ君もまことに捨てて走らめ

ふと逢へば深き痛手も身を離れ涼風となる心地こそすれ

み心を忘るればうしそのうきがままにつぶやくあさましきわれ

市にまじりて　我等　大正三年八月号（第一巻第八号）

わきまへて身の苦しさは忍ぶともとらはれし名を誰《た》れかゆるさん

今はただ悔ゆるひまにもひろがらん罪を思ひてをののけるのみ

しばらくは嵐の中のゆゆしかる鳥と思ひぬ今日のおのれを

衰へを歎くまもなくあるまじき天国をのみ思ふ身となる

わが知らぬ思ひに耽る君を見てただあるわれとなりにけるかな

はてしなくものをおもへば眠りたる心地もなさで悪夢にぞ入る

逢ふまでのものと思へるやるせなき命の前の死をば追はまし

のどかなることを思ひぬこの後は如何に心の傾かんなど

へだたりて見る目くらむは映るもの多き故ぞと君をなみせし

あまりにも死の遂げやすきくやしさに生きんとしたる後の甲斐なさ

みづからの美しさをば見んとするわりなきねがひ恋にさきだつ

はじめより命無かりし身と泣きぬ見越せし人を怒るべきとき

過ぎし日のたはぶれ言を守るべき人の如くもあはれなるかな
何物か不安の中にひらめきぬ我の求むる命ならずや
破らでは進みえぬもの横はる哀しき道をなど選びけん
さびしさに胸とざされし夕ぐれも命は我の自由なりけん

白玉

我等　大正三年九月号（第一年第九号）

一つとも思へる我のまごころをただあさましき火にぞ注げる
堪ふべきを忘れんとしぬさばかりのうさ苦しさは無き身なりけん
如何がせんおのれに急ぐことありて人に待たるる心地する身を
二日三日経ちてやうやくみ心にうなづきえたる頃のなつかし
身もあらぬなやましさよりふと覚めて悔いそむるこそをかしかりけれ
思ふこと無くて黙せる束の間も縛《いましめ》られて人にまじれり
わがゆきて救ひうべくばかのわれを憎める人にわざはひのあれ

のどかなり君が愁にみずからのかかはることを早く知らねば

何事もまごころこめてなしがたきこのうき身をも長く保たん

あはれなる身をば寄せたる今日にして君に仇なす心地こそすれ

なつかしき瞳なりしをふと怖る我やさもしき我やあなどる

見出でたる白玉失せぬただちにはえがたきものと歎きたるまに

微風

青鞜　大正三年九月号（第四巻第九号）

君を見てなほいづくにもあくがれのまさらぬ身をば刺したまへかし

悔も無く恨も無くてただわが身なやましといふ心となりぬ

思ふことなす心地しぬはしたなきことをなすまに我を忘れて

束の間のよろこびながら何ものも見がたきまでに我をおほひぬ

〔注〕右の一首は大正四年一月号「青鞜」の「哀調百二十章」と類似

いかばかり君に求むること多き身ならん時に捨てよとも泣く

行くところとどまるところ知りあへず心しびれて君をけがしぬ

あまりにも心地よげなる君見れば我は眠れる心地こそすれ

とこしへに消えじと思ふその夢をただみづからのものと知るかな

をとめごの日の幸ひももろともに知るべし君の妻となりてぞ

まごころをもてつぐなはん日を待ちぬかへらぬ人と別れたる後

帰りこし道の疲れにもの言はぬ君の前にも涙浮びぬ

われこの日病める君にもはてしなく笑まはせられてあだに日送る

君が病む枕辺さしてほそぼそと蚊遣の香の煙うづまく

君をよくみとりえざりし悲しさを忘れえぬのみ我は甲斐なし

かの山に乱れ咲きけん白百合の花にも我は心捧げず

軒下の暗より百合のにほふ夜は細き灯かげもゆらぎけるかな

鈴虫の鳴く夜帰れば雪のごと消えてぞありし山の白百合

秋の夜は狭霧となりて浮ばんとはざまに散りし白百合の花

いつ知らずわたくしごころ起りしか心君より身より離るる

相見れば月にも行かじさばかりも君を守れる心ならねど

昨日まで明日てふことも思ひたることなき身もてわが子を思ふ

なつかしと思ふ心に先だちて引かるるほどの恋に足らめや

強きものはた大いなるものとのみ思ひがたくもなつかしきかな

故郷の涼しさ思ひわがもとに帰らぬ君をよしと思ひぬ

わが心俄に待たる故郷によき雨得たる君を思へば

うとましき我を見るべき君思ひ待ちつつ今日も帰るなと泣く

われながらいと哀れなりみ心も知らでかく病む身かと思へば

秋風は町にも立てど覚めがたし悲しや人に酔へる身ならん

我をしも妻と定めて呼ぶきはにあきらめ見えて心もとなし

このうき日なほはてしなくつづかんと思ひ過せし身をぞたのめる
なごむべき心を待てどいつの日もうつつなからん悲しさを知る
逢ふことと別るることに生死の思ひをなして終るべからん
かなしみの唄も浮ばずなりにけりあらはに今日のさまは見えつつ
山にゆき海にゆくらんいづくにもともなひがたき我を泣きつつ

一夜明かさば

文章世界　大正三年十月号（第九巻第十一号）

しばらくは夢心地なりさまよひて一夜明かさば死なん月夜も
昨日まで初夏の野のそよ風に逢へば涙の乾く身なりし
心おく野にはあらねど草清く茂りて涙落すひまなし
田を打てる少女の心知るまなくああ絵の中の人と羨む
悲み《ママ》て何かあるべきこの里の水みなおのが涙なりとも
潮風はしきりに吹けど小松原見ゆれどいまだ海の浮ばず

身危しかかる海にも一たびは君を誘ひて来んと思ひし

人のまだ知らぬ涙と思へども夜目にも青き水の色かな

わが心足らはぬままに招きたる悔かはかなき恋につづくは

暗きかげ身にまつはれば我の四方光に満つる心地こそすれ

忍苦

我等　大正三年十月号（第一年第十号終刊号）

疑はず行かんとひとりわれ誓ふ世にも寂しき道と見ながら

雲のごと追はんすべなきみこころに遠ざかりえぬ歎をぞする

見はるべき瞳疲れぬ今はこの美しびとを抱きて眠らん

なごみたる今朝のさびしさまことには疲れはてたる心なりけり

うつつなき身にも明日をば恃ませぬ帰らんといふ君のおとづれ

かたはらにあれど君には甲斐なき身はや寂しとも告げんよしなし

世に飽きし身の心地しぬきのふけふ悲しと思ふことの無きにも

小さなるわが心にもほほゑみて対へる如し疑の晴る
惜しからぬ夢に過ぎじと繰りかへす身にも打たれし跡ぞ残れる
みづからをもてあそばんとする心ありてか今日も心乱るる
寂しさを忘れあたはず忍びたる甲斐あるさへも悔しかりけれ
そのかみをかへりみをれば燃えし野もやがて真白き道となりゆく
危さを忘れていまだあくがれに身のそむけるを知らであるかな
恋も死もわきまへがたくなりつればみ心更に知らまほしけれ
はてしなき闇を見ながら悲しみをなほ一時のものと思へる
今のわれただ斯くのみの世をば見ておもしろきこそ悲しかりけれ
人もまたあぢきなからんわが心充つるを待たずなぐさめに酔ふ
おどけたる思ひあがりも却《しりぞ》けず異なる我を見んと願へど
おのれまづおのが姿のさびしさを知らぬさまして遠ざかりきぬ

美しき夢よりさめし悔のまもなほ美しき時と思ひぬ
一人の人の心に驚きてたちまち世をばあさましとする
いと早く秋をば知ると歎く身は日の暮るるにもおどろけるかな
わがうれひわがかなしみに過ぎざるか君が命にかかることさへ

山のおもひで

青鞜　大正三年十一月号（第四巻第十一号）

砕かんと恨みしかがみ火に溶けてさびしき影もうつすよしなし
さかしまに不安の中に求めたる命の如くはかなくぞある
明日をなす心の如く苦しかり昨日のままにあるを思へば
限りなき幸さへえつと思へるを力無き身となりにけるかな
海底に死ねるなりけりたのしみをみ空にゐがく我の心は
道知らず人を待てどもうつそ身のこと今何のかなしみもなし
かの頃の君が心とこのごろの我が心と似るも悲しや

みづからをいたはるこころたちまちに怠りとなる我の醜さ

あはれわが一つ一つにあらがひしそのみ心も今は忘れぬ

うき言葉われ一人のみ聞かんにはかばかり心痛めざらんを

海の香も花の香もなき秋の夜のにほはしかりし山の霧かな

狂はんや君恋しさのまさる日はまづみづからの恋しきものを

或るものの影にてありし男かと驚きしこそおろかなりけれ

禍ひを避くることをばあらかじめさもしと知りし我にあらねど

飽かれたる身かと思ひぬ二つ三つわがあやまちをとがめらるれば

影のごと添はんとしたるさまをさへわがおろかさと怒りたまふか

君を見て飽かぬ瞳にあさましきわが衰へのうつる日となる

ここちよさここちあしさの後に知る我のよろこび我のかなしみ

おどろきて捨てはなたれしこの日までまもられにけん心なつかし

〝短かい手紙〟の中より

處女　大正三年十一月号（第十年第十一号）

みづからを欺くごとく欺きぬかの日この日の君が前にも

ただ刹那ただひとときと願ひつつつづかぬ愛のはかなさに泣く

—一〇月七日—

弱き身か怒るまもなく流すなるこの涙こそ呪ふべきなれ

歎きては君が捨てゆく命にも代りうべきかいまく《ママ》のおのれは

—一〇月一一日—

そのままに君をおのれとなせるこのわがあはれさを誰か知るらん

ゆめにしてうつつなる世に悲しくも君えてわれを失ひしひと

まもりにもざんげにもあらずあはれてふ君にならひて流るる涙

—一〇月三一日—

死にいそぐ君が姿のつつましさおのれはるかにぬかづきて泣く

—一一月一七日—夜

ことごとく君があたへしこころなりここに秘むるもここにうらむも

—一二月二七日—

はやからんそのめでたさをたのみてしあぢきなき世のいつはつるらん

涙なほながせるわれのいふことか逢はざりしこそ幸なりけれ

甲斐なしと知れば思ひのますといふわれあきらめてはつかしきかな　—一月一三日—

照らさるる身にもあらねばあざやかに心のきずの見ゆる日もなし　—一月二四日—

〝短い手紙一束〟の中より　秀才文壇　大正三年十二月号（第十四巻第十二号）

やるせなし身を尽しても待つべきを信念ゆゑに疑のわく　—六月一八日—

みこころをそこなふことと知らずして憚りし罪ゆるされぬらし　—六月二三日—

白壁に葉の影乱す入日さへ悲しきものを蜩の鳴く

近づけば石垣ながら歯朶の葉の身にこそはゆき夏の夕ぐれ　—七月五日—

をしなど涙涸るればあざけらる秋の女はあはれなるかな

何とせん三ときいまはの苦しみを延ぶれば似たりつづく命に

いざなひに来しとも知らずほほゑみぬ亡き啄木と夢に語りて　—七月一一日—

血の谷も屍の山も越えざれど死ねとしづかに夜のとばり垂る

われとわがかなしきゆめの逆襲にさむれば寒し七月の風　—七月一三日—

山に飽き谷にも飽きぬ百合咲きて磯よりひろく匂ふ夏さへ

おのが露つたふは堪へず蔓のさきふるふかなしき夜明の葡萄

―七月一八日―

虫すでに秋のあはれを知りて鳴く草原いまだ青かりと泣く

―九月二二日―

身を打つといふはいかなることならん知りがたきかなぬかづく身には

―二年三月一四日―

心

文章世界　大正三年十二月号（第九巻第十三号）

〔注〕「心」五首は夫倉片寛（寛一が多く用いた署名）の名で発表されているが、その内二首は葭子自選歌集「吾木香」にあり、他の三首については確証がないが一応ここに挙げる

わが思ふをとこの心それすら《それさへ（吾）》も知りがたき世に何を思はむ　吾全

昼はわが夢を夜はわがうつそ身を抱きて心をなごませたまへ

うちもだし小鳥の歌を聞く日のみ《時ぞ（吾）》おのれの歌ふ心地こそすれ《するなれ（吾）》　吾全

火のかたち焔の形ととのへりはげしきは猶ゆるしたまはん

いま君をあやぶむ身にもあらねどもたはむれごころ無きはなからん

青煙集

〝虹〟より　吾木香中掲載誌不詳歌（自大正元年至大正三年）

いかにかもせんとまどへる君を見しそのたまゆらに思ひあがりぬ　吾全

ああきのふ君を送りて別れきて下りがたかりし秋の山かな　吾全

〔注〕日記の下書きには「大正二年八月」とある

君が来て登りし山にかへりみしはざまに今ぞ雪のつもれる　吾全

〔注〕日記の下書きには「大正二年十月」とある

夢ならぬよろこびかなと思ふ身の前には既に君の無かりし　吾全

みづからがいまいざなひしかなしみと知らで人をばなだめんとする　吾全

とりてこそこと無かりける白玉と知らで恨みぬ誰かゆるすべき　吾全

望みなき後の望は絶たしめよ甲斐なき後の甲斐はあらすな　吾全

秋雨に濡れつつ君が越えゆきし山に灯一つともる夕ぐれ　吾全

はやまりぬ君見て強きたたかひの起るは負けし心ならんと　吾全

いかばかりさわぐならんとあてし手に静まりたるか胸のさびしき　吾全

思はるるおのがすがたのかなしさに君の心をしばし忘れぬ　吾全

明日もまたかくと思へば逃れんとわれのもがける苦しみは消ゆ　吾全

君恋しまことひとりを好む性死こそふさへと身を思ふとき　吾全

人目さけ君を思ひつつ谷ゆけば苔のにほひの身にしみわたる　吾全

はしたなき我てふものぞ浮びける思へることはおぼろげなるに　吾全

捨てたれどかかることには幾度も出逢ひぬと言ひて死なぬ人かな　吾全

かなしみのもてゆきどころなき時に来たまふ君はわざはひなるかな　吾全

相捨てしことを思へば心またつながるものかうすらなつかし　吾全

みな君のはかりごとかと思ひけりおのれの恋に陥りながら　吾全

ひらくべきおのが運命《さだめ》に先だちて流るる涙いかがすべきぞ　吾全

家近く川めぐりたり君が乗る船にやあらん笛高く鳴る　吾全

今そこに来たまふごとくわが思ふ君はかの家に寝てもあらまし　吾全

ひと目見ば足らふ心といまさらにあらためていふすべもあらなく　吾全

いくばくかたしかめざれば試みもなしがたきこそ身の悲しけれ　吾全

ひとりにて終るべき身のさびしさのはかり知られぬ我もなつかし　吾全

かなしきはおのれなりけりこの山に死ねとは誰も言はざりしかな　吾全

ただ君の一人がわれにかかはりの無きかとまでに苦しくなりぬ　吾全

近づきてあらば知る日も無かるべきその心ゆゑ君にあくがる　吾全

この後のおぼつかなさに流るるを悔の涙とたのみてありぬ　吾全

ああ君は男なりけり誰もみなたのもしといふ男なりけり　吾全

来よと呼べど往けと叫べど言甲斐もあらぬけふこそおのが時なれ　吾全

もてあましいとほしみつつ焼けばはた焼きたらぬかも古き文がら　吾全

ことごとく因縁なりと聞きてよりあきらめがたき心となりぬ　吾全

めざむればあらしなりけり今日ならで今年わが逢ふ日もあらなくに　吾全

みなげきの一つと知らず君を見て幼子のごと笑ひたるわれ　吾全

おのが家に君来れるを知らずしてさまよひたりし夕ぐれの街　吾全

この日まで待つといふにもあらざりし身のえ逢はずばいかに恨みん　吾全

〔注〕この一首は大正二年八月の日記の下書きにあり

このあした思ふことなきさびしさに我を人待つ身かと思ひぬ　吾全

必ずも逢はんと言ひぬその日また雨や降らまし風や吹かまし　吾全

君もまたかくと思へば我はこのかなしみにさへ酔ふことを得ぬ　吾全

いま誰か山に火を焚くああこの身煙となりて君に往かまし　吾全

〔注〕右の一首は大正二年八月の日記の下書きにあり

大正四年　――七七七首――

郊外にて　アララギ　大正四年一月号（第八巻第一号）

みづからのためひたすらにあぢきなきこともなすべきわが世なりけり　全
ひとの世にみちびかれたるさいはひをいのち死ぬべきこのきはに知る　全
ことさらにおこる不平をまてる身のここちこそすれたたずみをれば　全
かかる身をあぢきなしともかなしともおもふことなくねむりつづくる　全
わがまよふくらき世をさへきみによりひらかれてあるものとおもひし　全
あかつきのかぜここちよくながれきぬうすくらがりのまつはれる身に　全
いたづらのいのちにいまはなやむのみこひしとなきしきみがかたはら　全
なだらかにおもへばしづむわがこころいまかなしくもきみにたかぶる　全
こころみならば《ママ》はれはててあせる身はなすことなべてきみにそむける　全

おほかたのあやまちはみなゆるされし身なりなどかくうとまるる日ぞ　全

やうやくになみだとどめてみあぐればゆゆしや秋のみ空にほへる　全

わがこころきみがみる世におどろきて逢ふ日のごとくさわぐあはれさ　全

きみみればきみをよろこぶわがこころいかなるときやわれに酔ふべき　全

わかれゐてこふるがごときこころいまわれにあらずと歎くならねど　全

わがねたむほどのひとにも妬まるるほどのわれにもあらざりしかな　全

よそびとにかたりたまへるみこころも知らずたらへるこころなりけり　全

ひたなきぬ泣けばことすむもののごとはたゆるさるるもののごとくに　全

家のうち鍋などさげてゆきかへるゆふぐれにきく秋雨の音　全

哀調百二十章

青鞜　大正四年一月号（第五巻第一号）

秋くればわれもかなしやそらに照る日のなつかしくあふぎみらるる

このこころみづから責むる日の久しなほ何者のさばき待たんや

ふたりにてくるしむことはつかのまもたへがたきにやなみだながるる
このときのかかるこころはきみも知るとおもふほどにおもひあがりぬ
きみあればなぐさむといふかなしみにきのふもけふもみたさるるかな
このひとをむしろうたんとおもひしはわれにながるるなみだなりけん
草木にもわがきずつけしあやまちをおぼえて身をばいためゆくかな
くるひ哭くこゑもうらみもききぬべき強者のまへにわれのもだせる
ひとすぢの黄なるゆふひのながれきてふるきたたみのにほふ秋かな
みづからのたのまれざるをつゆしらずまたたるるものとあせるあはれさ
つひには歎くちからもうせなんとおもふこの身に秋の風吹く
名も知らぬひとりのかげをうしなひてむねも荒野となりにけるかな
あはれこのゆききもおもふままならぬみちはいまなほゆめにつづける
かばかりになみだもろくもなれる身をきみにかこちてひとりとがめず

すべなさにこころぞとほくはしるなりあこがれびとをかたはらにして

わがこころしづかにまつはたへがたしわするるはなほ哀しかるらむ

ああくしき運命かなとたはむれてかかるさまさへかなしみとせず

こしかたをいかにみまがひさちうすき身とこのごろをかこつこころぞ

をりあしく降る雨をみてすべなしといふひとこともあはれなるかな

みづからがあさくみるものきくもののさびしきままにさびしくなりぬ

うきごとにこひのむくひ《ママ》と身をおもふそのこころもてこひをもとむる

黄菊など咲きそめしよりわが庭のここちもなさず寂しうなりぬ

いかにしてわれは醒むべきかなしさをつれなさとするこのうらみより

なにごとかおもはばやまんわが涙目さへわかたずしじにながるる

ねむるともさむるともなきまぼろしのあひにながるるわがなみだかな

まごころをささげつくすもいまここに倒れてなにの甲斐かあるべき

夏来れど白き衣をとりいでず寺にすめどもすみぞめもきず（夏のなかばわれは水郷松江の古寺にありき）

ひとたびもとりすがりたることなきをきみもあやしとおもひたまふや

たへがたしみにくきわれをおもふとてきみさへひとをはばかるといふ

かのをとめいまもしきみがことのはをまこととききかばいかがなすべき

とぶちからうせつる鳥の胸毛さへ風にそよぎぬなんぞかなしき

ふりつづく雨の音さへあたらしくみみにはづみてねむるひまなし

いねがたき夜のすさびにおもひたることをもすてずしるすはかなさ

ことさらに一日二日をきみがためむなしくしたるわれならなくに

たのしさを身もておほふにことならぬわが世のくらくあぢきなきかな

このごろのきみがたはむれわかれてはかなしきゆめをみせたまふかな

みづからに遠ざからんとおもふさがありて身うちのものを憎みぬ

たまさかに心躍れば小糠蚤白布にまぎれ飛ぶここちすれ

ひとすぢの電線ひくく青空のもとにたるめる郊外の秋
愁みな唇となるあかつきの火のくちづけをたれかうくべき
ひとしづくあつき血しほをもとめなばいえなんものをけふもなやめる
ねむりもておのれのうさをいなまんとすれば夢こそ哀しかりけれ
ひとりゐてこころにきたるものまつは世のうさよりも苦しかりけり
つゆ晴れのすがすがしさよいまわれのまつてふことはひともわすれん
いつまでもものおもふべきわれならん明日を知りうる身ならねど哭く
さばかりもおもはれてある身ならずとわがひとすぢに怒るをかしさ
ここちよくわれにそがひてよこたはるきみみておもふ天の川かな
流れゆくことばはなきやおぎなひて解かるるをまつこころもどかし
あひあれば心きみよりいでて慟《な》くみ空も狭しこひもちさしと
ああ日ごとわれにかさなる憂きことになほ馴るる日のあらんかと待つ

ちからえつかくおもはではいささかの坂にもわれはむかひがたきか
なにはあれそのときはやく恨まるるわが身とこそは知るべかりけれ
まさりたる力もなくてあらがへるをかしさつづき哭くよしもなし
きみとゐてなほ待つもののあるごときこころのつくるさまざまのかげ
わがよわさもとゐとなりてそむかるるいやはてにさへ涙流るる
とこしへに消えじとおもふゆめなれどただみづからのものと知るかな
ものいはずほほゑむひととありて身の責めらるるまでわれの歎かる
旅の歌書きて焼かせし楽焼の皿もてあそぶやみこやすひと
なみだをばなみよるごとくたまゆらにこのこころをばなごませたまふ
世にあればかはる夏にもあふものか蟬の音きかず白百合をみず（われは六年あまり山にありき）
いかばかりきみにもとむることおほき身ならん時に捨てよとぞ言ふ
妻となりなにうばはれしをとめごの日のさいはひをここにして知る

美しきゆめの疲れか知らねどもあまりにたゆきわがねざめかな
おのれすらみつる日のなしきみがためあけくれ千々にくだくこころの
つかのまのよろこびながらなにもののもみがたきまでにわれをおなひぬ《おほひぬ》
（青鞜　大正三年九月）
ひたすらにわくこひしさのかたちするこのよろこびもきみに因るらし
君のよく眠るうれしさ起こさじとひとり足音《あのと》もたてぬさびしさ
わがために悶ゆることもあるまじききみ痩せましぬいかにとかせん
なるままになれといふまで馴れつるはただあけくれの飯炊《いひかし》ぐこと
けだるさよ身に喰ひ入りしいましめを切り放たれしここちさへする
ああさなりかの日はつひにかへすすべあらざりけりな君にうなづく
いひがたきこころとなりぬ街ゆけば買ふべきもののことのみおもふ
あらがひてここちよかりし身のやがてこころ苦しくなりにけるかな
さばかりの心もなくてふと洩らすならはしゆゑの妬ごとかな

身をよせてこころゆるめば男さへ甲斐なくこそはおもはるるなれ
なつかしげおもひでかたる君みれば生くてふことも寂しくなりぬ
さばかりの苦しさならぬゆうべさへ死ぬべくなやむおのれなりけり
むしろわがよろこびなりしことにさへ悶えしはわが癖にかありけん
なみだしてきみに恥づる日やうやくに身のさいはひを知りてまた泣く
のちの日のふたりの悔と知りながら身をゆづるこそ哀しかりけれ
うつくしきもののまへにも苦しさのあればおのれの身をのみおもふ
わがものとおもひたる日もあらずしてきみを甲斐なきをとことぞいふ
あきらめかまさるたのみかあららかに言はるることもうしとおもはず
よろこびてひとり寝し夜にみとほせし寂しき夢をいかが告げまし
海こえしかのとつくにのみだれにも身のかかはるはあはれなるかな
さば《ママ》しさにこゑもたてえぬものとのみおもへる身こそうち哭かれぬれ

みこころのときえぬままにあなどるかかなしきわれとなりにけらしな
あはれまたかなしみ来るわれ瞳《め》閉ぢそのすぎゆくを待ちて君見ん
恋しさのあまりきみよりのがるるもをかしからましいかがすべけん
けふもなほ恋しさあまりふるふ手をしばし休めと放た《ママ》るかな
やうやくにたどりつきたるうれしさよきみにまたるるそれにおとらず
ものをすらききえぬしげきことのまにやさしきひとをみるはいたまし
みづからを捨てにゆくべきちからだにあらばやよもにひかれつつ生く
はぢらひてうちいでざれば隠すことある身のごとく卑めるかな
前兆とおもはるることことごとくしりぞけつれどわざはひのみゆ
放たれしこころはあはれあくがれしものにもふれずましぐらにゆく
われに悔無きやといひてものものしきみははづかにひとりなぐさむ
はめなどを洗ふ家のみうちつづく嵐のあとの街のさびしさ

たちまちによろめくものをこころ身に添はずありぬと歎きつるかな
いささかのあやまちなればはてしなく悔ひ《ママ》て身をすらめでがたきひと
たのむべきもののみいづればしらざりしわがあはれさのしじにあらはる
みづからをおもひそむべきときなるやわかれといへばさびしきものを
酔ふほどのさいはひありしこころともおもひてありぬ疲れて死ぬを
このごろのこころいかにととひたまふそのこころこそきかまほしけれ
はづるなきわれぞとおもふこのこころあやまれるかもなみだながるる
秋ふけし有明月のひかりをもねむさまぎれにみる身となりぬ
わがとこのせまきをわすれおほらかにぬるさまよしとおもひけるかな
ひとゆゑのうれひのなかにおのがみをなげきそめつるくるほしさかな
ねよといふひとのことばをつれなしとうらめるほどにうたたねをする
ものいはでひとのこころをそこなへるこのくるしさにわれや死ぬべき

いとむごきわれのうつるや手をうちて犠牲《にへ》にむかへばなみだ流るる

おのづからいざなはるるとおのれよりそそぐとこころふたかたに生く

きめ《ママ》あればくるほしきかなきみなくばいのちうすともあきらめましを

ものおもひするにたへざるかよわさとのどかなりける身をもうらみし

かなしみになれきつる身はこころよき日をことなしとあぢきなかりぬ《ママ》

またあれとねがふならねどこしかたとなればうれひもなつかしきかな

追はれてはいづるがごときここちしてわれのながむるをちかたの空

いさぎよくわかれあたはぬみづからのこのこころこそみじめなりけれ

魔気にさへ撃たれえぬ身となりにけり苦る《ママ》しきままに投げやりをれば

のがれえぬわざはひなどにむねさわぐときのみおのれ生くるここちす

文章世界　大正四年一月号（第十巻第一号）

落日

春の空わがままゆゑに針止めず疲れたる目を吸ひて暮れゆく

赤き日に遠くもたるる柔き若葉に迫る夕ぐれの色

やうやくに我に近づくもののごと光を捨てて落つる赤き日

〔注〕「反響」大正四年一月号の「低唱」と重複

紫に変らんとして紅ゐの日は煤煙の中に沈みぬ

ほの白き日にも迷ひて立ちこむる朝の靄こそあはれなりけれ

ゆくりなく日に照る雨の美しさながめて我の知らぬ虹かな

さまよひぬ君が夜の息ひろがりて木の芽とけぶる朝の林に

刻々と死に迫りゆく心地して待ちつつ人を疑ひもえず

大風のふと吹きやみししづけさに落ちし眠の覚めがたきかな

我もまた君とひとしき心かと思ひてつひに我を失ふ

低唱　反響　大正四年一月号（第二巻第一号）

みこころのたらざりしごとあはれあれさびしさわきぬいかがしてまし

ああいま《ママ》　嵐となりて襲はんか焰となりてまろびゆかんか
わがこころひとにうごくをかなしみぬさあれとこそはねがひつれども
春ひとりこもりてきみが衣を縫ふ奪ひ争ふここちしながら
黒髪にそそぐがごとくそこひなき闇に香油をはなちたまひぬ
わが疲れいまだ癒えずと閉づる眼を啄む赤きまぼろしの鳥
いささかも君がたすけとなりもせず添寝することかなしかりけれ
知りたまへきみがいだくは火にあらずいのちにあらず白きなきがら
二日三日わかることのここちよきこひとはいまだ知らざりしかな
春の日のひかりのなかのわが瞳えうなし黒き鳥と天ゆけ
ひとすぢにまちて張りたる絃の音のひびけば裂くるいのちなりけり
空曇り畔の菜の花うきたちてみゆる日の田に春の潮さす
いたづらにあるにあられずゆくりなくあなやと慟《な》けばあやしまれけり

ゆく春の雨をたたへしわが世界水田をわたる風にゆらぐも

樹を打ちて手をいためつるここちしぬまちて見ぬ日の夕ぐれの風

あやまちのおほしと父になげかるる日はなほわれをかへりみもせず

いつとなくかなしきすがた眼になれて老ひ《ママ》し父にもわがままをいふ

いかづちに撃たれしごとし日の射せば眼をもひらかず起きてふためく

おもひでに燃えたまふ夜のかたはらにうちふるへつつきみが日記きく

かつしほれかつつかるればもだえなしみちたらひたるもののごとくに

知らぬまにわかれてしらぬまにあひてかたみにわすれともにおもはん

たへがたきこひしさなれどうつつなくまよひうる身のわれたのしけれ

われあるをわすれたまへといふばかりかへりたまはん日さへたづねず

ここちよくしたがはましとおもひつるわれにさからふ憎きともがら

盗まれしわがうつけさを与へざるつぐなひとしてとがめだにせず

家人をうしとのがれていでし野にまた父母のみ名呼びてみる
紘はいまもつともふときかたちしてもともはげしく顫へてありぬ
日は空に青くくるめく放ちたるわが白鳥はいづく飛べるぞ
養ひも眠りもたらず潮おちて堀江の底のここちにぞ生く
やうやくにわれにちかづくもののごと光を捨てて落つる赤き日

〔注〕「文章世界」大正四年一月号の「落日」と重複

近作三十首　早稲田文学　大正四年一月号（第一一〇号）

―郊外巣鴨にて―

ただひとつきみに飽きたるほこりをばこのままにして死なんとぞおもふ
いまここにもののなべてを忘れんと眼はとづれどもふるさとのみゆ
とらはれの自由を叫べかりそめの火にしほれつつあるは誰が子ぞ
めざむれば朝日のひかりひややかに流れてありぬ故郷の家

光だに失せなば遠き日も月も駆《は》せきてここにわれを抱かん
いまやはたなににすがらんやすらへば死をゆるされてあるにたがはず
いまにしてはじめをおもふたらひたるゆゑかめづらしかりしゆゑかと
これはまたわがはかりたるみこころとかかはりもなきことをのたまふ
あひがたきものとさだめてありし日のこころのままにけふきみをみる
かの星ぞふとながれたりわれはなほこころ街にも夜にもまぎれず
ものおもふこころもあらずまちわびてただ針の手をうごかせるのみ
けさはなほおのがこころをうたがひぬ小さくなりしやあさがほの花
おもふことつひにいはではやみがたきそのさがこそはおほひがたけれ
なほ山にこひびとをまつここちして都の底にきみをまつわれ
かたはらにあればおほかたうかりけるわがならはしをやぶりたまひぬ
われひとりこころせずしてさびしみぬあらそふほどのこともなきかと

初秋のかぜもものうき身となりぬおのがこころをゆかしめるまに
まよへるはおのれならずとおもへどもめでらるる日はこころめしひぬ
嵐こん日かとおもひぬおのつからふるへそめたる草の葉をみて
ひとの口ひらくをまちぬおのれよりとほざかるさへさびしきものを
秋風のここちよきかなきみあるをおぼへ《ママ》てこころくるしきもよし
さびしさをおぼえうる身のさひ《ママ》はひにわが働く秋となりにけるかな
豆腐屋のかなしき喇叭かたみに呼びかふごとくひびく夕ぐれ
おもふままなしうる身ともなりぬればうちすてがちになりぬこひびと
はづかしとおもふすがたもみるひとのなくばいかにかさびしからまし
わが魂の空ゆくごときここちして秋の雲みるつれなきひとは
みらるるをうしとおもひぬみるひとのいまだうしとはかたらはねども
秋風にこころやさめしせめてわがいくるにふさふ天地をみん

照りかへす夕日のあつさすべなしとつぶやく窓に秋の風吹く

憎きものおそろしきものおほふべきかなしみわれのこころよりわく

なげき

仮面　大正四年一月号（第四巻第一号）

死せる身とおもひてまでも忍ぶことああこれわれのあやまちなるかも

ふたりゐてさびしきときは離るるにしかずとこそは知らでありけれ

ならびたつ杉にもあらぬさびしさをわれにおぼえて林よりいづ

みこころは諸手高受くさはれこのこのこひしさはいかがしてまし

みづからをいかにはかなくあぢきなくおもふもよしとささやかれける

闇なればいらへがたかり春の花ささやくほどのみこゑなれども

つかのまのみ手のちからのゆるびだに寂しきものをひとりとなりぬ

黒雲のすがたををしとおもふ夜も暗しとばかりつぶやけるかな

あさはかに悔ゆることすら身にあまる業なりいつかこひのなるべき

ながれゆくはなにもあらずはしけやし旅ゆくきみは文もおこしぬ

みづからをけがせしならでかかる悔あらんものとはおもはざれども

われはいまおのれのこひをかたるまで身のつめたさをよそほへるかな

夜の明けぬほどにわすれんこのねがひかたみにもてり千代はちぎれど

おのが身のまづなつかしくなりにけりはや亡きひととおもふならねど

きみが哭くことすらたぬしかくおもふひまになみだのさそはれにけり

かなしさにつとふでとりてかくふみをまつときくこそさびしかりけれ

ひとなかにものをばおもふこのさがをおのれためずば生きがたからん

燃ゆる火にみづ打たれたるここちして小暗きねやにきくあけの鳥

このふかきとがめもけふは身にしまずわれまづ強く嘆きたりけん

ゆく秋の風はみなみか吹きけれどかなしや垂るる濡髪もなし

やすらかによこたはれてふみことばも疲れし身には恨めしきかな

これもはたわがあやまちのおほいなるものとは知らずみゆるしを乞ふ
夜もいねずきみをおもへりかかることゆるせといふも哀しかりけり
鵜は呑みぬ躍りて入りし生魚《いきうを》の一つにおのが喉も緊めまし
海原の浪にただよふ影ゆゑに青める月か沈める玉か
わがゆかん道のひらくとくつろげば胸やとづるときみのとふかな
あめつちのくつがへるべき時といふときを秘めたるむねのちいささ

残れる命　處女　大正四年二月号（第十一年第二号）

険しさになやめるものをあやまれる道ぞとばかりさとさるるかな
みづからの酷さを見るに堪へざるか犠牲に対へば涙流るる
あぢきなきことをもいつかよろこびてする我よなほ泣きてあれかし
なやましきこれぞおのれの求めたる世にも尊き心なりしか
わがこころつくろふことのありてまづ悲しきものを責めらるるかな

別れざるかぎりとこしへ安からぬ身を歎きつつ君をぞまもる

闇とおもはば

反響　大正四年二月号（第二巻第二号）

たのしきをわがもとむればくるしさをもとむるごときここちするなれ

あなうしとかこつまありしやすさをば知りてかの日のなつかしきのみ

きみをみず死ぬにたへんやこのうへのわがさびしさはみるにたへねど

ふたつなき身をさへはたと投げいでぬただかりそめのことのごとくに

ひととせかはたふたとせか知らねども暗としおもはばまた生きうべし

なごむべきこころをまてど日をわかずうつつなき身のかひもなしあはれ

いまもなほわづらはしとはおもはねどいそぎたるこそすべなかりけれ

みこころをそこなふまじとせし日よりひとにみにくきこひとなりけん

こころなく橋をわたれば白き帆を下ろしてくぐる舟をさへみず

この若芽きみし摘まずばいかばかりのびたらんなどおもふよろしさ

ひとつづつ知りゆくごとにひとつづつあらがひてゆくここちすわれは
あたたかききみがこころのあらばあれいのちのかぎりわれはさびしや
おのれかくすぢめたたざることをのみいひていつまできみをまつべき

近作二十首　早稲田文学　大正四年二月号（第一一一号）

みづからのおぼつかなさを歎く日もわれを愁ふるひとを笑ひぬ
けふもわれきみをまつ身のきみをみるときちかづけばこころおびゆる
ひとりあればややに痩せきぬわらふこと哭くことなきはあぢきなきかな
わするるかはたおこなふかそのほかにこのわがままをおさへがたかり
張物のかわかぬ空のくもりをばなやみとなせるこのごろのわれ
おのれさへのがれいでんとたくらめるいぶせき家にきみをまつかな
あさましくおのがこころやはびこらんひとをうらみてゆるむまにまに
かにかくに明日にあらずとおもへどもけふ暮るるまで待つは苦しや

あはれむやきみ恋しさにいましなほあたひある死の遂げがたきひと

一日もかくたりえずといへるまにさすらひの日の暮れていそがし

おとろへかつかれか知らずもだえなきこころには夜の闇も真白し

はしためとなつる《ママ》かなしき身なれどもきみをおもへば世にうらみなし

捨てらるる日にもうたがひわくまじき寂しきひとをおもふならまし

話をばさてきかましと顔をさへみれどもほかのこととおもへる

あな妬しくやしやと哭くわれよりもくるしからましひととゆくきみ

ものおぢてきみに寄らざるおのれこそひとりさびしく妬まれにけれ

かにかくにきみをまつべき身とおもひはかなき庭をきよみけるかな

おのれまづ疾風のなかによろめける雀をみればをかしかりけり

よこしまのみちゆくときもきみはなほ炎なればとゆるしたまふや

大風のふと吹きやみししづけさにさびしさあまりいねがたきひと

紅椿

帝国文学　大正四年二月号（第二十一巻第二号）

身を燃やし疲れも餓も忘れしむはげしき火のみありて甲斐なし
ああこの日君わがものとなりにけんこのわがままを怒りたまへる
春雨にぬれてうつくし紅椿かくいふすらもこころ妬まし
わかれゆく我と思へば君がみ手にかがやく灯さへ光さへ憂し
絶望とだに高らかに叫ばしめわりなけれども呼吸《いき》あるほどに
二人なき恋しき人と並びつつなど寝ねがたきおのれなるらん
圧さるればつねはなやまぬ胸すらも苦しくなりぬ時のまにまに
にごり江の潮のまにまに漕ぐ舟の疾き朝立つ父母の家
わがための君が心を足らはずと責むるものなど世にはあらせじ
いつまでもわが足音の聞えよと別れて渡る橋ならなくに
求むべき生を求めず我は今待つべき愛を待たで死ぬるか

死ならでは眠りがたしと思ふまで心冴えゆく夜半のかなしさ

はかなさに泣けども恨むよしもなしさしも思はぬ君とおもへば

ああきのふわが見し君をけふ何の力をもてか思ひうべけん

重き空ひた垂りければ枯草をかきあつめかきあつめ焚く農人よ

いづくをか走り来りてふと立てば道はありけり息づきて立つ

君思ふ心は無しと書きにけりこの文一つ焼かれずもがな

洗はれし心の如し有明の月に干されて雫する網

恋人のたぐひならましわが耳に苦しきことを今日もかたるは

肉にのみ盲《めしひ》るわれはみづからを殺す人をも神と思はん

墓とのみ思ひし山を明けわたす城のここちに出づる春の日

ふと寂し君がためぞと思ふことなべてたやすく小さくぞなる

簾より出づるましろき袖に似て筏にをどる山の水かな

われきのふ君に待たれて送られて悲しき旅にいでたちにけり
浮彫の白木ばかりも覗かまし誰が住む家と我の知らねば
いたづらにあるは堪へじと雲を摘《ママ》み煙を取りて君になげうつ
おのれなりけり　心の花　大正四年二月号（第十九巻第二号）

一歩《ひとあし》も踏みいでがたきぬばたまの暗のあなたによろこびの見ゆ　全
はてしなき身のかなしさをうちわすれありけるものか人の恋しき　全
大空を抱くがごときさびしさをまもりてひとりあるに堪へんや　全
おのづから立つすぢみちを忌むほどのうとましき世をたどりゆくらん　全
ことごとくゆるすはやがて一切をゆるさぬなればかなしみにけり《ともに泣けとか（女子文壇）》　全
〔注〕この一首は「女子文壇」大正二年六月号「初恋人」と重複
いたづらに泣きくづほれて世をさやるわが身ながらのまぼろしぞ憂き　全
世にうきはおのれなりけりこれをしも恨むと言はば疑はれなん　全

かはるなきおのが心の何なればかくはみづから判じがたきぞ　全

恋ならじこは恋ならじはなやげる恋と知るまでわが飽かぬこと　全

斯くなるのほかなからんと歎かれしそれにもたがふおのれなりけり　全

もの言ひぬ思ふと言はば足りぬべきその一言のいひがたきため　全

おろそかになさじと誓ふ苦しさに欲りするものも取りがてにする　全

何人のとがぞ身も世もあらぬまで恋しき我のひとりなげける　全

むねぬちにこもる力のちからなさ思ひ入るまで衰へにけり　全

そこにあるおのれをいまは知らずしてはやくも君をあはれとぞ言ふ　全

天真にかへらんとしてくるしめるひとりの我を見出でけるかな　全

秋の雲下りくるごときしづけさを失はずして行かましものを　全

われ何に思ひあたらん限なく恋の進みて死に到るとき　全

行くといふ心一つに身もや飛ぶつばさも重き心地こそすれ　全

捨てらるる日までは絶えずみづからをめでたきものと思ふなるかな　全

そのかたち醜きゆゑにそのこころやや美しと言はれけるかな　全

飽くまでも破りえざりしおそろしき力のもとのわれらなりけり　全

君にえしあらゆる幸に裏切りてひとりをまもる我のさびしさ　全

われ恋ひん君が見る世の変るともわが見る君の変りゆくとも　全

寝てあれば赤き芽赤き刺《とげ》見せて小鳥さへづる春の朝かな　全

しづかなる眠を欲りてねたる身の起きがたきまで心たかぶる　全

郊外の家　創造　大正四年二月号（第五十二号）

すみずみに吹き寄せられてつもりたる落葉ねを立つ木枯の風

をりをりは小鳥も来鳴く郊外の家にありつつ山を思ひぬ

風に鳴る落葉ききつつ古綿をつばぬる身ともなりにけるかな

さびしかる身の影おほふ心地して峡の空もあふぎがたかり

抑へつつありし病のひとときにひろがるごとき軽さおぼえつ

あさましき我を君より引離すべき大いなる責をになひぬ

春の夜は真暗にひらく戸にもなほにほへる風の流れ入るらし

今ここに雨だに降らば若草の萌えいでぬべき山かとぞおもふ

まどろめば身の悶えよりはなれたるごとくただちに君のありける

死してまで遂げんと思ふ恋にさへ人のなさけをたのめるはわれ

何といふさびしさならんうらうらと朝日はさせど起す子も無し（教へ子を思ひ出して）

みづからをそのをりをりに語りうる心は我の恋にあらなく

隣より男の子はやくも走りきて泥爐に遊ぶ十月の朝

てのひらの小さき刺を抜きかねし朝の心にこほろぎの鳴く

こほろぎの鳴けるも知らず秋ありぬいさかひ多き家にかへりて

窓ぎはぞげによからんと線路のみ見ゆるさびしき窓ぎはにゆく（山にかへる日）

山見れば涙ながれぬわかれこし君を今はた思ふならねど
二つ三つ水色なるがかたまりて今朝咲きにけりあさがほの花
語れよとおもふをとこの声細く歌ひいでたる秋の夜の道
すやすやとねたりたまへる息のねにさまたげられてわれ寝ねがたし
もの縫へばこれも手のろし君がため炊ぐとすればこれも拙し
おほらかにおのが心を放ちえずはゆる空をもたまゆらと見る
明けぬればわが門川は汐落ちて寒く残れり葦の根の土

低唱

秀才文壇　大正四年二月号（第十五巻第二号）

道ならぬ道もゆくかなきみを待つこころのほかにこころなき身は
迎ふるにいとまなげなるきみとのみ見てある人を招きたまひぬ
みことばを真似てよわしと言へるまにおのがまことの弱さをぞ知る
恋もせずなにもなさざる人と人ゆくにひとしくなりにけるかな

つかのまのこころゆるしてそのながきうらみのなかに終る身ならん

〔注〕「文章世界」大正三年五月号「白鳥」と重複

生ひたちを悔いたるのみにちちははを恨むをんなとなりにけるかな

驕慢のこころもわれにやどりなば足らはぬものの数に入らまし

貶しむるこころおこりぬすこしだにわれにまされるもののまへには

君恋ふる身の羞ぢらひにいつとなくわれをつづけて愚人とぞ《愚かと叫ぶ（吾）》呼ぶ　吾全

この身さへあるかなきかのさびしさをおぼゆるなかに抱く恐怖《おそれ》かな　吾全

彼れ忌めばこれもうとみぬわれはいま周囲《まはり》の人と人とをつなぐ

空すこし曇ればあかきほほづきをむしりて君を待たじとぞ思ふ　吾全

負ひてよし遁れてよしとおもひしはおのれの罪にあらざりしかな

わが弱きこころのまへにもて来なば犠牲《にへ》もとこしへいのちなるらん　吾全

つづくべきいのちと知ればこのうへもすさみゆくべきことのおもはる

きみをなほきみとおもふにいかばかり狂へるわれのこころなるらん
きみがことおもひてなにかほほゑみしおのれ《おのれを》（吾）の見たるいきどほろしさ　吾全
君見しを罪とおもへばきみがみなゆるすといふもかなしかりけり
待てる身をいたづらなりとおもひたるときこそこころきみをうしなへ
いどまんとおもふこころのうせにけりかたきと知りしいたいたしさに　吾全
ひとの世のおほよそごとにおどろけりあらはれのみをつたへらるれば
〔注〕「文章世界」大正三年五月号「白鳥」と重複

失せたるをなげく日となりかの恋もたふときもののここちこそすれ
雪晴れぬ地はたひらけしこのあした山もまろばんここちこそすれ
初秋の名をなつかしむゆふかぜに闇をしたひてわが蛍飛ぶ
きみに知るほまれのほかにほまれなきことを知れども闇をかなしむ
わかれても去りても待ちぬ三日《みか》四日《よか》はきみが下さんしろがねの槌

何となくわがうとまれてあることを知りぬこのときわれをためさん

かばかりにちかひしきみがみこころを身のもろさゆゑ夢となすかな

今もしも身をあやまりて苦しめるおのれなりせば愁なからん

月は月花は花にてうつくしきばかりとならんきみとあひ見ば

あらためてわれをおもへとのたまへるきみにこそ知れおもひてし甲斐《思ひこし甲斐を（吾）》

吾　全

真暗にありて

青鞜　大正四年三月号（第五巻第三号）

―巣鴨にて―

我をいとめづると深く憎めるといづれも我を知る人ならん

投げられしものとやうやく身に沁《ママ》みしその一つこそおのれなりけれ

ゆるぎなき岩根に泣きしゆふべより波のうねりの止みがたきかな

またたけば朝日の雪にむらさきの影浮くかかる闇に消えまし

ほど遠し春はかならず来たるとも君はたがはずめぐりこんとも

わが力ここに尽きぬと泣くよりもいぶせし君のかがやけるさま

やがてわがよろこぶものも泣くものも無き日来らん死を待たずとも

甲斐なしと思ひたちつつ恨みえず忘れあたはぬおのれなりけり

あらがふは同じ運命に歎くべき人の唯一の道とおもへど

拒まれし心と知らずはしけやし疲れし人をいたはりにけり

かにかくに我の思ふを拒む人あらずばいかに悲しからまし

親も無き家も無き子とひとすぢに思ひ入りしを砕かれにけり

みづからを巷の塵と思ひつつなほ捨てがたきおのれなるかな

待つ間なくうつし相見るはかなさよ我や今より何を待つべき

みづからに克ちがたかりし心今何とたたかふなやみなるらん

世のつねのせはしさとさへあきらめぬ誰がかばかりにせばめたる世ぞ

支那に来しここちしながら監獄の門のかたべ《ママ》の破屋に入る

いづくよりも手紙は来ずや人は来ずやゆふべ帰ればかく問ふ人よ

みづからが見るもけうときこの身なりいのちとられて投げられてまし

なほ生きてありける身かとおどろきぬ朝の厨にうごめけるわれ

あぢきなしはたかひなしと思ふこの針仕事にも心まぎるる

恨みてもあらましものをみづからのあやまれるをば知りしさびしさ

わが心まだしづまらず目を閉ぢてあれば家内の鳴りてくるめく

身は花のもとに来れどつまさきの泥に心のとらはるるわれ

かなしさにまた別れんと言ふをさへわがくりごとと思はざるかな

おろそかに思ふ心を責めながら死身となるを恥ぢにけるかな

おのれ今危ぶむことのかにかくにうれしきはそも何によれるぞ

おのれより打ち出づるさへ若き日はおのづからなる力なりけん

空にさへ圧さるる我か美しと思へどこころ土にをどらず

恋ゆゑにややときめきしそのかみの我のみをなほ我と思へる

この日こそまことに君がこころにもなれる身と知りひややかにある

おほらかにはなればなれにゆくさまを見んと思へばなつかしきかな

わがこころ餓に走るもあはれなり飽かばたちまちしどけなからん

うつろもてうつろを抱くここちしてひとりあふぎぬ春の青ぞら

われもまた劣らぬねがひかなしみを抱けるなれどすべなかりけり

彷徨

帝国文学　大正四年三月号（第二十一巻第三号）

かへりごと待つとただちに知るべきやわれかばかりに悲しみにつつ

みづからをおほふにあまる恨あり君が心の暗きかたはし

なつかしとわれ言ひあへずものものし君をとらへしよろこびをする

わがための我もここには無しといふさびしき世にも来つるものかな

身を捨てて歎きたまへる君見ればなぐさめられし心地こそすれ

今ここに君がいらへのあらぬためはじめておのが一言を悔ゆ
二人にて恋しと言はば滅びなんほろびんためにありやこの恋
恋をもてつぐなひがたきかなしみに劣りがたかり今日のかなしみ
紅梅を折るとわりなく大空の緑に打たれうち伏しにけり
君来りここに立つとき待てるときわがあめつちは砕かれにけり
おのれもてなみせんがため求むるやありて甲斐なき我といふもの
送らんとさだめていまだ送らざるこの束の間の心にも飽く
知るといふことだにかたきみこころをわがものがほに捨てんとぞせし
あさましといふ人なくばあきらむとだに言ひがたき心なるらん
何ものを待つと告げまし君待つと我は言ふべき道を知らねば
いつとなく別れし人をいつとなく忘れてあるもあはれなるかな
隣より人や来らん今朝もまた病の床をいでて戸を明く

一切をなげうたん汝《な》が病だに癒えなばとはや父も言はなく

いやさらにわれはためらふかの禍《まが》もこのためらひによると知りつつ

朽ちせじと人の命を祈るとも身をば甲斐なく死なすなるべき

無き名ゆゑほろびゆく身をほくそゑみあざわらふ神はおもしろきかな

あはれふと狂者のこゑのうれしさに我の心のすこし明るし

かへりごと書きさしてだに水けぶるゆふべとなれば立ちいでて泣く

神苑の青き芝生にこころよく疲れたる身を横へて待つ

捨てられしこの世のほかのわが世にも住みがたからんいづちゆかまし

今捨つとするどきことを言へるまに人の恋しくなりにけるかな

落葉

新潮　大正四年三月号（第二十二巻第三号）

すべてこれ人のこころと恨めどもせんすべもなきわれのおとろへ　全

われひとりものおもひなどある如く君がゐまひを見るは呪はし　全

かなしみのひらめくもとに打つづく酔ごこちこそあやしかりけれ　全

ふと見しを忘れあたはぬさばかりに見入りてありし心地さへする　全

一切を忘るる恋のたふとさを知らばわれまた生きもうべきか　全

ひとすぢに君を思ひしそれゆゑの腑甲斐なさとは知らでありけれ　全

みづからをいかがありとも言ひがたき身もて見し世を何と思はん　全

ああかかるさもしき心捨てましとすればまづこそ涙流るれ　全

ことさらにはかなきものを追ふここちしつつゆふべの渚をぞゆく　全

わが背子が寒き巷を走るさま思ひてあふぐ空のしづけさ　全

冬の空さやかに晴れてからからとまろぶ落葉の音のなつかし　全

けふもまた解けはてずして凍りゆく雪のおもてに散れる松の葉　全

昨日か今日か　創造　大正四年三月号（第五十三号）

なほ何を思へるならんかたはらにありて心のおちつかぬわれ

みづからを見んとおもへばこしかたのほかに見るべきものもなきかな
なにものの入りみだれたる心かと見ればおのれの泣けるなりけり
あたたかき障子のうちに雪解くる音を聞きつつ何を思ふぞ
みづからをあはれみて見るさばかりも悟れるわれとなりにけるかな
今日もなほうしといふなりいかばかり明日をたのめるおのれなるらん
なべて世は清し尊しみづからの心苦しく疑へる時
なにごとか思ひつづけてありなましこの寂しさに我は堪へなく
待てる日の遠きに飽きて今はそのおぼつかなさを歎くさへ憂し
へだたれる心に引かれ美しと飽かずながめてありし目の閉づ
散りつくし葉なき梢のつややかに光る冬ともなりにけるかな
美しとながむるいとまあらぬ身も初雪降ればもののなつかし

無題

處女　大正四年三月号（第十一年第三号）

初春の日のなだらかに落つるこそ見ゆれ門には松も立てねど

春近き心地してより寒き日のつづくことはや久しくなりぬ

この怒なほはげしくばなかなかに世のおもしろき身ともなりなん

ことごとくまことたれとは願はねど近づくだにも難かりし夢

かの恋をしばしの夢とあぢきなく我をそこなふものは何ぞや

素描

文章世界　大正四年四月号（第十巻第四号）

夢さめし心地はなさでうきことのかさなる身こそわりなかりけれ

別るるといふことをのみかなしみしそのこころにもかへらん日無し

絶え間なく君に呼ばるるここちして寂しき家も離れがたかり

春の夜の灯かげにものを縫ふほどはわが世のうさも忘れてありぬ

慎みて避けしことさへいつしかになしがたき身となりにけるかな

疲さへ君を恋ふれば癒えんかとおもへるものを身の痩せにけり

鐘の音の光ると聞きて醒めし身にまた別るべきあかつきは来ぬ
逢ふ日など誰かはたのむあめつちに君あるほどは何歎くべき
心にも満たざるものの捨てがたきわが乏しさにおもひいたりぬ
逢ふことを願ふがごとく別るるを願ふ心となりにけるかな
痛まねば人のおもかげあたらしくとめし胸ともおぼえざりけり
みこころのほかにある身と知らずしてわれ烈しくも嘆きつるかな
かにかくにゆくするゑ知らぬもののみを思ひて止まぬ心となりぬ
身のほかにねがひありとは思はねど身をこれ忘れ祈りたりけれ
退かばむしろ親しみおぼえんか其処なる我を見るに堪へざり
ゆくてをばみだりに思ふ心もて道の長きをうれひつるかな
金槌をかろくつかひて白き石打割る音のここちよきかな
笹折りて三つ四つならべ刺す魚の笹の葉のごとかがやきにけれ

底の石ふと浮びくる心地しぬ流るる春の水見てあれば

春来ればしかすが花の散り敷けど小さき家のみ見ゆる山ざと

雲遠き四国めぐりの巡礼のはばき姿をおもふわが春

ぱちぱちと燃ゆる麦藁ふりかざし昼の渚に船の腹焼く

みかへれば真昼のなぎさうす青くただいちめんにけぶりたるかな

人ひとり

創造　大正四年四月号（第五十四号）

人ひとり忘れがたしといふのみにほのぼのとこそ歎くなりけれ

心さへさもしくなりぬいたましきわが世の姿うちなげくまに

病ゆゑわだかまりあるわが心恨にすらも燃ゆるよしなし

子の顔の二つに見ゆる産屋よりふとあふぎたる春の青空

みづからのこといささかも思はざるこのきはにして人の恨めし

みこころを待てるほこりか知らねどもかなしみ尽きぬ今宵なるかな

いたづらに君をたのめるこのこころあわただしきも君あるがため
はじめての二人の春をむかへつつおもひですらも語りえぬかな
わが子ともまだおぼえねどしほれたる花のここちにいたはりて抱く
なにごとのくやしきならんただわれの今日を思へば涙流るる
まことにうれしきものを何怖ぢていぶかしげにも見入るおのれぞ

燈影　青鞜　大正四年六月号（第五巻第六号）

さびしさのはてに流るる涙もていかでわが身のきよめらるべき
かくばかりかなしきものをわれすでに死にけるものとおもひこしかな
けふもまたなやましといふひとことに尽きしわが世を何といふべき
人の世のかなしみとのみおもふなりおのれひとりのこのこころをば
きのふけふ悲しき夢をみればとて君をたのまぬわれにあらねど
よそびとと語るをみればそのかみのおもかげいまだのこりたまへる

ひとすぢに人をおもへる心もて思はれぬ身を悲しとおもふ
ああわれに稀有のことなりこのあした身によみがへるちからをおぼゆ
みづからをかたのごとくにつくろへるわれには恥も失せにけらしな
二つ三つたのまれぬことあるゆゑに捨てんとさへもおもふなりけり
樹は立てり立ちすくみたるわがごとくはたみなぎれるいのちのごとく
歎きつつさめしこころにほのかなるあけぼののいろしみてはなれず
かにかくに君を恋ひてぞうたひ来しいまかたはらに何をうたはん
かなしめば人こそ憂けれ声たてて泣きもあたはず胸の裂かるる
ああいまだまことの世をば知らざるかなすなきわれをひとり責めえず
しばらくはそのかなしみも忘れけりわれに流るるなみだをばみて
離れえぬ身とさだまらば一生の苦しみなどはものとせざらん
心には何のめあてもあらずして待つといふこそかなしかりけれ

かなしみも愁もつなぐちからなしおびえそめたるわがこころには
やすらへるわれとおもへば悲しけれことあれかしとおもふならねど
信づ《ママ》れどおもへど君が愁すらのぞくちからのあらぬ身なりし
みづからのおもひでなどにおそはるる心よけふのこころともなし
おもふともかへるすべなきそのかみを忘れざるこそくやしかりけれ
美しきみ空あふげどさけびえず何に足らへるわれのこころぞ
捧ぐべき心足らはぬここちして君をおもへば逢へど寂しき
ふと星の目にとまりたるこのゆふべ人の話にこころひかるる
砕かるるここちもなさずうつつなう涙流るる身をいかがせん
みづからをさいなまんなどたくらめるわれか日も夜もものに怖ぢつつ
ぬかるみにこころとられて歩む身のあまりにかなし春の夜の雨
ほろほろと土のくづるるきりぎしにおかるるごとく白梅の散る

ものたらずおもへるほどに妬ましきひととはなりぬいつしたしまん

みづからをしづかにみればあきらめのほかなきものをさわぐと恥ぢぬ

明日逢ひてかたらば足らんとおもへど《ママ》けふの文こそかかまほしけれ

山いでし身のいまさらに聞かんとはおもはざりける鶯鳴きぬ

屋根の板ぬらす雫の音ききぬ晴ゆく空のしづかなる朝

なきがらの焼かるるごときここちしていまひたすらに友のこひしき

君思ひめざめてあれば家鶏も阿呆鳥の鳴くここちする

かたらるるかなしきことの身にしまぬ身にもあらねど逢ひたればよし

かよわさをつとめて人におほへよと父の憂ひしわれなりしかな

みづからを唯に足らはぬものとの《ママ》とのみ思ひてわれのかへりみもせず

はかなしとおもひつつなほなげうたずいのちかけんとすればいたまし

いつはりの世をおくれるかことごとにいのちとらる《ママ》ここちのみする

やうやくにわが世とおもふ時来れば力なき身のかなしみぞ湧く
同じ世に苦しむ我にあらざるか君をさばかりきはまるとみず
君あれどわれ甲斐なしと身をもがくわがままびととなりにけるかな
ああつひに忍びえずして訴へしかなしみなればわれにな消えそ
たのむべき道にあらずと知るやはやゆくては暗くさへぎられゐぬ
世にいでん心のまことあらぬ身か否か知らねどあはれとおもふ
あめつちをおそるる如く泣く我の恨をひとの何と思はん
いやさらにこころおびゆるわれならん恋しとだにもいはぬこのごろ

歎く日

潮音　大正四年七月号（第一巻第一号）

誰も来てなだむるなかれみづからを怒りてひとり歎く日なれば　全
かにかくにおのれ嬉しき心にておもひうかべし人にこそあれ　全
さびしさに寝ねがたき夜の心地すれたかぶるのみの心なれども　全

たはむれと思へることの重なりてまこととならばいかがしてまし　全

美しき夢や見給ふわれゆゑに家はすさめどきみは美し　全

こは我の心にあらず何ものがこの疑ひも抱かしむるぞ　全

かなしみを怖るまじああみづからの心のままに生きて死なまし　全

身を裂きてはづかに残るいやはての一つの道をとらんとおもふ　全

死ぬほどのやすらひあらばさばかりに難からざらんわが生くること　全

名も知らぬ小さき花の草に咲き蒸し熱《ママ》き日となりにけるかな　全

枳殻の垣やはらかに若葉しぬわがをさなごの手にも触るべく　全

梢さへ芦の葉ずれの音たてぬ風わたる夜のはつ夏の月　全

百首歌

青鞜　大正四年八月号（第五巻第八号）

かにかくに生きむと思ふいつよりかかかる心とわれなりにけむ　全

今日をなほうしといふなりいかばかり後をたのめるおのれなるらむ　全

しばらくはそのかなしみをわすれけりわれに流るるなみだをばみて　全

世界みなととのひはててわれひとり衣もつけぬ今日にあらぬか　全

君がため身をも忘れて走りゆくそのおろかさもくやしからまし　全

いまさらにかへすすべなきそのかみを忘れざるこそくやしかりけれ　全

こひしさにいのち死ぬとも君がため祈ることなどなかれとおもふ　全

夏来る夏花咲くと時ならぬ花さくごとくおどろきにけり　全

死ぬばかりわれは妬ましいかばかり君はかの子の恋しからまし　全

山の井の釣瓶をおもふ青あらし青葉の中に竿のすべれば　全

ひとりゐて君を思へば初夏の若葉に強き風の音する　全

かなしさもなほこひしさのごとからむ美しからむ別れてあらば　全

可愛ゆさのはてしなき人さながらにわが子の如くはてしなきひと　全

おのづから君に怖づるやわがこころうれしき人を見れどをどらず　全

休むまもたのしむひまもなかりけりおのれまことに人をめづれば　全

あぢきなく心はたえず眠るなり身の苦しさは歎かざれども　全

くるしさを忍ぶがごとき姿してただゆくりなくものを思へる　全

何ごとも知らであらまし君とわが異ることも知らであらまし　全

いそいそと門の内掃く一人の囚徒ありけり鎖なかりき　全

待たるれば明日の糧なきまづしさも忘れてひたにゆかまほしけれ　全

真中なほ赤き藁火の黒髪におほはるるごとく灰となりゆく　全

交りの深しといふもみ心のただみ心のふかきなりけり　全

何よりもわが子のむつき乾けるがうれしき身なり春の日あたり　全

世に生きて甲斐なきなげき忘れまし子には尊き母の身なりし　全

ただに子の眠ればこころ何事かなしをへしごと安らふなりけり　全

おもふこと日にかはりゆく身となりぬいのちは断たぬわれと思へど　全

あぢきなき身とも思はずいそいそと厨に立ちぬ客人のため　全

君と子とすこやかなればみづからの病もいつか忘られにけり　全

わけ入れば雑木の林ことごとく楓の如き芽を吹きてをり　全

かたはらの君に怖ぢてか足らひてかわれの心はさゆらぎもせず　全

一日を一日とだに思ひえず何をなしつつ暮す身ならむ　全

添寝する身に木蓮の花見えて病む子も今は睡りたるかな　全

おのれまづ髪など梳かばありし日によみがへりつつ歌ひうべきか　全

心あるわれにもあらでわが子をばなほいけにへの如く思へり　全

子の泣くにすべなく起きて朝月のかげふみゆけば道に花咲く　全

おとなしくいねてまつとも汝をおきて我れ徒づ《ママ》らにいづちゆくべき　全

あめつちのひろきをめでんやすらかに眠りたる子のたまものとして　全

爪立てて我をつかめる手の力ゆるぶが如し子の眠りつく　全

ものたらで泣きたるあとのわが心おもはゆきまで明るくなりぬ　全

夕靄のなかになげきて立ちをれば狂ひてひとり吠えたつる犬　全

かにかくにおそかりしかなあやまちと今知ることは悔しからねど　全

命をば命とおもふさばかりに寂しく生くる心となりぬ　全

かなしさに身をも忘れていでし家をわれとしもなくかへりみにけり　全

求めむか君と別るるかなしみのなかにいささかひそむいのちを　全

ゆるされし今もなほそのあやまちのおそろしくして口になしえず　全

君がため涙にくれてあることも君をおもへばかたりかねつつ　全

心よりうすきあかりのさしそめぬ真暗の道を静かにゆけば　全

やうやくにとりなほされしみこころにまた新しく涙わくかな　全

朝の空流るる水のここちしぬ梢の若葉風になびけば　全

今更に思へばこころこそばゆしわが子を眺めわれを母かと　全

欠くるなき愛もはかなき心地しぬ思ひめぐらす時のなければ　全

まことには子のする咳におどろきてなげうつ筆を持てる身なりし　全

この子などわれの命を奪ふべきわれいたづらに身をば疲らす　全

まづ何をおぼえそむらむ負はれてはかまどに燃ゆる火など覗く子　全

あるときの心にかへる束の間はたへがたきまでものなつかし　全

みづからを忘れたるまのこころよさ忘れがたさに物思ひする　全

相あれば君が心をわれとなくよそになすべきおのれなるらむ　全

わがこころ人を妬むにさきだちてののしりのこゑあぐるなりけり　全

このうれひわが身一つにかかるなり今はただかくおごそかにいふ　全

美しき夢ととこしへたたへましはかなくせしはおのれなるゆゑ　全

わが愁やうやく消えぬかく思ふいとまあらせず心ゆるびぬ　全

あまりにも眠るをさな子いねすぐることはなきやとまた憂ひつつ　全

安らひてわがなすことをなしうべきそのゆたけさをまづねがふなり　全

やうやくにひとの心のなごむとき別れんとこそ言はまほしけれ　全

何となくすさべる影の目にうかべまことやすらふ身とは思へど　全

君にえしおのがこころの静けさも味ははずして何を思はむ　全

さびしさにさまよひ来しと知らるるは口惜しけれど去りがたきかな　全

大いなることなしはてし時のごとまづ悲しみを歌ひいだしぬ　全

あやまれる恋のみをせし我なるか今こそ恋のこひしかりけれ　全

君思ひいねがたかりし夜のごとく家のことのみ心にかかる　全

歯入屋の残して去りし鋸屑《おがくづ》を軒ばに見るもはらだたしけれ　全

こともなきけふに足らへるわがこころ呪はしうして悶えそめけり　全

親のかほけさやうやくに見いでたる瞳はいまだ水のごとしも　全

可愛ゆさにわれを忘れてあやす顔雲のごとくも子にはうつらむ　全

打ちつづく塀の練瓦の色よりもあざやかなりし囚人の服　全

ふとみればおのが身に曳く鎖をも忘れしごとく土を運べり　全

よきおもひ湧くにさへ似てわが心ふるきことのみ思ひつづくる　全

疲れはて歌も書きえぬ憂き身よりうれしや乳のほどば《ママ》しること　全

わが道を開くがごとくしたまへる君うらめしき夕まぐれかな　全

まづわれのかなしき心まぎらはす子守唄ともなりにけるかな　全

しみじみと身の甲斐なさをおもへども涙もいでず立つすべもなし　全

あはれにも怒るよしなき身となりぬいささかものを言はせたまへば　全

何なればわれはなしつるなげうちて今やうやくに憂しとつぶやく　全

つと湧ける涙のうちにみかへれば夢とうつつのさかひだに無し　全

やうやくに落ちつくころは心また人恋しさにたえ《ママ》ざらまし　全

悲しさに涙ながせどなほ我は泣ける人とはおぼえざるかな　全

はしたなきものとおもへどみづからはなげうちがたきみづからのこと　全

酔ひしまま君がこころに酔ひしまま思ひがたきやみづからのこと　全

恥をさへ忘れはてたる身のあはれ人の中をばうなだれてゆく　全

埒もなく使はるるをばうしとせず身のせわしさを興がりぬわれ　全

新らしくおのがむかへしけふの日をまたみづからのさまたげとする　全

膝のうへ兎のごとくはねあがる子をば抱きてものを思へり　全

何とせむおのがなやみを押しかくすそれにすぎざるわれのさとりを　全

飽きはてて別れはしつれわが怒りつのれば更に逢はまほしけれ　全

いつとなく君に馴れけりかなしみになるる心も悲しきものを　全

日もすがら母の涙にひたる子の夕べとなれば父に抱かる　全

鈴ふればその鈴の音を食はむとするにやあはれわが子口あく　全

恋にさへ倦めるかあはれわが心いま子のほかに何ものもなし　全

初夏の光の白さめざめたる束の間はなほいのちありけり　全

寂しさに　新潮　大正四年九月号（第二十三巻第三号）

救はるるえうなきまでのさいはひをおぼゆるほどに寂しくなりぬ
たまさかのこととおもへばかなしけれそのよろこびはいやまされども
いかばかり身は疲るとも心だに覚《さめ》なばとわれまことに思ふ
さばかりにわが世楽しとおもはねど夢を思はぬ心となりぬ
いたづらにものをおもふにまさらむと思へどもものを洗ふさびしさ
いつしかに人をなみする癖つきて心餓うれどとるものもなし
たまさかに覚めたる心いらいらと小さきことのみおもふかなしさ
めざむれば夢のなかにて歎きたるかなしみのいやさやかなるかな
いささかのおそれいだきて憤るわが心こそ寂しかりけれ
生きもののかずに洩れねば神のごとねてありし子もつひに起きいづ

生きて今甲斐なき身とはおもはねどみるかげもなき心にぞある

薄明にありて　第三帝国　大正四年九月十一日号（第五十一号）

いさをしのしるしの如く思ふなり苦しき時の過ぎしばかりに

草の香にふとそのかみの夢を思ふこの日こころの醒むと告げまし

苦しきはひとり泣くよりもがくよりこの頃君に抱かるること

うれしさをいまだ覚えず怖づるにもあらず心のさわぐ悲しさ

生くるさへなほたはむれの心地すれ君に死ぬべき我と思へば

○　銀磬　大正四年九月号

運命をしる日となりてわがままをゆるさるるこそわりなかりけれ

〔注〕「銀磬」は雑誌未確認。この一首は「青鞜」十月号の「九月の歌壇より」の項に葭子の歌三首（うち二首は「新潮」九月号の歌）が引用されているうちの一首

逝く水　青鞜　大正四年十月号（第五巻第九号）

秋風のたちそめにけり目を閉ぢて失せたるもののゆくへ追ふ朝　全

夕ぐれの野にきて立てば目も見えず耳もきこえずなりし我見ゆ　全

何ものかたのみてわれの打もだしありしひと日の今暮るるなり　全

言葉もて恋ひしといふは悲しかり弱き心とあなづらるとも　全

鉢あまた載せし二つの吊台に揺られて来る朝顔の花　全

我としてなほ明らかに言ひもえぬあきたらなさにみたされてゐぬ　全

秋立てばまづ涼しさをよろこびぬもの思ふ日のいつかあるべき　全

わが心よわしと叫ぶ一言になほひと恨む心交らん　全

看守より少し離れて青草を刈る囚人をみればうれしき　全

わがたのむ一つの道もときにふと迷はされたる野の心地する　全

みにくくもことにふれてはいらだちぬあきらめやすき心にも似ず　全

秋の雨おのれ衣を重ぬれどはた座《ママ》れども寂しかりけり　全

一日だに別れてあればたちまちに恋しくなるを飽くとさへいふ　全

ふけゆけば蛙のこゑも冴えかへる初夏の夜となりにけるかな　全

今更に男を憎むわれのさが思ひあはせてをののくおのれ　全

うれひある身ともおのれはおもはねどあやしきまでに黙しつづくる　全

思ひ出をかたる男の一ことに打たれてものをおもふなりけり　全

洗ふなといはるる襯衣をとり出だしうち濯ぐまでおとろへにけり　全

よろこびもはたかなしみもあらざるかさびしきまでに疲れおぼゆる　全

このわれが思ふといはばいやさう《ママ》にうとまれんなど思ふなからひ　全

相遠くへだたりてのみおもひうる君にかあらん涙流るる　全

さかいきを半剃りたる幼子を男かい抱く夏の夕ぐれ　全

わが心今眠れりとおほらかにいふなり何をたのむ心ぞ　全

眠りたる男の衣にふるるだに今は欺くここちするかな　全

このままに眠りつづけよ覚めてただ歎くにすぎぬこの身なりせば　全

かの屋根に光る露すら身に重き心地もぞする男とあれば　全
たはむれをいひたまふかと思ふまにああまた君の怒りたまへる　全
はかなかることとおもへど後の日をたのむほかなほすべなかりけり　全
苦しみを同じうせんと思へども身を忘れなばいかがすべけん　全
あはれ身の何となりしぞ静けさに目さへ閉づれどまぼろしもなし　全
大空の日を仰ぎても口惜しき心なれども老いそめにけん　全
めづらしく我の心のさやかなる夜とよろこべば虫の鳴くかな　全
恨めしき男とともに歩むなり木槿花はな咲く郊外の墓地　全
墓の土しめやかなるを踏めどなほなやましき身は石に裂かまし　全
恨みつつともにあるこそわりなけれ別れなばなほ恋しからんを　全
ああ心君をば君と思ひえぬ悲しき日なり君の恨まる　全
束の間のつゆの光となみすれど美しきこそ泣くべかりけれ　全

夕空も見ずしてわが子眠るかと眠りそめしを抱きて下り立つ　仝
君もただこの子ばかりが味方ぞといひつつ今日は幼子を抱く　仝
いたましく夏の夜あけぬ子の泣きて君もおのれも睡らざるまに　仝
子守うた謡へるひまにわが心歌ともならず消えうせにけり　仝
とく立てと君児の手をばとりていふその時われを捨つといふごと　仝
答ふべきわれかと思ひ片言をふといひそめし子にをののきぬ　仝
タオルもて子をば包めどわが濡れしからだに秋の初風ぞ吹く　仝
汗ばみて眠りに飽きし子を抱けば未明の窓に蜩の鳴く　仝

秋の香　第三帝国　大正四年十月一日号（第五十三号）

みづからを愛で慕ふべきあかつきにさばかりならぬ我を見るかな
ああおのれ一人泣くのみ怒るのみ今は憎きを憎みだにえず
ひたすらに恨みとほしてわがありし一日ともなくあだに過しぬ

あさりつつありし小鳥のふと去りしままに梢は風にゆらげり
なつかしく涙わく身となれるなり悔ゆるにあらず歎くにあらず
美しく暮れゆく空にそばだてる山は寂しきものなりしかな
なぐさめと是を言はんか悲《ママ》みを悲《ママ》みとして保つに如かず
行きあへぬ苦しさむしろ何事も思はであらば自由なるべき
いくばくの思ひ残りか知らねども捨てらるるより悲しきはなし
走せ出でし宵の地震《なゐ》さへ忘れをるあしたの人にものな言ひそね
我のみを罵りたまへ我のみが君にさからふものとしたまへ
君がため悲しきことを語らじと思へるなれど黙せるもよし
あはれこは如何なるものぞ見て聞きて打たれて後にはじめて思ふ
思はれぬ歎ばかりか恋しきをおのれ思はぬ歎さへする
とこしへの別れを告げに往かばやと思ひぬあまり逢はまほしさに

歎さへ悶さへなく夜も昼も静にいねんことのみ思ふ

秋思

青鞜　大正四年十一月号（第五巻第十号）

秋の夜はものおもふこそわりなけれ玉のごと鳴く虫もきこえず
明るさをいみじくいとふ君のためおのれ盲となりて世を経ん
なやみをばかさぬるごとき心地してまた束の間のよろこびに生く
悔ゆることやうやく稀に恨むことといよいよ多くなりにけるかな
打ちがたきものと一たび悟りたるこのみづからを止まず打つべき
恨まじとすればわが身に力わく尊き日なりひとり草刈る
もの足らぬ心にありて思ふことあまたつもれる心地のみする
かにかくにおのれを強し尊しと思ふに心え堪へうべきか
かねてより願ひしことにあらねども身をそこなひて世にぞ触れける
われいまだ道の半ばと思ふとき思ふことみなはかなくなりぬ

みづからを呪ふにあらずただ人を恨む身となり悲しかりけり
思ひなやみなやみ疲れて一切をなげうたばやと思ひつるかな
たちまちに岩ほどば《ママ》しる水の音わが心より起ると言はん
かなしきはたまゆらとしてゆるさるる命のほかにいのち無きこと
夕ぐれの窓にかざせばわが手さへ我を覗ける顔のごとかり
しらつゆの玉ちる木かげ風吹けば落葉するこそわびしかりけれ
言ひがたきものなつかしさ身にわきぬ野分めきたる風の起れば
樽神輿かつぎて子等のさわぎゆく街を歩めば山のしのばゆ
さらさらと木の葉散るなり風吹けば空もさやかに晴れわたりつつ
子のためにただ子のためにある母と知らば子もまた寂しかるらん
われとわが身のかなしまれ虫の音も聴くにえたへずなりにけるかな
　おもひまてども

新潮　大正四年十二月号（第二十三巻第六号）

あるときをおもひまてどもそのときのいつ来るべきおのれなるらむ

いつはりの世を送るにはあらねども涙流れてせんすべもなし

ひとわれに飽くと思へばみづからを歎きもあへずあさましうなりぬ

みづからのなすべきことははてざるにゆふさりくれば君の待たるる

ああむしろ百年待つも甲斐なしとさやかに知らば静けからまし

おのがことまだなしはてぬここちしてわが児のことのはじめがたかり

かひなくも君にやすらひわがこころむちうちがたくなりにけるかな

このゆふべ添寝の児にもそがひつつはかなきわれのいのちをおもふ

消えはてしものさへいつかあらはるる心地するこそ哀しかりけれ

わがこころふとありし日によみがへるめでたききはに涙流るる

ただふたりむかへるのみのさびしさに人なつかしきあさましさはも

○与謝野晶子著「歌の作りよう」（大正四年十二月十五日東雲堂書店版）の中に

「自然に親しむこと」の欄にあり

簾より濡れ髪出づる心地しぬ、木立を透ける水色の空

遠ざかる人の如くにつばくらめさはらで飛びぬ、門川の水　吾全

〔注〕この二首は「スバル」明治四十四年六月号の歌「その七」の二〇首の中にあり

大正五年　――一八〇首――

草笛　青鞜　大正五年一月号（第六巻第一号）

身に堪へぬ重きうれひを招くまで我てふものを恃みてありぬ

あさましきおのがむくろを世におきてわが見ることか生くるといふは

我のみが君をば思ひ我のみが君をば捨つる心地するかな

うつくしき心もなくて縋るのみ思ふといふも悲しかりけり

いましめを解きたる人のそのほかの誰にか我の捉へらるべき

こころにもおのが口にもなしがたきものか苦しくわが求むるは

君によりかよわきものとなれるとき心乱れて君をさへ打つ

あぢきなしかかるまことのつぶやきも君を思へばあやしくなりぬ

胸を刺す悲みのみぞよみがへるこの日心の貧しともなし

心ゆゑ幸ひをはたかなしみを知るてふことは人に知らゆな

みづからをまだはかなしと思はざるその時已に涙流れし

いたづらに待ちたる故か忘れたる心のごとくむなしくなりぬ

かのこともこのこともとくなしをへん然る後ぞとものだのみする

夜も昼も寄りそふ君になつかしさふと迫るこそ寂しかりけれ

おのが非を見じとするごとおのづから涙に閉づるわが目かなしも

日もすがら黙してありし心すら思ひいづれば美しきかな

みにくさの日にあらはるるわが心目には馴るれどすべなかりけれ

涙して恨みなげける人よりも忙しき人はいたましきかな

辛うじてよみがへりたるしるしにと一とき我に涙流るる

倒れたる身は起きがたし砕かれし夢まぼろしは惜しからねども

まことをば語るがゆゑにおろかしく見ゆるおのれとおもひけるかな

含葉嘯葉

青鞜　大正五年二月号（第六巻第二号終刊号）

歌よまずもの書かぬ日のつづくなりうきうつそ身に涙流れて　全

いつのまか子のさかしまに倒したる時計の音の止まぬいみじさ　全

わがあるは泣くに声なくもの言ふに言葉のあらぬむな国にして　全

千たびきき千たびおのれのうけがひてなほのたまへることは知らじな　全

安らひのえやすき世とも思ひけりわがうとましき性を忘れて　全

なにごとぞ君を思ふをおのが世のわざはひのごと思ひなせるも　全

恋しさのいやまされども寂しかり君がかたへの一人のわれ　全

身にあまる力か恋か知らねども抑へてしばし心足らへる　全

否まれし言葉の中に新らしくおぼゆる恋のしづかなるかな　全

わが男わき目もふらず踏みゆきし麦に寂しく夕日さすかな　全

妬よりこしさびしさか誇よりこしさびしさかいまだ知らねど　全

ゆくりなく君と別れて初春の心となれる我にはあらぬ　全

目閉ぢたるばかりに人もみづからも命のほかの心地するかな　全

おのれらの幸てふことをゆくりなく思へるのみに人を恨みき　全

まぎらすにすべなかりける寂しさを求むる日ともなりにけるかな　全

君恋ふと苦しきことを言はんより悲しさ《恋しさ（全）》などの言はまほしけれ　全

ああわが世さびしき道のはてなきかはたうつつなき夢に尽くるか　全

はげしくも燃ゆる心かみこころの静まりゆくをひとり見ながら　全

さびしさかはた恋しさか知らねども一人しあれば涙流るる　全

みづからに捨てし心もあらずして忘れしことの恥ぢらるるかな　全

哀歌　女の世界　大正五年三月号（第二巻第三号）

みじろがずあれてふ声のうれしさにをののきそめぬみこころのまへ

いつ忘れいつ思ふともえ知らねど涙落つれば人の恋しき

さめん日のそのさびしさをあらかじめ知れど今なほ夢みてぞある
拒みえぬ男とみえてかなしかりわれ強ひられしことはあらねど
恋とだにのたまふことの無き君にいかなることを答へまつらん
今日来ずばこの身いかにかならましと思ひし文をしばし開かず
一目見ば足るべきものを疑ぞ疑を生むひとり思へば
油尽き細れる秋の灯火を身に引きくらべひとりあるかな
世のつねの女ごころと思ふこのわが心だに知る人の無し
横たへし君がむくろに劣ること知れば涙のとどめあへざり
おほらかに聞き流したるをたけびを思ふにたへず今更にわれ
たのまれずかく打歎く日を待たず心ははやく離れたるかな

狂へる心

詩歌　大正五年七月号（第六年第七号）

おのれをも捨つるが如しみづからをひとりうとまずあらんとすれば

全

みづからに酔ふとばかりに泣かれけり涙やはやく人を呪ひし　全
あさましき夢もひそむかゆるされていふうつつなき言葉の中に　全
悔いて泣くおのれを見れば更にわくこはそも何の涙なるらん　全
捨てがたく思ひし誰が枳殻の上に置きたる椿の花ぞ　全
いつの日のいかなる時のみこころか知らねどけふぞまのあたり見る　全
てのひらにいわのおもてをたたきつつ泣く日を思ひ涙するかな　全
かへらざる恋を思ひてわが泣きしその夜すがらに積りたる雪　全
かなしさに身をも裏切る日の来しか時をわかたず我の泣くなり　全
抱かんと狂ふおのれの影よりもふりさけ見れば月ぞ近けれ　全
おのれなほうき心もてうきことを思ふと言へどうしと言ひ得ず　全
わが屋根を猫の踏みゆく音なして夜に降りいづる春の雨かな　全
あぢきなく心は昨《きぞ》にかへるなり恋しき人を思へるものを　全

君思ふ

新潮　大正五年八月号（第二十五巻第二号）

我なるやまぼろしなるや夕ぐれの若葉の中にふと消えしもの
陥りし暗きま洞をあくがれの的となすまで心乱れぬ
人をこそ恋ひて心の泣くものを流るる涙いたづらにして
魔のために死なんか我は神のため命捨てんか今迷ふなり
この心他を恨みつつみづからを歎くといふも解けぬ謎かな
恨めしさ憎さみなぎるかたはらに哀しき人のこころ知りける
君思ふ心を絶えず君により砕かるるなり夢の我ゆゑ
恋ゆゑに君の心のかたくなに見ゆるものとは思ひがたしも
歌をもておのが心を知らするを悲しきことと思ひけるかな
えもいはぬ夕日のなかの若葉をば見てあるほどに心おびえぬ

寂しきままに

ビアトリス　大正五年八月号（第一巻第二号）

誰が生くる誰が死ぬる世のさまなるぞ死を思ふ眼に火とも映るは
人の手にふと見し花を思ふこと四五たびにして夕べとなりぬ
あぢきなきおもひはつねにするものとさだめ交はすに似たるはげまし
おそらくは杜鵑を待てる我ならん山に向ひてものを思はず
うつりゆく明日の心は見えずして今日にはまたく飽きにけるかな
みづからをあはれとなどは思はねど名なく老いなば涙流れん
全身に血のわきかへる花を見て吐息をもらす寂しきこころ
おのれのみかく苦しさに堪へざるかしばらく生きて世にも問ふべき
庭の草水田に植ゑし苗よりも涼しきほどに生ひそめけり
夕立の籬を打てば朝顔のみどりの蔓のほつれたる庭
走りてもゆかん心を抱きつつだりやの中におり立ちにけり

わが心いとすなほにも見ゆるかなものおもふことしばらくにして

柔かき眉を重ねて栗の花小雨のなかにゑめる初夏

見出でしは心の奥のかなしみかはた悲しみを秘むる心か

おのが身の果敢なき運命泣きくらす日さへ時さへたまはれる身ぞ

翼伸べて真夏の空に鳶舞へり朴の一葉のひるがへるごと

恨無しかく思へどもみづからをなやますものの影の消えずも

はやかかる愁となりてこの胸にひそめる明日を見じとしたるか

なつかしく人をば思ふ日となりて皐月の雨の降り出でにけり

子を抱く力かへらばおのが世に足らはぬものはなしとなさまし

頭をばつと向けたれどこれの尾のともなひがたし蛇の身のさま

とこしへのわが住家ともなつかしき林の中を走りこし汽車

越えしともおぼえずさてはこれもまた幻のごと消えにしものか

君とゐて朝も朝とも夜も夜ともおぼえぬ身こそ悲しかりけれ
夜なれば針にも臥さん木綿蚊帳かほに触るれど心にもせず

玉虫　新潮　大正五年九月号（第二十五巻第三号）

糸なきか糸ぞ糸ぞと呼ばれたるめまぐるしさに玉虫を見ず
見よと言はれ見もせざりける玉虫の飛ばんとするにおどろきにけり
放たれて飛ばんとしたる玉虫の身に一尺の赤き縫糸
糸はこれまことの糸ぞ玉虫のもがきて引くは衣縫ふ糸ぞ
いづくより捕へ来つるとわが問へど玉虫ながめ答へたまはず
玉虫はげに美しき虫かなと見入る男の顔を窺ふ
三日の後見れば玉虫死にてあり柱に彼の食むものもなく
めでながら放ちもやらず餌もやらず玉虫つひに死ににけるかな
はじめよりなきがらとしてめでけるやこの玉虫の餌をば思はず

なきがらとなりていよいよ美しき命の色を持てる虫かな

六つの足曲げて玉虫死にてをり掌這へば痒かりし足

土のにほひ　詩歌　大正五年九月号（第六年第九号）

小学の生徒いとほし市路ゆくとみな手拭を腰に挟める　全

ましろなる木槿の花のゆくりなく籬にゆらぎ鶯鳴きぬ（夏の鶯をききて）　全

夏の雨道に積みたる乾草のいきるるにほひたへがてぬかも　全

破れたる白提灯の骨なども捨てられてあり露草咲けり　全

掘りかへす土のにほひのひろがりて屍《しかばね》の香となりにけるかな（雑司ヶ谷墓地）　全

あへてまたわれにまつはるものもなし立ちえぬばかり疲れてあれば　全

ほとほととかろく雨戸の鳴る音を夜半にめざめて聞きてあるひとり　全

小走りて軒に入るとき大空は我を蔽ふと後ろに垂りぬ　全

空の星一つ流れて満天の星ことごとくかがやきにけり　全

やうやくに沈む金魚とやうやくに浮ぶ金魚とひれそろへけり　全

やすらひを知るにあらねどかにかくに何にか我の引かれゆくなり　全

秋に入りて　ビアトリス　大正五年九月号（第一巻第三号）

夕ぐれ我が子車に轢かる

何をたのみ心ゆるしてありし身ぞ幼《いとけな》き子を街に放ちて

轢きたるは空車《からぐるま》とぞよろこびし子の怪我なきをたしかめて後

子を守るが我の命と思はねど命ならでは子の守りがたし

この母は汝を車に轢かせたり今ある汝は我の子ならず

おのが子はわれあやまちて荷車のわだちにかけぬありと思ふな

命もて子を守らんと思ふとき疑ひがたき命となりぬ

心さへ破れし衣のここちして横はる床に秋の虫鳴く

てすさびに毟りし草をてのひらにながめてあれば秋の風吹く

煤けたる唐紙とればくづれたる土の竈のあらはれにけり
心地よき飢をおぼゆるあかつきの身にかなかなの鳴けばかなしも
起きいでんあかつきの空燃えてあらばかなしき心しづまらんかも
初秋の風吹く野にもあらざるか我の心をひるがへすもの
わが背子をなみしがちなるこのごろの心よかなし人に知らゆな
この風を恋人よりもなつかしくおぼしむるは誰の心ぞ
しみじみと醒めたる恋のなげかるる心にしばし人のやさしき
蒼天を離れんとして離れえぬ雲のみづからくづれゆくさま
みづからの怒る心を雲に見て風の涼しくなりにけるかな
みづからにいとふさはしき夢をみるこのうつそ身ぞさびしかりける
みづからのさがならはしの一つをば示しておのがあやまちと愧づ
我に似しあまたの癖をもてる子をはた我ならば誰かあはれむ

世のありて世の人ありてかたはらに病む子のことはあらぬ心か

こはれたる子の玩具をば見苦しきものと思ひて片づくるなり

この日しも座敷掃けどもちらばれるおもちゃもあらず心むなしも

雑草　詩歌　大正五年十月号（第六年第十号）

両側のもろこしの葉にすれあひて蝙蝠傘のねを立てにける　全

朝霧にぬれたわみたる夏草のめひじはの穂のほのかにそよぐ　全

病めば子のやしなひがたく人のゐる湯ぶねの中に涙おとしぬ　全

くすり湯にあたたまりたるわがからだ少し赤みを帯びて嬉しも　全

朝早くこほろぎ鳴けりもぐらもち土をあげたる溝のほとりに　全

土痩せしわがふるさとのほか知らぬ目に芋の葉の大いなるかも（以下友の家にて）　全

わが友のほそりし腕見つつわがかかげて出づる朝の青蚊帳（九月一日）　全

がらす越し松のほつ枝を少し見る二階の窓のあかつきの色　全

土橋をくまどる草に一本の芒まじりてあたり暗しも　全
焼け込みし畑の土にうれはてて赭くなりたる黄瓜まろびをり　全
あふむけに寝たるぞ清き胸の上に誰が吹く笛の音かも流るる　全

群蜂　新潮　大正五年十月文壇新機運号（第二十五巻第四号）

がらす窓いまだも開けず群蜂のうなりの中に帯をしめをり
朝の窓あけもはてぬに身をかはし飛びゆく蜂のよろめきて見ゆ
蜂のゆく朝くらがりの庭にして爪紅《つまぐれ》の花赤しも白しも
二階より花をめがけて飛びければさかしま落つる蜂と見えにき
こちたくも朝霧こめたり蜂は方向《むき》をくるりくるりと二度変へて飛ぶ
かさかさと落葉音なす蜂の巣の夜昼となく大きくなりゆく
夕立の雨の中より人の家の天井の巣にかへりくる蜂
とざされし窓の玻璃戸を打つ蜂のけぶりて見ゆる夏の雨かな

蜂のため一つ開けたる窓こそは雨涼しけれ吾もそこに倚る

がらす窓しまりてあれば外に飛べる蜂のうなりは聞えぬものかな

天井は蜂のうなりに燃えんとす真昼ひとときき窓をとざせば

友に逢ひて　　女の世界　大正五年十月号（第二巻第十一号）

はれやかに我を山路にむかへたる君の肩より垂るる濡髪

いつよりのならひともなくこの君を友と呼びつつはるばると来ぬ

痩せはてし顔もおほはず友のかた向きて眠りぬともしび近く

君あればはじめて来つるみちのくも親しみ深き山におもほゆ

きりぎりす鳴きもいづれば並びねし二人の女枕つけえず

きりぎりすこの枕べに鳴くかぎり疲れたる身も眠れぬごとし

しつかりと瓦の上に置きにけりわが友のめづる鳳仙花の鉢

夜となると窓を引きつつ瓜紅《ママ》の鉢を出すを忘れんとしぬ

鳳仙花赤き太茎透きとほりみづみづしくも花ささへをり

鳳仙花一つ萎めばわが友はその一花を摘みてとるも

灯をともしゆきて探せばわが友の歌のノートの見つかりにけり

蚊帳の中に黒髪梳くと立つ時ぞ君が素肌は匂ひたりける

大正六年　――九六首――

病める子に　文章倶楽部　大正六年二月号（第二巻第二号）

病める子に添寝しながらうつらうつら昔のことを思ひたりけり
雨の音はげしけれども病める子の眠りて朝のしづかなるかな
下駄穿くと朝まだきより言ひし子の今日としなれば昼も眠るか
二日三日物を食はせぬ子の手足つかめばしんに冷《ママ》たかりけり
そこなひしその腸《はらわた》を癒さんと冬の夜すがら子を飢ゑしむる
よき脈を打てるわが子の手をとりて着せなん衣のことを思へる
脈打てりつねにこの脉打てる手と思ひよらめや今宵とる手に
刎ねあがる生《いき》の力か柔き吾子の手頸にひそみ打つ脈
夜着はよく耳の上までかかれるをこの幼子の咳をはじむる

隣にて物音すれば聞くに堪へぬ吾子の咳ふと聞えざりけり

病める子を床に待たせて裏口を締めに出づれば月のありけり

隣の子親にはやされ遊べるが戸越しに聞ゆわが子病める夜

槲の葉　アララギ　大正六年三月号（第十巻第三号）

注連かざり春待つ街の竹の葉のはやからびたりこの凩に　大正六年一月（吾）　吾　全

ほこり砂たまれる縁に槲の葉の生きいきとして散りにけるかも　全

この年のかくてしづかに暮れゆくか大つごもりの夜のよき月夜　吾　全

新らしき竹の矢来のひまに見る白鶏《しろかけ》の羽に初日のさせり　全

ものねだり肩につかまる幼子の手を抑へつつ文書き果す　吾　全

庭の上に立てる枯木の枝は濡れこの降る雪のつもらざるかも　全

葉にかくれ小さく赭き松かさの雪にもふれずひそむ松が枝　全

底の石につかへてありし笹の枝わが川越せば流れ出しにけり　大正五年九月（吾）　吾　全

昼の宿に背は痛かりき楢の果を袂に入れて敷きてねたれば　吾　全

川づたひ山路に入れば水車小屋の中に人居て唄ひ出しにけり　吾　全

うつつなく子を《みやこべの吾子を（吾）》思ひゆく山の道虻《蛇（吾）》におどろき飛ぶ《ママ》《飛び（吾）》あがりけり　吾　全

萩の花覗けばそこは《深き崖（吾）》崖にしてすぐ眼の下に水流れたり　吾　全

目の前のだりやの花はあちら向き雨は降るなれ向つ山の木に　吾　全

冷えてある朝の火鉢の灰の中にだりやの花は散りにけるかも　全

君ゆきしこの日朝より庭先に桶屋がひとり竹を削れり　友が病院にゆきし日　吾　全

鉈あてて臂《ひじ》のうしろにしごきやる桶屋の竹にさやるものなし　吾　全

竹を割る桶屋の男笠かぶり小雨の中に青き竹を割る　吾　全

牛来ぬと畑に逃げ入る男の子持てる枯柿を抱きたるかも　全

牡丹の芽　才媛文壇　大正六年五月号（第一巻第二号）

霜よけの藁を除けば牡丹の芽みな伸をしぬねざめのごとき

わが心いとおほらかにゆくところものの隙《すき》ともおもほゆるかな

うつし世に見ねばかしこし君がみ手とりて泣くべきわが姿はも

この遠く疑ひつつもおとづるる心はすでに人の知らなくに

おどろきはあらたなれどもみづからを失ふにはや馴れたりわれは

きのふなりけふの心は見えざりきただかさねきぬ苦しきおもひ

いづれにもなびかず煙青ぞらの弥生の空にみだれ散るかも

みづからに怖るる心かたはらの大樹仰げば大樹ゆらぐも

この我の心にひそむ疑を人にしうくるその日見ゆあはれ

われに似ぬものはめでたし我に似るものを愛づるは悲しいかなや

かりそめに

嬰児　大正六年八月号（第一巻第三号）

谷町のここの子供らは花採りにおばけ屋敷へ行くと言ひしか

おほらかにおばけ屋敷へ筍を採りに行くとは正雄の言ひし

二三本彼が小さき手の中に握られてありし笹の芽あはれ
笹の芽をとると子供ら争ふが犬の蚤とるさまに見ゆるも
雑草のいきれ悲しもおばけ屋敷夕雲見んとわが来しものを
みちのくの山路に友と嗅ぎたりし夏草の香を今宵かぎつも
天の川この初秋もしら玉の命はありて君に逢ひにけり
寂しけど誰といふべき一人なく天にむかひてゆるせと叫《おら》ぶ

あさがほ　嬰児　大正六年九月号（第一巻第四号）

わが庭にわれらが手もて培はぬ朝顔生ひて花咲きにけり
わが庭にわが待たざりし朝がほの花咲く頃ぞ秋はいみじき
一輪の朝顔の花空色に開きて今朝はあめつち曇る
積み上げし石のひまより蔓伸びて咲ける朝顔花の小さしも
一輪の朝顔咲きてこの庭の塵紙屑の今朝は目立たぬ

朝顔の花咲きにけりこの家よわれらの前には誰が住みしならん

今朝咲きし一輪見ればこの垣をおほひし去年《こぞ》の朝顔見ゆる

庭といふほどの庭にもあらざれば朝顔咲きて心うろたへぬ

秋風

アララギ　大正六年十月号（第十巻第十号）

雨止まず森のかたへに夕煙のぼるを見つつ一人急げり　全

街道に浅きわだちの幾筋も走りて雨の空は明るし　全

杉垣の迫れる小路からかさをかたげてゆけば木槿花白し　全

雨いつか小止みとなれりわが傘に桜の枝の雫おちつつ　全

わが背子が浜名の湖に遊ばすと旅立ちしより雨降りつづく　全

坂町の溝に流るる濁り水暴風雨《あらし》やうやく止まんとするも　全

電線の重なり合ひて眼にさやる都の空に秋の雲白し　全

夕雲はいまだ赤きに膚寒き街にはいつか灯のともりをり　全

暴風雨　　アララギ　大正六年十一月号（第十巻第十一号）

電灯のたちまち消えてあれ《吾》（吾）一人あらしの音を聞きつつ暗し　大正六年九月末日（吾）　吾全

二階には落ち居がたしと床持ちて梯子下りゆく暴風雨《あらし》の真夜中　吾全

あらしやや静まりにけり蠟燭の灯かげに祖母は眼を閉ぢたまふ　吾全

倒れたる樫の大木《たいぼく》子らあまた枝につかまりゆすりて遊ぶ　吾全

暴風雨の夜倒れし杉は公園の囲ひの鎖たち切りてあり　吾全

月光に人は影引きこのゆふべ都大路に電灯つかず　吾全

二日三日空けたる家にかへりきて障子張りをれば百舌鳥鳴きしきる　吾全

竹竿の朽ちて割れ目に入りし雨打ちおとしつつもの干す今朝は　吾全

秋晴れの日に　　アララギ　大正六年十二月号（第十巻第十二号）

烏瓜赤くつらなる藪垣に山の木洩れ日すでにかぎろふ《かぎらふ》（吾）　吾全

大正六年十月三十一日玉川に遊びて（吾）

音もなく小川の水の流るるに枯れたる菜の葉浮びくるかな　吾全
天秤につらぬきて運ぶ稲束の垂り穂は地《つち》に曳きずられつつ　吾全
夕川のつめたき水に流《ママ》ひたる《洗ひたる（吾）》小蕪ましろに積みあげてあり　吾全
猿どちは金網の中に抱き合ひあたりの木立秋づきにけり　吾全
見おろせばわが眼くるめく高楼《たかどの》の後の庭に鶏あそべり　吾全
にはとりら馳けきて草をあさりけり土の湿りに山茶花匂ふ　吾全
風の音をりをり聞ゆ日のあたる障子のうちにものを縫ひをり　吾全

をりをりに　短歌雑誌　大正六年十二月号（第一巻第三号）（女流歌人十五人集）

横雲に朝日まばゆく照りかへり岡の枯木は立ちのさびしも
まさやかに晴れわたりたり裏庭の桜もみぢは日に透きて赤し
たまたまに早起したり日の赤さ或はこの日君帰らんか
すわりつつ書《ふみ》を読めどももの洗ひわが濡らしたる膝のつめたさ

木綿衣《ぎぬ》縫ひつつたぬし崖上《がけうへ》の家ゆピアノの音《ね》はまろび来る

衣縫へば棲《つま》の形のととのはず火鉢に悔し湯ぞ煮えたぎる

暗がりの井戸の底より釣瓶の音《おと》かすかにひびき秋ふけにけり

椎の実を拾へるならむ公園の椎の樹かげに人のかがめり

蜘蛛のいに下がりて落葉くるくると廻りてゐたり榊の下枝《しづえ》

樹間《このま》がくれ天にそびゆる五重の塔緑青ふけりいちじろきかも

日は今しとつぷり暮れて風寒し街は場末になりにけるかも

月いでて庭樹を照らす真夜中の厠の窓は開きてありしも

いつしかも庭の木の間に月明し縁にいづればわが頬つめたく

樹のしづくぽたりと落ちて草の葉のいたく揺れたり小雨の中に

昼寝より覚めし心のしづかさに雨を見てをりたそがれ近く

何ゆゑか今宵は風のあたたかくこほろぎはわが耳に馴れたり

大正七年 ——一一九首——

霜　アララギ　大正七年一月号（第十一巻第一号）

咲きの色やうやく褪せし作り菊霜に凍《い》つきてもろくしおもほゆ　全

畑中に掘り残されし大根《おほね》（吾）の葉黄ばみて朝の霜ましろなる　大正六年十二月所沢にて（吾）　吾　全

畑中の土手のかたへの日だまりに草枯れてあり深草のまま　吾　全

霜どけに真昼の道はぬかりつつ茶の花白く咲きて匂へり　吾　全

らんぷの灯届かぬ部屋に寝たる子の柔き髪寄りて撫でつも　吾　全

病みこやるわが呼吸《いき》せはし冬雀鳴く軒端には日のあたれるも　吾　全

大正六年十二月病みて（吾）

口苦くわが病むあした霜きびし祖母は厨に味噌すりたまふ　吾　全

わが病める小床のまはり片づけて座《ママ》りし祖母は居眠り《睡り》（全）ませり　吾　全

冬の日　アララギ　大正七年二月号（第十一巻第二号）

春来ると門並立てし松竹の繁みに寒き風吹きわたる　全
冬来りをりをり凍る水道は厚藁菰につつまれにけり　吾　全
百姓が車に積みて売りに来し漬菜を買へば氷こぼるる　吾　全
音絶えて時のまありし凩の吹き起るらしとほちの森に　吾　全
土しろく今朝霜おけり久方の空の光のいたく明るき　吾　全
松の葉はつやつやしくもきらめけり仰げば寂し冬日の光　吾　全
ひとり病む真昼の床に若干《いささかの（吾）》の小づかひ銭は置かれたりけり　吾　全
見まはせば真昼の部屋は明るかりこらへきれざる涙のいづる　全

二月九日節氏四週《ママ》忌歌会　アララギ　大正七年三月号（第十一巻第三号）

水仙はやうやく瓶にすがれたりひと月あまりもちにけるかも　全

きさらぎ　アララギ　大正七年三月号（第十一巻第三号）

わが病やうやくよろし少しづつ水をば汲みてみづから炊ぐ　吾全

昨夜《よべ》入れし炬燵のいまだあたたかし一夜帰らぬ君が小床に　吾全

しら雪はいささか降りて止みにけり空気湿りて咽に心地よし　吾全

日のあたる家はなきかと街なかの空家を探し今日も疲れぬ　吾全

わが背子《夫の（吾）》の冬着のシャツの厚ければ二枚洗ひて肩凝りにけり　吾全

洗ひものすすぎ乾かし室に入れれば火鉢の火種乏しくなれり　吾全

洗濯のなかばに友の文つけば急ぎ拭く手のなほ濡れをるも　吾全

日に向けて氷を溶かす店先の樽の慈姑《くわゐ》のやや動き見ゆ

歌のまとゐ詠草

女の世界　大正七年三月号（第四巻第三号）

青柳の幹の片側《かたへ》に雨ながれ二月《ぐわつ》の春となりにけるかも

〔注〕「春草《はるくさ》会」と命名された（与謝野晶子命名）歌の会の集り第一回が、茅野雅子宅で開かれた折の歌。「春草会」の名は第二回より定められた。「歌のまとゐ」は「女の世界」三月号安成二郎記事の見出しである。当日の題は梅、夢、雨の三題であった

春草会詠草　女の世界　大正七年四月号（第四巻第四号）

木蓮のま白き花の散る庭をまもりたまへり病める瞳に

〔注〕「春草会」命名後第一回の会合の歌。三月第二日曜、十日の午後一時より、席題は、煙草、草、土、女、白、手の六題。この中には出席者倉片寛一の歌もある

早春　アララギ　大正七年四月号（第十一巻第四号）

雨降れば窓の障子の紙ぬれて離れはためくきさらぎの風　全

犬の眼にくすりを射して人ゐたり人の後ゆ覗きて見れば　全

厨べの廂瓦に霜しろしほのぼののぼる炊ぎのけむり　吾　全

雨降ればものも縫ひえず天窓《ひきまど》にがらすの板を欲しと思ひぬ　吾　全

茜さす入日の空の赤らみに枯木のぼくの大きく立てる　吾　全

うれしくも天気になれり解き衣を湯屋の流しに洗ひて居れば　全

さむざむと兵営の喇叭なりひびく夕べの街に雪の残れる　吾　全

解けそめて水漬ける雪のひとときに落ちたり桐の枝細り見ゆ　吾　全

春来る

アララギ　大正七年五月号（第十一巻第五号）

夕ぐれの流しに洗ふ白き皿水つめたからず春の月さす　吾　全

ここの野にいつ萌えいでし春草の薺《なづな》はひたと地面《ぢびた》に着ける　吾　全

雲くだる空に見え来るにはか雨斜に降れり土手のかなたに　全

久しぶり父につれられ帰りこし子の声するにわが走せいづる　大正七年四月（吾）　吾　全

その父が片手に重く抱へこし吾児の着物はみな汚れをり　吾　全

髪伸びてよその子供の心地する吾児はすわれり灯のかげに　吾　全

ここはおのが家にあらじか久にして帰りこし子はつひにうなづかず　吾　全

もの縫へるわがかたはらに紙切りてしばしおとなし日にやけし子は　吾　全

落花

アララギ　大正七年六月号（第十一巻第六号）

掛竿の手拭かわき落ちにけり家明け放ち衣たたみをれば　吾　全

農会の宴ゆ夫が貰ひこし花さすとわれ味噌がめを洗ふ　全

庭掃くと草箒とるわが額《ぬか》にふと夕ばえの明るかりしも　全

よく遊び疲れたる子は眠りたり生《あ》れしその日もこの顔なりし　全

父をらぬ夕べ雷鳴り電燈の消えたる部屋に子はぬる母と　吾全

ふり仰げば銀杏の大木芽をふけり子にかくれまはるその木のもとを　吾全

八重ざくら花びらさやに散り敷けり塵まみれなる砂利のおもてに　吾全

故郷の赤土泥にしみてこし君が紺足袋すすぎかへすも　全

梅雨

アララギ　大正七年七月号（第十一巻第七号）

風わたる欅の若葉夕晴れの空赤くして動き止まなく　吾全

ひるがへる楓の若葉夕風に大き枝ゆれ鳥とまれり　吾全

たえまなく枝吹き鳴らす昼嵐銀杏の大木青き葉を散らす　吾全

日曜の朝けに買ひし子の単衣ただちに裁ちて縫ひてやるかな　吾全

戸を締めてややむし暑し戸のもとにはやえぞ虫の飛びまはるなり　吾全

短夜のあかつきがたにさめざめと子は泣きいでぬ夢を見しならん　吾　全
軒近く迫れる裏の石垣にかたつむり這へり雨は降りつつ　吾　全
石垣に角出しゐたる蝸牛いつしかをらず苔青きかも　吾　全

梅雨晴

アララギ　大正七年八月号（第十一巻第八号）

戸を開けてふたたび座る床の上蚊は飛びゆくも明るき方《かた(吾)》へ　吾　全
さみだれの朝さびしも蚊帳吊れる座敷の隅に髪を束ぬる　吾　全
裏庭に廻る男のわらぢの音さみだれの日を肥汲みに来し　吾　全
床の上枕さすべく抱きおこす吾児のからだの汗ばみて重し　吾　全
裏庭の崖《崕(吾)》をおほひて草深し苅りなば涼しき風来らんか　吾　全
曇る朝は蚊帳を除《と》れども家暗し床にはいまだ吾児の眠れる　吾　全
戸開くれば今朝も曇れり向ふ家の《向つ家の(吾)》物干に咲くきりしまの花　吾　全
我が家の梁に吊せる鱈の塩溶けてしたたり板間をぬらす　吾　全

○

かたつむりがことさら選りて食むらしき枯草の葉は梅雨にしめれり

〔注〕大正七年六月二十九日附島木赤彦より葭子宛の手紙に
「拝啓今回の貴詠大へん佳しと存じ欣はしく存上候　じみにて確かりしたる処を御備へなされ候事と存候　一段の外に「戸開くれば……」「かたつむりがことさら……」「我家の梁に」の三首は八月号の時今一度お書き被下度当方に保存しても宜しけれど多繁中紛失しては悪しく候間右御願申上候　匆々　七月号発行は四日頃になり可申候」

とある。但し「かたつむり」の歌は次号にもない

真夏　アララギ　大正七年九月号（第十一巻第九号）

夏の夜の賑はふ町を別るべき手子の手を引きてゆき戻りけり　大正七年七月（吾）　吾全

車屋の《俥屋の（吾）》足暑からん炎天の日の照りさかる深き埃に　大正七年七月（吾）　吾全

わが足の一昨年《をととし》よりは弱れるをみちのくの山にしみじみおぼゆ　吾全

車下り《俥下り（吾）》山路のぼれば道のべに蕨大きくほほけてありけり　吾全

葉ずれの音車の下に聞えたり稲田の畔のなでしこの花　吾全

露店の上二つ吊せる提灯の一つは消えぬ草の香ぞする《一つは消えをり草の香深く（吾）》　地蔵尊祭りの夜（吾）　吾全

板の間に村の少女がもの縫へる友の家ひろし青き山見ゆ　全

涼しくも夕風立ちぬ竹藪に新らしき竹のことに青きを　全

真夏

アララギ　大正七年十月号（第十一巻第十号）

夏の夜の賑はふ町を別るべき子の手を引きてゆき戻りけり　吾全

車屋の足暑からん炎天の日の照りさかる深き埃に　以下旅にて　吾全

わが足の一昨年よりは弱れるをみちのくの山にしみじみおぼゆ　吾全

車下り山路のぼれば道のべに蕨大きくほほけてありけり　吾全

葉ずれの音車の下に聞えたり稲田の畔のなでしこの花　吾全

露店の上二つ吊せる提灯の一つは消えぬ草の香ぞする　吾全

新竹《にひたけ》の節にちぢれし竹の皮落つべくなりていまだ落ちずあり　吾全

〔注〕右の六首は九月号と重複

雨降らねば藪に散りしく竹の皮清く乾きて草にとまれり　吾全

遠く来て友のかたへに寝ねてありあかつきがたのかなかなの声　吾全

日ざかりの胡瓜の畑に風ふけば萎えしその葉のまづさゆるるを　吾全

鍵あけて家にし入れば《家に入れば（吾）》洗ひおきし厨の釜もいたく錆びをり　帰京（吾）　吾全

この日まで解かずおきたる冬衣黴びたる見れば心忙《せは》しも　吾全

青森の林檎をいだす旅鞄ひとへ羽織の皺づきてあり　主人帰宅（吾）　吾全

掃きよする土に交りて朝顔のしぼみ花赤し夕べの庭に　吾全

子供らが摘みて捨てたる朝顔のしぼみ花赤し水撒く庭に　全

月のさす縁にいづればさしなみの向ひの家に吊りし蚊帳見ゆ　吾全

暴風雨止みて空にはいつか虹ふけり夕餉のものを買ひにいづるも　吾全

雑巾をかけたるあとの板の間にくつろぎをれば秋風きたる　吾全

秋　アララギ　大正七年十一月号（第十一巻第十一号）

心冴えていよよ眠れぬ真夜中を隣の家に医者のこしけはひ　大正七年九月（吾）　吾全

病人の命あやぶみ真夜中にわが訪ふ家は格子あきをり　吾全

親類へ子の死を告げにゆく人に破れし提灯とりいだし貸す　全

ただ一日病みて隣の子は死にぬ《死ぬに（全）　死にぬ（吾）》子を持つわれの安からなくに　吾全

朝日さす隣の庭に昨日のまま小き着物の干してあるかな　吾全

朝顔の空色深し雨晴れて今朝はにはかに秋の涼しき　吾全

糊つけてしまひおくべき蚊帳を干す庭の日ざしの秋めきにける　吾全

家の事に追はれがちなるわが心十五夜の月は空にのぼれり　吾全

望月はいよいよ空に澄み《十五夜の月はいよいよ澄みのぼり（吾）》のぼり縁側にゐるからだは冷えつ　吾全

いちめんに虫の穴ある桜の葉はらはら散れり道のかたへに　吾全

ひとところ開けおく窓の明るみに寄りてもの縫ふ暴風《あらし》雨の昼を　吾全

まづ立ちて襷をかけぬめづらしく天気となれる朝の厨に　吾全

秋来たり我は肥《ふと》れりあかつきの床にめざめて腹すくを覚ゆ　吾全

文書きて《もの書きつつ（吾）》なほ立たずをり庭先の張物はすでに乾きてあるを　吾全

縫ひあげし吾子の着物は揚《あげ》をして形つつまし畳みておくも　吾　全

両親《ふたおや》の留守に馴れつつ子供らは朝早くより出でて遊べり　全

いちじるき落葉なるかも仰ぎ見るこの樅の木は枯れたるらしも　全

故郷　アララギ　大正七年十二月号（第十一巻第十二号）

縁側に姑《はは》の髪梳けりふるさとの桑の畑に朝日のぼるも　大正七年十月（吾）　吾　全

裏庭の湿れる土を掃き立てて故郷の秋は寒くなりつる　吾　全

十日ほど居るまに我の縫ふとする舅《ちち》の冬着は幾枚にもあらず　吾　全

絹糸を二つに割きて継ぎてゆく蟬の羽のうすき絹布《きぬ》はひずみぬ　吾　全

麦の芽のはつはつ出でて土黒き畠に寒き秋風立つも　吾　全

神棚に燈明あがり大掃除すみし夕べは酒注ぐ舅に　吾　全

牛部屋の掃除《あたり》(吾)(全)片づき生えなりに曲りし菊の蕾赤く見ゆる　吾　全

飛行場の出来て変れる所沢この道のところわが家なりし　吾　全

大正八年　――三七五首――

冬　アララギ　大正八年一月号（第十二巻第一号）

裏の垣に小鳥来てをり細目にし障子を開けて覗きて見るも　大正七年十二月（吾）　吾　全

我といふもののやうやくわかりきてあきらめたれば心落ちつけり　全

木枯らしに道は乾きつ忙しく外ゆく人の下駄の音ひびく　吾　全

水張りて井戸の流しにふやかしおく漬物樽に氷張りたり　吾　全

ひるすぎとなれば日かげるこの家に仕事なすべく心振はず　吾　全

去年のごと我し病まねばこの歳暮《くれ》は貯への菜も早く漬けたり　吾　全

起きためらふ冬のあしたを戸の隙ゆ土間におちたる新聞の音　吾　全

姑つれてもの見に歩く日はつづき読まぬ新聞たまりたるかも　吾　全

こよみうり　アララギ　大正八年二月号（第十二巻第二号）

井戸のべに今朝まだつける電灯の笠に積れる雪の厚さを　吾　全

さ夜ふけて釘打つ音す隣にて松を打つならん小さき松を　吾　全

今朝見れば五軒並びのわが長屋みな青青と松かざりせり　吾　全

なげやりにつけし日記の捨てがたく綴ぢなほしをれば除夜の鐘鳴る　吾　全

その時はまことくやしと思ひけりたちまち忘る夫の言葉は　全

またわれはいひわけしたりあなけうと見るまに君の怒はつのる　全

汝が父をわれ好まねば訪ふなとふ夫の言葉に胸ふさがりぬ　全

けふ父を訪ひてよききかとききにけりさびしや君の答へは無きに　全

○　アララギ　大正八年二月号（第十二巻第二号）

大正八年一月六日東京アララギ会、根津権現娯楽園にて

熱のあるからだに泌《ママ》みて風寒しつどひたのしみ急ぎいゆくに　全

雪　アララギ　大正八年三月号（第十二巻第三号）

人の子の死亡届を書き急ぐなかばに思ふ故さとのわが子　全

こひしさのただにはあらずさかりゐる吾子にさやりのあるにやと思ふ　吾　全

片言のかはゆかりける日を思ひ次の子どもの欲しさをおぼゆ　全

雪降りてあめつちうつくし雪を見て喜びをらん田舎の吾子は　吾　全

雪とけぬ道を曲れば日だまりの石垣のひまにかたばみしげる　吾　全

二月に入り日の伸びしるくなれるかも障子明るし雪どけの音　吾　全

灯のもとにひとりこごみて衣に引く真綿はかかるわが荒れし手に　全

屋根の雪とけてしたたる日あたりに雫の影の障子に映る　全

天窓　アララギ　大正八年四月号（第十二巻第四号）

天窓《ひきまど》は明るく開けり煤深き厨の屋根裏あらはに見るも　吾　全

雑巾も今は凍らず日日に拭く板間の木理《もくめ》つやも出でてきぬ　吾　全

午たけて額《ぬか》ややあつき春の日を仰ぎ見にけり町の屋越しに　吾全

同じ道を同じ時刻にけふも通り小学生徒の帰りに逢へり　吾全

白梅《しらうめ》の咲《（吾）》きさかりなる塀の外埃を立てて俥走れり　吾全

この町狭き通りを自動車の夕ぐれはことに数多くとほる　全

眠れども夢おほくして休まらぬ頭は置きぬ括り枕に　吾全

眠られぬ夕べは悲し汚れ衣戸棚にあるがこころにかかる　吾全

春雨　アララギ　大正八年五月号（第十二巻第五号）

幾日もかかりし着物やうやくに今縫ひあがり雨見る我は　吾全

この庭の山吹いつか花咲けり夕ぐれ近く小雨降りいづ　吾全

からたちの新芽に雨の注ぐなりわが立つ縁側床の低しも　吾全

ほぐれゆく木の芽が含む露落ちつしら玉光る小雨の中に　吾全

今宵また子の咳すればとりいでし本も開かず抱きねにけり　吾全

咳をするこの子すべなし痰もちの我の子なるに思ひいたりつ　吾　全

捕へゆくわが子の手にもわが手にもあぶらにじめり日はあたたかく　吾　全

明日のこと思ふを《は(全)》やめんけふはあるこのたまきはる命と思ふ　吾　全

春ゆく　アララギ　大正八年六月号（第十二巻第六号）

月日の経《ふ》るを嘆くはうつそみのならひとなりぬいつしか春ゆく　吾　全

さみだれに心したしみ湿りたる燐寸しつかねば息かけあたたむ　吾　全

雨降れば外に出づなと子に言ひてわが擦る燐寸はしめりてつかず　吾　全

この胸の痛み心にかかれども五月の空は青く晴れたり　吾　全

朝床にめざめてあせるわが心きのふはあきらめしことどもなりき　吾　全

抱けども眠りたる子は知らずをり死なばかくやとたまゆら思ふ　全

すこやかに眠りたる子をまもりつつもののたのめず背に汗流す　全

屋根の上にわづか見えゐる槻若葉朝はれの風に《空に(吾)》なびきさむしも　吾　全

夕ぞら　アララギ　大正八年七月号（第十二巻第七号）

夕の木に塒さだむといくたびも鴉は枝にとまりなほせり　吾　全

一つ木にねぐらをえらぶ群がらす一羽はばたき他へ飛びゆけり　吾　全

梢《こずゑ（吾）》高き欅のしげみねにつきし鴉なほ見え蒼し夕ぞら　吾　全

二階ある家にうつりて久しぶり夕べの雲の動くを見たり　大正八年六月（吾）　吾　全

二階をばよろこびにつつうす暗き下の座敷におほかたはをり　吾　全

宵寝してほのかにさめぬ近き湯屋の板間にひびき桶の音聞ゆ　吾　全

一枚の葉書に書きてしみじみと心はなりぬ夕餉の前に　全

ことごとく子供ら外に出でにけり《出でゆきぬ（吾）》わが縫ひものの前を通りて　吾　全

風　アララギ　大正八年九月号（第十二巻第九号）

人みなの待ちし雨降り瓦屋根木立のかげに濡れにけるかも　全

空見れば雲ゆき険し降る雨の夕ばえにつつ美しきかも　全

ながあめのやうやく止むか夕庭の土むし暑し蜩鳴き《蜩のこゑ（吾）》いづ　吾全

夏の月かくろひ《かくるる速し（吾）》にけり黒雲の形は裂け《たちまち裂けて（吾）》て縁かがやくも　吾全

夏の夜は更けて涼しもおそきはやき人の足音表に絶えず　全

まさやかに空は晴れつつ風強し木々の葉揉まれ弱りて見ゆる　全

風強しもろ葉捻らるる木木の間に尖りて立てる教会の屋根　全

後の悔《くい》いや深からしさはれ今のもろむきごころ嬉しく思へ　吾全

あつさ　短歌雑誌　大正八年九月号（第二巻第十二号）

塀の上に載せたる鉢の百合伸びて紅ゐの花一つ咲きたり

ともしびのもとに夕べの飯食《を》せりあらはに見えん簾の外より

行水をつかひし庭の土ぬれてしやぼん匂へりひぐらし鳴くも

けふの日の暑さ思はる塀の板のひまより白く朝日はさせり

目に立ちて一夜のうちにあさがほの蔓は伸びたりさきやはらかく

旅をする隣人よりあづかりし植木にけさはわが水やれり

日を重ね留守なる家の締めきりし雨戸にあつく夏の日させり

日ざかりの往来しばししづかなり師匠の家の三味の音きこゆ

いささかの仕事にいたく疲れたり人並のわれとやうやく思はず

昼寝《ひるい》をばともにわがせず寂しくも涼しき風に向ひて坐れり

綿雲のやうやくちらひ照りそむる夏の日あつし畏れをおぼゆ

雨を思ふほどにしめりて夜の風そよ吹きにつつ星輝けり

いそがしとかこつ心に忘れをり忘れて幸と思ひけるかも

開けてねし窓より見ゆるあかつきの空ほの赤し蜩鳴きぬ

物干にいでて涼める君ゆゑにいまだ聞えぬわが声と思ふ

みづからを思ふに時をうつしゐつ恨みも嘆きもあやまりなりき

初秋　アララギ　大正八年十月号（第十二巻第十号）

かわきたる干物たたむ手に触りて夕べの畳まだほとぼれり　大正八年八月（吾）　吾全

雨しみて黄ばみきはだつ草原の青きとろ《ところ（吾）》に白露ひかる　吾全

雨雲のあとよりあとより重なると見えつつ空の明るくはなる　吾全

あたたかに煮て食す大根やうやくにやはらかにして秋は深みぬ　吾全

にはか雨止みぬとあふぐ青空のきはまりなきに雲ただよへり　吾全

ま日の照りをりをりかげり秋まつりの太鼓ちまたに鳴りとよもせり《どよもせり（吾）》　吾全

この町の祭りの今宵夕立の降りとほしつつ今はくだちぬ　吾全

さかりすむ《さかりゐる（吾）》わが子思へばこらへゐる心は今もたのまれなくに　吾全

くもり　アララギ　大正八年十一月号（第十二巻第十一号）

秋の日のつくつく法師鳴きしきり鳴き詰めやがてその声は止む　吾全

いささかのぬひちんとりて帰りこし家にこの月の雑誌きてをり　吾全

したたかによべのあらしのしみ入りし塀の板の目かわきおそしも　吾全

大雨の流れしあとに砂浮きて生乾きをり公園の土は　吾全

公園をわが歩みをりこまごまと木の間洩れくる入日の光　全

ふるさとの吾児を見にゆく汽車の銭《ぜに》つくるとこの日ぬひとりす我は　吾全

日を限る仕事のきりに《ひまに（吾）》たまたまにわが衣縫へば心安しも　吾全

こほろぎのこゑ耳にあり往来のものおと今しさわがしく聞ゆ　吾全

秋深し　アララギ　大正八年十二月号（第十二巻第十二号）

今はあゆむに日傘無くして暑からぬ秋の日ざしを額に浴びつつ　全

散りたての落葉かさなれり雨あとのしめりに寒き木の下を通る　吾全

曇り空の鈍きひかりに飛びかへる蜻蛉《あきつ》は羽見えずからだのみ見ゆ　吾全

やうやくに雨あがるらし色づきし梢をこめて朝日はけぶる　吾全

しめり土に山茶花散れりこの道を久に通りて思ふこと多し　吾全

石垣の切りたちて高き下の道ひとところ赤し山茶花散りて　吾全

石垣の高き上より枝さして散れる山茶花道にたまれり　全

月冴えて寒夜《さむよ》となりぬこの街の家並低くさ霧こめたり　吾 全

大正八年日記より　二七〇首

〔注〕大正八年の日記帳に記された歌稿で、主に「アララギ」「短歌雑誌」等に発表されている。「葭子日記」作成の折書写したが、更に丁寧に判読したので、その歌数はふえている。ルビの「日記」とあるのは「日記」製作時の誤記を示す

井戸のべにけさまだつける電灯の傘につもれる雪の厚さを　吾 全

鳴きさわぎ雀つどへり木の雪は屋根の雪より早く落ちたり

いつまでも解けざる雪よ車もて運び捨つべく家主はからふ

今朝見れば五軒並びのわが長屋みな青青と松かざりせる　吾 全

夜ふけて《さ夜ふけて》（アララギ二月号）釘打つ音すとなりにて松を打つならん小さき松を　吾 全

正月の雑煮の青菜ゆでおくと焚火する手に鍋ずみつけり

なげやりにつけし日記の捨てがたくとぢなほしをれば除夜の鐘鳴る　吾 全

いささかのことにも大き声立ててののしる夫をさげすみぬわれは

その時はまことくやしと思ひけりたちまち忘る夫の言葉は　全

街中をゆくにも我を叱りたる夫は夕餉を食べて眠れり

またわれはいひわけしたりあなけうと見るまに君の怒はつのる　全

おびえつつ五年過ぎぬなほ我は君を怒らせぬすべを知らぬに

わが夫はわがままなりと一口にいへど相ある身にはすべなきを

欲しきもの買ふにはあらね大晦日銀座を夫と見て歩くなり《歩きたり》（日記）

とがりたる屋根の形にかぎられて入日のなごり紅ゐをぼかす

はやりかぜ我は引かぬと人よりも弱きからだをもちて誇れり

足早の君に従ひ町の名も知らず歩みて兜橋をわたる

道具屋の夜店の前に立ちとまり鉄瓶の価をきき又歩く

年暮るる銀座のとほり向ふ側も夜店の出でて人おしかへす

坂にきてふりかへりみる下町の空は灯に赤く澱めり

下町の空灯に赤し家近き坂に来りてふりかへりみる

怒るべき時にも怒りあたはぬをわれの心を君もどかしむ

元日の空はくもれりやうやくに許されてとふ老いたる父を

今日はしも元日なりき電車ぬち見れば人皆晴着をきたり

脈青く高まれる手を眺めつつまだ死ぬまじと言ひたり父は

父うらむよしなし我のすくよかに育たざりしは貧しかりしため

叱られぬやう《やうに（日記）》気をつけて我はあれど何か満たざる夫の心を

らちもなきことを田舎の舅いひき我が夫のその親に似たるか

汝が父をわれ好まねば問ふなといふ君の言葉に胸ふさがれり　全

飽くまでも己をとほして人と反く君の心は寂しくあらん

年始状も今年は減りぬやうやくに機嫌なほして君は出でたり

ぬかるみに困れる子供を抱きやりて心いささかなごみた《ママ》れり

隅田川われらが渡る橋下をはるかに低く潜る舟あり

大川の橋にかかりぬ冬の日は遠く沈みて河岸の蔵並ぶ

忙しとつひおそくまで起きてゐつ疲れすぎてかはや眠られず

雨ふれば君はとまらん友の家にひとりなるゆゑものを書きをり

贅沢をつくせる晴着羽子突ける子の一人をば見ながらとほる

灯のもとにひとりこごみて衣に引く　（アララギ三月号）

蜘蛛の巣とうすくひろげて衣に引く真綿はかかるわが荒れし手に　全

けふ父を訪ひてよきかとききにけり　（アララギ二月号）

かの友を訪れてよきやとききにけりさびしや君の答はなきに　全

このあした夫の機嫌のよきままに我を忘れて饒舌りいでけり

この町の宿屋にとまりし義妹に朝寝の戸をば叩かれにけり

わが留守に来りし父は昨日の夕べ宿屋にゆきて泊りたまへり

われとわが今日の仕事を定めかね心乱れて朝床にあり

歌よむがためにこのごろはかどらぬおのが仕事に思ひいたりぬ
木がらしの夕べを寒み火の強き炬燵にかけし寝衣のにほひ
人の子の死亡届を書きゆきつ故郷《死亡届を書き急ぐなかばに思ふ故さとのわが子》（アララギ三月号）にゐるわが子を思ふ　全
寄留届出産届死亡届一時にすべくなりたる人を
区役所へ二度もゆきけりみより遠き隣の人の用を足すべく
この春を五つになりし吾子なればかたはらにおきもの教へたし
西多摩の山の少女に送る本買ひにいづれば雪ふりきたる
起きいでてひとりおどろく今朝の雪眠れる君に未だ言はずも
雪凍《雪とけぬ》（アララギ三月号）の道を曲れば日だまりのこの石垣にかたばみ《石垣のひまにかたばみしげる》（アララギ三月号）（ママ）　吾　全
日だまりの高き石垣その下に立ち並ぶ石の屋根に雪あり
舅来りわが子の病みし話をすその頃多く子のゆめを見し
おのづからからだすくめて寒き道歩くばかりに肩凝りにけり

こひしさのただにあらねば《ただにはあらず（アララギ三月号）》さかりゐる吾子にさやりのあるにやと思ふ　吾全

雪どけのぬかるみすべる坂道を運送の馬上りなやめり

大雪のふりたり《雪降りてあめつちうつくし（アララギ三月号）》あはれ雪を見て喜びをらん田舎の吾子は　吾全

吾子をらば摘みてもの言はん道のべにはこべの花は小さく咲けり

もの書けどよきもの書けずぬひとりをはげみ見んかとしみじみ思ふ

内職の看板出せる家の前ゆきつ戻りつ日を浴びながら

梅の花やうやく咲きてふるさとの吾子寄びよする日は近づけり

後の事思ふを止めん今日はある《明日のこと思ふをやめんけふはあるこのたまきはる命と思ふ（アララギ五月号）》わがたまきはる命と思ふ　吾全

われ一人ことなく道をゆくものか心はいよよ逢はまほしきに

おのづから仕事はかどるこの夕君も炬燵は要らずといはん

風邪ひきてからだ弱れる故ならん亡き人々を《人々の（日記）》夢に見にけり

この日着る着物と急ぎ縫ひあげし昨夜風邪ひきてこの日ゆかれず

約束をたがふることはやごとなき病といへど苦しきものを
うつしみにかかる思ひはするものか死はまだ遠きわれと思ふに
おろかなる心迷ひを思へども人のなさけのあきらめられず
これはこのわが心にはあらざるかこの夜もつひに決しかねたり
すみやかに決むべきことは決まらぬに身を責むる心いたづらに起る
わがためにいづれよからん人のためにいづれよからんそれさへわからず
迷ひをるひまにも時は過ぎゆかんそれもすべなき事ぞと思ふ
すこやかにあらずは夫ある子ある身はもの思はずあらん□（ママ）
縁側の日かげにゐつつ目を瞑り生くるに似たる寂しさおぼゆ
（アララギ四月号）
天窓は明るく明けり《開けり》煤深き厨の屋根裏あらはに見るも　吾全
雑巾も今は凍らず日々に拭く板間の木理つやいでてきぬ　吾全
幾枚も綿入重ね裾さばき重たし我のみにくさを思ふ

切干をつくると切りし大根の水けにぬれて指かぢかめり《つめたき汁にわが手かぢめり（日記）》
この町の狭き通りに《この町狭き通りを（アララギ四月号）》自動車の夕べは《夕ぐれは（アララギ四月号）》ことに数多く通る《とほる（アララギ四月号）》　全
朝早く水汲みにくる人たちは戸の開かぬわが家の前を通る
ひるたけて額やや熱き春の日を仰ぎみにけり町の家越しに　吾　全
白梅のさく塀の外《咲きさかりなる塀の外（アララギ四月号）》ゆく俥かろきほこりを立てて走れり《俥走れり（吾）》　吾　全
同じ道を同じ時刻に今日もゆきけふは涙のわきにけるかも
眠れども夢おほくして休まらぬ頭はおきぬ括り枕に　吾　全
うつし身を苦しといへどこの夫と別るべき日のあるにはあらぬ
この夫と別るればからだすこやかになるてふことを我は知れるに
たんねんにつぎつくろへり屑かごに入れんとしたる足袋とりあげて
つぎあてて底こそばゆき白たびのさはりさやかに畳をふめり
ねむられぬゆふべは悲し汚れ衣戸棚にあるが心にかかる　吾　全

寒からねばたたみの上に足いでて身もだえてをりねむられぬ夜を
濛ばたの柳いつしか青みたり電車の中に汗ばむ今日は

（四行不詳）

故郷へかへりて夫は留守なれば君が歌集を寝ねつつよむも
いつになく夜更かしをしてたまたまの君が留守居に疲れたるかも
雨ふりて家暗けれど君が留守戸棚のものをみな入れなほす
明日来るわが子が持たんとしまひおきしおもちゃとりいで埃を払ふ
ひる前に明日の米をば磨ぎおきて一人女の外出すけふは
さわがしく家に入りくる子供たち叱らずあれば又いでゆきぬ
風邪ひきし子の顔のみを洗ひやりひとりゆにゆく外出する身は
へつつひの火をたきながら聞きをれば花さきたりと人の話す
電車ぬち我は腰かけ前に立つ人の着物の布目を見詰む

おほらかに遊ぶ心も持たなくてこの半日を仕事せざりき
子をつれて山王様の森にきつ椿赤しもこの春の花
落椿道に朽ちたり程近き町より起る電車のひびき
今宵また子の咳すればとりいでし本も開かず抱きねにけり　吾　全
咳をするこの子すべなしたんもちのわれの子なるに思ひいたれり《思ひいたりつ（アララギ五月号）》　吾　全
春の日をこもりてひとりもの縫へり心甘へ《ママ》て死にたしと思ふ
子供らはいつしか外に出でゆけりもの縫へるわが前を通りて《ことごとく子供ら外に出でにけりわが縫ひものの前を通りて（アララギ七月号）》　吾　全
母はかく眠るといひて目を閉づるわが顔見つつわが子は眠る
この庭の山吹の花咲きにけり雨ふりをれば山べおもほゆ
幾日か《幾日も（アララギ五月号）》かりし着物やうやうに今日ぬひあがり《やうやくに今縫ひあがり（アララギ五月号）》雨見るわれは　吾　全
新芽はる小庭に雨の注ぐなり床低き家の縁に立ち見つ
みづからにさだめがたかるこの心おのづからにも引かれてゆかむ

新らしき袷は着つつ男下駄穿きて歩けりこの四日五日

うす色の洋傘さして雨の中帰る妹に貸す傘はなし

弱き子を遊ばしむべく今日もこしこの公園にわがもの思ひ

ひとりなるわが見の飽かぬ八重ざくらややへだたりて枝ゆらぐ見ゆ

音はげしき雨なるかもよ戸明くれば空は明るし思ひのほかに

ひた土にちりしく桜の花びらを針にし摘みてわが子飽かなく

月日の経るを嘆くはうつそみのならひとただに花見て過ぎけり《ならひとなりぬいつしか春ゆく（アララギ六月号）》　吾全

子供らがちらかす故にあした掃く軒ばのちりのこの頃多しも

夕ぐれは襷のままに縁に立ち若葉の風に面吹かるるも

草原に花つむ吾子は紅ゐのリボンのみみゆ草ややへだてて

けふもよくものを食べし幼子のはや眠りたり遊び疲れて

子の泣きに堪へぬ我かもその腹を気づかひにつつ菓子をやりたり

傘もちてゆきし子なれど夕近くいまだ帰らず雨ふりまさる
むらぎもの心ゆらぎて大かたにぬひし衣かも針目曲れり
がらす戸にうつると思ひしわが姿見まくほるまに歩みすぎたり
あわただしく春はゆきしかこの夕みみずの歌のきこゑ《ママ》そめつつ
覚むといふ言葉は持てどみづからにいふに過ぎざりゆめ見る人は
つとめしにあらぬこしかた思ひつつ寂しけれども今もすべなし
みづからを思ふに時を移し居つうらみも嘆きもあやまりなりき　全
座ぶとんを二つに折りて赤子負ふ真似し遊べり夕餉の後も
さみだれに心したしみしめりたるマチに息かけあたためにけり　吾全
燐寸しつかねば息かけあたたむ（アララギ六月号）
雨ふれば外にいづなと子に言ひてわがするマチは湿りてつかず　吾全
向うより吹きあげきたる埃風吾子を抱へて後向となる
吹きあぐる埃の中に街路樹のあかしやの若葉ともしきを見つ

気の毒の思ひをなせり子の病める叔母をし問へばものとりいだす

人去りしあとのちらかり室内のもの一つ一つかたづけゆかな

この胸の鼓動心に《この胸の痛み心に（アララギ六月号）》かかれども五月の空は青く晴れたり　吾全

人らみな仕事を休む祝日の朝と思ふに蝦夷《ママ》売のこゑ

この朝の心あせりを我愧ぢぬ昨日はあきらめし世のことなりき

歌よまぬ幾日を思へりわが病この頭痛みに今日もいねつつ

紐とかぬ荷の幾梱《こり》を片寄せて床敷く部屋にまだ電気来ず

家うつりの荷を片づけて家にあり祭なりしも外を人らゆく

二階ある家にうつりて久しぶり夕べの雲の《空の（日記）》動くを見たり　吾全

抱けども眠りたる子は知らずをり死なばかくやとたまゆら思ふ　全

すこやかに吾が子はありと思ふまも世の危ぶ《眠りたる子をまもりつつもののたのめず背に汗流す（アララギ六月号）》まれ背に汗流る　全

屋根の上にはつか見えゐる若葉梢の朝晴れの風《わづか見えゐる槻若葉朝はれの風になびきさむしも（アララギ六月号）》の強きになびく　吾全

一つ木にねぐらをえらぶ夕鴉《群がらす》一羽羽ばたき他へ飛びゆけり（アララギ七月号）　吾全

家裏のかこひの外を夕ぐれは大きわらはのかけめぐりさわぐ

夕の木に塒定むと幾度か枝替へうつる《いくたびも鴉は枝にとまりなほせり》鳥を見るも（アララギ七月号）　吾全

うれ高きけやきのしげみねにつきし鳥なほ見え蒼し夕空　吾全

ひるの床にいささかいねてめざめたり夏さり忘るる三味線の音

人去りし部屋の火鉢ののこり火に煮豆の鍋をかけてねにけり

しみじみと友に手紙を書きにけり部屋の埃を掃き出すまへに

かくばかりうれひ重なる世に生きばまことや早く白髪とならん

病める子を抱きて眠りおのが髪の白くなりたる夢を見にけり

熱さめて今宵安らかに眠る子の眠は深し疲れ目に見ゆ

家うつりのくたびれ癒えて二日三日ものを縫ひしか（このあと不詳）

二階をばよろこびにつつうす暗き下の座敷におほかたはをり　吾全

宵ねしてほのかにさめぬ湯屋にてはなほ営めり桶の音《近き湯屋の板間にひびき桶の音聞ゆ（アララギ七月号）》きこゆ　吾　全
一枚の葉書に向ひ《書きて（アララギ七月号）》しみじみと心はなりぬ夕餉の前に　全
床の上に遊ぶわが子を守りつついんげん豆の筋とるわれは
床の上に座り遊ぶといふ吾子に羽織を出して着せにけるかも
子の病やうやく癒えぬわが家の障子はいたく破れゐにけり
さみだれの今朝もくもれり軒づたふ烟を見つつ飯炊く我は
形よく積みたる薪の下透きて火はよく燃えをり竈の中に
次の間に吾子遊びほけ昼迫りけふはおのれの腹空きにけり
近くの人人われをさげすまん君大ごゑに怒りののしる
昨日まで吾子と待ちたるいんげんの芽ばへ《ママ》かなしも今朝ひとりみる
庭隅にいんげん豆を十粒ほど蒔きたるがみな生えんとするも
この日々にあやまち多くおのが夫に叱らるる身を悲しと思ふ

こはしたる青磁の皿を思ひつつ君が着るべき衣を縫へり

手をやらぬ庭のいんげんつる伸びてみな倒れたり今宵の雨に

さよふけていまだ戸ざさぬ厨べに米磨ぎにけり暑き夕べを

行水のあとのたらひにつけし衣洗はんとすも疲れてあるに

水ぬるき夏になさんとためおきし洗濯ものに心ふさがる

塀の上にのせたる鉢の百合伸びて紅ゐの花一つ咲きたり

物干にいでて涼める君ゆゑに下より呼べどいまだ聞えず
いまだ聞えぬわが声と思ふ（短歌雑誌九月号）

ともしびのもとに夕べの飯食せりあらはに見えん簾の外より

行水をつかひし庭の土ぬれてしやぼんにほへりひぐらしなくも

今日の日の暑さ思はる塀の板のひまより白く朝日はさせり

（一首不詳）

一時に洗へばつかるる身なれども汚れし衣はすておきかねつ

目にたちて一夜のうちに朝顔の蔓は伸びたりさきやはらかく

日を重ね留守なる家の締めきりし雨戸にあつく夏の日させり

旅をする隣人よりあづかりし植木に今朝はわが水やるも《水やれり》（短歌雑誌九月号）

日ざかりの往来しばし静かなり師匠の家より《師匠の家の》三味の音きこゆ（短歌雑誌九月号）

いささかの仕事にいたく疲れたり人並のわれとやうやく思はず

昼寝をばともにわがせずさびしくも涼しき風に向ひて坐れり

綿雲のやうやくちらひ照りそむる夏の日暑しおそれをおぼゆ

雨を思ふほどにしめりて涼しくも風は吹きつつ星輝けり《夜の風そよ吹きにつつ星輝けり》（短歌雑誌九月号）

いそがしとかこてるひまぞ忘れをり《かこつ心に忘れをり忘れて幸と思ひけるかも》人のいのちのそのはかなさを（短歌雑誌九月号）

明けてねし窓より見ゆるあかつきの空うら《空ほの赤し》がなしひぐらし鳴きぬ（短歌雑誌九月号）

裏町のゆきつまりたる露地にして思はぬ人の家のぞきたり

久しぶり夏の雨ふり瓦屋根木立のかげはぬれて見ゆるも

雨ふりて今日もひねもす暑からずわれの仕事のはかどりにけり

瓶の花日に近くしてしほれたり客人かへりしあとにて気づけり

咲きのよきダリア貰ひぬ瓶にさしすわりてながめ美しと思ふ

赤に黄に大きだりやの花咲けり久しく人をわがおとづれず

（この間詩一篇あり）

小雨ふる庭にしおけば鉢の蔦ぬれて夕べの空にはゆるも

長雨のやうやく歇むか夕庭の土むしあつし日ぐらし《蜩のこゑ（吾）》鳴きいづ　吾全

もの切るとおくまないたになめくじ《ママ》の這ひたるあとぞ見ゆる朝かな

新聞の全く出でぬ日となりぬ水のいでたる所もあらんを

風あるや木々のこずゑは動きをり又ふりいでし雨の細かさ（細かき、日記誤植）

新聞のみな休みなる話せし客人かへる雨の晴れ間に

はればれと蟬鳴き出でて諸人の歇むと思ひし雨にてありしを

空見れば雲ゆきけはしふる雨の夕ばえにつつ美しきかも　全

幾度かぬれて懲りけん日は照れど雨傘持ちて人ら歩めり

みづからの幸のみにあらざりし健かにこそ身は持たましを

洗ふべき襁褓持ちつつ空仰ふぐ又ふる雨を笑ふ人あり

み空ゆく月の下居る黒雲のこきうすき縁かがやけり

〔注〕「吾木香」には「夏の月かくるる速し黒雲のたちまち裂けて縁かがやくも」になっている。アララギ九月号には「夏の月かくろひにけり黒雲の形は裂けて縁かがやくも」がある。

ひとりゐる夜はふけがちといましめて今宵も早く床に入りたる

一日の天気にかはる人心夕べしづかに涼しみ為をり

夏の夜は更けて涼しもおそきはやき人の足音表に絶えず　（アララギ九月号）

風ありて夏の夜すずしおそきはやき人さまざまの歩みをなせり　全

まさやかに空は晴れつつ　（アララギ九月号）

るりいろに空は晴れつつ風強し木々の葉揉まれ弱りて見ゆる　全

もろ葉捻らるる木木の間に　（アララギ九月号）

風つよし枝鳴りひしぐ木々の間にとがりて立てり教会の屋根　全

この夏のあつさに遠き心地すれ布子縫ひおくみ冬のいまだ

後の悔いや深から《いや深からし》ん（アララギ九月号、吾）さはれいまのもろむきごころうれしく思へ　吾　全

麦多く交ぜて飯炊けり夫が食すひるげのむすび大きくにぎる

かわきたる干物たたむ手にふりて夕べのたたみまだほとぼれり　吾　全

あらしやみぬ雨戸を明くれば吹きこみし雨はたまれり敷居の溝に

明日にしてきまりつくべき張物を思ひてぬるも《ゐるも》（日記）今日も疲れて

子の病みて今年後れし冬物の解き洗ひせはし夏も終るに

洗ひ衣とく縫ひをへてわがなさんと思へることのあてにならぬかも

昼寝してあつし来りて顔洗ふ流の板は朽ちて乾けり

向つ丘のみどり木立ゆ朝風に黄いろなる葉のはらはらおつる

家ばかり立ちならびあつし電柱につくつく法師とまりて鳴けり

夜は殊に涼しくなりぬ手入して垢おちし夜具を人にはかくる

きそのごと日々に拭かざるわが家の格子のひまに蜘蛛のすかかれり

さらさらと木木鳴る夜の風涼し二百二十日のあれもよひぞら
荒れもよほす空の雲間に星一つかすかに見えて消えにけるかも
腹くちき夕餉のあとを窓にをり肌さわ《ママ》やかに秋風ふくも
あふむきに畳にぬれば天井ゆ小さき塵おち眼には入りける
雨しみて黄ばみきはだつ草原の青きところに白露ひかる　吾　全
かぎかけずいでてきにけり雨傘さし近きあたりを散歩すひとり
この町の下水を雨の水増して流るる聞ゆ夜半にさめをり
雨ぐものあとよりあとより重なると見えつつ空の明るくなれり《明るくはなる》（アララギ十月号）　吾　全
この日日に心なやみて故郷の吾が子を今は恋しと思はず
向ひの家この朝鳴らぬ風鈴のびらそよぎ見ゆ雨をへだてて
（三首不詳）
びつこをば引きてかけ出す子の姿をかしところゑは立てて笑へり

いささかと思ひ心にかけざりしわが子の足のいまだに癒えず
あたたかに煮て食す大根やうやくに柔かにして秋は深めり《深みぬ》（アララギ十月号）　吾全

（二首不詳）

ひまもなく心はおもひなやみきて今宵さびしくおこたるをおぼゆ
とほり雨《にはか雨》（アララギ十月号）止みぬと仰ぐ青ぞらのきはまりなきに雲ただよへり　吾全
この町の祭りの今宵夕立のふりとほしつつ今はくだちぬ　吾全
さかりゐる《さかりすむ》（アララギ十月号）わが子思へばこらへゐる心は今もたのまれなくに　吾全
ま日の照りをりをりかげり秋まつりの太鼓ちまたに鳴りどよむ《とよもせり》（アララギ十月号）（三字不詳）　吾全
秋の日のかげり来れり縫ひ物を手には持ちつつ庭の面見まもる
秋の日のつくつく法師鳴きしきり鳴き迫りつつ《鳴き詰めやがて》（アララギ十一月号）そのこゑは止む　吾全
ぬひくらすと心きまらぬに仕立物けふはたのまれてわれ受け合ふも
ぬひもののあと掃き出して軒の空篝持ちたるままに仰ぎをり

屋根の上の秋晴の空をひとひらの白きうすぐもおもむろにうごく
いささかのぬひちんとりて帰りこし家にこの月の雑誌きてをり　吾全

（一首不詳）

暴風雨あとの曇りの庭に秋生ひの草の葉青し砂をかづきて
ぬふべきか書くべきかと思ひ惑ひゐるこの間に心書かんと紙を出しつも
このわれが仕事するほかにこの頃のまづしき思ひのがるるすべなし
靴下のかざり習ふと二階の間借りすむ人をたづぬる我は
大雨の流れしあとある森の道浮きたる砂のなまかわきをり
したたかによべのあらしの浸み入りし塀の板の目かわきおそしも　吾全
二階の人をけふもわが訪ふ下の人らうるさく思はむよき人と聞けど
六畳の二階の一間この人はここに子を生み育てつつをり
大雨の流れしあとに砂浮きて生がわきをり公園の土は　吾全

公園をわが歩みをりこまやかに木の間もれくる入日の光　全

ふるさとの吾子を見にゆく汽車のぜに早くつくるとぬひとりす我は《つくるとこの日ぬひとりす我は》（アララギ十一月号）　吾全

用済まば散歩なさんと思ひゐし秋晴の空曇り来れる

日を限る仕事のきりに《ひまに》（吾）たまたまにわが衣縫へば心安しも　吾全

こほろぎのこるゑ耳に入り往来のものおとここにさわがしく聞ゆ《耳にあり往来のものおと今しさわがしく聞ゆ》（アララギ十一月号）　吾全

わが家のかたへの露路に今すぐる女のこるゑす夜業のかへり

大正九年　——二九五首——

なやみ　アララギ　大正九年一月号（第十三巻第一号）

訴《うた》ふべきなやみにあらず声立てて泣けば寂しも人あらぬ部屋に　大正九年一月（吾）　吾　全

わが言葉うつしからじかやうやくにうちいでたるにとりあげられず　吾　全

酔ひたまへばよそ着のままに這ひゆきて床に入る舅の眼はよく開《あ》かず　吾　全

ちちうへの後ろに寝《ぬ》るをゆるされしこの一夜こそ安く眠らめ　吾　全

後合《あとあは》せ（吾）に寝ねたりければちちうへの博多の帯にわが足触れつ　吾　全

老ちちの後ろに寝ねてなやみなくめざめし今朝は早起したり　吾　全

朝の光ややにたけゆく青空に冬木の梢ますぐに揃ふ　吾　全

言葉はやくあやまりがたしこの夫の怒りやすきを知りつつわれは　吾　全

らちもなきおもひに耽れり夫の心とりなすすべに拙きわれは　吾　全

昨日《きそ》の怒そのまま持ちて帰るべき夫を思ひつつ火鉢に炭つぐ　吾全

うらさびしき世に生きながらあやまちを繰りかへすわれとそを怒る夫と　吾全

とりとめて言ふには浅しこの日ごろ心くさるることのみつづく　吾全

いひわけの手紙もさすが書きかねつ火鉢の縁にうなだる今は　全

眼覚めをれば冷えゆく床にいひわけの手紙の言葉考へてゐたり　吾全

気まづきこと日にけに多しこれの世につひに堪へじかと思ふことあり　吾全

さばかりのことをいつまで気にかくる我とはげませど心落ちつかず　吾全

物干の日向に靴を磨きゐる向ひの妻はもの思はざらむ　吾全

田舎の初春　少女号　大正九年一月号（第五年第一号）

少女の日のおもひで（その一）

年男の父上がまづ起きたまふ家のうちまだ真つ暗なるに　全

にはとりの羽ばたきて鳴く朝の庭敷きたる藁に霜白くおけり　全

この朝書初めすると墨磨れば硯の若水こほりて磨れず　全

うららかに初日影さす縁に立ちまだ来ぬ友を待ちゐるわれは　全

囲爐裏べに友待ちをれば裏藪の竹のそよぎの一しきり聞ゆ　全

枯れて伏すみぎはの草をとぢこめて凍れる池に初日さしたり　全

年始客帰りしあとのしづけさに庭の雀のちちと鳴きをり　全

山越えて友をたづぬる初春の真昼の空に富士あらはれぬ　全

むさしのの雑木の山に見おろせば落葉に埋み谷浅くなれり　全

元日のよき日は暮れて叔父上と帰る山道月夜となりぬ　全

凧

アララギ　大正九年二月号（第十三巻第二号）

おのおのにあがりあがれる凧のむれあがり揃ひぬ夕近き空に《向きみなおなじ夕寒き空に（吾）》　大正九年二月（吾）　吾　全

向つ原に引きおろす凧見る見る大きくなりて此処ながらうれし　吾　全

この二階日はよくあたり締めきりし障子を透きて日のありか見ゆ　吾　全

木枯の止みし夕べを早く点きし灯《あかり》の色はあたたかく見ゆ　吾　全

うつそみの恥づる嘆きにあらねども心はつひに忍ぶに如かず　吾　全

あきらめぬと告げやるべきかことさらに告げやるほどのことにもあらじか　全

執《しふ》するは愚かと思へどあきらめて安きにつくは心責めらる　吾　全

夕《ゆふべ》の部屋（吾）にあかりをつけず座《ママ》りをり餅搗く音のよそに聞ゆる　吾　全

○　松倉米吉三七日追悼歌会歌　　アララギ　大正九年二月号（第十三巻第二号）

うつそみのこれの命をながらへてゆきませる君をしたに悲しむ（一点）　全

雪　　少女号　大正九年二月号（第五年第二号）

少女の日のおもひで（その二）

霜白き麦生に友とわれの影ながくうつりぬ朝日のさせば　全

運動場の老木の梅に雪ふるをみつつ廊下に唱歌うたへり　全

雪ふれば何かうれしくおのづから足ぶみをして唱歌をうたふ　全

ましぐらに雪ふりくれば先生は一時間はやくしまひたまへり　全

雪ふかしこの道のべにぬきとりて写生したりし野菊を思ふ　〔注〕全歌集収録落ち

二階なるこの教室のがらす窓ふゆ空はれて甲斐が嶺見ゆる　全

本包かかへてひとりいそぎゆく道は凍れり寒しとおもはず　全

妹のおもちやにと摘む茶の花は朝の霜にぬれてつめたし　全

この朝もわれを待つとて縁がはの日なたに友は編物なせり　全

とびとびに道の深雪ふみつけおく大人の足あと拾ふに難し　全

旅だち　アララギ　大正九年三月号（第十三巻第三号）

ほがらかに夜明けの汽笛鳴りいでぬけふこそゆきて吾子と逢ふべき　全

ちちははが今日ゆくことを吾子ははや隣びとらに話しゐるならん　吾　全

汽車に乗りわづか来ればここは田舎茶の樹のかげに雪の残れる　吾　全

吾子ゐたり早くも言葉かけざれば涙はまさに溢るるなりき　吾　全

だしぬけにやがて問はれつ家にあるりぼんを吾子を忘れざりけり　吾　全

一日にて別るる吾子のほころびを着たるままにてつくろひやれり　吾　全

遠くゐれば言葉つつしみ書きおこす夫の手紙に心あらたまる　吾　全

からかみは灯に遠く締まりをり背中寒さに《寒きに（吾）》ふりかへり見し　吾　全

友とわかれ

少女号　大正九年三月号（第五年第三号）

少女の日のおもひで（その三）

うぐひすのいま鳴きたれば友とわれ畑の小みちに立ちどまりつ《とどまりつ（全）》　全

うぐひすは近く鳴きたりいちめんに朝もやこめし畑みちくれば　全

はだしにて庭石ふめるわが上の紅梅の花ま日ににほへり　全

日曜のけさあたたかに雨降りて裏のやなぎは青き芽ふきぬ　全

山山の雪はいつしか消えてあり小刀もちて野芹つむかな　全

雨あとの土掘りかへしつむ芹のうら若き芽は黄いろかりけり　全

叔母上にをそはりながら着物ぬふ奥の障子に春の日あたる　全

この村の天神さまの春まつり近づき土に若草は萌ゆ　全

いつまでももの学びたきに卒業の日は近づきぬ三月きたりて　全

友とわかれゆふべかへればわが家の作男まだはたけにゐたり　全

帰省　アララギ　大正九年四月号（第十三巻第四号）

庭白く残れる雪にわが家《や》かげ暗くかぶさり月夜となりぬ　全

夕月の光沈めり雨だれに屋根の雪とけをりをり雫す　全

畑の雪いくらも解けずそのままに夜を凍るか月照りはゆる　全

病む牛を人らみとれりらんぷ持ちわれは寒さに堪へじ《堪へんと（吾）》とするも　吾　全

雪あとのぬかるみややにかたまりて吾子の低下駄に歩みえつ今朝は　全

月の面にうるほひのあり庭に立てばあたりしづけき春の宵なる　吾　全

はだしたび脱ぎてあがれる義弟の足みれば大きあかぎれきれをり　全

いそがしき人らをみるのみにこころ疲れ夜はただ早く寝ねたしわれも　全

傘さして　少女号　大正九年四月号（第五年第四号）

少女の日のおもひで（その四）

家の裏の菜の花ばたけその向う上りの汽車が笛鳴し通る　全

東京へものをまなびにゆく友を小さき駅にみおくるわれは　全

見てあれば桜の枝はゆらゆらと風もあらぬに咲きゆれてゐる　全

停車場の桜咲きみだれわが友の乗りたる汽車ははや見えずなりぬ　全

停車場の柵にもたれてひとりゐたり向うの山に椿ならん赤し　全

傘さしてつかひに歩く村の道李の花に雨はけぶれり　全

雨の日は牛がよく鳴く岡の家麦あをあをと伸びにけるかな　全

ふと見れば河原の土手の日だまりにたんぽぽの花かたまり咲けり　全

春の田はまだたがやさずれんげさうあぜのさかひもあらず咲きたり　全

春の夜の山に赤赤野火つきぬ母ととなりへ湯もらひにゆく　全

ためらひ　アララギ　大正九年五月号（第十三巻第五号）

にはかには心決めがたしみちのくは遠しといへど待つとしいふを《友待つといふを（吾）》　大正九年四月（吾）　吾　全

別るる日のさびしさ見ゆれ行くといふことすらいまだ決めぬこころに　全

わが行くとひとり決めゐる友の心憎しと思ふ逢ひたきゆゑに　全

言ふべきにわがあらぬかも苦しめるこころはいよよ言葉をもとむ　全

みづからを忘れて強く言ひしかばまことなれどもはかなさをおぼゆ　全

水道の水汲みたたへふるさとの赤土しみし足袋を洗ふも　吾　全

雨あとの土に朝日のうらさびしあまり久しく降りしあとなれば　全

みちのくゆき遠き夫よりゆるされぬ草鞋はきても君をたづねむ　吾　全

むらさきの花

少女号　大正九年五月号（第五年第五号）

少女の日のおもひで（その五）

谷川のながれにそへるほそき道藤の花さく下をとほりぬ　全

虎杖《いたどり》をとると山みちわけゆきて見いでし藤のむらさきの花　全

咲きかかる藤花うつり《咲き垂るる藤波うつり（全）》谷川の水ひとところむらさきに見ゆ　全

藤の花うつれる水は岩かげにむらさき深くよどむなりけり　全

見上ぐれば雫したたり苔むせりその岩つたひ藤の花さく　全

朝早くわらびがりにとのぼりゆく山はつつじの花ざかりなる　全

わらびがりわれはうれしく朝つゆの山路をゆきて袖ぬらしける　全

焼きおきし芝山青みいちめんに生ひいでしさわらび柔く太し　全

芝山にひともとたてる松のかげ正午《ひる》なればわれら弁当をひらく　全

わらび折りのどかわきたり水飲みに谷下りゆけばうぐひすの声　全

みちのく　アララギ　大正九年六月号（第十三巻第六号）

あわただしき旅だちごころ停車場に今し身一つの我は来てをり　吾全

ここにして夫子《つまこ》にすまぬ思ひありみちのくの国に汽車近づくも　吾全

ふるさとの姑にたのまれし縫物をおきてはるばる旅に来にけり　吾全

みちのくの春遅き国にめぐりきぬはたけの麦のいまだ短き　吾全

しかすがに雪は消えをり冬枯のままなる山に春日あまねし　吾全

村人とわれを思ひけん風呂敷負ひゆけば馬方言葉かけたり　吾全

ふりさけて見ればはかなしみちのくの山にも野にも春日きらへり　吾全

面やつれ囲爐裏にゐるは友なりき土間なるわれに《を（全）》しばし気づかず　吾全

知らぬ道を　少女号　大正九年六月号（第五年第六号）

少女の日のおもひで（その六）

ことごとく山は緑となりにけり学校卒《を》へてふたつきたちぬ　全

このあした着たる単衣の袖かろし裏山ゆけば木苺熟れをり　全

わが友は遊ばずなりぬこのごろはいづこの家もせはし蚕飼《こがひ》に　全

明日は遠く母のさとべにゆくわれと夕暗にをれば蛍飛びきぬ　全

道の草に朝露ふかし結ひつけにはきし草履のつまさき濡れつ　全

旅ゆくこの日　（全）

わが遠くよそゆくこの日雨なるか朝霧いよよ暗くなりたり　全

霧こめて山は見えねど道のほとり苗代の苗のみどりすがしも　全

われをつれ赤子おひ母は雨の中苗とる人に道をききたり　全

知らぬ道を母につれられ歩みをり田植の人の笠を見ながら　全

大き声いだして母にしかられぬ雨ふりしきる松山の中　全

みちのくの友　アララギ　大正九年七月号（第十三巻第七号）

よく来しとわれをみちびく友のあと廊下にゆるむ足のくたびれ　吾全

尽くるなき話われより切りあげて眠るとふとん引きかぶりけり　吾全

ならびねし友まだ目ざめずあかつきの玻璃戸つめたくちぎれ雲見ゆ　吾 全

この峡に日はまださざずあかつきの青ぞら高み《高く（吾）》光ながらふ　吾 全

二人のみこもれる二階こやりゐる友の素顔にしたしみ語る　吾 全

なぐさむる言葉をしらずたはむれを言へば寂しく笑ひゐる友　吾 全

ひたすらに友の語ればわが心いまはやうやくまじめになりぬ　吾 全

なやみもちて病みゐる友はかつて見ぬさびしき顔をすることのあり　吾 全

たゆげにもふとんに置ける友の腕《かひな》ふくよかなるに熱はあるらし　吾 全

生ひたちの異なる思《も》へばこの友にわがさびしさは告げがてにけり　吾 全

この病める友よりも痩せしわがからだともに湯に入り語りつつ居り　吾 全

友の身になりてはじめてわききたるこのおもひやりわれにいみじき　吾 全

友の家の《友が家の（全）》厠へゆくと下駄はきぬみやこべ遠くわれは来てあり　吾 全

をさなくてわがふるさとの山に見し片栗咲けりみちのくの山に　吾 全

村人に語らふ友の国言葉道にたたずみ我は聞きをり　吾　全

友のべに髪梳きながら帰りゆきてなすべき家の用を思へり　吾　全

三たびきて思ひは深きみちのくに友の病をわが見つるかも　吾　全

山ざくら城跡の丘に咲きたれば村の童らのぼりて枝折る　吾　全

夕ぐれの入江　少女号　大正九年七月号（第五年第七号）

少女の日のおもひで（その七）

夏きぬと簾かくればわが家や稲田はるかに白帆の見ゆる《白き帆の見ゆ（作者改）》　全

をちこちの蓮田に花の咲きそめて夏の休みはま近くなりぬ　全

田の蓮は花まれにして葉のみ多し《多く（全）》広葉の上に花びら散れる　全

このあさけ田まはりの人が切りてくれし青じろき蓮の蕾のおもみ　全

田の面ふく潮風つよし蓮の広葉みな裏がへり紅き花なびく《はなびらなびく（全）》　全

夕ぐれの入江に潮のみちくれば今宵の月の明しと思ふ　全

雨ふれば人のとほらぬ畷《なはて》みち青田の中に白さぎゐるも　全

雨久し《雨つづき（全）》入江の岸に苫《とま》かけて動かぬ舟をひとり《今日も（全）》見るかな　全

夕やけの空すでに暗しひらひらと頭の上を蝙蝠の飛ぶ　全

夕餉あと父としづかにゆきもどる道はつづけり隣村まで　全

こころ　アララギ　大正九年八月号（第十三巻第八号）

こしかたに苦しき思ひは多かりきただに経りきて今の寂しき　大正九年七月（吾）　吾　全

おのがままにありつつ心満たされずたまゆらごころ《たまゆらいのち（吾）》もの皆いとはし　吾　全

夕餉あとの火鉢の火をば消して立ちぬ我や寂しく生きざるべからず　吾　全

まじめなる手紙はいまも書きがたしあまり知りたるわが夫なれば　吾　全

わが夫の帰る日延びぬ姑上の心落していますを思ふ　吾　全

夫の帰る報らせ来りぬにはかなる暑さにわれのからだ弱れり　吾　全

こしかたを深く思はず久久に帰ると聞けば心待たるる　吾　全

やがて夫の姿見ゆべきひとときをひとりの心たのしみてをり　吾全

帰りこし夫と思へばその面は見つめがたくて茶の支度する　吾全

われはわれの仕事ありけり久し振りに家に帰りて昼寝せり夫は　吾全

心決めてわがありけるにたまたまに帰りし夫は咎めざりけり　吾全

いちはやくわれの黙しぬしかすがに夫の怒りのそのまま止みし　吾全

友に書きし言葉過ぎたり夫と子のむつべる見つつ心曇れり　吾全

わがこころいまはやうやく落ちつきぬ友はいよいよまさきくありなん　吾全

暑き日に蒸れし青葉のにほひこもる夕べの道に兜虫飛ぶ　吾全

石の上に落つるがごとくとまりたりたはやすくして捕へし兜虫　吾全

甲の下にたたみひめたるうすき翅少し見えをり兜虫のしりに　吾全

兜虫座敷に這はせやうやくにわれになじめりこれの吾が子は　吾全

河原あそび

少女号　大正九年八月号（第五年第八号）

少女の日のおもひで（その八）

町はづれ河原へとゆく道暑し引きむすびたる友のへこ帯　全

月見草つみたき花はしほれをり石つぶらなる河原を歩む　全

手をはなち河原を歩みうつくしき石を拾へば友に言ふなる　全

あつき日を河原に来れば弟ら水浴びゐたり木かげのふちに　全

母にかくれ水浴びに来し弟はわがおさふれどきかざりにけり　全

いつまでも水浴びやめず弟はくちびるの色むらさきなるに　全

夏の日のひろき河原のひとところ流るる水は日にきらめけり　全

弟ら水を浴びゐる川上に知らぬをとこが蚕《こ》かごあらへり　全

川越せば涼しかりけりくるぶしを流るる水に合歓《ねむ》木の花散る　全

遊びゐるこの河原よりわが町の八幡さまの大杉見ゆる　全

故郷の秋

少女号　大正九年九月号（第五年第九号）

少女の日のおもひで（その九）

母上が病めば来よとの手紙きぬ秋風たちて涼しきゆふべ　全

朝早し日かげの街をおもおもと朝顔の花かつぎてゆくも　全

なでしこの花うすあかし一人にてはじめて乗りし汽車の窓の外　全

汽車の窓にせまりてつづく土手高し草まだ青くなでしこのあり　全

すれすれに汽車の走ればなでしこの花あふられて土手にゆらげり　全

武蔵野の雑木ばやしに汽車入りぬレールに近くをみなへし咲く　全

母の病おもひしほどに重からず今宵月見るふるさとの庭に　全

秋たちてかへり来りぬふるさとの家のめぐりは虫のこゑなる　全

〔注〕ふるさとの家のめぐりはいちめんの虫のこゑなり今宵かへれば
（この歌作者自身添削して少女号に書き入れあり）

ひさびさに母のかたへに寝ねしかばあかつき早くめざめけるかも　全

十五夜のすすきをとると弟ら汽車の踏切越えてゆきたり　全

国の家

アララギ　大正九年十月号（第十三巻第十号）

暴風雨《しけ》（吾）あとの土は荒らびぬ土手草のいまだ青きがこはばりて見ゆ　大正九年八月（吾）　吾　全

土手ぐさのところどころに咲きてゐるなでしこ淡し西日照りつつ　吾　全

しまらくをここに待つべき乗換駅子をふるさとへ送りゆくなり　国分寺駅にて（吾）　吾　全

丈高き蜀葵は庭にゆらぎをりあいさつすみて姑と語らふ　吾　全

盆棚をつくるとちちが青萱の縄なへば吾子も真似して縄なふ　吾　全

家人はわれの子を愛づとつぎきてわれも家族の一人なりけり　吾　全

おびただしき蚤に心はいらだてり蚊帳のあたりにすいつちよ鳴きいづ　吾　全

庭に咲く桔梗を見つつ家のうちのきたなさ《ちらかりは》（吾）はわが心にしめり　吾　全

姑を怒るちちの言葉のむづかしさ老いしはしためは板間を拭けり　全

義弟はあまりに《あまりいそがし》（吾）忙したまにこしわれも用せねば心とがむる　吾　全

働かぬきまりわろさに黙しをれば義弟はわれに話しかけくれぬ　吾全

あかつきの露きららかに秋となりぬ諸葉を透きて青き空見ゆ　吾全

盆送り墓に来れば道のべの草のなかにも線香燻れり　吾全

さばかりも国遠くゐるにあらなくにみそとせ母の墓にまゐらず　吾全

墓毎に今宵はつける線香の残り短し人みなかへりて　吾全

墓原に燐寸つかざればをばとわれ屈みて身をば風かげにしぬ　吾全

本置きて眼おとせし畳の上鳴かず動かず蟬の居りたる　吾全

弱りはてし蟬くるほしく《くるはしく(吾)》飛び立ちぬつかのまわれはおどろきにけり　吾全

夕空

女性同盟　大正九年十月九日（創刊号）

涯とほき入日の空をたまたまに来りてここの二階にながむ

入日ぞら雲かがやけば街の靄ひとかたまりの紅ゐに見ゆ

時のまにかはる夕空散らばひし黄金の雲はいつしか消えたり

雨晴るる入日の光遠くさして雫垂る木木の片かは明るし

いつかまたかくあるものと思へどもけふの入日のこの美しさを

灯つけて　　少女号　大正九年十月号（第五年第十号）

少女の日のおもひで（その十）

今朝も起きて庭をば掃きつ気がつけば木犀咲きて匂ふなりけり　全

木犀のにほひゆかしもこのあした庭をば掃きて本読みにけり　全

灯つけて水車をとめにゆきし叔母いまだ帰らず木犀匂ふ　全

降りつづくこの秋雨に水増して水車のめぐり早くなりたり　全

秋の風川べに吹きぬ水ぐるまめぐりめぐるを見つつ立ちをり　全

鈴虫は夜ごとに泣けど月明き今宵はことに声すみてきこゆ　全

わが叔母が機織る軒に枝垂れて柿の実赤く色づきにけり　全

わが叔母は箒にすとてもろこしの赤黒き実を軒につるしぬ　全

山の道を友らとゆきて水霜の降りたる朝を寒がりにけり　全

うすべにの山茶花咲けり始業時間おそくなりたる学校の庭に　全

起居　アララギ　大正九年十一月号（第十三巻第十一号）

かすかなる仕事なりけり針しごとわれにせはしき冬としなりぬ　大正九年十月（吾）　吾　全

うす日さす二階の窓にもの縫へり声いそがしく百舌鳥の鳴きをり　吾　全

かくてのみあるべきわれと思はねど夫をたのめて心ゆるむも　吾　全

夜半に起るあらしの音にめざめてよりものおもひつぎて寝ねがたくなりぬ　吾　全

うつそみのこれのまなこに涙わきぬくやしと思ふにおもひ断ちえず　吾　全

足のくたびれおぼゆるまでにもとほりぬ心はつひにまぎれざりけり　吾　全

秋の風音立ててをりわがひとりもの縫へる窓の光明るき　吾　全

わが縫ふと心さだめて落ちつけば今は仕事《針の仕事（吾）》もうるさくあらず　吾　全

心いつか空しくなりてゐたりけりわが手ひたすら針をぞ運ぶ　吾　全

音もせず窓も明るきに止みしかと幾度われの出て見る霧雨　全

空明るくただには見えず霧雨は向ひの家の軒に見え降れり　吾　全

雨の夜は早くとざしていとまあり綿入せんとにはかに思ふ　吾　全

裾の方は灯に遠し夜の部屋に布子ひろげて綿を入れをり　吾　全

袂かかげ綿入しつつ夜くだちぬ湯ざめの寒さ背中をおそふ　吾　全

外ゆくによき秋の日と思へども吾子のをらねば思ひ止みたり　吾　全

天気よくて張物さはに乾きたり布海苔の汁の少し余れる　吾　全

張物をみなしをへて心すがし吾子のをりなば遊びやらんを　吾　全

二階の人来ると聞きて干してやりしふとんはにほふ強き日和に　吾　全

酔へるちち

行人　大正九年十一月号（第二巻第五号通巻第八号）

〔注〕このうち吾木香にある七首は「籠居」の題名で出ている

活動見に行かなと酔へる舅はきかず従ひいでて今はすべなし　全

酔へる舅がよろめきて我を押しつけし石垣に苔の《石垣暗く苔の匂す（吾）》にほひしるしも　吾　全

ゑへるちちに言ひて思はず足とめぬ空地の原に満月のぼる　全

酔へるちちの熱き手とればこそばゆしあさゆふ牛の乳しぼるみ手　吾　全

足もとの危きまでに舅は酔へり支ふる我のからだの倭き　吾　全

電車みちよこぎる我はおのづから酔へる舅の手かたく握りつ　全

酔へる舅の手をとり街を歩みをりこもりゐる身の今宵たまたま　吾　全

酔ひをればをりをり大き声いだす舅をまもりて人なかにをり　吾　全

若き日をしくじりきたり老いて今牛引く舅を朝早く起す　全

つつみなほす舅の風呂敷けさ見れば牛引く太き綱をつつめり　吾　全

身に迫る苦しみは我に無かりけりさびしきままにものぞ思へる　六月作　吾　全

石の上を

少女号　大正九年十一月号（第五年第十一号）

少女の日のおもひで（その十一）

遠足の朝早く起きあかりにて髪結ふかげは襖にうつる　全

雨戸をば一枚あけて顔あらふ朝まだくらく空に星あり　全

仕度して家いづる我は白菊のつめたき花に指ふれて見つ　全

さしかはす紅葉の下を列つくりゆけば向ひの山より日は出づ　全

わが顔にしづく落ちたり色深き紅葉をぬらす朝の霜かも　全

鵯《ひよどり》の鳴く声たかき山のみち落葉のなかにりんだう花咲く　全

かはゆさにとりて名を問へば先生は竜胆の花と教へたまひぬ　全

石の上を鶺鴒飛びぬ秋ふかみ流るる水は澄みて底みゆ　全

招かれてわれら来れるよそ村の学校新らし旗ひるがへる　全

くたびれて帰る山みち靄こめぬ夕餉ととのへ祖母待ちまさん　全

〔注〕右の一首旧全歌集には「少女号」十二月号「南天の実」の中に混入

友来る　アララギ　大正九年十二月号（第十三巻第十二号）

真夜中の闇にめざめてわが久し二階の人の寝息聞ゆる　吾全

宵早く片づけそむる店先の秋刀魚は雨にたたかれてをり　吾全

夕づきてしづけさまさる空のもと電線はややたるみて低し　吾全

道のべにこほろぎ鳴《鳴けるこほろぎ（吾）》きて行き過ぐる後ろになれり音ほそぼそ《ややにかすかに（吾）》と　吾全

わが家の格子のひまの蜘蛛のいのあらはに光り秋の日あつし　吾全

靄こめてたそがれ狭き街のとほり子供らあまたいでて遊べり　吾全

わがうれひつひにすべなし目は強ひて外《そと（吾）》のものの見つつ歩めり　吾全

たたきもて積みたる石の塀に這へり蔦の諸葉は色づきにつつ　吾全

さびしさに堪へんと強く思ひつつおのが心のたのめなくなりぬ　吾全

停車場に友を迎ふと眠りゐる吾子を起して着物を着する　大正九年十一月（吾）　吾全

朝戸出のうすくらがりに大き声いだして吾子の語りつづくる　吾全

友はけふも吾子と遊べり遠く来ていまだ心の落ち付かぬならん　吾全

友をおきて吾子の欲るままに小学の運動会を見せに来れり　吾全

わが言へどきかず夜ふけてもの書ける友のからだに又熱出でん　吾全

夫とわれと争ひたれば泊りゐる友のからだに熱はいでたり　吾全

夫のゐて田舎の客の多かりし幾日は経たりただに疲れて　吾全

誰かはたよろこぶものぞいたづらに心つかひてわが疲るるを　全

夫の留守に狭き戸棚を片づけて友のふとんの入れどをつくる　吾全

南天の実　少女号　大正九年十二月号（第五年第十二号）

少女の日のおもひで（その十二）

母のこと今しも祖母と話しをりぬ母来たる見ゆ妹つれて　全

元旦の式に着るべきわが晴着縫はんと母は遠くきませり　全

ひさびさに母がつれこし妹をせおひて歩む家のまはりを　全

初冬《はつふゆ》の空晴れわたり裏畑の大根は白く抜けいでてをり　全

冬山の峠まで来ぬ父のもとに帰りゆくべき母を送りて　全

わが耳のしもやけ痒し庭の柚子の黄にかがやきてにほへる真昼　全

見馴れざる小鳥とまりて飛び去りし枝ゆらぎをり夕ばえの空に　全

冬になりていくたび霜のかかりけん南天の実の赤くなりたり　全

復習をする夜はふけて夜まはりの拍子木の音寒くきこゆる　全

〔注〕原本破損の為一首欠落と思えるが不詳

秋雨

発表誌不詳　全歌集中大正九年分最後に記載

ひたすらにもの縫ひをりぬ心して今はわが聞く秋雨の音　全

きのふより秋雨降れり縫物をしつつほとほと余念なしわれは　全

われぎめのたのみごころか寂しさを堪ふるに馴れて今は安しも　全

針おきてほと息つきぬ針やすめなすすべくしばし雨を見てをり　全

たはやすき我にもあるか秋きぬと障子張り替へて心足らへり　全

障子張りて部屋あかるくもなりにけりひとりすわるもいつもの所に　全

うつそみのこのまづしさを忘れしかたまゆらわれのいのち燃えたり　全

いたづらに燃ゆるいのちと思はねどうつそ身ゆゑにさびしかりけり　全

病癒えて帰るといふ日のおぼつかな別るる朝をともに食事す　全

ふるさとへ病みて帰る人は轅《ながえ》あげし俥の上に礼《ゐや》したりけり　全

雑木集より　大正九年吾木香中掲載誌不詳歌

みちのくの遠き旅より帰りきてけふ見る吾子はすこやかにあり　吾　全

〔注〕「吾木香」には「アララギ」大正九年七月号発表「みちのくの友」一連の終りにこの歌あり

すこしだに言はば気まづき思ひあらん言はねば人はわが心知らず　或る時　吾　全

〔注〕「吾木香」には「行人」大正九年十一月号発表の「酔へるちち」一連の最初にこの歌あり、「籠居」の題名がついている

大正十年　——三七四首——

このごろ　アララギ　大正十年一月号（第十四巻第一号）

往来の子供らのさわぎ友はただに苦笑ひをりもの書きやめて　吾全

歩みゐるこの道すでに日かげりぬ銀杏の落葉かすかににほふ　吾全

いびき立てて友の眠ればわがこころややにくやしく目覚めたるかも　吾全

かわきたる地に風立ち吹きあぐる砂におくれて落葉ころげゆく　吾全

道のおもて白くかわけり風ふきてまろぶ落葉のとどまらなくに　吾全

思はぬに吾子を迎へに来しといふ舅の言葉のいやまじめなる　吾全

田舎へぢぢと行く気になりし子は持てゆく玩具揃へつつをり　吾全

吾子の衣縫はねばならずもの書ける友にさかりて窓べにすわる　吾全

友とゐるに今は馴れたりおのおのにもの書きて黙すややに久しく　吾全

このあした吾子のをらねばしづかなりめざめし床に友と語らふ　吾全

おほかたにとむれどきかず夜ふけてもの書く友は咳をなしをり　吾全

木がらしの障子ゆるがし寒き日を火鉢火つぎて友とこもれり　吾全

木枯らしに吹きなびかへりかへるでの紅葉の諸葉葉先ちぢれて　吾全

心離《か》れぬ日ごろのなやみひとときに胸こみあげて泣きいでぬ友は　吾全

名を呼べど答《いら》へをなさずわが夜具の襟のけて見し友は泣きをり　吾全

眠り薬のみて今がた床に入りし友の寝息のはやも聞ゆる　吾全

花茎のあらはに太くわかれ咲く八つ手の花は群れつつ小さし　吾全

咲きこぞる八つ手の花は青白し雨晴れの空暮るるに近く　吾全

行人　大正十年二月特別号（第三巻第一号、通巻第九号）

かたみに病みて

もの書きて夜な夜なおそく寝る友のつづく力にひそかにおどろく　全

院長の診察を待つ時久し友は昼餉もなさで待つらん　全

いたづきの痛み堪へつつ病院の門を出づれば灯つきけり　全

この心ただに静かにたもたずばけだし癒えがたき病と思ふ　全

水道のつめたき水にもの洗ふ友の指先赤くなれるも　全

わが病めばすべなし街のわびずまひまだ馴れぬ友の味噌買ひにゆく　全

格子開けてひそかに外へ出づる友のけはひ知りつつうつつにゐたり　全

枕べに坐りて我の熱はかる友も病を持つからだなり　全

友の病みて床にゐる日はおのれにも髪結ひなほす心起らず　全

昼の床に坐れる友と語りつつ部屋のちらかりに心したしむ　全

もの買ひて帰り来たれば病める友はふとんの上に起きあがりゐたり　全

旅

アララギ　大正十年二月号（第十四巻第二号）

雨降れば家家早くとざしたりうろおぼえの道をひとり急ぐも　全

やしき街灯《あかり》ともしも打ちつづくこの石塀に見おぼえのあり　全

うつそみに痛ど《ママ》無ければ友のため雨夜を出でて力づくおぼゆ　全

停車場に向ひて急ぐ今にして友はこころの引き立たぬらし　全

むかひあへる人に触れじと屈めゐし足痛くなれり長き夜汽車に　全

家にありても夜毎やすくは眠らざる友は本読めり夜更けの汽車に　全

人の息にくもれる玻璃戸を拭きて見ぬあかつきの霜田畑に白きを　汽車にて　全

鴨川の流れ見おろす宿の二階がらす障子の明るくて寒し　全

さむざむと流るる水に踏み入りて布晒す人は頭をあげず　全

夜の更けの橋の袂に待ちて乗りし電車の中はあかるかりけり　全

ほのぼのと葛城山は見えにけり灯消えたる電車の窓ゆ　全

をさなごの吾子に着せばやもすりんのこの模様こそわが眼に飽かず　全

はるばると夫の仮住おとづれて小さきばけつにしやつを洗へり　全

寒風に洗濯物はかわきつつ煤煙の粉の黒くかかれり　全

埃入るとひねもす開けぬがらす戸に電車ひまなくひびきかよへり　全

夜となれば空のにごりの目に見えず灯のいろよろし大阪の街は　全

つりがねの大きうつろの下にして吾背と我と物を言ひしか　全

素通りに通りぬけんと歩み入りし鐘楼の土間の冷え身に迫る　全

題不詳　少女号　大正十年二月号（第六年第二号）

少女おもひ出草（その二）

〔注〕大正十年一年間「少女号」に「少女おもひ出草」（短歌入りの少女向き読物）を各月出していると思われるが、原本破損部分あり、判明している部分の歌のみを掲載する

障子外の縁側にわがひとり立てりきさらぎの日のあたたかなれば　全

むらさきの袴の雪を払ひつつ語りし友の姿目に見ゆ　全

南に向きて開きゐる蔵の窓一つなれども明るかりけり　全

遊ぶべき友みな遠し叔母の家の蔵の二階に絵を画くひとり　全

雪の日　アララギ　大正十年三月号（第十四巻第三号）

吾子のゐる田舎へゆくと雪の日の小さき汽車に足冷えて居り　全

明日のあした吾子に着すべき衣持ちて汽車に乗りをり大みそかの夕べ　全

麦畑の畦《うね》ほとほとにおしうづめ雪は野の面をおほひたるかも　全

笛鳴らし汽車の止まれる駅小さしこのあたり雪の深くつもれる　全

わが留守の友を思ひつつふるさとの家人とあり元日の夜を　全

元日のひねもす忙し年玉の手拭を裁つふるさとの家に　全

年玉の手拭たたむわが前をゆきかひ遊ぶ吾子の足見えつ　全

たまたまに逢へば吾子はわが膝にありつつ我の襟をながむる　全

ただに見て過さんものをためしなきつめたき心人におぼえつ　全

夫とたのむ心ゆるびにはしたなきこと言ひいでて怒られにけり　全

ひたに悔ゆるわれの心のつめたさを君がさびしむ時はあらぬか《あらむか（全）》　全

怒るひとをあはれと思ひぬうつそみの心ひとつに堪へゆかんものを　全

炭出すと厨の土間に屈み見る夕べの空に木枯止みぬ　全
ひと言の言ひがたくしていたづらに我の苦しむ幾時ならん　全
鏡台に一輪赤きカーネーション友に言はれてわが見るしばし　全
わがひとり堪《こら》ふるによりて君が心安しと言はば命もて堪へむ　全
ひたすらに堪へてあらむと思ふ我の心に堪へぬ命のごとし　全
怠りてあれば心の落ちつかずきさらぎの日はすでにのどめく　全
わが寝ねし後にて友の編みけるか靴下は今朝仕上りてありぬ　全
戸の隙の明るさいみじき雪の朝《あした》二階の赤児しきりに泣きをり　全
二階の人裏戸をあけて部屋に明《ママ》るし厨の空くを待ちつつ寝ねをり　全
友とともに煮るべき牛の肉買ふと雪降る中を街に出できつ　全
思ひあまり人には告げし一言の今はくやしも取消すすべなき　全
白妙の雲《ママ　雪の（全）》のおもてにたらひ置き襁褓洗へり二階の妻は　全

二階にて赤児をあやす声きこゆ本を読みつつ心落ちゐず　全

しきりに腹立つ心おさへつつはしたなきわが性を恥ぢけり　全

人の困ることと思へば言ひがたしおのれ堪へつつ今日も過しぬ　全

こらへゐる今にはあらず言ふべき一言のわれに言ひがたきなり　全

題不詳　少女号　大正十年三月号（第六年第三号）

少女おもひ出草（その三）

うす暗き夕べの土間に母上は足袋のほこりを払ひたまへり　全

わがことを祖母と話せる母の言聞きつつ厨の用をなしをり　全

開きたる湯殿の窓の寒からず裏の水田に蛙鳴きをり　全

みかへればいつしか叔父の家見えず雲雀のこゑの空に聞ゆる　全

なげき　アララギ　大正十年四月号（第十四巻第四号）

ひそかなる心をどりてきさらぎの日かげしみじみのどめきにけり　全

たのめなき我とぞ思ふ心がまへなしつつかくも陥りゆくを　全

いつもの気休めごとと思ひつつ我の心はくつろぎにけり　全

断ちがたき思ひなりけりこの心いまはみづから苦しむにまかす　全

ことごとに堪へて黙すわれの心のやうやくにして馴れんとするも　全

二月にして日は伸びにけり久し振りに取りいだしたるこれの縫物　全

日にけにつのる心のたかぶりを病と思ふはさびしきものを　全

言ひえずてつひに終らんうつしみの空しき後の安さを思ふ　全

大かたに止みたる雪のちらりちらりなほも降りつつ月夜となりぬ　全

中空をただにゆきゆく月はやし雨あとの《雨あとの雲 (全)》雪《ママ》しきりに動く　全

手紙やれどかへりごとだになき人のふと帰りこん今日かと思ほゆ　全

このからだ土になげうつすべをなみふらふらと家を出でて歩めり　全

きその夜は嘆きつかれて眠りけりめざめて今朝は手紙を書くも　全

必ずいつか我の心にかへりこん君と思ひつつ涙とどまらず　全

夜の汽車にただに眼閉ぢぬ病む友を人に頼みて旅ゆくわれは　全

いなみ得ぬからだの弱りこのごろのわが悲しみは深しと言はめ　全

はかなきいのちなりけり人の心めざめん時をひたに待ちつつ　全

題不詳　少女号　大正十年四月号（第六年第四号）

少女おもひ出草（その四）

引越の荷物いだして部屋ひろし本棚のあと畳に残る　全

わが庭の桜は夜目にほの白し訪ひこし友を送りいづれば　全

今は何も言ふこととえずと友は泣きぬ今宵別れていつまた逢はん　全

はなむけに友がくれしはわがつねにほしと言ひける海老色りぼん　全

春日　アララギ　大正十年五月号（第十四巻第五号）

床の上に机置き据ゑ絵の具溶き絵を描く友のうなじ痩せたり　全

病める友が絵を描くといふに心うれし筆洗の水を茶椀に汲みやる　全

絵を描きて遊ぶと言ひてたまたまに絵を描く友を寂しと思ふ　全

おほかたにはかりがたかる夫のこころこのかへりごといかが書くべき　全

おのづから人や優しき日のあらんおのれゆめゆめ疑はずあれば　全

おもひ疲れ心うつけてありけるかわが寂しさはただならずなりぬ　全

わがひとり寂しくここに住まへるを幸ひと思ふ心起らず　全

友はけふも起きられぬらし春の日はあしたしづかに軒を照らせり　全

わが夫はすこやかにして朝ごとにわが炊く飯をうましと言ひしか　全

思ひしとあまりに多く異なれば今は涙も出でざりにけり　全

並びゐる一年生の列の中にわが子の姿やうやく見いでつ　全

先生の話なかばにいたづらをはじめし吾子をただにまもれり　全

をさなごの吾子かくまでにいつしかなり学校へ行くと鞄をかくる　全

眠たきを起されし子は起きあがり笑ひ顔しつつ眼開《あ》きえず　全

こずゑの花咲くべくなりぬこのごろの桜の幹はすべらかに見ゆ　全

庭木のこずゑゆるがぬ朝じめり家の近くに小鳥鳴きをり　全

おのづからひとすぢごころ持つわれにをりをりひらめく復讐のこころ　全

山ぎはの水田に影さす山ざくら雑木にまじり花のともしき　全

藤棚の下

少女号　大正十年五月号（第六年第五号）

少女おもひ出草（その五）

たんぽぽのほほけくづるるそよかぜにわが洗ひ髪しばしそよぎぬ　全

亀井戸の藤の花見にゆく人の赤き傘見ゆ畑の向ひに　全

亀井戸に家近ければ病める身も歩みて藤の花を見にきぬ　全

すこやかに学べる友と病めるわれとめぐりあひたり藤花の下に　全

藤の花さかりの春を久しくも少女《せうぢょ》のわれは病みて学ばず　全

あきらめ　　アララギ　大正十年六月号（第十四巻第六号）

ひたすらに人の心はたのめれどおのづからなるこの寂しさを　全

いかなること言ひおこすとも驚かぬ我と思ひつつひそかにおそるる　全

はてしなき嘆きなりけりみづからをさげすむ心起りけるはや　全

人のきてなだめん我にあらなくに今はしづかに寝《ぬ》るべかりけり　全

悔いごころすがしくなりぬすこやかにひとりのわが子生ひ立ちゆくを　全

雨降れば雨具をもちて学校に行くらん吾子のおもほゆるかな　全

生けるものを死にたるものとあきらむるわれの心の堪へられなくに　全

今は人の便り待つべき時ならず吾子に書きやる片仮名の手紙　全

雨あがり　　少女号　大正十年六月号（第六年第六号）

少女おもひ出草（その六）

昨日《きそ》の夕くたびれて着きしはたごやの二階に今朝は青き山見る　全

昨日の雨に泥にごりたる川の水この朝いまだいたく濁れり　全

後ろより馬車はせくれば母とわれ道のかたへにさけて歩みぬ　全

街近く稲田ひらけて風すがし街道いよよ平らかにつづく　全

○　アララギ　大正十年七月号（第十四巻第七号）同人集所収

大き花ひろがりかかるあやめの葉つゆ玉むすびあしたそよがず　全

大きくて甘ゆる吾子を背負ひつつ牛舎見にゆくぬかるみの中を　全

茨の花露かわきをり日の影のうす明りしつつ曇り久しき　全

すわりゐる茶の間より見ゆ奥庭の垣に咲きゐる白茨の花　全

縁側に吾子とならびて朝つゆに濡れたるばらの花を見にけり　全

八つ手の花

とねりこ　大正十年七月号（第四巻第六号）

〔注〕「とねりこ」一連八首は求められた自選歌と思われ、すべて「アララギ」等の重複歌

鏡台に一輪赤きカーネーション友に言はれてわが見るしばし　全

花茎のあらはに太くわかれ咲く八つ手の花は群れつつ小さし　吾全

秋の風音立ててをりわがひとりもの縫へる窓の光明るき　吾全

この峡に日はまださささずあかつきの青空高く光ながらふ　吾全

竹竿の朽ちて割れ目に入りし雨打ちおとしつつもの干す今朝は　吾全

中空をただにゆきゆく月はやし雨あとの雲しきりに動く　全

断ちがたき思ひなりけりこの心いまはみづから苦しむにまかす　全

こらへゐる今にはあらず言ふべきひとことの我に言ひがたきなり　全

題不詳　少女号　大正十年七月号（第六年第七号）

少女おもひ出草（その七）

向山《むかふやま》に白くゆらげる百合の花家ぬち深く座《ママ》りゐて見ゆ　全

大いなる白百合の花むれ咲けばここの草地に草の目だたず　全

誰が住みし家の屋敷の跡ならん人たがやさず白百合の咲く　全

咲きたわむ白百合の花さやりけん花粉つきたり白地の袖に　全

○　アララギ　大正十年八月号（第十四巻第八号）「八月集」

厨戸を開け放ちおけば雀きて流しにあさる人をらぬまを　全

洗ひおける流しの板の生がわき梅雨の曇りのやや明るめり　全

戸明くれば朝の光のきらきらしひとときにしてからだ汗ばむ　全

草原に涼しき風は吹きにけり光かよわき夕日のなごり　全

月みれば　少女号　大正十年八月号（第六年第八号）

少女おもひ出草（その八）

明日の朝幾つ咲くべき朝顔の蕾ふくらみ夕となりぬ　全

うすもののよそほひこらし盆むかへの人人とほるわが家の前を　全

月見れば涙ぞ浮ぶたらちねのわが母上はこの世におはさず　全

盆の夜かすかに笛の音は聞え亡き母のことわれは思へり　全

○　アララギ　大正十年九月号（第十四巻第九号）「九月集」

つね馴れぬ立き働きに疲れたり午後暑き部屋にひととき睡る　全

人の起きて雨戸開くれば青蚊帳の顔になびきて涼しき風入る　全

人の家にわがはたらけり雨の日の座り仕事にからだ休まる　全

思ひいでて悲しきものをあかつきの雲の紅ゐ見つつすべなし　全

人の家に心落ちゐずこの年の夏のあつさも盛りすぎたり　全

かわきたる襁褓とりこむ物干に夕べの風は涼しかりけり　全

厨にゐつつ聞えぬ朝霧の深きなかにて鳴く蟬のこゑ　全

ひとしきり日のかげ鈍る朝の曇りみんみん蟬の声限り鳴く　全

村の祭　少女号　大正十年九月号（第六年第九号）

少女おもひ出草（その九）

初秋の朝けの土間に雫する魚籠持ちて立ちゐる男　全

秋といへどまだむしあつきこの昼を祭の神輿庭にかつぎ来　全
畑のむかう走りゆきたる人のさまいまだ目に見え夕立しぶく　全
雨あとの山路すがしみおのおのに栗拾ひこしはらから二人　全

○子規二十回忌・森本富士雄送別　アララギ　大正十年十月号（第十四巻第十号）

（九月十一日。田端大龍寺に於て）

夜半にしてゆくりなくわれのめざめたり外の面は今し大あらしなる

初秋　短歌雑誌　大正十年十月号（第四巻第十号）

初秋の曇りにはかに蒸しあつし木の間にともる昼の電灯　全
わがひとりくやしむほかなしつぎつぎにおびやかされて生くるいのちを　全
わが性《さが》の弱きなりけりかくまでの腹立たしさに堪《こら》へて黙す　全
決めがたき心かなしく眠りえずつひにわが聞くあかつきの三時　全
このごろのなやみ癒えしと思はなくに心平らぎ昼の湯にをり　全

しはがれしこゑに唄ひつつ子を負へる巡礼はゆく日ざかりの街を　仝

家の中のしづかなるかも日ざかりを巡礼の唄は隣に聞ゆ　仝

すべなき暗さとなりぬかみなりのしきりに鳴りて雨いまだ来ず　仝

このままに晴るるか空のひとところ夕立雲の切れ目あかるし　仝

いささかの雨降りいでていつしかに夕立雲はうすらぎにけり　仝

ゆふだちの雨にぬれたる屋根瓦縁にし立てば蜩《ひぐらし》の鳴く　仝

用ある人をたづねてひさびさに灯あかき街を友と歩みぬ　仝

さだめとも嘆きてましをひたすらに悔いてはてなき我のかなしさ　仝

女児

玄土　大正十年十月号（第二巻第十号）

公園のこの森までをたどりきぬかなしといへど憤りなり　仝

来かかりし女子《をみなご》二人わがそばに腰かけてここは涼しと言ひぬ　仝

みづからになぐさめがたしこの朝は二階の人にもの言ふもうき　仝

病むとだに音づれあれば心なごみ人なぐさめん言葉をぞ思ふ　全

元禄のたもとみじかし縄とびをしつつ遊べるをさなきをみな子　全

題不詳　少女号　大正十年十月号（第六年第十号）

少女おもひ出草（その十）

わが庭に庚申ばらの花一つ開きて秋の空は曇りぬ　全

ばらの花ほのかに咲ける昼の庭に羽音聞えて百舌鳥鳴きうつる　全

ばらの花咲きいづるごとに思ひでてくやしきことの我にあるかも　全

ちりたて　少女号　大正十年十一月号（第六年第十一号）

少女おもひ出草（その十一）

秋風は空より吹きて心地よし散りしける柿の落葉の紅ゐ

秋風はひまなく吹けり霜にぬれて庭の草木のいまだそよがず

風吹けば落葉片よる池の面さざなみ立ちぬ秋の寒くなりて

あけくれにわが嗽《くちすす》ぐ泉水の水澄みまさり秋も更けたり

山の家　少女号　大正十年十二月号（第六年第十二号）

少女おもひ出草（その十二）

この朝の霜にぬれつつ風もなきに桑の枯葉のしきりに落つる
冬の朝の晴れわたりたる青空を烏は鳴かず飛びゆきにけり
叔母上の帰り待ちつつ冬の日の暮れがた早く灯つけたり
ゐろりの火焚きつつ夕べの山道を冷えて来らん叔母を思へり
山の家に寂しく住めばこの夕べ叔母の土産のただにうれしも

わかば　掲載誌不詳（大正十年春？）

友の心そこなふべきを知りにつつわが言ひしことの我にさびしき　全
思ひあまりわが言ひけるをかりそめのあやまちごとのごとく悔やしむ　全
なやみゆゑ心ひたぶるになりゐたる我に寂しきおもひはなかりき　全

われにつらきこと言ひおこす遠びとの苦しき心思ひやるいまは　全

あはれみの心大きくかまへゐる我としもなく人のくやしき　全

おしなべて色くろみたるたそがれの若葉おのおのそよぎゐる見ゆ　全

ひるがへる若葉を透きて蒼く見ゆる夕べの空は身にしみて寒し　全

近き日にゆきて逢ふべき吾子のこと思ひつつ歩む月夜なりけり　全

まごころの友の手紙を読みたれば心くつろぎ雨を聞きをり　全

まづしけど明日食《を》す米の無きにあらず一人は安しよわきからだに　全

恨みごころ今は持たねどさびしさに心すさまん我のすべなき　全

ひたぶるにたづきのみちを考へをりはかなき命もてあますわれは　全

止みがたき心のはやり制すべきことわりの我にわかなくなりぬ　全

街中に自動車久しくとどまれりしきりに人のつくろひゐるも　全

夕ぐれを細かき雨の降りいでぬ傘さす人のやうやく多き　全

のびのびとひとりのからだ横たへて見るにしたしもわが家ぬちは　全

大正十年未発表歌　一五一首

所沢行　大正十年五月二十日（詞書及び日付は作者の手帳のまま）

乳牛のよき牛病むと義弟は語りつつ面をそらすなりけり　全

茶をつくるふるさとの家箕をもちて我も茶をあふるたやすきことなれば　全

軒近く花あやめ咲くふるさとに何か心の落ちつきがたき　全

めざむれば戸の隙すでにほの白し杉皮葺を雨の打つ音　全

学校にわが子出でゆきて時たちぬ飛行機の音ただにきこゆる　全

雨あとの風すがすがし桐の花はず《ママ》むけはひに散りにけるかも　全

端居して夏衣縫へるふるさとの家ひろびろし夕明りさす　全

紫の花に並み添ふあやめの葉つゆ玉むすび朝そよがず　全

ひた土ゆ直ぐなるわか葉伸びそろひ茎いでて咲きぬ菖の花は　全

〔注〕大正十年七月号「アララギ」同人集中の歌の「大き花ひろがりかかるあやめの葉つゆ玉むすびあしたそよがず」の原型と思われる

夕まぐれ風に揺れゐるあやめの葉揺れやまぬかも花は揺れなくに　全

色づきて一つ見いでしさくらんぼみれば幾つも葉かげに赤し　全

けならべて雨降りやまず接骨木の濃き紅ゐはややに褪せつつ　全

家人が茶をのみ語る時久し縁側に雨を見つつわがをり　全

花片のしめりほのかに保ちつつ薔薇は咲きをり曇り日の庭に　全

夕やみのこめくる庭にうす色のばらいつまでも白く見えをり　全

母と語るこの茶の間より奥庭の垣に咲きゐるばらの花見ゆ　全

〔注〕大正十年七月号「アララギ」同人集中の歌「すわりゐる茶の間より見ゆ奥庭の垣に咲きゐる白茨の花」の原型と見られる

縁側に吾子とならびて朝露に濡れたるばらの花を見にけり　全

〔注〕アララギ七月号の歌と重複

柵によりて弟の話聞きてをり牧場に牛の眠れる白夜　全

月の下に牛は眠れり畑中の牧場をめぐり桐の木育てり　全

五月頃より九月頃まで

おほかたにこばみてありし友の心いまはやうやく人に傾く　全

夜更けまで起きゐし友の朝の眠りさまさじとわれも床にあるかな　全

雪の朝の露地ににぎはふ人ごゑをききつつわれの起きんともせず　全

うつそみのわれの一人がさびしさに堪へなば安き世にかありなむ　全

うつし世の夫と思へばののしりの言葉聞きつつ下にほほゑめり　全

外の面より帰り来たりて一人なりさびしさにしばし心落ちゐず　全

つかのまの気やすめごととおもへどもわれの心はくつろぎにけり　全

身にかかるこの苦しみはすべもなしいかに堪へつつゆくわれならむ　全

たかぶりて心すべなきかものぬふと友はすわるも日暮るる窓に　全

ひねもすをふすまかづきて嘆くとも甲斐なきわれや朝起きいづ　全

軒のはの雀のさやぎ床の上にめざめてひとりききにけるかも　全

いかなることを話せしならむわが問へど友は黙せり人去にし部屋に　全

いつしかにあきらめ心おこりきて今はやすけしひとりのおきふし　全

とほりなれば表の障子あけがたし狭き部屋ぬち歩きて見るも　全

今はただにひとりこもらんこのなげきつぐべき人のありと思はなくに　全

むらぎもの心おちゐず霧雨の顔にかかればつめたかりけり　全

今はただこれの心を静めんと顔に双手をあてて目つむる　全

ながながと一つのからだよこたへて見るにしたしもわが家内は　全

〔注〕大正十年掲載誌不詳「わかば」の中の「のびのびとひとりの
からだ横たへて見るにしたしもわが家ぬちは」の原型と見られる

しきりに心いらだててありにけりさびしきおもひはてしあらなく　全

おのがままにありとは言へど一人あれば飯食むひまもものおもふなり　全

これよりぞ悔なく生きむたまゆらのつよきねがひは心を開く　全

ためらはず今は言はまし人の心そこなはむとも今はすべなし　全

顔よせてたまたまわれのあやしたる二階の赤子泣き出しにけり　全

十年ぶりこの日やうやく思ひ立ちてわがたづねたる人は留守なりし　全

よろこびは束の間なりきうつそみの心はつひに安からなくに　全

もはらなる祈心のおこりきてわが悲しみはうすらぎにけり　全

たまたまに燃ゆるいのちのわれとわがいとほしまれて思ひしぬべり　全

やうやくに素直になれるわが心たのめど人ははるかなりけり　全

この街につづく坂街のぼりゆく荷馬車の馬の首あげし見ゆ　全

うつそみの欲りするものはかそけきに思ひぞあまるいのち死ぬべく　全

梅雨晴れの一日照りたる日のくれを青物車ひきかへる人よ　全

寒しとて梅雨の日を着る冬羽織かびのにほひをたへつつ着をり　全

夜となりて漬梅売のよびゆくに思ひつきたる雨戸を締むる　全

ひとりごころいまにかへりて安らかにおぼゆるわれを君もよろこばせ　全

かびにほふ羽織を着つつ本よみて一人しあればねむくしなるも　全

みづからに思ひたのめて寂しまずひとりしあれば肥りけるはや　全

うつそみのおのづからなるあきらめに疲れしわれのただに眠るも　全

もの思ひの心しばらくまぎらすと吾子の衣の小切ひろぐる　全

格子あけ二階の人の入りこしを我をたづぬる人かと思ひし　全

すこやかに今はなりしと思ふわれのうれしさに堪へず仕事なしつつ　全

この月は事しげくしてふるさとの吾が子をつひに見にもゆかざりし　全

はかりがたきみ心なれど手紙くれば心くつろぎ子の衣ぬへり　全

君が身を祈ればなごむわが心思ひきはまり哭きにけるかも　全

ことごとに足らぬ思ひのわれにあり一人の吾児を手放しおけば　全

向つ家の高き窓よりてりかへす入日まぼしもすずしくなりて　全

米とぐと厨の軒に仰ぎみし今宵の空の星のかがやき　全

屋根の上はつかに見えゐる青き空夕べは涼し雲のちらばふ　全

夕近くわれも表に水撒きぬ勤め帰りの人の通るも　全

雨戸あけて涼しくなれる朝の床にしばしいこふと眼あきをり　全

思ひいでてすべしあらねばうつそみの命さびしく今は泣くなり　全

みづからをあざむくまでにこらへゐしわれの心は知る人なからむ　全

眠《ママ》ぐるしき暑さにめざめ戸明くればあかつき深きさ霧こめたり　全

月の夜をひとり急げり人乗せし俥音なくわれを追ひ越す　全

用すみて心安しとおもひしか気にかかる事やうやく多し　全

ほとほとにわが眠られぬ父のいびきひそかに起きて枕をなほす　全

からだはもつかれはてたりやうやくのあきらめも今は甲斐なくなりぬ　全

わが心悔いてはてなしうつし世のさだめとただになげきてましを　全

うつそみに迫る夕野の草いきれ都はなれてたまたまにをり　所沢行　全

いまはわれの見すぐしがたし草青き田舎にゐつつ吾子は瘦せたり　全

月の下にわがうちみたりむきむきに牛は牧場の柵のうちに眠る　全

夏の夜は靄たちこめぬ月の下に眠れる牛の斑《はだら》見えつつ　全

一枚だにわが求め得て遠夫に冬着送らばいかに足りなむ　全

九月十一日　田端大龍寺に子規の墓を訪ねて

竹びしやく我が汲みあげて文字深きみ墓の石に水かけにけり　全

あはれとも人のおもはばその時しわれの心はきはまりぬべし　全

〔注〕右の歌は大正十一年にあり、「雨後」として発表、発表誌不詳

晴るる日のありと思へどこの頃のたのめなき空や今日も雨ふる　全

いくたびのこらしめによりてためさるるわれの心ぞただに忍ばむ　全

〔注〕前頁の歌は大正十一年「雨後」の中にあり。発表誌不詳

九月十七日

おほかたにうなづきゐつつ思ひあがりひたかなしめば訴ふるがごとし　全

〔注〕右の歌は大正十一年「雨後」の中にあり。発表誌不詳

かくしつつあるまにやがて過ぎぬべきわが世と思へばややなぐさまる　全

わが心いまは嘆かず久し振りの天気にひとり洗濯するも　全

〔注〕右の歌は大正十一年「雨後」の題の中にあり。発表誌不詳

障子しめてわがひとりなり厨には二階の妻のいまだ居りつつ　全

〔注〕右の歌は大正十一年発表「雨後」の中の「障子しめてわがひとりなり厨には二階の妻の夕餉炊きつつ」の原型と思われる

引越の荷物いだせる部屋の隅に簞笥のあとの白く残れる　全

十一月十五日

ひとりありて身にあたたかにまとひたり心足らへば寂しきものか　全

塀の上に朝空澄めり厨戸を開けはなちつつからだふくわれは　全

食事あとのしばしを部屋にすわりゐてひとりと思ふ心しづけし　全

足らはざる吾の心を悔いてのみあらましものを人の恋しき　全

おもかげはたふとくもあるかこれの世にいまぞ逢ひがたき人となりつる　全

掃きよする落葉に交るひとひらの紙屑のちりを寂しみにけり　全

あらたまの年の始めに父母のしぼりし牛乳《ちち》はゆたかなるかも　全

初冬の空はれわたりきららきらら濠のさざなみ月を照りかへす　全

わが膝におく風呂敷のひとところただに見てをり夜の電車に　全

よろこびの今にさやかに見えたればかすかにわれの心ゆらぐも　全

〔注〕大正十一年三月号「玄土」と重複

書きをへし手紙いだすと立ちいでし外は月夜の深き靄なる　全

〔注〕大正十一年三月号「玄土」と重複

うらむともすべしあらめやこのわれの心一つに堪へつつをあらむ　全

二日三日ともにをりなばたちまちにきづつきあはむ心もちつつ　全

絹天の襟をかけたり久しぶりに帰り来て君が着るらむどてら　全

このわれの心一つにさばきえぬこととは今もおもほえなくに　全

落葉

干物竿はづしそむれどとまりゐるこの蜻蛉はもいまだ動かず　全

秋更けし夕べの街に煙突の煙一すぢ高くのぼれり　全

日曜のけふの日和に少女子の羽子つく音はひねもすきこゆ　全

障子しめて我はもの縫へり秋晴れの空にひびきて羽子《はご》の音聞こゆ　全

一人ありて心足らひぬ昨日張りし障子の桟にはたきかけつつ　全

うつそみの我をたのめり遠人のいのち守らむ我をたのめり　全

おほかたはあやまちなりしこしかたと思ふにだにも思ひきはまる　全

おもかげはたふとくもあるかこれの世にいまぞ逢ひがたき人となりつる（四三一頁に重複）　全

きその夜の雨晴れわたり朝風に銀杏落葉の匂ひいみじき　全

散りきたる銀杏の落葉まあたらし葉茎ににじむいささかのみどり　全

散りしきてややうづたかき銀杏の葉うらなつかしく下駄に踏みけり　全

おびただしき落葉なるかもおのづからあふぎて見たる銀杏の梢　全

庭先を掃きつつゆきて桑畑の中に掃き入るる落葉の軽さ　全

麦の芽のいまだともしき黒土の畑平らかにならされてあり　全

さびしさの極まりぬればさしせまる涙とただに時過ぐる待つ　全

をさな子は思ひなきかな起きいでてただちに朝の庭かけめぐる　全

黒土のたがやされたる畑ざかひすすき一むらほほけそよげり　全

あかつきのいまだ寒きに起きいでて牛舎へかけゆく吾子の足音　全

さざなみのゆらぎは見えず夕ぐれは小川の水面ただに光りゐき　全

十二月末所沢へゆくとき　十二月

縄につらね干したる大根おびただし冬日あまねき練馬の畑原　全

とまりたる汽車に束の間日のかげをさへぎられたる枯草のそよぎ　全

冬庭　十二月

さ庭べの南天の葉に朝日さし霜の白さの浮き立ち見ゆる　全

冬庭に幹分れ生ふる南天の赫ら透く葉は美しきかも　全

おく霜ははみいでて白し南天のこまかなる葉の一葉一葉に　全

南天の木に近よりてわが見たりつぎつぎに散りし葉ぐきの離れ目　全

この朝の霜のましろさしばらくは庭打ちながめもの思ひもなし　全

夕ぐれの門べにさわぐ子等のこゑ空の曇りにひびき寒しも　全

田舎駅寒き広場に松真木のなまなましきが積みあげてあり　全

年暮るるふるさとの家の忙がしさ吾子は羽子つき庭に遊べり　全

日かげの街　十二月

つづけうべき仕事かいまだおぼつかなからだ疲れて夕ぐれ帰る　刺繍を習ふ　全

けふゆきてともに刺繍をならひたる人人の顔いまも目にあり　全

隣なる年若き人の仕事ぶりしばし見てをりわが手休めて　全

日もすがら仕事に心奪はれつたまたま空を見れば月あり　全

わが留守に来て泊りしといふ父のうつり香さびしき夜具かづきぬるも　全

あきらめうることなるべきかこの心おどろきのあまり涙だに出でず　全

繰返し言ふとも人は感ぜざらん涙さびしく落ちにけるかも　（四三三頁に類似歌）　全

手洗ひの水は厚くも凍りたり手触れて今宵の寒さに気づきぬ　全

鉄瓶の湯を注げども凍りゐる水道の水はいまだ出で来ず　全

凍りゐし水道の水思はぬに今たうたうと出でそめし音　全

雪解くるひなたひかげのいちじろきさかひもややにうつろひゆくか　全

ゆきがたくからだよわれり死ぬばかり恋ふとも我や空しかるべき　全

〔注〕大正十一年の一月三日「未発表歌」に類似歌あり

生くべくもあらぬ命と思へるに病きざせばかなしかりけり　全

朝はやき日かげの巷撒水は地にしみ入らず白く凍れり　全

廂打つみぞれの音を聞きをれば嬉しきこともありし我なる　全

所沢にて　十二月

南天の葉にしら玉の露たまり冬のこの朝雨はれにけり　全

打ちつづく畑野の暗さいやはてに三日月ほそく光りゐにけり　全

大正十一年　——二六〇首——

靄

玄土　大正十一年三月号（第三巻第三号）

仕事しまひ夕べふと撫でしわれの顔朝にくらべてまさに痩せたり
よろこびの今はさやかに見えたればかすかに我の心ゆらぐも
書きをへし手紙いだすと立ちいでし外は月夜の深き靄なる
夕ぐれは靄いちめんに街をこめ師走の月も半ば過ぎたり
今といふ今にして人見まほしき心かなしく日をぞ数ふる
帰り来と言ひおこせしがその日まで十日あまりもいまだあるなり
かすかにもわれのたのめる一すぢのいのちゆゑにし躍る心か
近きうちに帰り来といふ手紙ありてにはかに我の縫ひいでし褞袍《どてら》
夕ぐれにこめたる靄もいまは霽《（は）》れ街かげただに暗く夜更けぬ

待つに堪ふ心は安したのまれぬうつし身なればいらだたしけれ

明日はやがて帰り来といふ君なるか心やはらぎ待つとしもなし

春　短歌雑誌　大正十一年四月号（第五巻第四号）

アンケートに答へて

ひそかなる心をどりてきさらぎの日かげしみじみのどめきにけり　全

友はけふも起きられぬらし春の日はあしたしづかに軒を照らせり　全

昨年の春詠んだので、二首はまるで違つた時です。「春の歌一章」とのお志に添はないと思ひますが、全体に貧弱なのですから御諒察を願ひます。評釈のところも御容赦の程願ひあげます。

〔注〕この二首は大正十年「アララギ」四、五月号にあり

藤　日日マガヂン（十二号）

東京日日新聞　大正十一年五月七日付日曜附録

藤の花さくべくなりぬ見あぐれば藤棚こめて煙るむらさき　全

からみあふ蔓のひまよりおのづから藤の花ぶささがりたるかも　全

花ふさのもとこまやかに若葉さへ開きて藤のむらさきは映ゆ　全

人の手に届きて垂るる藤の花この藤棚のたかさよろしも　全

風やある咲き重りたる紫の藤のもろふさおもむろにゆるる　全

むらさきの花さへ見つつ藤棚のかげを涼しみわが憩ひをり　全

藤花のさかりとなりぬ人人は明るきいろの日傘さしつつ　全

街ゆくと通りかかりし公園に藤の花こそさかりなりけれ　全

ふさの先ちぎられたるがありにけりこの藤花ともしきものを　全

ふるさとの山にさかりの藤の花ゆきて見るともすべしあらめや　全

うつろ　女性同盟　大正十一年六月（第十四号）

いまさらにめざめ嘆くやわがいのちすでに久しきうつろなりけり　全

ことわりに尽しうべきやうつそみのいのちはつひに悲しかりけり　全

むなしきをひたに待ちつつなぐさめを求めんとだにわれの思はなく　全

しら玉の君がいのちに触れがたく狂へる心抑へがたしも　全

わがことも心にかかり居るならん君をかなしと思ひそめにき　全

にはかにも春めく空となりにけり青みふくらめる《ふくらみし》（大正十一年未発表歌）白桃の蕾　全

うつそみの《うつしみの》（大正十一年未発表歌）いのちの限り堪へてましおのが心にわれは誓ひぬ《ひとり誓ふも》（大正十一年未発表歌）　全

ひねもすを思ひなやめりかかる日の幾日つづかば絶ゆる命ぞ　全

いたづらに時こそ過ぐれほとほとに人の心の動かすすべなき　全

ひねもす降りし春雨夜に入りていよよ《いよいよ》（大正十一年未発表歌）はげしく降りまさるものか　全

かなしめる我としもなしいつしかと《いつしかに》（大正十一年未発表歌）春きて空ぞかすみわたれる　全

うつそみの《うつしみの》（大正十一年未発表歌）深きさだめを《さだめと》（大正十一年未発表歌）思ふ日となりつつなほも悔いやまぬ我よ　全

この心いつか知らるる時あらんひとり思ひてたらふたまゆら　全

入日うけて雲の裏みな輝けり思ひつめたる我のためいき　全

にはかにも暖くなりし春の街を日に照らされて歩みゐにけり　全

〔注〕「うつろ」一連一五首は最近発見されたものであるが、旧全歌集中、大正十一年「未発表歌」の中に「うつろ」と題して右の歌の中の一二首が見受けられる。他の「わがことも」「にはかにも春めく」の二首は他の「未発表歌」と重複

松かさ

常春　大正十一年八月創刊一周年記念号（第二巻第六号）

これの世にいのちながらへ見るまじきものこそつひにわが見たりけれ　全

寂しさに堪ふるはやすしあやふかる道ゆく人を見るに堪へめや　全

〔注〕右の二首は大正十一年「未発表歌」の二月十四日にあり

もはらなるわが悔いごころうつしみのこの悲しみにうなづきにけり

かなしみに破る命か病にて死ぬすら人は寂しきものを　全

〔注〕大正十一年未発表の一月の項にあり

ただならぬ我の心のさびしさは人も知るらんをすべしあらぬか

これやこのわが身のことか《に（全、未）》ひたすらに暗きことをば思ひゐにけり　全

昨《きぞ》の雨のしめりしたしき石段に松かさ一つころがりてをり　全

〔注〕右の二首は大正十一年「未発表歌」の三月の項にあり

白梅のなほもしみみに見えにつつ花びら五つ揃へるはなし

断雲集

短歌雑誌　大正十一年十月号（第五巻第十号）

雨戸をばあけたるままに寝る暑さ夜を鳴きやまぬ蟬のこゑかも　全

朝風に欅の枝のさゆらぐをしばしがほどは見てありにけり　全

ちぎれつつ飛びゆく雲ありおしなべて濁りよどめる暴風雨《あらし》の空を　全

ちぎれつつ暴風雨の空をゆく雲のきはだつ色はたちまちに消ゆ　全

なびき伏す木立のひまゆ見あげたる暴風雨の空は静けきに似つ　全

虫の鳴く秋となりたり眠らえぬ夜はひたすらに我の聞くべき　全

かなしみをまぎらすものときのふまでわが知らざりし虫のこゑごゑ　全

こほろぎの声しげきここのくさむらにただ一つゐる鈴虫のこゑ　全

夜の汽車ひびきとほれど鳴き止まずくさむら暗く鈴虫のこゑ　全

青野原なびけ吹きくる夏の風たまゆらとだえものの思はる　全

うつそみのすべしあらねばめざめたるあかときただに起きいでにけり　全

曇りなき心を持てりたまきはるいのちのかぎり我は生くべし　全

秋の歌二首

常春　大正十一年十月号（第二巻第八号）

吹きはらしの運動場ひろし吾子の競技見ると立ちをり人に交りて　全

相図《ママ》ありて馳けいだしたる子供らの馳けゐる見つつ涙ぐましも　全

〔但し書き〕

昨年十月三十日子供（一年生）の出てゐる所沢町小学校の運動会を見に行つた時の歌です。私が「涙ぐましも」といふ言葉を使つたのはこの歌だけだと思ひます。

短夜

大正十一年発表誌不詳

二階の人の病思ひつつ旅支度つづくる我のひとり黙せり　全

心決めて支度したればわがこころいまはかすかにそぞろぎゐるも　全

おのがままに仕事なしゐつ時ならぬ時刻にひとり夕餉をなすも　全

筆持ちつつ思ひまとまらず郵便の来し音のふとうるさかりけり　全

こころにかかりゐし日の暗きおもひ今は覚えず時ただに迫る　全

夜の蟬鳴きかけ止みぬ宵ふけて降りいでし雨のいつしか止みをり　全
夏の夜はいたくくだちぬ眠さこらへ起きゐるわれのからだの疲れ　全
旅ゆくと心張りゐてめざめたるあしたを雨の降りしきるなり　全

雨後　大正十一年発表誌不詳

いまさらに人をつらしと思はねど寂しき我は涙おつるも　全
あはれとも人の思はばその時しわれの心はきはまりぬべし　全
〔注〕大正十年「未発表歌」と重複

いくたびのこらしめによりてためさるるわれの心ぞただに忍ばん　全
おほかたにうなづきゐつつ思ひあがりひた悲しめば訴ふるがごとし　全
わが心いまは嘆かず久しぶりの天気にひとり洗濯するも　全
〔注〕右の四首は大正十年九月頃の「未発表歌」と重複

障子しめてわがひとりなり厨には二階の妻の夕餉炊きつつ　全

〔注〕大正十年九月頃の「未発表歌」に類似歌あり

今朝は雨の降りをらぬらし床のうちにめざめてあれば百舌鳥の鳴きたり　全

秋冷えの身にしむ今朝を水道の水は昨日の暖かさ保つ　全

降りつづくこの頃の雨にふるさとのわが子の下駄は緒も朽ちをらん　全

つらかりし人もなつかし一人ゐて今はかなしくあらざりにけり　全

障子あけて土間を見たれど郵便の来てをらざれば坐りて本読む　全

雨晴れて人出でまさる街のとほりみかへる空に虹立ちてあり　全

くれなゐの色あざやかに立つ虹のところどころをさへぎる雨雲　全

虹立てる空にちらばふ雨雲はうづまきにつつやがて搔き消ゆ　全

家ごみの街をゆきつついづくにか鳴くこほろぎの声を聞きたり　全

溝の水流るる音を今宵また雨かとわれのおどろきにけり　全

晩秋　大正十一年発表誌不詳

畑つづき地平いちめんに靄だてり朝日のかたちまだあらはれず　全

青空は澄みわたりたり色づきてをちこちの梢にともしき木の葉　全

かじかめる手に汲みあげし井戸水のあたたかにして湯気立ちのぼる　全

溶けそめて水粒なせる朝霜はやがて流れつ桑の葉の面を　全

わがつくろへる夜具をかづきて舅《ちち》うへはぬくしといたく喜びたまふ　全

夜の庭に深呼吸しつ綿仕事ひねもすなせしからだを気づかふ　全

茶の花のにほひすがしき夜の庭に袂のごみをはたきけるかも　全

宵暗き道にたまたま光り見ゆる茶の樹の露のしとどなるを思ふ　全

運動会　大正十一年発表誌不詳

学校の運動会の時近づき我はわが子の袴を縫へり　全

吾子も出でて馳けくらべする学校の運動会は明日としいふを　全

運動会の旗ひるがへり風寒しはるかに富士の雪ましろなる　全

馳けくらべ一年生の吾子のむれ吾子は一ばん後になりつる　全

たまにこしふるさとの家に針仕事なしつつ我の心落ちゐず　全

おのづから人の心のたのまれて落ちつきをれば手紙来にけり　全

大正十一年未発表歌　一六二首

一月三日　大正十一年

待つに堪ふる心は安したのまれぬうつそみなればいらだたしけれ　全

必ずかへり来といふ言の葉に心やはらぎ待つとしもなし　全

暗きに起きて乳しぼりする舅姑の茶をのめるころに吾子と起きいづ　全

まちまちて人には逢ひつ思はざるさびしさをわが知りしものかも　全

〔注〕このあと一月十五日の歌に類似歌あり

繰返しいふとも人はきかざらむ涙さびしく落ちにけるかも　全　（四三三頁に類似歌）

言ひがたくからだよわりて死ぬばかり恋ふともわれや空しかるべき　全

〔注〕大正十年「未発表歌」に類似歌あり。上句「ゆきがたくからだよわれり」とある

一月

ひたすらにこのかなしみに打ちひたりあらむと思ふにややなぐさみぬ　全

骨立てて銀杏の梢蒼空にただにかなしく澄みゐたりけり　全

幅ひろき街の両側大きなる邸の塀の寒くつづくも　全

きさらぎのふふめる寒さ一夜降りし雨にもいまだ溶けぬ雪あり　全

きさらぎの雨をふふみて枯草に残れる雪やまた凍るらし　全

いつといふあてなき人を待ちくらしただにゆくらんわが年月は　全

昨日けふ日比谷の梅のはつはつに咲きそめしといふも寂しき人ごと　全

ふとんかぶり双手を顔にひたあてぬ心ゆくまで涙わきいづる　全

書かずして幾日心にかかりゐし手紙出して何かうれしも　全

あさましく妬めるわれと思ふときすでにさびしきあきらめをおぼゆ　全

わがままに暮すなりけり朝夕の一人なるをばさみしみにつつ　全

春の日の光みなぎる野に立てばかなしめる我のあはれなりけり　全

枯葦の下に短く萌えいづる草のみどりのかくろふよしなき　全

〔注〕このあと二月中旬頃に類似歌あり

やうやくに仕事なしをへうつそみを嘆くゆふべとなりにけるかな　全

言毎にさびしさおぼゆる夫の心なほ堪ふべしや吾は吾子のために　全

うきことの多かりけるをありし日のうれしき事のみ思ひいづるか　全

こころの迷ひ真深き君と思ひ書きたる文も今は出ださず　全

待ちわぶる君がまことのひとことの聞きがたくして春も闌くるか　全

悲しみのいまはすべなし人にすら顔みらるるがうくてこもれり　全

街ずみのわが家のべに見がたかる桜の花はや散りがたならむ　全

かなしみに破る命か病にて死ぬすら人はさびしきものを　全（四三九頁と重複）

かくまでのわれとあきらめ悟らむを涙はやくも流れゐにけり　全

これの世に一人と思ふわがいのち束の間だにも安からなくに　全

あらかじめ賭くる命にあらなくにひとり恋ふればつひに空しき　全

片時も安らひ得ぬか君ゆゑに滅びん命惜しからなくに　全

にはかにも暖くなりし春の街を日に照らされて歩みゐにけり　全

〔注〕この歌は大正十一年六月「女性同盟」の「うつろ」一五首の歌と重複

なまなかにやさしき手紙よみたればわがさびしさはきはまりにけり　全

姑息の言葉にあざむかれて

君が文に心足らひぬこの日こそ久に病みゐる祖母をたづねむ　全

昨《きそ》に増してさいなまるべきうつしみと知りつつ恋ふる我にもあるかな　全

ゆるされぬ我の性かも人ごみの電車の中に立ちゐつつ思ふ　全

父逝く　一月十三日

心すでにわが夫にてはあらざりし久久に逢ひてものは言ひつつ　全

わが夫と心へだてるさびしさを耐《こら》へて今宵父の死を守る　全

たのめなき人の心と思ひつつ臨終《いまは》の父の枕べにをり　全

息かすかになりしと思ひしみ手とればすでに脈なき父のみ手はも　全

美しきものと見まつれ息絶えし父のみ顔にしばしの痙攣　全

人人が湯灌の酒を飲める間をひとりぞまもる父のなきがらを　全

死にませる父のみ顔にこの年ごろかつて見ざりしやはらぎのあり　全

葬式の馬車に出遭ひぬわが父の柩もきのふかくぞゆきにし　全

一月五日　主人大阪より帰る

一月十五日　父の柩火葬にゆくを送りて下阪す

たまたまに人には逢ひて思はざる寂しさをわが知りしものかも　全

〔注〕一月三日の項に類似歌あり。「まちまちて人には逢ひつ思はざるさびしさをわが知りしものかも」

月冴ゆる外の寒さを思ひつつ火鉢のそばに一人すわれり　全

雪しろく積りそめたり火葬場に父の柩の着きにけんころ　全

雪さへ降り父の屍の焼くる夜を君乗る汽車は西ゆくらむか　全

君を嘆く心はてなきに見えゐるはおだやかなりし父の死顔　全

二月十四日

これの世に命ながらへ見るまじきものこそつひにわが見たりけれ　全（四三九頁と重複）

うきをさへわれに願へり君がため滅ぶるいのちかなしからめや　全

寂しさに堪ふるはやすしあやふかる道ゆく人を見るに堪へめや　全（四三九頁と重複）

重ね着の布子脱ぎあへぬ我なれどしかすがに春はめぐり来にけり　全

わが心いつか知らるる時あらむひとり思ひて足る日なりけり　全

○

枯草の下に短く萌えたてる草のみどりのかくるるはよしなき　全

〔注〕この年一月の「未発表歌」と類似している

帰り来と言ひおこしたりこの喜び逢ふ人ごとに告げまくほしき　全

わがことの心にかかりゐるならむ君をあはれと思ひそめにき　全 （四三八頁に類似歌）

にはかにも春めく空となりにけり青みふくらみし白桃の蕾　全 （四三八頁と重複）

うつそみはすべなきものか喜ばねばならぬ今日さへわがいらだてる　全

道のべに水づき残れる淡雪の清らかにして春寒きかも　全

安らけき夢をだに見ん遠人のたより待ちがてに病み臥るわれは　全

うつし世はさみしきものとおほかたに思ひしわれののどかなりしか　全

梅の花うらがれとなりぬ花びらの五つ揃へるはいくつもあらず　全

かりそめの病長びけどさかりゐる悲しき夫に告ぐべくもあらず　全

うつろ　二月

〔注〕大正十一年六月「女性同盟」発表歌中一二首

いまさらにめざめ嘆くやわがいのちすでに久しきうつろなりけり　全

ことわりに尽しうべきやうつそみのいのちはつひに悲しかりけり　全

むなしきをひたに待ちつつなぐさめを求めんとだにわれの思はなく　全

しら玉の君がいのちに触れがたく狂へる心抑へがたしも　全

うつしみの《うつそみの》（女性同盟）いのちの限り堪へてましおのが心にひとり誓ふも《われは誓ひぬ》（女性同盟）　全

ひねもすを思ひなやめりかかる日の幾日つづかば絶ゆる命ぞ　全

いたづらに時こそ過ぐれほとほとに人の心の動かすすべなき　全

ひねもす降りし春雨夜に入りていよいよ《いよよ》（女性同盟）はげしく降りまさるものか　全

かなしめる我としもなしいつしかに《と》（女性同盟）春きて空ぞかすみわたれる　全

うつしみの《うつそみの》（女性同盟）ふかきさだめと《さだめを》（女性同盟）思ふ日となりつつなほも悔いやまぬ吾よ《我よ》（女性同盟）　全

この心いつか知らるる時あらむひとり思ひて足らふたまゆら　全

入日うけて雲のうらみな輝けり思ひつめたるわれのためいき　全

安房の海　三月

束の間もなぐさめられぬわが心安房の海べを友とゆきつつ　全

帰り来といふはまことか安房の海の青きを見つつ君を思へり　全

海近き国べに来しか畑中に貝がら白く交りゐるなり　全

汽車のうちに眼とぢをり菜の花の咲きつづくさへ見んは苦しく　全

待ちがてにかくありといへど人の見ばいよいようとまんわれの衰へ　全

しみじみと春の日は照りたんぽぽの花は黄金と輝きてをり　全

○

みちのくの塩竈の宮の石段を君に従ひのぼると疲れし　全

三月五日　晶ちゃんをつれて浅草へゆく

今にして思ひ忍ぶはあやまてりこの身死ぬともゆきて逢ふべき　全

いまさらにはかなむべきやうとまれて死なん命の安さを思ふ　全

人の身のはかなけれどもおのづから今宵は病怠りにけり　全

あさましき姿となりぬ契りたる人と思へば胸ふさがるも　全

これやこのわが身のことにひたすらに暗きことをば思ひゐにけり　全

昨の雨のしめりしたしき石段に松かさ一つころがりてをり　全

人を恨みわが身をのろひひたぶるに嘆きたる日も昨日となりぬ　全

あはれなる人とも知らず妬めりしおのが心に涙くだるも　全

かなしみもよろこびもあらず病める身のいのちひたすらあやぶまれけり　全

春の雨ひねもす強く吹きたればかづきゐる夜具の埃くさしも　全

四月一日　主人大阪より帰る

春の夜をさびしくもあるかひたすらにものを思へる夫といねつつ　全

この夫の心つなぐに足らはざる我とも知らでひたに待ちゐし　全

二年振に帰り来たりしわが夫のおちつかぬ心見つつ相をり　全

うつしみのいのち滅びて嘆くとも人にはしまぬ吾の心か　全

むらぎもの心なやめる君とゐて都の花も散りすぎにけり　全

ただひとり堪へねばならぬこのおもひ若葉の色は明るかりけり　全

夜床をば並べいねつつおのおのに異なるおもひ持ちて黙せり　全

うつしみの足らはぬ心くやみつつ生くべくは堪へんこのさびしさに　全

あきらむるほかにすべなき身と知りつ寂しさもやや堪へやすくなれり　全

妻われに心はばかり朝に夜にためいきもらす君をいかにせん　全

去るもの　四月

とどむべき力はおのれ持たなくにゆくとふ人におぼゆるあやふさ　全

われらいま何をはかるやおのおのに行きつまりたる心を持ちて　全

かへり来てくつろぐ君にさりげなくけふの出来ごと語りつつをり　全

軒下に掃きよせてあるは今朝の地震におち砕けたる瓦なりけり　全

我をおきてもの思ふ夫よよそ人と思へばややに心平らぐ　全

年毎に四月となれば咲きいづる胡蝶花咲きいでぬ向ひの崖に　全

街ずみの我にうれしもこの室の窓より見えて胡蝶の花咲く　全

胡蝶花あまた咲きいでにけり垣外の崖なすところ木深みにして　全

雨に濡るるうすむらさきの胡蝶花の花なびける葉さへ濡れ光り見ゆ　全

五月三日　千代司さん来る

わが知らぬことを思ひつつなぐさめを我に求むる夫にしありける　全

明日よりはよそにおきふしするといふ夫の心をしづかに思へり　全

二階にて客と話せる夫のこゑ階下にききつつ心静けし　全

ひたすらに本読む窓に夕さりて梢をわたる風の音すも　全

帰りくる夫にはあらねこの宵も雨戸は早くとざしたりけり　全

みだれ来る心抑へんすべをなみ軒ばの草をひとりむしるも　全

やうやくに思ひひらきし明るさを心におぼえまめやかにをり　全

あきらめてありといへどもまのあたりかなしき人を見るはくるしも　全

水無月の朝空青ししばらくはすがすがしさの身にしみにけり　全

すべもなき我にもあるかあさましき人の行ひあけくれに見つつ　全

たらはれぬ我と知りつつかしづきて君が肩をばたたくひととき　全

ひた待たるる我にはあらず病院に友をとぶらひ夜更けて帰る　全

街暗く消えてありたる電燈のひとときにつきぬ急ぎつつゆくに　全

梅雨曇りあまねき空にそよぎゐる青葉の色は衰へにけり　全

わが一人ただにあらむと思へども心にかかる人の話しごゑ　全

蕾にて昨日さしたる百日草今朝は開きぬ簞笥の上に　全

さびしきは我のみにあらず百日草の花匂へる部屋に人も黙しつ　全

つつしみを知らぬやからと怒りつつおのが妬をひそかにおそるる　全

あざやかにざくろの花の咲き見ゆる木立のしげみ深くおもほゆ　全

静かなる心たまたまもちえて今朝はながむる向ひの庭を　全

あざやかに朱のざくろの花咲きて梅雨のこのごろもの思はしむ　全

肉あつき萼もろとも朱に咲くざくろの花のあざやけきかも　全

すべもなきわが身と思ひ君と思ひ寂しきままに心足らへり　全

うつしみの足らはぬゆゑにうとまれし我としづかに思ひかへさむ　全

あるまじきことと思ひつつまのあたりわが見る人のあさましき姿　全

一人子の吾子をかなしみ山王の森につれきて遊ばせにけり　全

なほ人にあまゆる心残りゐてかかる夢をばわが見るならむ　全

床に入ればしばしはただに眠るなり愁ひ愁ひて痩《やつ》るるうれしさ　全

幼なかるわが子の眼にもうつりけんこのごろの吾がさびしきおもひ　全

風邪ひきし心地うつらに引きかぶる布団の冷えのさびしかりけり　全

秋冷えの今朝の曇りに百日紅くれなゐの色深まりにけり　全

天の川　七月十三日

梅雨もはやをはりなりけり暴風雨めくこの朝がたの風のさびしさ　全

みやこには早くも盆のめぐり来つ今朝松蟬の鳴くを聞きたり　全

うつしみの心めざめて嘆くなりおのづからなる涙と思ふに　全

夏の日はいまだ暮れなく日かげりし庭よりあふぐ空のかがよひ　全

久し振の星空うつくし夏深み天の川さへ白く見えつつ　全

このままに細るいのちと思ふなりひととき泣けば心なごむに　全

八月五日

この湯屋の窓の外高くしげりゐる一本の木は桑の木なりけり　全

この朝の大雨の音はひさかたの空かたむけて降りこぼすらし　全

〔注〕この歌は大正十三年発表の「たそがれ」（発表誌不詳）又「婦人公論」と重複、或いは大正十三年分の未発表ノートがここに混入していたとも思える

ばらばら雨降りてむしあついづくにてか揚物をする油のにほひ　全

この原にあふげばしるき天の川街歩む間はおもほへ《ママ》ざりし　全

言によせて吾がひとり子をいつまでもかへさぬ父とあらそひがたし　全

あきらめし身の安けさをしみじみと思ふ心にお《ママ》こたりのとがめ　全

空車しづかにひけり二人の車夫夕べの道を話しながら行く　全

赤き傘すだれの外に見えたれば今ぞわが子の来しと思ひし　全

こほろぎの鳴く音し聞けば草の葉に夜露はすでにおきにけらしも　全

〔注〕右の四首は「婦人公論」大正十三年十一月号の「をりをりの歌」と重複、「赤き傘…」は大正十三年の「たそがれ」（発表誌不詳）にもある

高草にわが背うづまる夕原のいたるところにこほろぎ鳴くも　全

十月

人とともにけさも厨に働けりあきらめに馴れしわが心はも　全

いちじるく色づくと見し雑草のただには枯れずみな実を持てり　全

外の面には雪かも降れる吹き吹きし木枯の音けさは止みたり　全

大正十二年　——二〇九首——

凩

婦人之友　大正十二年二月号（第十七巻第二号）

うつそみの深きさだめと思ひつつわが下心つねに怒れり　全
言ひがたき悩みにしあればおのが身のただに痩せつつ幾日経るなり　全
ひとりにまさる寂しさおぼえつつ人とし居れば語り笑ふも　全
心こそたふとかりしか黙しをれば時ふるままになごみ来たるも　全
耐へゐる《耐へゐし（全）》心はつひにたのしくてこのごろわれのふとりそめたり　全
鏡の中うつりし見ればこれやこのわれの眼ざしおだやかならず　全
心ひそかに嘆くに如かず秋風のさびしき音は《秋風の吹く夜はひとりわが寒からず（全）》なつかしきかも　全
はげしくも怒れる心凩の吹く夜をひとり《吹く夜はひとり（全）》わが寒からず　全
朝ぞらは晴れわたりたりいつしかに葉を落したる木木のしづけさ　全

あてもなく街を歩めりこの心けだししづまる時しなからん　全

いつにして心したしむわれらならん《われならん（全）》見馴れし顔を打まもり思ふ　全

平仮名の吾子の手紙をよろこびて声あぐる夫にしばし親しむ　全

家ゆする凩の音とだえたり障子にあたる日のあたたかき　全

さいなむとゆめ思ふにはあらざらんすがしき心おのれたもたん　全

停車場に送り来し吾子は荷物持ちて我に先だち階段をのぼる　全

雛段のまへ

少女号　大正十二年三月号（第八年第三号）

―人形によする歌―

何といふ名をばつけまし何といふ名をばつけましこの人形に　全

あきらめてほんのしばらく姉さまに貸てあげたる私の人形　全

学校へ我のゆくとき人形はさびしく箱の中にゐるなり　全

門もありお二階もあり縁側にかざりてあそぶ人形の家　全

雪の日を炬燵にあたるひまもなしわが人形の帽子あみつつ　全

つつましくすわりゐるかな雛さまにお仲間入りの私の人形　全

雛段の前に床《とこ》しき雛の顔人形の顔見ながらねむる　全

愛らしきすみれの花の咲きゐるを見れば目に浮ぶ私の人形　全

母さまのお帰りをまつ夕ぐれは人形抱きて唄をうたふも　全

いつとなく匂ひそめたる夕月を見てゐるごとし人形の眼も　全

○　短歌雑誌　大正十二年四月号（第六巻第四号）

山峡に入日の先よどむなり咲ききはまれり桜の花は

晩春　短歌雑誌　大正十二年六月号（第六巻第六号）

昨の雨になやみしさくら色褪せて咲きそろふ日や春闌くるらし　全

人群れて賑やかなれば花の下をただによろこびわが子は行くも　全

おとぎばなししつつたまたまともに寝る吾子の手足の固くふとれり　全

夜半にしてめざめゐしかばあけがたとなりてまどろみ人の夢見し　全

青波の湛へかなしき濠の水散り浮く花を片寄せにけり　全

あさゆふのことのまにまにまぎれゆく心思へば身のあはれなり　全

〔注〕大正十三年年刊歌集「をりをりの歌」と重複

思ひ堪へてさびしき家にこもる日のうら安けさにいのちまもらん　全

花過ぎて日ざしやうやく夏めくや芝生に松の影さやかなり　全

春雨の降りのともしさ《かなしさ（年刊歌集）》街路樹の篠懸の木は芽を吹きにけり　全

〔注〕大正十三年年刊歌集「をりをりの歌」と重複

春雨の煙りて目には見えねどもみ濠にうごくさざなみあはれ　全

うつしみの寂しさはなほ堪へぬべし寂しき人を見たりけるかも　全

年毎に晩春となればこの崖に咲く射干《しやが》の花今年も咲きつ　全

武蔵野より　短歌　大正十二年七月号（第一巻第六号）

雲雀鳴く野道を吾子と歩みをり来しかた思へばはるかなるか《久しくもあるか(年刊歌集)》も　全

くくみごゑに雲雀の鳴くを聞きにけり林の中にわが子と二人　全

〔注〕右の二首は大正十三年年刊歌集の「をりをりの歌」と重複

浅みどり芽ぶきつつまし桑原の揃へる枝は見えとほりつつ　全

わけ入りし山路のすみれ紫のひときは濃きは見すぐしがたし　全

山のべの草にこもりて枝のびずしどみの花は咲きこぞるなり　全

わが家のまうへをとほる飛行船大いなるもの空をゆくかも　全

まぢかなる原よりあがる飛行船しばしかくろふ朝霧の中に　全

向山に降る雨見つつ人をゆるす心と我のなりをりにけり　全

若葉・さくら　水松樹《いちゐ》　大正十二年八月号（第一巻第六号）

〔注〕この一連一六首は旧全歌集中、大正九年の部に混入している

若葉

うつしみの足らはぬ心くやみつつ生くべくは堪へんこのさびしさに　全（四五五頁と重複）

あきらむるほかにすべなき身と知りつ寂しさもやや堪へやすくなれり　全（四五五頁と重複）

つぎつぎに咲きてはしぼみ咲く射干の花のさかりの久しかりけり　全

夏近み向ひの崖に射干の花咲きそめてより日数経にけり　全

ひたすらに本読める窓夕ぐれて梢をわたる風の音すも　全

槻若葉しきりに風の動きつつ夕べの空は曇りたるかも　全

八つ手葉の若葉は開くこの雨に下葉の黄ばみいちじるくなれり　全

やうやくに思ひひらきし明るさを心におぼえまめやかにをり　全

雨の夜をとざしてあればひと花の百合の匂は部屋にいちじるし　全

へりくだりものは言へどもうつしみの寂しき姿目に消えずもよ　全

さくら

臥床近く窓打つ音はみぞれなり夜半にめざめて桜を思ふ　全

うつしみは思ひなけれどさくらばな氷雨に逢ふはあはれなるかな　全

雨に褪せしさくら白みて咲く山にたまたま交る蕾のさくら　全

さくら花今をさかりと咲きたればうつしみのいのち寂しくなりぬ　全

やうやくに開きしさくら風強み花茎ながらちぎれ散るあり　全

雨あとのさくら花びら風吹けば散りかかるなりその黒き幹に　全

〔注〕この一連八首は旧全歌集中大正九年の中に誤って混入

梅雨晴れ　ごぎやう　大正十二年八月号（第二巻第八号）

この雨夜すずかけの葉は街燈の灯かげに青くゆれゆらぎをり《濡れそよぎをり（年刊歌集）》　全

〔注〕この一首は大正十三年年刊歌集「をりをりの歌」と重複

まことにも人を思へばうつしみのはかなきことは告げがてにけり　全

ひとりゐてほしいままなるわが心恋しき時し《に（全）》涙たまるも　全

向つ家の窓の下べに咲きてゐる毒だみの花はつやなく白し　全

梅雨晴れて朝日まぼしき青空にうづまきのぼる厨の煙　全

さみだれのきのふ一日晴れしかば今朝は色よきあぢさゐの花　全

すずかけのもろ葉裏がへし吹く風のさわ《ママ》やけくして梅雨あけにけり　全

梅雨ばれの日の照り強み風わたる堤の草の白く光るも　全

〔注〕この一首も大正十三年年刊歌集「をりをりの歌」と重複

お守しながら　少女号　大正十二年十月号（第八年第十号）

〔注〕「歌物語」と題してあり、少女向けの文章に歌を混えてある。
この一連中九首は旧全歌集大正九年の部に「雁来紅」として混入

岡の上の芒ましろ《はしろく（全）》にほほけたりこの教室の窓に吹く風　全

したしみのかはらぬ友とおもふとき我の心はよろこびに燃ゆ　全

この朝の空すみわたりわが庭の雁来紅に露しとどなり　全

空はれて遠き山見ゆ秋風に吹かれつつゆく友とわれかな　全

百舌鳥鳴きてあたり静かなりその黒き眼みはれる《まはれる（全）》をさなごの顔　全

ゆたかなる稲田のみのり道のべに友とたたずみ見わたしにけり　全

〔注〕旧全歌集に「道のべに友とたたずみゆたかなる稲田のみのり見わたしにけり」とあり、編集の際の誤写と思われる

音もなく小川の水は流れつつ野菊の花のかげをうつせり　全

赤のまんまあまた咲きをりその昔ままごとをしてわれらあそびし

〔注〕旧全歌集にはこの一首が洩れている。編集上の誤りか

夕づきし野道をかへる友とわれおのおのの脊《ママ》にをさなご眠る　全

やや遠き我をいたはりわかれ路に立ちつつ友は涙ぐみをりき　全

夕野にて　荘内文学　大正十二年十一月号（一ノ一、創刊号）

やうやくに靄がくりゆく木立の上のぼりし月はいまおぼろなり

ときの間にゆふべの靄のかかりたるまばら木立の芽ぶきかなしも

うつしみのしばしの心くつろぎて麦生の風に面吹かれをり

森の辺ゆ梟鳴けり夕ぐれの風はかすかに麦生をわたる

夕つ野におぼろなりける月はいま街の上高く大き暈させり

〔注〕大正十三年年刊歌集「をりをりの歌」に類似歌あり、「夕野べにおぼろなりける月はいま街の上高く大き暈せり」

題不詳

少女号　大正十二年十一月号（第八年第十一号）

〔注〕原本紛失の為題不詳。十月号「お守しながら」に続く「歌物語」と推定。一連一〇首は「寄宿舎」と題して旧全歌集大正九年の部にあり

父母の夢見てさめしあけがたの廊下にほそきこほろぎのこゑ　全

初霜のけさ置きにけりあをぞらに有明の月うすみ残りて　全

ふるさとのわが弟はちさき手をちぢめて泣かんけさの寒さに　全

この朝の霜を冷たみかたむきし花壇の菊の花あはれなり　全

増築の寄宿舎の棟高くして朝日はささず山茶花の木に　全

小春日のあたたかき窓に眺めやる森の木立のみな色づきぬ　全

色づきし森の梢を声もなくはなれてゆきし一羽の鳥　全

届きたる小包ひらきつくづくと涙落ちたり父上母上　全

ふるさとの母に文書くとみんなみの窓べに机もてゆくわれは　全

ふるさとよりたよりのありし嬉しさに友を誘ひて外出なせり　全

その日　常春　大正十二年十二月震災記念復活号（第三巻第二号）

柱傾ぎ壁離るるを眼に見たり今しやうやくただならぬおもひ

〔注〕左の七首中、全のついたものは大正十二年未発表歌と重複

身のいまだ全きをおぼえ揺れ揺るる家の戸開けて外に出でんとす　全

今にかも落ちこん瓦おもへどもほかに道無し幅狭き街

つぶれたる家のあるらし束の間を見わたす街に立つ土煙

ここにきて《して》（全、末）やうやく安し草原に座りて身をばば地震ふるにまかす　全

ひとりなる常のさびしさこの際もおぼえて人に縋りえざりし　全

ひとときに火の燃えあがる幾ところ鳴りわたる五発の非常号砲

地震もはたかしこきかわれ今にして（全、未）

地震ふりてたふとしこの身いまにしてはじめて草の上に寝るなり　全

〔注〕一連一三首中、左の五首は作者の付加えたものか

『吾木香』より

冬きたりをりをり凍る水道は厚藁菰につつまれにけり　吾全

音絶えて時のまありし木枯の吹き起るらしとほちの森に　吾全

土しろく今朝霜おけりひさかたの空の光のいたく明るき　吾全

松の葉はつやつやしくもきらめけり仰げば寂し冬日の光　吾全

百姓が車に積みて売りに来し漬菜を買へば氷こぼるる　吾全

武蔵野より　短歌　大正十二年十二月号（第一巻第十一号）

八月末日　所沢にて

裏口の日のかげ深き縁にすわりほほづきの種子出しやる吾子に

耳立ててしばしわれをりぬ軒近き玉蜀黍に風わたるなり

丈高きたうもろこしの茎毎に揺すれて秋の風立ちにけり

〔注〕大正十三年年刊歌集の「をりをりの歌」と重複

家建つと見つつ過ぎしか今日来れば糸瓜からませ人住ひをり

つばらかに思へばゆゆしかくてある今のわが身の今更ならず

九月一日　夜東京にて

青ぞらにもりあがりやまぬ大火事の煙の末は白雲にまがふ

大火事の煙は今し美しき桃色となりぬ入日を受けて

夜空おほふ煙に交り乱れ飛ぶ火の粉さながら星の如しも

ひんがしは一面の火事西空を見ればしづかに夜の更けをるも

夜半にして煙はゆゆし廿日月たちまちかくろひたちまちあらはる

大き家に燃えうつりしか更にあがる火の手に思はず空手《むなて》を握る

〔注〕大正十三年年刊歌集「をりをりの歌」と重複

この原に時経つつ今はすべもなし今宵焼けなば焼けよわが家

わが方にいよいよ近く火は迫りうつくしくこそ焔は燃ゆれ

〔注〕右におなじ

大正十二年未発表歌　八八首

一月

朝空の輝く見ればあけがたのくやしき夢もうち忘れつつ　全

けふもまた一日黙してありなむと思ひつつあさの床をはなるる　全

死ぬ日までかくてあらましわが心まどかなる日の十日つづくも　全

屋根屋根に霜ぞ白けれ戸を開けて町を見下す朝のひととき　全

しづかなる心にやうやく至りえしわがこのごろぞ人にも知らさな　全

雪の日の障子明るし窓ぎはに《窓の下に（婦人之友）》すわりてひとり吾子の衣縫ふ　全

〔注〕大正十三年三月号「婦人之友」の「芝の上に」の中の歌と重複

見あぐれば空にはまろき月のあり今宵は寒さやはらぎにつつ　全

かくしつつ老いゆくべきか思はざる仕事に今日も一日くれたり　全

あとさきに人かげも見えぬ雪の道かたへの松の雪おちにけり　全

〔注〕大正十三年二月号「真人」の「雪の日」の中の歌と重複

曇り日の障子小暗きひとときは家うちながら佇みにけり　全

病みこやり灯もつけず一人あればよその灯の障子にさすも　全

安らけく我のあるかもあめつちに君がまことの満てるにかあらむ　全

君が家間近くなれり雨晴るる寒き夕べを小鳥鳴きをり　全

二月

この日はも日曜にあらず雪降れば学校へゆく吾子のおもほゆ　全

雪の道すでにつきをりとめくればおのづからなるもののごとくに　全

〔注〕大正十三年二月号「真人」の「雪の日」と重複

きさらぎの春にしあれやあしたより降りゐる雪の多く積らず　全

夕光あからむ空に槻の枝雪おちつくししなやけきかも　全

三ヶ島村の父の墓に詣りて　三月二十一日

はらからの五人そろひ久にして語りつつゆく父の墓詣り　全

はらからの今日のつどひに一人もれてよそに働けり末の弟は　全

弟妹《いろと》らと語りつつゆく田舎道ひばりの声のいづくともなし　全

み墓べの土やはらかみはつはつに杉菜の青芽萌えいでてをり　全

わが父の墓に枝さす櫟の木こぞの枯葉の落ち残れるも　全

父の墓にひとりびとりが注ぐ水みな赤土にしみ行きにけり　全

わが父のおくつきどころこの丘の春のながめは寂しかりけり　全

三十年ぶりに我が来たり見し産土の森の木深み椿赤しも　全

真日のかげさやる大木の下かげに椿の花は赤く咲けるも　全

四月二日

へりくだりものは言へどもうつしみの寂しき姿目には消えずもよ　全

〔注〕「水松樹」大正十二年八月にあり

土手の芝はつはつ青み市ヶ谷の見附のさくらはやも咲きたり　全

戸の隙の明るむまでも眠りゐしややすこやかになれる我かも　全

一人ゐにまさるさびしき明け暮れも人の出づれば帰りの待たるる　全

きのふけふ雨ふりしきりたまに来し吾子を遊びにつれ出でがたし　全

さくら咲く春としいふに夜の庭ほどろに見えて雪降りにけり　全

上野に遊ぶ　四月七日

きその雨に悩みしさくらの色褪せて《さくら色褪せて（大正十二年「晩春」）》咲揃ふ日や春闌くるらし　全

〔注〕「短歌雑誌」大正十二年六月号の「晩春」の中の一首と重複

人の群れにまじりて我も咲く花を見あげ見かへりもとほりにけり　全

人群れて賑かなれば花の下をただによろこび吾が子はゆくも　全

〔注〕「短歌雑誌」大正十二年六月号の「晩春」の中の一首と重複

氷川神社にて　四月八日

この森に日毎来し日もありにしか今日たまたまに来つつ花見る　全

○

夕ぐれの厨にものを炊ぎをれどわが家といふ心地もあらなく　全

震災をお化屋敷に避けて　九月一日

身のいまだ全きをおぼえ揺れゆるる家の戸あけて外にいでんとす　全

〔注〕大正十三年年刊歌集「をりをりの歌」、大正十二年十二月号「常春」と重複

ひとりなるつねのさびしさこの際もおぼえて人にすがり得ざりし　全

ここにしてやうやく安し草原にすわりて身をば地震ふるにまかす　全

〔注〕前頁の二首は大正十二年「その日」と重複

地震もはたかしこきかわれ今にしてはじめて草の上に寝るなり　全

〔注〕大正十二年「その日」の中に類似歌あり

地震ゆると草にねてすら乱さるる心なりけりすべもあらなく　全

死なざりし今日を思へばうれしけどわがさびしさはまぎれざりけり　全

たまきはるいのちひとつを守りなん今宵焼けなば焼けよ我が家　全

燃ゆる火を見つつすべなし運びこし蒲団によりてしばらくねむる　全

三本の傘よせ立てしこの下に幾日をこもる我等なるべき　全

やうやくに我にかへり得し草のうへ田舎の吾子のただにきづかはる　全

米出すとしばし馳せ入るこの間にも倒れぬ家となどか限らむ　全

石の塀はつかに残り建物の中はことごと焼けてあるかな　全

家も垣もやけおちし辺に庭つ木のあらはに立てりくろこげとなりて　全

米を売る家しあらねば街ながら米をつく音をちこちにきこゆ　全

まこと山なすむくろかもこのままに魂焼きやすむ天の火もがも　圧死者焼死者のおびただしきに　全

地震ふれば心いよいよ相たのみ人はゐるなり此の草原に　全

草の上に一夜ねたれど夏なれやともしくからだたへられにけり《寒き時ならず弱きからだの堪へられにけり（年刊歌集）》　全

〔注〕大正十三年年刊歌集「をりをりの歌」と重複

すさまじき《ものすごき（年刊歌集）》けむりなるかも舞ひまへる火の粉は何のもえがらならむ　全

〔注〕大正十三年年刊歌集と重複、更に大正十三年三月二十三日月未発表歌と重複

やけくだけし瓦の下ゆきよらなる水道の水ほとばしりをり　全

〔注〕大正十三年年刊歌集「をりをりの歌」に類似歌あり

灯のけなき夜をし電燈に代ゆるらふそくも今はともしく　全

ここにしてといきしにけり江戸見坂町は一面にただ焼野原　全

十日目ぶり電燈ぱつとつきたれば万歳の声おもはずあがる　全

らふそくの光ともしみもの炊きてありし夕べを電燈つきぬ　全

九月十二日

唐紙のあけたてにおつる壁土の音さへ今はわびしと思はず　全

大火事に焼けのこされし道のべに虫のねしげき夜ごろとなれり　全

やけあとの土に生れたる命かも夕べともしきこほろぎのこゑ　全

バラックに住む人の上ぞおもほゆれこの朝秋の雨そそぐなり　全

うつしみにねむり足らひてこのあしたきく秋さめの音のさみしさ　全

ゆきゆけど焼土なりきこの町のありし日のさまそぞろしのばゆ　全

焼跡の灰ほこりしるき街の上秋晴の空青くすみたり　全

秋はいま百舌鳥の鋭声のかなしきに今日も幾度地震ふりにけり《地震ゆりにけり（年刊歌集）》　全

〔注〕大正十三年年刊歌集「をりをりの歌」の一首と重複

やけあとの大き建物うちくだく爆弾の音とどろききこゆ　全

焼跡にたちならびたる仮家の亜鉛の屋根に秋日さびしも　全

保田行　十月二十六日

海近き友の家居をおとづれて夕べわが見る沖の漁火　全

色づける稲田のはての山裾にひとすぢ白く這ふ朝けむり　全

東京へ近づくままに稲田ひろみ汽車の進みの早きをおぼゆ　全

所沢行　十一月十七日

芋掘る手やすめて汽車を見る人よ汽車すぐるごとにかくするならんか　全

眼近づけ見ればともしも草の穂の露と露とにかかる蜘蛛のい　全

朝空にプロペラの音しばしやみ軒の雀のさへづるきこゆ　全

吾子により我のこころのまぎるるをひそかに恐る髪なでやりつつ　全

ひたすらにその友だちと遊びゐる吾子をばつれず広原に来し　全

すこやけきわが子思へばむらぎものこころ足らひてさまよふ広野　全

見も飽かぬ吾子のふるまひ母子《ははこ》（「婦人之友」）とふ名に在り生くるわれらの不思議　全

歩みつつ《歩きつつ》（婦人之友）つく毬の音庭先の茶の樹の蔭ゆ吾子来たるなり　全

〔注〕右の二首は「婦人之友」大正十三年三月号「芝の上に」一〇首の中の二首と重複

夕やけはいよいよほのかになりにつつ富士なほとほくきはやかにあり　全

火の気なき部屋にわれをり窓近く俄に雨のふりしきる音　全

皇后陛下を拝む　十一月三日

ひたすらにおろがみたればおもむろにみ面むけ給ふ御車の上ゆ　全

十二月十六日

みづからに責めらるるなりこの苦しさ忘れずばわれ幸ならむ　全

いつ癒ゆる病と知らず夜具の襟かけかへもらひてうれしかりけり　全

せめてただ君を思はむと枕辺に人近づけずひとり病みをり　全

しかすがに大晦日の夜一時すぎて巷に人の足音絶えず　全

大正十三年　――五六五首――

をりをりの歌　大正十三年、年刊歌集（関根書店発行、編輯者代表石榑千亦）

八重ざくら今を咲きをりもろもろの大木の若葉すがしき森に

春雨の降りのかなしさ《ともしさ（短歌雑誌）》街路樹の篠懸の木は芽を吹きにけり　全

〔注〕「短歌雑誌」大正十二年六月号中の「晩春」と重複

あさゆふのことのまにまにまぎれゆく心思へば身のあはれなり　全

〔注〕同じく「短歌雑誌」の中の「晩春」と重複

雲雀鳴く野道を吾子と歩みをりこしかた思へば久しくも《はるかなるかも（短歌）》あるか　全

〔注〕「短歌」大正十二年七月号の「武蔵野より」と重複

くくみごゑに雲雀の鳴くを聞きにけり林の中にわが子と二人　全

夕野べに《夕つ野に（荘内文学）》おぼろなりける月はいま街の上高く大き暈せり

〔注〕「荘内文学」大正十二年十一月号の「夕野にて」と類似

おほかたの心に堪へぬ苦しみに堪へたる我と思ふもさびし

今宵降る雨ここちよし家々の窓の灯明く夏さりにけり

思ひつつあきらめにつつわが歩む街の夕ぐれ夏さりにけり

この雨夜すずかけの葉は街燈の灯かげに青く濡れそよぎをり《ゆれゆらぎをり（ごぎやう）》　全

梅雨晴れの日の照り強み風わたる堤の草の白く光るも　全

〔注〕右の二首は「ごぎやう」大正十二年八月号の中の「梅雨晴れ」と重複

耳とめて聞けばかすかに虫鳴けりこの草原に梅雨晴れの風《梅雨晴れの朝（全）》　全

〔注〕旧全歌集中大正十三年「夕空」八首中にある。発表誌不詳

雲の間ゆ月はいでたり夏の夜の空いちめんにちらばれる雲

伏せおきしバケツをとればいのち弱りこもりゐし蟬の飛ばまく鳴くも

〔注〕右の二首は「新思潮」大正十三年一月号の「蟬」と重複

涙すら出でざるけふと思ひしがたちまちにしてひたわく涙

丈高き玉蜀黍の茎毎にゆすれて秋の風立ちにけり

〔注〕「短歌」大正十二年十二月号の中の「武蔵野より」と重複

きのふ我を汽車まで送りこし吾子に手紙書きをれば地震ふりそめぬ

身のいまだ全きをおぼえ揺れ揺るる家の戸あけて外に出でんとす　全

〔注〕「常春」大正十二年十二月号、又同年「未発表歌」と重複

いまにかも落ちこむ瓦思へどものがるる道のほかにあらぬを

草原に身はのがれきてたたずめりこはただならぬ世の変りなる

ものすごき《すさまじき（全）》煙なるかも舞ひ舞へる火の粉は何の燃えがららん　全

この原に時経つつ今はすべもなしこの夜焼けなば焼けよわが家

〔注〕「短歌」大正十二年十二月号の中の「武蔵野より」と重複、旧全歌集中「未発表歌」に類似歌あり

大き家に燃えうつりしか更にあがる火の手に思はず空手を握る

大火事をここにとどめて人々のまもれる焔低く燃え居り

〔注〕同じく「武蔵野より」と重複

草の上に寝たれど寒き時ならず弱きからだの堪へられにけり

〔注〕大正十二年「未発表歌」に類似歌あり

電灯の十日目にしてつきたれば人々声をあげて喜べり

焼跡にかくて久しき水道の水夜昼なくほ《ママ》どばしりをり

人ゆゑに乱されがちのわが心地震しづまりてやうやくさびし

秋はいま百舌鳥の鋭声のかなしきにけふも幾度地震ゆりにけり《ふりにけり（全）》　全

〔注〕大正十二年「未発表歌」と重複

この年の暖かにして落葉木の梢の空は晴れなごみたり

木枯らしとけふ吹く風やこの年の終りも近くなりにけるかな

曇り日の風だにあらず枯すすきむきむきにをり林の中に

蟬

新思潮　大正十三年一月号

たまきはるいのちの限り悩みなん思ひさだむれば心安けし

夕月の光さしそう《ママ》空のいろやうやく暮れて星あらはれぬ

かなしきときは更なりまさびしき命は堪へつうれしき今日に

この年もかなかなぜみの鳴きそめて夏の盛とはやなれるなり　全

家の裏の《わが裏の（少女号）》木立に二つ蜩のやや離れゐてこもごも鳴くも

〔注〕右の二首は「少女号」大正十四年八月号の「セルロイドの舟」と重複

雲の間ゆ月はいでたり夏の夜の空いちめんにちらばれる雲

〔注〕大正十三年年刊歌集「をりをりの歌」と重複

夕立の雨なごりなく霽れわたり星のすがしき夜空となれり　全

〔注〕「少女号」大正十四年八月号の「セルロイドの舟」と重複

伏せおきしばけつをとればいのち弱りこもりし蟬の飛ばまく鳴くも

〔注〕大正十三年年刊歌集「をりをりの歌」と重複

けふもまた暑くなるらし朝庭の日蔭ともしみ鳴くきりぎりす

蟬の殻低くとまれる八つ手葉に大木洩る日の明るくさせり　全

〔注〕「少女号」大正十四年八月号の「セルロイドの舟」と重複

雪の日　真人　大正十三年二月号

雪の日をつひにえ堪へず家出でしわれのいつしかここに来りし　全

雪の日をひとり来にけりここの道いまわがゆくと誰か知るべき　全

雪の道すでにつきをりとめくればおのづからなるものの如くに　全

〔注〕旧全歌集大正十二年「未発表歌」二月の中にあり

あとさきに人影も見えぬ雪の道かたへの松の雪落ちにけり　全

〔注〕旧全歌集大正十二年「未発表歌」一月の中にあり

なごりなくなぐさめられしわが心夕焼ほのに雪歇みてをり　全

見かへれば今し入日のうつくしさ思はぬ方が西にてぞありし　全

まごころの導きたふとうつしみの心明るく動きそめたり　全

ひたすらに心まもりてとこしへに失はざらん与へられしを　全

たまゆらのわれの心に漲りしかの憎しみを人は知らぬなり　全

芝の上に　婦人之友　大正十三年三月号（第十八巻第三号）

芝の上に起きころぶ吾子《てはころびあそぶ吾子》（自作訂正）の鬼あそび親の姿も目に入らぬらし　全

ひたすらにその友だちと遊びゐる吾子をばただに見て過ぎにけり　全

すこやけきわが子の幸ようつせみのわがいのちさへいとほしくなりぬ　全

見も飽かぬ吾子のふるまひ母子とふ名に在り生くるわれらの不思議　全

〔注〕旧全歌集大正十二年「未発表歌」所沢行十一月十七日の中にあり

思はずも昨日の言葉くりかへしあげつらはれつ十《とを》なる吾《のわが》子に（自作訂正）　全

目覚むればわが子はすでに牛舎にゆき祖父と語れりその声聞ゆ　全

歩きつつ《歩みつつ（未発表歌）》突く毬の音庭先の茶の樹のかげゆ吾子来るなり　全

〔注〕大正十二年「未発表歌」所沢行十一月十七日の中にあり

雪の日の障子明るし窓の下《窓ぎはに（未発表歌）》にすわりてひとり吾子の衣縫ふ　全

〔注〕大正十二年「未発表歌」一月の中にあり

ひとり子の吾子とおほかた離りゐるわが世のさだめ嘆きたりしか

〔注〕右の一首は旧全歌集に収録落ち

むらぎもの心に深く思はざる時しなければ言に出でずも　全

桃のつぼみ　日光　大正十三年四月号（第一巻第一号）

――大方は病床にて――

フリジヤの花買ひたれば花売が桃のつぼみを落してゆけり　全

思はぬにこぼれてありし紅ゐの桃の蕾のただこの一つ　全

紅ゐの桃のつぼみのふふめるがややひしがれて縁にこぼれをり　全

売りに来し花屋をとめてひとり買ひし花見ることのさびしかりけり　全

やうやくに枕べの本とりあげぬ外見えぬ障子久しく見てゐし　全

〔注〕右の二首は大正十三年「未発表歌」二月八日、十五日と重複

出でゆきし人の足音も消えたれば臥床にひとり眼を《眼をただにあきおほどかにこやる（未発表歌）》あきてをり　全

〔注〕大正十三年「未発表歌」二月十五日の一首に類似歌あり

待つものもいまは無ければ臥《こや》りゐてむなしおもひにひとり眈るも　全

〔注〕大正十三年「未発表歌」二月十五日の一首と重複

ひたすらに耐へんとすればすべもなく胸の動気《ママ》の高まるくやし　全

ひたすらにたへこしことのきのふけふからだ弱りてたへがたくなれり　全

〔注〕大正十三年「未発表歌」二月八日の歌と重複

○

わが病ややに長びきひそかなる安らひごころ時におぼゆれ　全

下にかもわが待ちまけしそのままの今日と思ふに耐へがてぬかも　全

〔注〕大正十三年「未発表歌」一月十九日の歌と重複

うつしみはよしと思ひぬあけくれをさびしかるともよしと思ひぬ　全

なるがままにまかするのほかすべなしと言ひし心の又も重り来　全

○

正午《ひる》近く障子の隅にあたる日のこの明るさやすでに春なり　全

寝ながらの夕餉をはりて眠らんとするひとときの安けかりけり　全

〔注〕大正十三年「未発表歌」二月八日の歌と重複

ひとりをりてわく涙さへこらふべく苦しきものに思ひ馴れにし　全

泣きてかへることにはあらず面あげてあれば心の遠くしなるも　全

このごろは夢さへかなし目覚むともわれにうつつのさかひはあらぬ　全

うつしみのよしと思ふことまことにもよきことならば嘆きもいとはじ　全

ほのかにも降りいでにけんしら雪をどよめき告ぐる巷の子らよ　全

〔注〕大正十三年「未発表歌」二月二十二日にこの原型と見られる歌がある

夜寒風吹き散らしけんよべ白く見し雪の今朝は庭さへ乾けり　全

いづくにか吾を生かしむる真実のあれと吾が世をかへりみしかな　全

○

この夜半に光虧くべき廿日月うら寒き夜の空にのぼれり　全

月蝕を見たしとせちに思ひつつ病める身のただ早く臥りぬ　全

つねならぬもののさやりに掩はるる月の光はあはれなるべし　全

さくら　主婦之友　大正十三年四月号（第八巻第四号）

電車に乗りけふもわがゆく濠端のさくらしらじら咲きそめにけり

うららけき日かげに桜咲くと見し真昼を風の吹きいでにけり

土手の芝はつはつ青み赤坂の見附のさくらはやも咲きたり　全（四七八頁と類似）

あをあをとみ濠の水の湛へつつ土手の桜の花咲きそろふ

花のいろほのかに映えて白き鳥み濠の上を飛びゆきにけり

君が庭の若木のさくらすぐれたる花とし聞くにわれは見なくに

風強み蕾は花と開けどもけふを散るべきさくらにあらぬ

さくらばな今をさかりと咲きたればわれの心は寂しくなりぬ

甘へ《ママ》たる心なごみて時経しかわが寂しさの堪へがたくなりぬ

うつしみのただひたすらに行きかよふ道べのさくら雪と散るなり

春のこころ　日光　大正十三年五月号（第一巻第二号）

ちまた路の砂を渫ひて吹く風の寒き日ぞつづく春となれるに　全

大風ぞまた吹き過ぎてなごり風（未発表歌）
やがてまたすごくぞ吹かむなごり風おとづれやまぬ家戸のゆすれ　全

［注］大正十三年「未発表歌」に類似歌あり

吹きよれる埃しづまり春の雨（未発表歌）
幾日吹きし埃しづまり春の雨あしたあまねく降りいでにけり　全

屋根の面にうるほひ足らひし春の雨あまだれとなりて滴りそめぬ　全

〔注〕大正十三年「未発表歌」に類似歌あり

大ぞらにちぎれて白き春の雲《浮べる春のましろ雲（未発表歌）》のどかにゐつつややにうつらふ《流れただよふ（未発表歌）》　全

〔注〕大正十三年「未発表歌」に類似歌あり

うららかに照る日のかげやをちかたに眺むるものはみな霞みたり　全

隣びと呼ばむと思ひ止みにけりあやふきおもひ幾時つづく（心臓を病める日）　全

〔注〕大正十三年「未発表歌」三月十五日の歌と重複

目覚むればさやかに聞ゆ鉄瓶の下に火ありて湯のたぎる音　全

格子戸を隣の人があけたてする音よりもののこほしくなりぬ　全

すこやかになりおほすべき日は知らね床あげしけふの心すがしも　全

起きらるべき明日をたのしみぬばたまの夜さりくればわれのい寝《ぬ》るを　全

口の端に今宵つぶやくかなしみがわれのまことのかなしみらしも　全

あらはにもこの身苦しむひとときは尊きものもおもかげに来ず　全

〔注〕大正十三年「未発表歌」三月六日の歌と重複

久々にうまいせし身の心地よさ起きいでて見れば春雨けぶれり　全

〔注〕大正十三年「未発表歌」三月二十一日の歌と重複

電灯は部屋につきたり音たててしたたかに降る春の雨かな　全

あたたかく春雨降ればうれしもよ夕餉なしつつ眠たくなれり　全

〔注〕大正十三年「未発表歌」三月二十一日に類似歌あり

ひとときは胸こそをどれ春雨のなつかしき音は我を眠らす　全

春雨の音はいつしか止みてをりいまだ夜深き寝覚めと思ふに　全

ほがらなる春の小鳥のさへづりよ音《ね》を絶えしまぞ心高まる　全

このごろのわだかまりなきわが心誰にか告げんわれここにゐて　全

〔注〕大正十三年「未発表歌」三月二十三日の歌と重複

今にして我や知りけん寒き日は火鉢に炭火つぎて足らふを　全

日もすがら吹き吹く風は家にゐて埃のにがさ口に覚えつ　全

現代歌人三十人集

秦皮　大正十三年五月号（第七巻第五号）

屋根のへに星低く見え早春の夕べの空はなごみわたりぬ（入日の光）　全

夕ぞらに街の煙突が吐く煙なびけば星の見えつかくれつ　全

何となく二階の窓をあけて見し入日の光春まだ寒き　全

春寒み街の向うに落つる日のうす黄の光ただにまばゆき　全

塀のうちに連翹咲ける家のありしづかなる街と思ひつつゆくも　全

連翹のうす白けたる枝々に黄いろ咲きたる花のかなしさ　全

朝夕に母が水汲む家なりきれんげうの花垣に咲けりし　全

咲ききはみあからさまなる連翹の花に夕日の光久しき　全

ひと夜さをわが見し夢のあさましさ頭痛みて目覚めぬるかも　全

起きいでて救ひたまへとひた祈るよべの夢こそかなしかりけれ　全

いつはりを企てしとにあらなくに心疲れて見たる悪夢か　全

みづからをさいなむに似てかなしけれおのづからなる心のとがめ　全

梢

日光　大正十三年六月号（第一巻第三号）

春の雨けぶる欅の梢よりをりをり露のかがやきて落つ　全

二階より下りきて見れば春の雨障子の紙をいたく濡らせり　全

四月四日友阿佐緒安房より上京、五日夜みちのくへ帰郷せらる

すべなくてしやがみし我をうれひ見る友にし甘ゆわが下ごころ（病後外出して）　全

四月十二日子供上京す、翌日雨の中をあちこち見物してそのまま田舎へ帰る

東京の花見るとわが子土曜日の夕がた叔父につれられて来し　全

わが弱きからだ思へばいちじるく丈のびし吾子のまだまだ幼き　全

〔注〕大正十三年「未発表歌」四月の歌と重複

雨降るに帰るとわが子新らしき足駄よろこび叔父とかへりぬ　全

〔注〕大正十三年「未発表歌」四月の歌に類似歌あり

叔父に言はれ我に辞儀をばしてかへる吾子の顔には暗きかげもなし　全

吾子がゆく動物園の春の雨傘さして《傘かぶり（未発表歌）》我もゆかましものを　全

〔注〕大正十三年「未発表歌」四月の歌と類似

咲きのかぎり咲きたるさくらおのづからとどまりかねてゆらげるごとし《ゆらぐうららかさ（未発表歌）》　全

〔注〕大正十三年「未発表歌」四月十四日の歌と重複

曇りたる夕べの街をもとほりて心づきたる傘買ひもどる　全

〔注〕大正十三年「未発表歌」四月十八日の歌と重複

この町の右に左に咲き見えしさくらもいつか散りはてにけり　全

荷車にゆすぶられゆく根ぐるみの山吹の花に雨降りかかる　全

〔注〕大正十三年「未発表歌」四月十四日の歌に重複

焼けあとのいづく《いづくより（未発表歌）》の庭に移さるる植木なるらむ椿は散りがた　全

〔注〕右の二首は大正十三年「未発表歌」四月の歌と類似

横ざまに降りかかる雨まばらなり空やや荒れて春ゆかんとす　全

ゆく春の空昏れはてず子供らは夕餉の後を出でて遊べり　全

街かげ　日光　大正十三年七月号（第一巻第四号）

おほかたの昼餉どきかもかすかなる茶碗の音の隣より聞こゆ　全

〔注〕大正十三年「未発表歌」の五月五日の歌と重複

高き家の瓦の屋根にさはりつつ木立の若葉すがしかりけり　全

葉にかかり残る雌蕊《残るは赤く細き蕋（未発表歌）》のすぢ長しつつじの花冠つつぬけに落つ　全

〔注〕大正十三年「未発表歌」五月六日の歌と類似

うそ寒く荒れをもよほす朝空にそよげる若葉硬ばりゆくらし　全

朝ぞらに欅若葉のひとところはつかに揺れて止みにけるかも　全

裏の家の高窓障子はづされて時計の見ゆる夏さりにけり　全

〔注〕大正十三年「未発表歌」五月六日の歌と重複

佇める我のそばまであさりこし雀にはかに《たまゆらに（未発表歌）》飛び去りにけり　全

〔注〕大正十三年「未発表歌」五月十三日の歌と類似

春の夜ははや明けにけり家近くさへづりしきる頬白のこゑ　全

わが裏の欅の梢かこの朝け頬白のきてさへづりゐるは　全

床のうちにただに聞きにしか《ただ聞きにしか（未発表歌）》頬白のさへづる今朝は雨晴れにけり　全

〔注〕大正十三年「未発表歌」四月二十日の歌と類似

ゆるやかに正午の汽笛鳴りひびきしとしと雨《しとどの雨（未発表歌）》の降りまさる音　全

〔注〕大正十三年「未発表歌」五月八日の歌と類似

すぢ目見えてますぐにこまかに降れる雨わが傘にだにさやるは惜しき　全

昨日の雨のうるほひふかく澄む空に若葉いちにちしづかなりけり　全

わがこころこのごろややにしづまれりおのが心にしか思ふなり　全

灯《らふそく（未発表歌）》を消して眠るとすれば蠟燭のその灯の形暗の中に見ゆ《真闇には見ゆ（未発表歌）》　全

〔注〕大正十三年「未発表歌」五月十三日の歌はこの歌の原型と思われる

路地出でて八百屋の車にものを買ふ夕かたまけて雨止みにけり《雨やみたるも（未発表歌）》　全

〔注〕大正十三年「未発表歌」五月十三日の歌と類似

くもり　　日光　大正十三年八月号（第一巻第五号）

あをぎりのうすきみどりの広葉まだ《浅みどり葉の広葉まだ柔かなれば（未発表歌）》うらやはらかくしなへ垂れたり　全

〔注〕大正十三年「未発表歌」五月二十一日に類似歌あり

やはらかき若葉のかげにかず見ゆる柿の花芽の蔕《へた》すでにしるし　全

〔注〕大正十三年「未発表歌」五月二十一日に類似歌あり、原型とおもわれる

いささかの雨にさしたる傘重し若葉明るき木下ほそみち　全

梅雨ぐもるまひるの空のうす明り軒の蜘蛛の巣の網目粗しも《網目ともしき（未発表歌）》　全

〔注〕 大正十三年 「未発表歌」 六月八日に原型とおもわれる歌あり

くもり日の空あふぐ目に見いでたる軒の蜘蛛の巣に蜘蛛のをらざる　全

〔注〕 大正十三年 「未発表歌」 六月八日と重複

大き蝶のむくろを蟻の動かせりそのそばにみみず苔を食みをり　全

石垣のひまより細きからだ伸《の》し苔を食みつつ久しきみみず　全

梅雨ばれの《梅雨はれし（未発表歌）》あしたすがしき窓すだれ表の道の砂利乾き見ゆ　全

〔注〕 大正十三年 「未発表歌」 六月十八日に原型とおもわれる歌あり

先に下りて弟を呼ぶ兄のこゑよき兄弟に二階は貸しつ　全

朝の街につきゐし電灯いましかも遠きと近きとひとときに消えし　全

明けいまだ眠らまほしき顔のべにうなりまつはる一匹の蠅　全

〔注〕 大正十三年 「未発表歌」 六月十八日に類似歌あり

ひるすぎの手洗鉢の水の面に一匹の蝿落ちて死にをり　全

〔注〕大正十三年「未発表歌」六月十八日と重複

人けなき真昼の部屋にほほゑましめざまし時計鳴りいでにけり　全

塀の上にならべし鉢の鳳仙花赤き花咲き葉はそよぎをり　全

〔注〕大正十三年「未発表歌」六月十八日の歌と重複

暑熱

日光　大正十三年九月号（第一巻第六号）

くたびれし手足投げ出す床の上ひさびさに身のすこやかさおぼゆ　全

〔注〕大正十三年「未発表歌」六月十八日の項にこの原型歌あり

暑きままに家を出でたり昏れはてし夜ぞらしづけくかたぶける月　全

夏の夜の明るき街を遠暗くおほへる空に月かたぶきぬ　全

久しくも落つるばかりにゆるぎゐて落ちざりし歯の今ぞ落ちたる　全

ゆるぎゆるぎこの日やうやく落ちし歯を手にして見ればかくも朽ちてし　全

今宵吹くすずしき風は眼にしみぬにじみて見ゆる街のともし火　全

〔注〕「少女号」大正十四年八月号の「セルロイドの舟」と重複

朽ちし樋の幾ところより夕立の雨むきむきにほとばしるなり　全

〔注〕「少女号」大正十四年八月号の「セルロイドの舟」と重複、又大正十三年「未発表歌」七月十日にこの歌の原型歌あり

夕立して涼しくなりぬ白き蝶すだれの外を舞ひ過ぎにけり　全

〔注〕「少女号」大正十四年八月号の「セルロイドの舟」と重複、又「未発表歌」大正十三年七月十日と重複

街幅のひろめられたるこの通り夕べすずしく日のかげりたり　全

〔注〕大正十三年「未発表歌」七月十六日と重複

盂蘭盆と思へばかなしひさびさに弟の家をたづねんと思ふ　全

夕餉早く終りてひとりすわりたる部屋片づけりひぐらしのこゑ　全

蚊やり香の煙やうやく部屋に満ち畳の上に蚊の落つる音　全

〔注〕大正十三年「未発表歌」七月十六日の歌と重複

このゆふべまぢかき森の木ぬれよりいざよひのぼる月の大きし　仝
くらがりの木木のさわ《ママ》やけき風の音天の川白く見えわたるなり　仝
たまたまに外より見たりわが窓の細葭すだれ古びたるかな　仝
ここの焼けてはや一年は経ちにけりあれちのぎくぞ生ひはびこれる　仝

曙光を仰ぎて　主婦之友　大正十三年十一月号（第八巻第十一号）

木枯と今日吹く風やこの年の終りも近くなりにけるかな
焼跡に斯くも久しき水道の水夜昼なく迸りをり
焼跡のさやるものなき天を高み男の子ら凧を揚げて遊べり
亜鉛屋根に日はまださ さね初霜の溶けて雫の流れたる痕
わざはひの今はたふとしふたたびは同じ悲しみわがなさざらん
まごころの友をたのめてひたすらに生きんと思ふにわれ嘆かめや
うつそみのただに尽さんこの身すらおのがものにはあらざりにけり

滅ぶべきいのちを持ちてゆゆしきか時のまだにもものを思へり

かなしきときは更なれまさびしきいのちは堪へつ嬉しき今日に

つくづくと仰ぐみ空のかがやかさ今日の心とわれなりにけり

をりをりの歌

婦人公論　大正十三年十一月号（第九巻第十一号）

この池の紅蓮《べにはす》の花さきたれば葉におく露をみつつかなしも　全

ゆきずりに見るべきものかはちす葉にかがやく露の久しくおもほゆ　全

紅蓮《べにはす》の花さかりなりつね濁る池をおほひてしげる蓮葉　全

蓮の葉のいささかゆれてくぼみどにたまれる水のみなこぼれたり　全

縁近くこぼれんとしてあやふくもとどまりにけり蓮葉のつゆ　全

蓮葉のさやぐ音よろし隣り葉ゆこぼるる露が広葉打つ音　全

紅蓮の花ややかしぎ夕立の名残の露をとどめたるかな　全

夕立の雨に打たれて乱れたる紅蓮の花いやさやかなり　全

蓮葉をころがる露のやや長みやや平みつつ玉ならむとす　全

この朝の大雨の音はひさかたの空かたむけて降りこぼすらし　全

〔注〕大正十一年「未発表歌」八月五日の歌と重複、尚旧全歌集中「たそがれ」（自選歌中より）＝掲載誌不詳＝と重複

あきらめし身の安けさをしみじみと思ふこころにを《ママ》こたりのとがめ　全

〔注〕大正十一年「未発表歌」八月五日の歌と重複

空車しづかに曳けり二人の車夫夕べの道を話しながらゆく　全

〔注〕大正十一年「未発表歌」八月五日の歌と重複、更に大正十三年「未発表歌」七月二十七日の歌に類似歌あり

赤き傘すだれの外に見えたれば今ぞわが子の来しと思ひし　全

〔注〕この一首は旧全歌集に収録落ち、大正十一年「未発表歌」八月五日の歌と重複、更に旧全歌集中、「たそがれ」（自選歌中より）＝掲載誌不詳＝と重複

こほろぎの鳴く音し聞けば草の葉に夜露はすでにおきにけらしも　全

秋立ちてひねもす空の色すめり真昼は今日も暑かりしかな　全

〔注〕大正十一年「未発表歌」八月五日の歌と重複

今いねてめざむる時は夜明かも夜床しきつつややぞたのしき　全

うつしみのおのれ気づかぬさびしさに細らぬいのちと限らざらめや　全

窓に吊りし簾もる日のちらちらし幾日まてども我児《あこ》の来たらぬ　全

道のべに散りこぼれたる柿の花土にまじらむ踏むにしたしき　全

道したの崖をおほへる蔦の葉のほとぼりあつくたそがれんとす　全

眠らまく思ひつついまだ眠られず時経つ早し長夜《ながよ》なれども　全

ごろごろと土間にころがる青西瓜一つ一つに大きかりけり　全

人にもつためらひごころけふもかもこの森かげにひとりさまよふ　全

やうやくに吠え止みし犬の走りゆく足音聞ゆ夜のしじまに　全

着換《きがへ》さすと裸にしたる幼子のよろこび逃げてすべなかりけり　全

往来に馬をとどめて荷を下ろす人の汗にほふ家の中まで　全

少しばかり鍋にて炊けば朝の飯夕べにははや饐えかかるなり　全

木かげのベンチあきをり腰かけてひぐらしの声ききかたむけぬ　全

遠くゆきて人をたづねんうつしみのおぼつかなさにひとりもとほる　全

簾越に隣の家の岐阜提灯ゆるるを見つつ椅子にかけをり　―病床にて―　全

夕空

掲載誌不詳　大正十三年

長梅雨のやうやくにしてあがるらし紫まじる夕雲の色　全

梅雨歇むや草生の中の水たまりたまたま見えて夕ぞらに映ゆ　全

耳とめて聞けばかすかに虫鳴けりこの草原に梅雨晴れの朝　全

〔注〕大正十三年年刊歌集「をりをりの歌」と重複

西の空夕月の光添ふなべに鰭なす雲の晴れわたりゆく　全

やうやくに梅雨あけたれば家人の足駄洗ひて乾かしにけり　全

幼子の心となるは難けれど吾子の遊びの微笑ましもよ　全

用しつつ忘れてありし金盥にセルロイドの舟はなほも走れり　全

〔注〕大正十四年八月号「少女号」「セルロイドの舟」と重複

うつしみのただに尽さむこの身すらおのがものにはあらざりにけり　全

たそがれ　（自選歌中より）

〔注〕この二首の掲載誌は不詳、但し旧全歌集は「たそがれ」の題の下に頁を改めてこの二首があり、原稿の時点で、頁が乱れたことも推量出来る。他にも同様の誤りがあり年次が乱れている

赤き傘すだれの外に見えたれば今ぞ我が子の来しと思ひし　全

〔注〕「婦人公論」大正十三年十一月号「をりをりの歌」と重複、又大正十一年「未発表歌」八月五日の歌と重複

この朝の大雨の音はひさかたの空かたむけて降りこぼすらし　全

〔注〕「婦人公論」大正十三年十一月号「をりをりの歌」と重複、又大正十一年「未発表歌」八月五日の歌と重複

大正十三年未発表歌　三二四首

一月十四日

見てをれば顔を赤めて針金をまさしく口にのみこみにけり　全

仰向いて針金をのむ人の業手品ならむや苦しむを見よ　全

これの世に稀なる人に逢はしめと願ひし心かなひて年経つ　全

うつしみはすべなきものか烏羽玉の夜は睡れず昼ねむき病　全

病める身は一足ごとにこころして二階に上る空のみたさに　全

一月十五日

この日また大地震ぞふる時おかず空にしたしき飛行機の音　全

心はたものもこそあれ家いまか倒ると身うちかたくなりつつ　全

一月十九日

下にかもわが待ちまけしそのままの今日と思ふに堪へがてぬかも　全

〔注〕「日光」大正十三年四月号「桃のつぼみ」と重複

さびしさはやうやく失せぬしら玉の君がいのちのかがやく思へば　全

おのれよりへだてしだにもかなしきかあやまちめきし悔いもこそあれ　全

うつしみは悩みかなしみ死なんとも君がさやりにならずば足らへり　全

黙しがたく言ひけることを今にして言はざりせばと悔ゆるかなしさ　全

天に代り人の与ふるいましめと涙流れて畏こまれきぬ　全

地震にてゆるびし家の戸障子のすきまゆしるき木枯の風　全

つくづくとわれの心のともしさの顧みらるる安けさにをり　全

一月二十五日

なげかひの命のはての見ゆるときたまゆら勇むこの心はも　全

並び来る飛行機をあふぎ二十台三十台と人数へをり　全

雪ふればおのづからなるここちよさ久久にして湯にゆくわれは　全

昨日の雪解けつつ残る屋根の上のひるすぎの空にうすき月あり　全

二月八日

わが病ややに怠り昼ひとりこやりゐる間の楽しくなれり　全

この露地にさきまで遊びゐたる子のこゑなくただに風吹きわたる　全

ひたすらに堪へこしことの昨日今日からだ弱りて堪へがたくなれり　全

〔注〕「日光」大正十三年四月号の「桃のつぼみ」と重複

ねながらの夕餉をはりて睡らんとするひとときの安けかりけり　全

〔注〕「日光」大正十三年四月号の「桃のつぼみ」と重複

寝つつ見る火鉢の模様この火鉢買ひける頃のことし思ほゆ　全

これの世にあるべきこととおもほえずわれの怒りのなんぞ小さき　全

まごころのあまねき知れり報ゆべきすべしあらねば身をぞさいなむ　全

人の世にわが生くるとふしるしかも今日もすべなき憂起れり　全

見しゆめの一つ一つがまさやかに心に残り真夜をさめをり　全

止みがたく一人のときは起きいでて粥炊くほどのからだとなれり　全

寝つつみんとさしたる花のねつつだにわが見ぬひまに萎れそめける　全

誰なりと早く帰り来《こ》雨戸すら繰りがたき身に夜の寒さしむ　全

売りに来し花屋をとめてひとり買ひし花見ることのさびしかりけり　全

〔注〕「日光」大正十三年四月号「桃のつぼみ」と重複

二月十五日

やうやくに枕べの本とりあげぬ外見えぬ障子久しく見てゐし　全

〔注〕「日光」大正十三年四月号「桃のつぼみ」と重複

待つものも今はなければこやりゐてむなしおもひにひとり耽るも　全

〔注〕「日光」大正十三年四月号「桃のつぼみ」と重複

いささかもゆづらぬ人が何故かかひがひしくぞわれをみとれる　全

いでゆきし人の足音も消えたれば眼をただにあきおほどかにこやる　全

臥床にひとり眼をあきてをり「日光」大正十三年四月号

久久に出でて仰げばきさらぎの空のいろこそなごみたりけれ　全

さびしさをおそろしきものと思へどもうたてき人を見るにまされり　全

二月二十二日

わが家の窓の前なる日だまりに石蹴り遊ぶ幼子の声　全

春雨の音をききつつひとりゐる今宵のこころやすけかりけり　全

ほのかにも降りやいでけむ雪降るをどよめき告ぐる街の子供ら　全

〔注〕「日光」大正十三年四月号「桃のつぼみ」に類似歌あり

わが病やや怠ると起きいでて火鉢のそばに一日すごしつ　全

うつしみのさだめといふに過ぎねどもこのおそろしさ逃るるすべなし　二十八日　全

むらぎものこころにふかく思はざる時しなければ言に出でずも　全

〔注〕「婦人之友」大正十三年三月号の歌の原型と思われる

三月三日

うつしみに悔のみ多しつくづくと人は賢しと思ふこのごろ　全

すこやかになりおほすべき日は知らね起きあがり得べき明日をたのしみ　全

夕空に湯屋の煙突が吐くけむり横飛ぶみれば春まだ寒し　五日　全

友のするまごころ深きいましめになほりゆくらしわれの心も　全

三月六日

やうやくに二階にのぼり若き人が手早に運ぶ針を見てをり　全

若き人がたちまちにして縫ひあげし羽織の出来のいふところなし　全

口の端に今宵つぶやくかなしみがわれのまことのかなしみらしも　全

〔注〕「日光」大正十三年五月号「春のこころ」と重複

おほかたに悔いたるわれもやうやくにいつはりがたし命おもへば　全

ためしなきほほゑみわれに浮かびたれこの夜をひとりいぬる身の幸　全

震災のあとを直す　三月七日

落ちかかれる壁うち落しうすき板張りたるだにもこころすがしき　全

数重ね肩にしなはせ荷なひたる杉のうす板生生しけれ　全

朽ち傾き危ふかりにし板塀をたたき倒す音におどろかれぬる　全

壁剥がす埃の中に病める身もこころまぎれてありにけるかも　全

かたよりのひたむきごころすべなけれかたき誓ひを幾度やぶる　全

三月

いたづらに砂埃あげてやちまたの家吹きめぐる春の風かも　全

春寒みかなたの街に落つる日の黄にうちかすみ見るにまぶしも　全

遠べより吹きくるけはひ夜半に起るあらしの音は耳をたてしむ　全

縁側に白くたまれる砂埃ありしをおもふよすがとなりぬ　全

大風ぞまた吹き過ぎてなごり風おとづれやまぬ家戸のゆすれ　全

〔注〕「日光」大正十三年五月号「春のこころ」の「やがてまたすごくぞ吹かむなごり風おとづれやまぬ家戸のゆすれ」の原型と思われる

やうやくにうららかなりし春の日の忽ちにして曇るなりけり　全

つねのごと醒めたれどもこの夜半や風の音だに聞こえざりけり　全

こころなく触れてとまりし掛時計ねぢまけどねぢまけど動かなくなり　全

吹きよれる埃しづまり春の雨あしたあまねく降りいでにけり　全

〔注〕「日光」大正十三年五月号の「春のこころ」の中、「幾日吹きし埃しづまり春の雨あしたあまねく降りいでにけり」の原型と思われる

夕ぐれて電気つかざる一ときの俄かに惜しく起居《たちゐ》まどふも　全

まがなしみ瓶にさしたる梅の枝夜は唐紙にかげをうつせり　全

白梅の花のさかりの久しくてけさ吹く風の寒けかりけり　全

紅梅を捨つ（未発表歌）

こもらへばいつまで寒き春ならむ瓶に萎れし白梅を捨つ　全

〔注〕このあとの三月二十三日作と重複しているが、第五句が「紅梅」になっている

重ね着し衣も甲斐なき肌冷やす風をおそれて外に出でずをり　全

瓶にしてやうやく咲ける紅梅の花はさびしもつぶさに見れば　全

つぎつぎにおもほゆることのはてしなく睡れぬ夜半のあるがゆゆしさ　全

三月十五日

樫の間ゆ朝日のぼると樫の葉のおのもおのもぞ光につつまる　全

日曜のけふを春日のうららかさそぞろ歩きの人らおもほゆ　全

木の芽ぶく春とはなれり樫の葉の真昼さびしく色足らひ見ゆ　全

大空に浮べる春のましろ雲のどかにゐつつ流れただよふ　全

〔注〕「日光」大正十三年五月号「春のこころ」の「大ぞらにちぎれて白き春の雲のどかにゐつつややにうつらふ」の原型か

うららかに照る日のかげやをちかたに眺むるものはみな霞みたり　全

〔注〕「日光」大正十三年五月号「春のこころ」と重複

夕ぐれの欅のうれに風吹きてあかねの空に春は匂へり　全

三月十九日

おのづからそぞろなりける時の間の我の心の尊くおもほゆ　全

病げにわろしと知ればうつしみの何かあるべきただ臥るをおもふ　全

ひがみ思ふわれにはあらぬ人待てば心はかなし待たねばいたまし　全

ひろにはのかたへなだれにたんぽぽの黄金花さく君が家しのばゆ　全

低山の雑木交りに山ざくらはや咲きたらんあたたかき安房は　全

家にこもり一人しをればげにもわれ口をただにきく折はなきなり　全

この病おのづから癒えて汽車にのり行きて訪ふ日の又あるべきか　全

いづちゆく我ともわすれひろにはに毬なぐる子らを見つつ時へし　全

うつしみはいかにありともいふふしの無き日は無けむ今は黙さな　全

子供らの夕かたまけてさわぐこゑ春のさむさもゆるびたるかな　全

三月二十一日

久久にうまいせし身の心地よさ起き出でて見れば春雨けぶれり　全

〔注〕「日光」大正十三年五月号「春のこころ」と重複

太枝のまばらわかれし先ごとに大きく咲きぬ木蓮の花は　全

鉢の水今朝もこほれりこの年の春はいつまで寒きにかあらむ　全

焼あとに日に日に家は建つらしも青きペンキの大き屋根見ゆ　全

あたたかく春の雨降ればうれしもよ夕餉をしつつ眠たくなれり　全

〔注〕「日光」大正十三年五月号「春のこころ」の「あたたかく春雨降ればうれしもよ夕餉なしつつ眠たくなれり」の原型と思われる

あやまちをなみするわれにあらねども更に嘆かゆ束の間のいのち　全

かすかなる疲れおぼえてうつつなし今日の一日も暮れんとすらし　全

めざむればわれのほかには人をらぬ部屋の雨戸のあきしままなる　全

三月二十三日

やがて咲く桜の木ぶりきはやけく春こそ見ゆれ街の向うに　全

このごろのわだかまりなきわが心誰にか告げむわれここにゐて　全

〔注〕「日光」大正十三年五月号「春のこころ」と重複

すさまじき煙なるかも舞ひ揚る火の子《ママ》は何の燃えがらならん　全

〔注〕大正十三年年刊歌集「をりをりの歌」と重複、又「未発表歌」大正十二年九月一日「震災をお化屋敷に避けて」の一首と重複、但しこの三句は「舞ひまへる」となっている

夕ぐれを雨降りやまず豆腐屋のらつぱのひびきあはれなりけり　全

こもらへばいつまで寒き春ならん瓶にしほれし紅梅を捨つ　全

〔注〕「未発表歌」三月の歌と重複、但し前者は「白梅を捨つ」になっている

腹心地あしきを堪へてわがのみし薬の効きかけふの身がるさ　全

心ほけてかなしみもなきか病める身はただに此の世のはかなくおもほゆ　全

たまきはるおのがいのちのうちにだに恋ふると知らば人を恋ひめや　全

四月八日

去年の今日は桜咲きみち君訪ふと坂さへのぼりわれのゆきにし　全

〔注〕「少女文芸」大正十五年四月号の「病床の春」の原型か。但し「君訪ふと」が「友訪ふと」になっている

おのがままに立ちゐはたらきゆきかへるすこやけき人の不思議におもほゆ　全

友とともに久久にしていでてみし都の春も今年は寂しき　全

部屋貸しおく二階の人がこの夕べひた雨にぬれて帰りきにけり　全

〔注〕大正十五年「未発表歌」に類似歌あり、「室貸しおく二階の人がこの夕べひた雨にぬれて戻り来にけり」

遠見にもつぼみふふめる山桜枝こむ空はあさくもりかな　全

並みたてる桜いくもと幹はふり今年も花を咲きすずろかす　全

苔青くむせる桜の根のところただに芽に出でて咲けるふた花　全

枝かはす木木はみな桜ところどころ白きは花のほころびしなる　全

〔注〕大正十五年「未発表歌」中にあり、重複

○

夕風にしぼみたるあり町に売るごむ風船の赤と紫　全

かへりみてやましき心にあらねどもわが言ひしことは過ちに近し　全

ことさらに何を願はん眠りなばおのづから見むゆめにしまかす　全

流しべに心くつろぎ根の赤きほうれん草を水洗ひせり　全

焼あとの炭なす黒き木の肌を爪かきみたれ桜さく日を　全

眺むらく桜並木のうれまではおほはざりけり自動車のほこり　全

時の間も咲きよそふらし夕ぐれのしづけさの中にゆれゐる桜　全

〔注〕「少女文芸」大正十五年四月号「病床の春」と重複

○

おのが身をたのしみ多く思はせてこれの心ぞまづ足らふらし　全

まことにはいかがおもはるる身なりとも人の心を疑ふべしや　全

わが弱きからだ思へばいちじるく丈のびし吾子のまだまだ幼き　全

〔注〕「日光」大正十三年六月号の「梢」と重複

わが病めば叔父につれられ雨の日を動物園にわが子は行きし　全

わがそばに半日をりてかへりゆく吾子の顔いろすこやけきかも　全

雨の日をわが子はあはれ新らしき下駄をよろこびて叔父と去にけり　全

吾子がゆく動物園の春の雨傘かぶりわれもゆかましものを　全

〔注〕「日光」大正十三年六月号「梢」と類似、「傘かぶり」が「傘さして」となっている

四月十四日

おのづから諸手の指を組みにけりおちつきそめし病うれしく　全

日曜のひねもす雨の降りしきり都のさくらいまさかりなり　全

ながめつつくやしきものかさくら花一日の雨にまこと褪せにし　全

うつしみをはかなきものとさだめねば安らはぬごとし桜さく日は　全

近づけば森のさくらの花がくり刻みすがしき楓の若葉　全

かどいでていみじと見たる森のさくら再びいでて見るにさびしき　全

咲きのかぎり咲きたる桜おのづからとどまりかねてゆらぐうららかさ　全

〔注〕「日光」大正十三年六月号の「梢」と類似、第五句が「ゆらげるごとし」になっている

思はざること聞きたればこの心ただに乱れてもの言ひあへず　全

丈のほどみなよき桧に一株の山吹まぜて植木車ゆく　全

この町を植木の車とほるなり庭ながらなる山吹のはな　全

荷車にゆすぶられゆく根ぐるみの山吹のはなに雨ふりかかる　全

〔注〕「日光」大正十三年六月号の「梢」と重複

人が引く荷車につぎ一台は韓牛が引く植木の車　全

いづくよりいづくの庭にうつさるる植木なるらむ椿はちりがた　全

〔注〕「日光」大正十三年六月号「梢」の「焼けあとのいづくの庭に移さるる植木なるらむ椿は散りがた」の原型とおもわれる

昨の雨に散りのこりたる花ありて見るかげもなき桜なりけり　全

四月十八日

夕立と今宵はげしく降る雨に桜花は名残もとどめざるべし　全

破れたる裾の方のみ張りかへし障子さびしも春日のくもり　全

くもりたる夕べの街をもとほりて心づきたる傘買ひ戻る　全

〔注〕「日光」大正十三年六月号「梢」と重複

一本のからかさを人に貸しやりて不自由しつつ心なごめり　全

にはとりの遠なく声ののどけくもあかつき近きねざめなりけり　全

めづらしき人かも来たる日のごとし今朝のめざめのゆめ心地よき　全

水色の空にとどきて枝ゆらぐ欅の青芽つぶらなり見ゆ　全

その木の名われはしらずも青葉のいろうつくしければ足とめて見つ　全

おろそかにわれ思はざらむやうやくに病怠るこのすがしさを　全

このおもひひたわすれむとたまゆらも惜しき月日のゆきをたのめり　全

四月二十日

言ひがたき寂しさなればひとすぢのわがしらかみは秘めんと思ひし　全

ひとすぢのわがしらかみを手にとりて見ればうらまだ半は黒かり　全

ひとすぢの老いのしらかみみづからに見いでし朝の窓の明るさ　全

いちじるき芽吹なるかも欅の大木何かおもひつつふり仰ぎ見し　全

天そそる欅の若芽ほぐらかす風かも我の顔撫で吹くは　全

うつしみの拙き性にかかはらぬ人のさきはひ聞かまほしけれ　全

今日もくれぬ明日もかくあらむうつしみはこのさびしさぞいのちなりける　全

朝夕のわがたのしさはつぐなひぬゆふべゆふべのわがさびしさを　全

床のうちにただ聞きにしか頬白のさへづる今朝は雨晴れにけり　全

〔注〕「日光」大正十三年七月号「街かげ」に類似歌あり、
但し前者は「床のうちにただだに聞きにしか」となっている

横ざまにふりかかる雨まばらなり空ややあれて春ゆかんとす　全

四月二十六日

窓あくれば若葉あかるき日の光向ひの崖に射干咲けり見ゆ　全

ゆく春の空くれはてず子供らは夕餉の後をいでて遊ぶも　全

四月二十七日

いちじるき埃をあびて道のべの枳殻の花は白しともなし　全

後ろより前より来たる自動車をさけつつ浴むるこのほこりはも　全

いつしかに五月近づき藤の花つつじの花も咲きいでにけり　全

藤の花やや木深《こぶか》みに咲きいでてそのむらさきや人目ひくらし　全

咲きほぐれし藤の花房おのづから真すぐに垂りて静かなるかも　全

咲き垂るる藤のむらさき翳されて影濃く見ゆれ自が木の若葉に　全

いましこのあたりの人は誰もみな眠られぬなりこの吠ゆるこゑに　全

この夜半をわが家めぐりて吠えたつる犬の行《おこなひと》止むべくもあらぬ　全

吠ゆる犬はすべなきが如し喧ましくひたに思ふもわが心から　全

ふところに今日も持ちゐしがまぐちを夜の枕べにながめてめづらし　全

あたたかくなりにし春をいつまでも冬とおなじ程の夜具は着るなり　全

五月三日

朝の日の明るき部屋にめざめゐて風邪ひき気味の身はおきいでず　全

この心思ひすごしてありしゆゑのかなしみとしも知りしさびしさ　全

五月五日

おほかたの昼餉どきかもかすかなる茶碗の音の隣より聞こゆ　全

〔注〕「日光」大正十三年七月号「街かげ」冒頭一首と重複

あけくれに心さいなみ一人をれどさびしとだにも思はぬこのごろ　全

五月六日

思ふことこの一人故に断ちかねて飯食むひまもものを思へり　全

朝空に欅若葉のひとところはつかにゆれて止みにけるかも　全

〔注〕「日光」大正十三年七月号「街かげ」と重複

おどろかすと跫音しのばせ友の家裏にまはればうすいろつつじ　全

葉にかかり残るは赤く細き蕊つつじの花冠つつぬけに落つ　全

〔注〕「日光」大正十三年七月号「街かげ」の歌の原型か。但し第二句が「残る雌蕊のすぢ長し」になっている

ねもごろに慈姑の皮をむきながらすべてがゆめの如く思ほゆ　全

夕ぐれをいや澄みとほる空のいろ若葉のそよぎただにせはしき　全

束の間も心さいなむこの思ひ忘るるにはなほ長き年経む　全

五月七日

ややややに戸のしらみゆくしののめの心し惜しも灯をつけつ　全

西口の障子開け放ち昼近く机にすわりぬ夏近みかも　全

すべもなきわが悔い心あめつちのひろき心をなみしてながく　全

裏の家の高窓障子はづされて時計の見ゆる夏さりにけり　全

〔注〕「日光」大正十三年七月号「街かげ」と重複

五月八日

おもほえばあるべきことかからだよわり夫にも子にもさかりてぞある　全

ゆるやかに正午の汽笛なりひびきしとどの雨の降りまさる音　全

〔注〕「日光」大正十三年七月号「街かげ」の歌の原型と思われる、第三句「しとしと雨の」になっている

いみじくも吹き吹くものか青あらし枇杷の若芽を吹きもぎりたる　全

雨はれのそらのみどりのいや澄みに澄みつつとよむ青葉のあらし　全

心すくむこの大風や向つ家の障子はづれて二階より落つ　全

おほろかに紅刷きて高すめる夕べのみ空夏ちかみかも　全

五月十一日

思ふだに汗冷ゆること多き身のいまなほかくし生けるといふは　全

心なき我の言葉を怒り居らむ人を思ひて飯うまからず　全

五月十三日

きのふけふわれ健やかに軒をはけばこころよからん隣の人らも　全

〔注〕大正十三年「未発表歌」十二月十八日の項に類似歌と思える「軒掃けばこころ安からむ隣の人も」がある

たたずめる我のそばまであさりこし雀たまゆらに飛び去りにけり　全

〔注〕「日光」大正十三年七月号「街かげ」の歌と重複

吹くとなく吹くそよ風に草の葉のゆするるはうれし目の前の土　全

うつそみを襲ひかしこしこのうれひあはれこの夜を眠られざらむ　全

散薬を包みてありしパラフイン紙真四角なるに鶴を折りたり　全

たちまちに軒の細溝水増して流るる音のさびし雨夜は　全

むら雨の音はわびしもえも堪へず降りおほひきて本意なくぞ止む　全

むらさめの音にめざめて夜ををればしくしくと乳の下痛むなり　全

らふそく消して眠るとすれば蠟燭のその灯のかたち真闇には見ゆ　全

〔注〕「日光」大正十三年七月号「街かげ」の歌「灯を消して眠るとすれば蠟燭のその灯の形暗の中に見ゆ」の原型と思われる

この寺に桐の花さけり町に住みて桐の花見るはめづらしきかも　全

路地いでて八百屋の車にものを買ふ夕かたまけて雨やみたるも　全

〔注〕「日光」大正十三年七月号「街かげ」の中の「路地出でて八百屋の車にものを買ふ夕かたまけて雨止みにけり」の原型と思われる

くるしく口ごもれるかこの丘に歌よむと来しわれならなくに　全

五月十七日

しづみゆく心すべなくありへしかいつしか咲けり瓶の芍薬　全

瓶にさして昨日かたかりし芍薬のつぼみは花と今日さきにけり　全

外側の花弁はじけり《ママ》芍薬の八重咲く花のあらはとなりぬ　全

外出よりかへり来たれば芍薬は更に咲きをりただちに見るも　全

すべもなく苦しききはは既にはや過ぎさりしなり耐へざらめやも　全

たわみなく立ちたる茎のいただきに芍薬の花咲き据わり見ゆ　全

五月二十一日

今こそはただに祈らめしかすがになやみなき命はおもほえぬかも　全

柔かき若葉のかげにここだ見ゆる柿の花まだ蕚ばかりなる　全

［注］「日光」大正十三年八月号「くもり」の中の「やはらかき若葉のかげにかず見ゆる柿の花芽の蕚すでにしるし」の原型とおもわれる

［注］「日光」大正十三年八月号「くもり」の冒頭「あをぎりのうすきみどりの広葉まだうらやはらかくしなへ垂れたり」の原型か

梧桐の浅みどり葉の広葉まだ柔かなればしなへ垂れたり　全

そば通る柿の若葉は明るくてわが傘に降る雨のともしさ　全

苦しみて経たるいくその時惜しも心やうやくあきらめにつく　二十二日

天気よきこの一日をわがこころ憂ひてただに暗く過せし　二十三日

うつそみのいのちおのづから頼まれて泪ぐましきこの夕べかも　全

いくばくの命たもつとうつそみのかかるはかなき思はすらむ　全

いとせめてけふの一日の安かれとねぎつつ朝の床起きいづる　全

たちどころに花びら散りぬあやまちてはたき触りたる芍薬の花　全

五月二十七日

一人をりてさびしきわれのたまたまにひとりをよしとおもふことあり　全

夕空に黒みそびゆる欅木の若葉に深く鳥ねむるらし　全

御成婚奉祝祭　六月四日

つねになき街のよそほひ奉祝の旗提灯のいろどりめづらし　全

わが家の廂の上にも知らぬ間に小旗の綱の引かれたるかな　全

茶番狂言はじまれるらしをりをりに笑ひくづるる人ごゑ聞ゆ　全

夜の戸まだ引かずいねをり家近く茶番狂言はじまりをれば　全

六月八日

一日ほど居りたる友の去にし家に今宵はひとりはやくぬるなり　全

友のもつ憂を思ひやるいとまなみおのが身のみを歎きしさびしさ　全

床の中に手足のばしてこころよし今日は戸棚の中も片づけし　全

をりをりは寂しけれどもおのがままにひとりくらせば何かたのしき　全

梅雨ぐもるまひるの空のうすあかり軒の蜘蛛の巣網目ともしき　全

〔注〕「日光」大正十三年八月号「くもり」の中の「梅雨ぐもるまひるの空のうす明り軒の蜘蛛の巣の網目粗しも」の原型と思われる

曇り日の空あふぐ目に見出でたる軒のくもの巣に蜘蛛のをらざる　全

〔注〕「日光」大正十三年八月号「くもり」の中の一首と重複

虫つきて草花だにも植ゑがたき家裏にいま苔の青しも　全

うつしみのこの齢にして見るものかみみずしきりに苔を食みをり　全

夕餉食みて早くぞいねむ袷羽織きてなほ寒き入梅の冷え　全

六月十三日

花瓶のおきどころなしあやめさして簞笥の上は高すぎにけり　全

洗濯の水押しながす土管の音あさぞらあをく梅雨晴れにけり　全

歯の痛みややゆるやかになりにしか真夜中に遠く汽笛鳴りたり　全

くらやみゆみみずのうたの聞こゆなり夕餉をはりて灯のもとにをり　全

六月十八日

梅雨はれしあしたすがしき窓すだれ表の道の砂利乾き見ゆ　全

〔注〕「日光」大正十三年八月号「くもり」の中の一首「梅雨ばれのあしたすがしき窓すだれ表の道の砂利乾き見ゆ」の原型とおもわれる

すすめたる鮨の馳走をくやみつつ胃を病む母を一人まもるも　母来たり病む　全

やうやくに寝息きこゆる母の顔なほ苦しげに眉よせたまへり　全

あけ近くいまだ眠たき顔のべに一匹の蠅まつはるうなり　全

〔注〕「日光」大正十三年八月号「くもり」の中の一首「明けいまだ眠らまほしき顔のべにうなりまつはる一匹の蠅」の原型か

この月はとりわけて早く経ちにけり思はぬことのつぎつぎに起りて　全

おのづから心おちつきひさびさに針もちてぬふおのが肌着を　全

ひるすぎの手洗鉢の水の面に一匹の蠅おちて死に居り　全

〔注〕「日光」大正十三年八月号「くもり」の一首と重複

このごろのまどかなるゆめに忘れゐる人のおもかげなつかしくうつる　全

二階なる兄と弟の話しごゑたのもしきかもききつつねむる　全

玄関の広告紙やこのひるも来べき手紙の来らざりけり　全

人去りて幾時へたるひるの部屋向ひの家に鳳仙花さけり　全

塀の上に並べし鉢の鳳仙花赤き花咲き葉はそよぎをり　全

〔注〕「日光」大正十三年九月号「暑熱」中の歌と重複

くたびれし手足を伸ばす床の上この頃我の病癒えたり　全

〔注〕「日光」大正十三年九月号「暑熱」の歌「くたびれし手足投げ出す床の上ひさびさに身のすこやかさおぼゆ」の原型か

うつしみのやすけきままに思ひたることのすぎけん夜を眠られず　全

かくまでにいとしきものかうつしみは朽ちて落ちたる歯すら捨てがたし　全

七月十日

くたびれてただにねむたきこの夕べわれすこやかに夏をすぎなむ　全

からかみをへだてて聞こゆすこやけき人の寝息のしづかなるかも　全

霊祭《たままつり》はや近づきぬ今年まだ蟬なくこゑも我は聞かなくに　全

街ゆけばにじみてみゆる灯のひかり涼しき風は眼にしみにけり　全

遠き方に夕立やする今宵の風水気をふくみていたく涼しき　全

すだれごしに隣の家の岐阜提灯ゆるるを見つつ椅子にかけをり　全

〔注〕「婦人公論」大正十三年十一月号「をりをりの歌」と重複

襖かげにねころべる人の足は見え家吹きとほす風の涼しさ　全

家深くゐるわれさへやこのあつく照りつくる日は頭にししむ　全

雨樋の朽ちし穴より夕立の雨むきむきにほどばしるなり　全

〔注〕「日光」大正十三年九月号の「暑熱」及び「少女号」大正十四年八月号の「セルロイドの舟」の「朽ちし樋の幾ところより夕立の雨むきむきにほとばしるなり」の原型と思われる

夕立して涼しくなりぬ白き蝶すだれのそとを舞ひすぎにけり　全

〔注〕「日光」大正十三年九月号の「暑熱」及び「少女号」大正十四年八月号の「セルロイドの舟」と重複

七月十六日

日に焼けし浴衣の童子自があげし花火の下に首すくめたり　全

街幅のひろめられたるこの通り夕べ涼しく日のかげりたり　全

〔注〕「日光」大正十三年九月号「暑熱」中の歌と重複

おのづから明日をたのめか思ひたるのみにて今日もゆかざりにけり　全

この裏のいづれの家か夜毎夜毎鈴虫鳴けり縁日の夜より　全

かやり香の煙やうやく部屋にみち畳の上に蚊のおつる音　全

〔注〕「日光」大正十三年九月号「暑熱」中の一首と重複

七月十七日

涼しさは限りもあらず雲のゆき疾ければ月ぞ翔るがに見ゆ　全

両国川開

人らみな花火見にゆきてこの通り電灯のみぞあかるかりけり　全

ほのぼのと木ぬれの空の明りつつ大いなる月あらはれにけり　全

七月二十日

わがままと人は言ふとも堪へがたき腹だたしさに胸いたむなり　全

干しものの赤きうら地のてりかへり家ふかくゐるわが肩にとどく　全

山王にゆく　七月二十七日

この沼の水底ふかくひたりゐる岸の木立のかげひそかなり　全

車曳く人のごとくにすぢかひに歩みてのぼる広き坂道　全

この森の樹立ことごと埃かづきベンチにはみな人ひるねせり　全

空車しづかに引きて語りゆく二人の車夫に道ひろくつづく　全

この道の崖の下には葛の花咲きてをらめど覗きがたかり　全

道下の崖いちめんに生ひしげる葛の葉ずれは夕べあつしも　全

月の夜の道べにそよぐ草の葉の丈低けれど影の濃きかも　全

○

ひるまへを机の前にすわりたり涼しき風は家ふきとほす　全

机の上の紙をとばしてふく風の涼しき部屋にものうつすけふも　全

けふもまたあつしと思ふ朝やがてみんみん蟬はなきいでにけり　全

床の上にあつしと団扇つかひをりし手のくたびれてものを思へり　全

ながむればすずしきものか家家のあかりあらはにあけはなちあり　全

流しべの敷居の下ゆのびいでし小豆の茎の朝風にゆらぐ　全

明日ごろは吾子も来たらむ片づけし部屋にひとりゐるこころよさはも　全

うつせみのこれの世にして見いでたるたふときいのち身をもつて守らむ　全

きのふけふのことならなくにおのづからこの身にきざすうらみなるらし　全

七月三十一日

かりそめの命ならぬを知りにけりひとり死ぬとも寂しくなからむ　全

〔注〕このあとの十二月十八日の「未発表歌」の項に重複歌あり

わが家によらですぎゆく配達の麻地の服をとほす背の汗　全

立秋

秋立ちて土用にまさるあつさなり夕焼赤く風なぎにけり　全

谷町祭礼

祭礼の街にもとほる子供等の一人一人にまなことまるを　全

この街の幅せまければ両側に提灯ならびうつくしきかも　全

十一月二日

夕ぐれのあかりにさわぐ子供らのヂヤンケンポンのこゑのおもしろ　全

十一月

ころころと路地にころがる枯落葉風に吹かれてとめどなくころがる　全

少女号とどきたる日は外にも出でずそこそこひとり二階にのぼるなり　全

幼子が拾ひて来たる銀杏落葉めづらしみみる病の床に　全

なげやりに庭に咲きたる黄菊の花小さく咲きたるがいつまでも枯れず　全

苦しくも悲しくも今はあらぬなりいきの命をつひに生きなむ　全

日をふれば癒ゆる病といたづらに長き月日をたのしみてをり　全

ほがらかに澄める朝空ながむれば枯木の枝に鳥もゐなくに　全

弱き身のうとくなりたりいきの身の悲しみもただ束の間にして　全

十二月

重きほど蒲団をかさねなほ寒し肩に手をあてかがまる明けがた　全

〔注〕同じく大正十五年「未発表歌」の「近火」の項に「重きほど
ふとんかさねてなほ寒し肩に掌をあてかがまるあけがた」がある

厨べの水道の水氷とけ思はぬ時にほどばしりけり　全

〔注〕「未発表歌」大正十年十二月「日かげの街」の項に類似歌あり

十二月十八日

頭の病ややに癒えきておのづからうつつごころの湧くさびしさよ　全

〔注〕「日光」大正十四年五月号の「名忘れし虫」の歌「頭の病

ややに癒え来ておのづからうつし心のわくさびしさよ」の原型か

ものに凝りものにかかはるおのがこころ出でて眺むる夕空の寒さ　全

〔注〕「日光」大正十四年五月号の「名忘れし虫」の歌「ものに凝りものにかかはるわが心出でてながむる夕空のさむさ」の原型か。又同年九月号「身を病みて」の歌では結句が「寒き」となっている

妹のためにつくりし置炬燵火を危みつついねてまちをり　全

めざめゐて又ねむくなりぬ火の番の拍子木の音を遠く聞きつつ　全

〔注〕同じく「名忘れし虫」の歌と重複

○

顔を洗ふと厨に立ちて眺めたる朝空けふも青く晴れたり　全

石垣の石の間に生ふるかたばみの引けば果なく長しその茎　全

かりそめの命ならぬを知りにけりひとり死ぬとも寂しくなからむ　全

〔注〕同じく大正十三年「未発表歌」の七月三十一日と重複

きのふけふわれ健かに軒掃けばこころ安からむ隣の人も　全

〔注〕同じく大正十三年「未発表歌」の五月十三日と類似

脳溢血をかへりみて　十二月

はげましの学びの友はみな別れ呆けの心静かにまもる　全

妹の手紙を書く見つつうらやまし筆とれど文字形ととのはず　全

松の葉を日課に噛みて余念なし病癒ゆるとわが思はねど　全

幼子の恵保《よしやす》可愛ゆ伯母われの膝にありつつしまらくおとなし

〔注〕大正十三年七月頃の作、妹小町そのが、生れた長男をつれていった時、扇子に書いて与えたもの、「恵保」は葭子の継母小暮のぶの生家が埼玉県入間郡小手指村北野にあり、通称「恵保《えぼ》の家」と言われていたものによる

大正十四年　――一八〇首――

名忘れし虫　日光　大正十四年五月号（第二巻第五号）

あといへばかとしもひびく悲しかるおのが言葉に口つぐみけり　全

筆とれば墨いたづらに紙をぬりて文字《もんじ》の形一つも成らず　全

秋の夜の月明きまどになきいでぬ名を忘れし虫のこほろこほろと　全

寝がへれば氷まくらの氷の音ひそかに我の耳にきこゆる　全

弱き身は早くすたれり天地のかそけきものも歌ひ得ぬ病　全

頭悪く手も口もきかぬ我がこころみださじと友も便りせぬなり　全

朝の空にいまか消えんとする星のしろじろとして目に残り居り　全

秋晴の日和つづきに吾子つれていづこともなく外にいでましを　全

銭菊は目の前鉢にさされたり細《こまか》なる花と細なる葉と　全

あやまちは悔いてかへらず人の世のなさけにすがり一日一日生く　全

何も出来ねば死ぬがましだとぢれ居し中気の叔父をしみじみ思ふ　全

年の暮銀座の街をもとほりし昔を思ふ年越えて病めば　全

路地の外ををりをり通る傘の音年暮るる町のしづかなる雨　全

苦しければ死なんと思ひたちまちにこころよければ癒えんと思ふ　全

幼子がひろひてきたる銀杏落葉一輪ざしにまとめさしたり　全

いねてきく枕にひびくここちよさ長屋の軒のもちつきの音　全

〔注〕大正十四年「身を病みて」の中に類似歌あり

頭悪きわれにはあれど生きてあるほどはまれにはよきこと思はん　全

妹の来しうれしさにくつろぎて今宵は言葉なめらかに語る　全

さびしさに病つのるもすべなかりとほくきこゆる蓄音機の音　全

いのちはもたすかりたれどいつまでも口のきけざるおそろしき病　全

やうやくに人によみ得る文字書き得しはがきの言葉おのれうれしかり　全

頭の病ややに癒え来ておのづからうつし心のわくさびしさよ　全

〔注〕大正十三年「未発表歌」十二月十八日の項にこの原型とおもわれる
「頭の病ややに癒えきておのづからうつつごころの湧くさびしさよ」がある

めざめゐて又ねむくなりぬ火の番の拍子木《ひやうしぎ》の音遠くききつつ　全

〔注〕大正十三年「未発表歌」十二月十八日の項に重複歌あり

ものにこりものにかかはるわが心出でてながむる夕空のさむさ　全

〔注〕大正十三年「未発表歌」十二月十八日の項に原型と思われる歌あり
「ものに凝りものにかかはるおのがこころ出でて眺むる夕空の寒さ」

脈みつつ病大いによろしといふ医師のよろこびいのちにひびく　全

セルロイドの舟　　少女号　大正十四年八月号（第十巻第八号）

〔注〕この一連一〇首は旧全歌集では「蟬」の題で集録されている。但し「用しつつ」の一首が収録落ち

この年もかなかな蟬のなきそめて夏の盛りとはやなれるなり　全

〔注〕「新思潮」大正十三年一月号と重複

わが裏の樹立に二つひぐらしのやや離れゐてこもごも鳴くも　全

〔注〕同じく「新思潮」と重複、但し第一句「家の裏の」となっている

この深き靄晴れたらば暑からんあしたゆゆしきみんみんの声　全

みんみんの鳴けばさびしもわが心きき入りにつつ昔おもほゆ　全

蟬の殻低くとまれる八ッ手葉に大木洩る日のあかるくさせり　全

〔注〕「新思潮」大正十三年一月の歌と重複

用しつつ忘れてありし金盥にセルロイドの舟はなほも走れり　全

〔注〕この一首旧全歌集の「蟬」に収録落ち、尚大正十三年発表「夕空」（掲載誌不詳）と重複

朽ちし樋の幾ところより夕立の雨むきむきにほとばしるなり　全

〔注〕「日光」大正十三年九月号「暑熱」の中の歌と重複、更に大正十三年「未発表歌」七月十日の項にこの原型と思われる歌あり、「雨樋の朽ちし穴より夕立の雨むきむきにほどばしるなり」

夕《ゆ》立《だち》して涼しくなりぬ白き蝶すだれのそとを舞ひすぎにけり　全

〔注〕「日光」大正十三年九月号「暑熱」中の歌と重複、更に大正十三年「未発表歌」七月十日の歌とも重複

夕立の雨なごりなく晴れわたり星のすがしき夜ぞらとなれり　全

〔注〕「新思潮」大正十三年一月の歌と重複

今宵吹く涼しき風は眼にしみぬにじみて見ゆる街のともし火　全

〔注〕「日光」大正十三年九月号「暑熱」の中の一首と重複

病床吟　日光　大正十四年九月号（第二巻第八号）

新聞紙に吾子が包みこしつくづくしすつかり萎れ青き粉吹けり　全

桜咲く時候となれど日日さむしされどさくらは盛りとなれり　全

うみたての玉子を人に貰ひたり毛のつきたるがいくつもあるも　全

さくら咲くほどは寒くて出でざりき今日は青葉のすがしきを見たり　全

自転車を走らせとほる店の小僧たんぽぽの花を帽子にさしたり　全

七夕の竹に結びし色紙の天の川天の川とみなつたなしも　全

色紙のぬれたる竹は七夕の翌日の朝に立てかけてあり　思ひ出二首　全

いのちかけてなすべきほどのことはあらね好きなることをなせば熱いづ　全

〔注〕「短歌雑誌」大正十四年九月号「身を病みて」と重複

今死ぬとはたおどろかぬこころもて日日に生くれば心やすけし　全

蝙蝠傘の軽きをさして濡るるままにあやふく歩く大雨の道を　全

梅雨晴の日の照りあつき往来を赤あきつ一つ地を低く飛べり　全

〔注〕「短歌雑誌」大正十四年九月号「身を病みて」と重複

物干の濡れしてすりにかたつむり七つばかりも這ひころがれる　全

電車自動車とぎるるまちてゆつくりと横ぎる往来しばしの眺めあり　全

天気なり思ふがままに水を湛へ顔を洗へばよきここちなり　全

がまんして今日も手紙をかかざりき熱の出づるを我とおそるる　全

往来の鉢に咲きたる姫葵とまりしづめる蝶を見てをり　全

〔注〕大正十四年「未発表歌」六月の項にこの歌の原型歌と思われるものあり、「往来の鉢に咲きた

る姫葵とまりむつべる蝶を見てをり」又「短歌雑誌」大正十四年九月号「身を病みて」と重複

あきらめてをれどときどきはかなしくひとり心を打沈めをり　全

わが病いまだ全く癒えざれば身をいとひつつ今日もただにあり　全

畳の上にころがされたる幼子は手をばしやぶりておとなしくをり　全

〔注〕右二首「短歌雑誌」大正十四年九月号「身を病みて」中にあり

すずらんの香気は高しいつしかにこの瓶の口にひびが入りをり　全

〔注〕前の二首と同じ「身を病みて」に類似歌あり

夜明がた頰白鳴けりこころもち病よろしく起きいでてあり　全

〔注〕「短歌雑誌」大正十四年九月号に同じ歌と思われるものあり、但し第五句が「起きいでて居り」になっている。大正十四年「未発表歌」と重複、但し第五句「床に起きるも」となっている

身を病みて

短歌雑誌　大正十四年九月号（第八巻第九号）

〔注〕一連三〇首は求められての自選歌と思われ、「医者の門の…」「そよ風に…」「なげきつつ…」の三首を除き●印七首は「日光」大正十四年九月号「病床吟」と、又〇印二〇首は同じく「日光」大正十四年五月号「名忘れし虫」と重複する

医者の門の柳の青葉ふさふさと繁りて夏の涼しくなれり　全

〔注〕「医者の門の」「そよ風に」「なげきつつ」の三首は旧全歌集中「身を病みて」（自選歌中より）とあり、恐らくこの「短歌雑誌」中の非重複歌を上げたものと思われる

そよ風に柳の青葉さゆられてはつかの黄葉の地に落ち散れり　全

往来の鉢に咲きたる姫葵とまりしづめる蝶を見てをり　●全

いのちかけて為すべきほどのことに《ことは（日光）》あらね好きなることをなせば熱出づ　●全

なげきつつ年月ふればおのづから眼とぢて祈るこころとなりぬ　全

わが病いまで《ママ》全く癒えざれば身をいとひつつ今日もを《ママ》だにあり　●全

畳の上にころがされたる幼子は手をばしやぶりておとなしくをり　●全

鈴蘭の香ひは高しいつしかにこの瓶の口にはひびの入りをり　●全

夜明がた頬白鳴けり心もち病よろしく起きいでて居り　●全

梅雨晴の日の照りあつき往来を赤蜻蛉一つ地を低く飛べり　●全

秋の夜の月明きまどになきいでぬ名を忘れし虫のこほろこほろと　○全

寝がへれば水《ママ》まくらの氷の音ひそかに我の耳にきこゆも《きこゆる（日光）》　○全

頭悪く手も口もきかぬ我こころみださじと友も便りせぬなり　○全

朝の空にいまか消えんとする星のしろじろとして目に残り居り　○全

秋晴の日和つづきに吾子つれていづこともなく外にいでましを　○全

銭菊は目の前鉢にさされたり細かなる花と細かなる葉と　○全

あやまちは悔いてかへらず人の世のなさけにすがり一日一日生く　○全

年の暮の《「の」は、なし（日光）》銀座の街をもとほりし昔を思ふ年越えて病めば　○全

路地の外ををりをり通る傘の音年暮るる街のしづかなる雨　○全

苦しければ死なんと思ひたちまちにこころよければ癒えんと思ふ　○全

幼子がひろひてきたる銀杏落葉一輪ざしにまとめさしたり　○全

いねてきく枕にひびくここちよさ真昼の軒のもちつきの音　○全

頭悪きわれにはあれど生きてあるほどはまれにはよきこと思はん　○全

妹の来しうれしさにくつろぎて今宵は言葉なめらかに語る　○全

さびしさに病つのるもすべなかりとほくきこゆる蓄音機の音　○全

やうやくに人によみ得る文字書き得しはがきの言葉おのれうれしかり　○全

頭の病ややに癒え来ておのづからうつし心のわくさびしさよ　△○全

めざめゐて又ねむくなりぬ火の番の拍子木の音遠くききつつ　△○全

ものにこりものにかかはるわが心出でてながむる夕空のさむき　△○全

脈みつつ病大によろしといふ医師のよろこびいのちにひびく　○全

〔注〕△印の三首は大正十三年「未発表歌」十二月十八日の中にあり、また大正十四年「日光」五月号と重複

日記　純文学　大正十四年九月号（第一巻第二号）

気のちがへる看護の人に用をあててあしたゆふべに腹立ててをり　全

おまささんはまたも寝ねをりやうやくに起して見ればまた床の上　全

〔注〕晶子、牧水、千亦、英一、慎吾、和夫、秋人の間に出ている。各人二首乃至三首

十一月集（の中に）　短歌　大正十四年十一月号（第三巻第●号）

大正十四年一月某日　遠藤琴子さま（もとの原田琴子さま）甲斐の国万沢村にて
お亡くなりになりました。その時私も病気でした。

君死ぬと涙もなくて聞きにけりわれも病の重き枕べ　全

葉書とりまことかと思ひ読みにけり脊の君の文字琴子は逝くと　全

むつまじき背の君とともに住めれども甲斐の山べは寂しかりけん　全

われもまた心臓わるし坂などをのぼりはえずと便りに言ひし　全

病めりともなきごとなどは言はざりし心のつよき君におはしき　全

すなほなる君にしありしひたすらに夫に従ひあへてそむかず　全

われもすぐに死ぬと思ひぬ友の死の見るからにわれのあはれとなりて　全

ふたものに煮しもの持ちて夫とともに貧しきわが家を訪ひし君かな（東京にありし日）　全

すなほなる心のうちにはげましのつよき心をひとり持ちゐつ　全

かはゆき子らに朝に夕べにまつはられ疲れし日をば送りたりけん　全

夫と子にいのち捧げてをはりまで堪へたることの涙ながらに　全

餅つく音　少女号　大正十四年十二月号（第十巻第十二号）

床に入れどねむたくあらず叔父さまが餅つく音は土間にひびくも　全
叔母さまがのしたる餅はつぎつぎにむしろの上にひろげられけり　全
門松にそつとかけたる輪かざりのうらじろの葉のはや枯らびたる　全

大正十四年未発表歌　七八首

一月七日

前よりは気取るところがなくなりて病気の文字の上手になれりといふ　全
いふことの巧みになればおのづから思ふことども賢しくならむか　全
春来れどいつものやうにたはやすく癒ゆべくもなしと医者はいふなり　全

四月

よろよろと病み衰へしからだなり夜半に桜の散るもおもしろ　全

別れ霜ぬれたる屋根にほのぼのと暁のいろほのめきにけり　全

恨みうらみ年を経ぬればおのづから目とぢて祈るこころとなりぬ　全

長病の湯にも入らねば時々は足袋ぬぎ足の皮を剝くかも　全

六月

水道のねぢのこはれて洩るる音夜の家うちの涼しくなれり　全

夜明がた頬白なけり心もち病よろしく床に起きるも　全

〔注〕「日光」九月号及「短歌雑誌」九月号の歌の原型か

かうもりの軽きをさして低き下駄危く歩く大雨の道を　全

おのづから歌作るこころも無くなれり一日も長く生きんと思ふに　全

生くるは戦なりとどもりつつ口をきくなり玄関の人に　全

金魚屋は小鉢の水のおのおのの揺れやまぬやうに静かに売りゆく　全

単衣やうやく着をり諸人の涼しき風を寒しと思ほゆ　全

長雨のやうやく晴れし昼の空黄いろの蝶のあざやかに飛ぶ　全

往来の鉢に咲きたる姫葵とまりむつべる《とまりしづめる（日光、短歌雑誌）》蝶を見てをり　全

〔注〕「日光」大正十四年九月号「病床吟」及「短歌雑誌」九月号「身を病みて」の歌の原型と思われる

無理と思へど自炊するなり小さなる鍋も薬缶も持つものみな重し　全

赫々と照りまた暗くなる朝のじいじい蟬の諸声低し　全

朝風に揺らめく朝顔遠く見ればうすいろが目につく何か知らねど　全

お隣の下駄屋の店の繁盛し夜晩くまで下駄つくる音　全

八月

たまたまに来たりし吾子が掃除して敷きかへし床に昼寝をするも　全

みんみんの声はなつかし騒がしき巷のひるを遠くも聞ゆ　全

頭の上を涼しき風のわたるなり睡らんとして湧く涙かも　全

いづくともなき虫の音にきき入りぬ静かに午後の日の射しにけり　全

床下に水押し入ると思ひつつ大雨の音にねむくなりたり　全

大雨の日はうらやすし戸を締めてうす暗き部屋にわが睡るなり　全

つくつくし今朝は鳴くなりよべの雨に水《み》づける家の多かりといふ　全

遊びながら手伝ふともなく手伝ひし吾子が帰りて肩の凝いちじるし　全

八月二十九日

父さんの靴を穿いたる向ひの子ころびて泣けるその白き靴　全

幼子の昔おもほゆ吾子が置きしきしやご南京玉あやとりの紐　全

をりをりは雨戸あくるが重たさに薄暗き室にひとりいねをり　全

石垣をいろいろの草おほい《ママ》たり歯朶を好める吾子とり遊ぶ　全

九月六日

ははこぐさ小さく一本咲きにけり高き石垣の下のところに　全

この坂を今年はじめてのぼりたりそれほど疲れず明日ものぼらむ　全

味噌汁の今朝はうれしも大根の千六本の細かく切れたり　全

秋祭に秋風吹きてわが軒の赤き提灯かるく落ちたり　全

お祭の提灯なれば丁寧に拾ひてくれぬいたづら児なれど　全

秋祭り雨晴れたれば大太鼓子供朝より引廻るなり　全

雨あがり家も木立も濡れてあり病癒えたるよろこびに満つ　全

机に向ひ字を書くときはかなしもよ病癒えざる我をし思ふ　全

九月

花の数乏しくなりぬ夕顔のひらく蕾は露けかりけり　全

友も病み弟も病みわれも病みてともに相逢ふすべのあらぬか　全

子供らが窓の障子を的にして豆鉄砲を打つ叱らずにをられず　全

こほろぎは夕餉なかばに鳴きいでぬ温き飯の冷めにけるかも　全

〔注〕「日光」大正十五年一月号「窓」の歌と重複、但し「温き飯をわれは喰べをり」になっている

秋晴れて障子にあたる日の匂ひ朝の新聞を立ちつつひろぐる　全

〔注〕「日光」大正十五年一月号「窓」の歌と重複、但し「朝の新聞立ちつつひろぐる」となっている

十月九日

おのづから寒くしなればつのる病米をとぎつつ涙ぐむわれは　全

十月の半となれり水はまだ冷たからねど我手はしびるる　全

死なせ難しと吾に言ひたる君が言葉まこととなりて吾はまだ生く　全

この友の思ひやり深しわれここに死なばかへりて幸くありなむ　全

むなしき命といへど病いえしこのよろこびの大きかりけり　全

子供らがつかまるによき棗の樹幹すべらかに年ふりにけり　全

今置きし物の置場を忘るるは老のあかしとさびしかりけり　全

十月

このあした梢吹く風の寒ければ木の葉たちまち色づくおもほゆ　全

やうやくに夫が買ひくれし藁蒲団しばらく寝ねず打眺めをり　全

着て見れば袖のしつけのかかりをり躾もとらず我の着てゐし　全

裄も丈も我のからだに丁度よし友が送りしこの綿入羽織　全

〔注〕「日光」大正十五年二月号「贈られし羽織」と重複、但し下句が「友がおくりし綿入羽織」となっている

秋空はけふも晴れたりこの空を出でて仰げばこころ足らへり　全

外出眩ひす　十月二十九日

隣りの人さかひの路地を明け暮れに掃きくれをれど礼もいひえず　全

歌よめば病に悪し然れども歌をよまねばさびしかりけり　全

癒えざればそれまでなれどこの頃は夜も真昼もひたに寝ねをり　全

十一月

雨の降るこの往来によごれたる手拭一すぢ落ちてゐるかも　全

〔注〕「短歌雑誌」大正十五年一月号「をりをりに」の歌と重複

この頃は歌もよみえず朝に夕にこころもとなき日をば送れる　全

わが心いらだちにつつ愚かなる人のいくたりをのろひけるかも　全

寒寒と日は暮れそめぬこの夕べおだやかにして羽虫とぶ見ゆ　全

雨の降る枳殻の垣に蝸牛いくつもいくつも角出し這ひをり　全

この日はも埃だらけのわが家に菊の花あまた人の持て来し　全

〔注〕「短歌雑誌」大正十五年一月号「をりをりに」と重複

この夕べ着きし雑誌を読みゐつつ芋のこげるを気づかざりけり　全

色濃くて黒みを帯べる緋の菊のこまかき花びら円く重なる　全

十一月

食べたしと夜半におもひし沢庵の朝としなれば食ひたくもあらず　全

めまひして今か倒るると思ふことの幾度かあれどいまだ倒れず　全

〔注〕「短歌雑誌」大正十五年一月号「をりをりに」の歌の原型か、「めまひして今か倒るる我なれどいまだ倒れずこと無かりけり」

訪づれ《ママ》は病にわろし断りて逢ひたき友と逢はず吾がをり　全

〔注〕「短歌雑誌」大正十五年一月号「をりをりに」の歌「歯の落ちて話しがたし断りて逢ひたき人にも逢はずわがをり」の原型か

二葉三葉枝にのこれる枯葉さへやがて落つべき冬となりにけり　全

〔注〕同じく「をりをりに」と重複、但し第五句「冬となりけり」になっている

干葉にせんと軒に乾したる大根葉の黄色くなりしが雨に湿りぬ　全

〔注〕同じく「をりをりに」と重複、但し「干したる」「雪にしめりぬ」になっている

つぎつぎに快からぬことのありわが我儘のためなりと思ふ　全

やや瘦せて口の大きくなりし吾子の背もいちじるく伸びにけるかな　全

〔注〕同じく「をりをりに」の歌と重複、但し第四句「背はいちじるく」となっている

十二月

寒き風吹き入る障子の隙間より雪降る外のはつかに見ゆも　全

何かたのしき思ひわきをりこの命の生きんのぞみはなしと思ふに　全

〔注〕大正十五年、昭和二年の「未発表歌」の中にもこの一首あり、但し「この病の癒ゆる望みは」となっている

年頭子供の書初の料として

新搾りゆたかに乳はあふれたり親牛仔牛のどかに遊べる　全

大正十五年（昭和元年）——三七八首——

窓

日光　大正十五年一月号（第三巻第一号）

なま乾きの襦袢を干すとひろげたり小蜘蛛二つゐてちりぢりかくれぬ　全

うつとりと窓によりをりて童らのかくれんぼの声におどろきにけり　全

今日よりは一人なりけり小さなる鍋もやかんも持つものみな重し　全

このごろは低きところに蟬とまり大き子供はとらずなりにし　全

玄関の土間に水入りてしとどなりそこに手紙を投げ込みてゆきぬ　全

駅につきて日は暮れにけり俥に乗りなほはるばるとひとりゆくなり（二首思出）　全

降るごとき虫のこゑなり俥屋が提灯とぼす畑原の道　全

何事も心にかけず一日も長く生きむとおもふなりけり　全

〔注〕大正十四年「未発表歌」六月の歌に類似歌あり「おのづから歌作るこころも無くなれり一日も長く生きんと思ふに」

この冬も生くと思へかあくせくと冬着の支度かんがへてをり　全

こほろぎは夕餉なかばに鳴きいでぬ温き飯をわれは喰べをり　全

〔注〕大正十四年「未発表歌」九月に類似歌あり、但し「温き飯の冷めにけるかも」となっている

堪ふべくは一人住ままし口きけば病にわるしさびしけれども　全

秋晴れて障子にあたる日の匂ひ朝の新聞立ちつつひろぐる　全

〔注〕大正十四年「未発表歌」九月に重複歌あり

幼子が持ちて遊びし扇なり要のとれてすててありけり　全

夜半に目ざめどよもし《とよもし》（全歌集）聞こえしこほろぎの夜明くるままに一つ一つ聞こゆ　全

ゆあがりの心地のよさよやうやくに湯に入り得るからだとなりし　全

甲斐あらぬいのちなれども病癒えしこのよろこびは大きかりけり　全

をりをりに　短歌雑誌　大正十五年一月号（第九巻第一号）

黄と赤と交ぜてさしたるこの小菊おのおの花つつましく咲けり　全

畑より友がとり来しこの小菊根元の枯葉しめりたりけり　全

雨の降るこの往来によごれたる手拭一すぢ落ちてゐるかも　全

〔注〕「未発表歌」大正十四年十一月に重複歌あり

めまひして今か倒るる我なれどいまだ倒れずこと無かりけり　全

〔注〕同じく十一月の歌にこの原型歌と思われるものあり

歯の落ちて話しがたし断りて逢ひたき人にも逢はずわがをり　全

〔注〕同じく十一月の歌にこの原型歌と思われるものあり

この日はも埃だらけのわが家に菊の花あまた人のもてこし　全

〔注〕同じく十一月に重複歌あり

いつになく味のよかりし昼餉あと髪に油をぬりにけるかな　全

往来のぬれたる土は灯に照らひ月はほのかなりうすぐものなかに　全

干葉にせんと軒に干したる大根葉の黄いろくなりて雪にしめりぬ　全

〔注〕同じく十一月にこの原型歌と見られるものあり「黄色くなりしが雨に湿りぬ」となっている

いささかの事にこころのたかぶりてねむれぬ夜の打つづくなり　全

すこやかにならばとわれは心にもなきこと言へり逢ふ人ごとに　全

二葉三葉枝に残れる枯葉さへやがて落つべき冬となりけり　全

〔注〕同じく十一月に重複歌あり、但し第五句「冬となりにけり」となっている

やや痩せて口の大きくなりし吾子の背はいちじるく伸びにけるかな　全

〔注〕同じく十一月に重複歌あり、但し第四句が「背もいちじるく」になっている

はねつきて　少女号　大正十五年一月号（第十一年第一号）

除夜の鐘峠をこえて今しとほくゴーンゴーンと鳴りいでにけり　全

おばあさまに先におきられくやしかり元旦の朝泣きにけるかも　全

向う山の松は伐られてすがすがし初日うらうらのぼりけるかも　全

着物きかへただあちこちを歩みをりお正月こしうれしさにわれは　全

羽子つきてつめたくなれば炬燵にあたりひと時ぬくもればまたいでてつく　全

元日の夜ねるときとなりにけりあしたはもはや二日とおもふ　全

道の雪こほりてかたしかるた会かへる月夜はふけにけるかも　全

四季歌双六より　　少女号　大正十五年一月号　少女号附録双六

〔注〕「少女号」の正月附録双六で彩色の少女の絵に歌があしらわれたもの、四季の少女向け旧作より選んだものと思われる

初春の空

やまこえてともをたづぬるはつはるのまひるのそらにふじあらはれぬ　全

〔注〕「少女号」大正九年一月号「田舎の初春」の歌と重複

庭の桜

わがにはのさくらはよめにほのしろしとひこしともをおくりいづれば　全

〔注〕「少女号」大正十年四月号、題不詳の歌と重複

傘さして

かささしてつかひにあるくむらのみちすもものはなにあめはけぶれり　全

〔注〕「少女号」大正九年四月号「傘さして」と重複

羽織きて

ふるさとのそばがたびたるはおりきてはごつくはるのあさはきたれり　全

〔注〕初出掲載誌不詳

朝の霜

わがぬかにしづくおちたりいろふかきもみぢをぬらすあさのしもかも　全

〔注〕「少女号」大正九年十一月「石の上を」と重複

藤の花

たにがはのながれにそへるほそきみちふじのはなさくしたをとほりぬ　全

〔注〕「少女号」大正九年五月号「むらさきの花」と重複

ねむの花

かはこせば涼しかりけりくるぶしをながるるみづにねむのはなちる

〔注〕「少女号」大正九年八月号「河原あそび」と重複、この歌旧全歌集に収録落ち

柿おちば

あきかぜはそらよりふきてここちよしちりしけるかきのおちばのくれなゐ　全

〔注〕「少女号」大正十年十一月号「ちりたて」の歌と重複

贈られし羽織　日光　大正十五年二月号（第三巻第二号）

心がけて友がおくれる綿入の羽織早速着ても見しかな　全

来るといひしその友は来ずわがために仕立し羽織のみ送り来たれる　全

ゆきも丈もわれのからだに丁度よし友がおくりし綿入羽織　全

〔注〕大正十四年「未発表歌」十月に重複歌あり、但し第五句が「この綿入羽織」となっている

惜しがりて着ねばと友はわざわざに木綿の羽織ぬひてくれたり　全

あたらしき羽織着たれば思はずも鏡の前にわれの立ちつつ　全

贈られし花

束《たば》ねたる針金解きて瓶にさす花はうつくしくひろがりにけり　全

アスパラガスよき程交ぜてカーネーションも黄いろのばらもほのかなりけり　全

はなびらは八重にふくらみあかるかりしべの小さきこのうす黄のばら　全

わが心さびしくなりぬこのばらのうす黄のいろにあまりしたしむ　全

落葉

空晴れて寒風吹きぬ日もすがら落葉の音のかさかさとして　全

地を擦りて風にはこばるる落葉の音砂に交りてかそけかりけり　全

からたちの垣にとまりし枯落葉風吹きてつひに土に落ちたり　全

掃きよせて焚くべきほどはあらねども屑葉たまりてゐたりけるかも　全

うす氷

日光　大正十五年三月号（第三巻第三号）

このごろは心のどかなりこの病いよよ悪ければ死ぬまでなるも　全

夜半に起るあらしなりけり襲ひきて板戸をいたくゆすぶりにけり　全

ゆくりなくわが子のことをおもひいでていらだちし心なごみ来にけり　全

ひるちかく冬のうす日のさしそめし窓の障子はよごれたりけり　全

清らなる水に張りたるうす氷直線のひび入りにけるかも　全

厨の戸けさは開かぬなり力入れて開けんとすれば凍りつきてあり　全

やや厚くこの朝張りし鉢の氷とけそめたれば水に浸りぬ　全

鉢に張りし氷厚けれど指に圧せばいづくともなく水滲むなり　全

鉢に張りしかちかちの氷指ふるれば指のぬくみにいささか解くる　全

ひるちかく障子にさしし冬の日のたちまちにしてかげりたりけり　全

しづかなるこの夜半にして消防の自動車ゆくや警笛聞ゆ　全

われ病みて幸ひなりき死なばなほ幸ひならんこの夢心地　全

遠き母を心ほのかにたのみゐるわが子のことのおもほゆるなり　全

夕餉終へてねるばかりなり火をつけて寝炉の灰を入れ代へにけり　全

雨あとの宵づく空はあかるみぬそこにほのかに月かかりたり　全

わらぶとん敷きてこの冬はあたたかなり或ひは病いゆるかも知らず　全

書けぬ字にても《ママ》もの書くことがこのわれの苦しくもまたたのしみなるも　全

〔注〕旧全歌集「書けぬ字にてもの書くことが」とある。「も」が一字多い

わが庭の南天の葉は霜にやけて紅くうつくしくなりにけるかな　全

冬至すぎて一日一日に日は伸びぬけふの日ざしの明るかりけり　全

わが家とさだめられたる家ありて起き臥しするはたのしかりけり　全

あたらしきセルの前掛一つ買ひにこにことしぬ大みそかのゆふべ　全

一人をれば家さへ寒しはやすでに元日の日の暮るるなりけり　全

〔注〕「短歌雑誌」大正十五年九月号と重複

見馴れざる少女のいでて羽子つけりわが家の前のここのとほりに　全

うつくしき晴着をきつつ少女らの羽子つく春のわれにうれしも　全

追羽子の少女らかへり元日の夕べの空に小さき星一つ　全

女童《めわらは》と大き男と羽子《はご》つけり障子をすこしあけて見しかな　全

〔注〕旧全歌集第二句「大き男子」となっている

片手をばふところ手してのどかなり店の番頭羽子つきあそぶ　全

門松のとり払はれてうらすがしつねの心になりたりと言はん　全

○　少女号　大正十五年三月号（第十一年第三号）

れんげさう花一めんに開きをりこの田圃をば草履にて歩む

この畔に長き短きつくつくし一本ふみぬ歩みかたしも

そぞろゆくわがうしろより蝶二つ肩をかすめて舞ひゆきにけり　全

山の上にたたづみて村を眺めたり木の間に高きうぐひすのこゑ
小川の水くねりて流るそこここに低き橋あり渡るがおもしろ
山ざくらさかりすぎたり友の家にこのいく日をあそびすごしつ
丘の上に麦あをあをとなびきをりもとのわが家は畑となりて　―ふるさとの友の家に遊ぶ―

春の雨

日光　大正十五年四月号（第三巻第四号）

〔注〕一連二三首中●印のついた一二首は「匙」昭和二年二月号の「春の雨」と重複している

寒き日を薬をとりにゆく人に気兼をしつつくすりのむなり　全
だまりて祈らましだまりて祈らましこの身はひとりしづかにあるに　全
からうじて一つづつ書くわが歌よこの原稿のきたなかりけり　全
芥箱の上にすてたる門松の青々として初雪降れり　●　全
青空に吹き散らされし白雲の光ぞ寒くかがやきにける　●　全
窓の戸をはや閉むるなり夕雲の赤くちぎれてけふの寒けさ　●　全

冴えわたる月の光に底見えて清き鉢の水こごりそめたり　●全

〔注〕「青空に」と共に「短歌雑誌」大正十五年九月号「雨後」と重複

朝空のけふもうつくしく晴れわたりげによくつづく天気なりけり　全

人毎に気の毒と思はれしうつしみのさびしき姿に思ひいたりぬ　全

心すねて何も言はざるかたくなの少女も交り鬼ごとをせり　全

綱引のかけごゑすれど子供どちまことは誰も綱は引かぬらし　全

〔注〕「短歌雑誌」大正十五年九月号「雨後」と重複

朝戸あけてしばし眺むる空のいろうす紫にややかすみ見ゆ　全

夕ぐれとなりて毬投はじめけりあそぶ子どもの心のどけし　●全

この夕べ窓の板戸にはずみたるそのごむ毬は大きくあらん　●全

ひらきたるからかさにそそぐ春雨のこまかき音のさやかなるかも　●全

身にしみてこころよきかな久々に降りいでし雨のしたたかに降り　●全

空明るく雨晴れにけり雨だれの水は澄みつつ砂沈みをり　全

〔注〕「短歌雑誌」大正十五年九月号「雨後」と重複

町中の庭なき家に病みこもり立木の梅は今年も見ざらん　●全

印絆天着たる男が紅梅の大き一枝を持ちてゆきけり　全

わかれたる枝のさきまで蕾持ちこの紅梅のいみじかりけり　全

春の雨夜半に降りいでわが屋根に音あたたかくふりそそぎをり　●全

〔注〕「短歌雑誌」大正十五年九月号「雨後」と重複

ふる雨は地《つち》にあまねしたちまちに溝の水増したぎち流るる　●全

みないねて人しづかなりいたづらにさ夜の凩吹きすさぶかも　●全

春の夜　少女号　大正十五年四月号（第十一年第四号）

春の夜は心のどかに楽しかり友に呼ばれてトランプするも

おぼろなる月の光をたどりつつ庭の清水に口すすぎたり

病床の春　少女文芸　大正十五年四月号（第一巻第一号）

時の間も咲きよそふらし夕ぐれのしづけさの中にゆれゐるさくら　全

〔注〕大正十三年「未発表歌」四月八日の歌と重複

花はみな梢と思ふにこのさくら根かたに芽いでて二花咲きをり　全

去年の今日はさくら咲きみち友訪ふと坂さへのぼりわれのゆきにし　全

〔注〕大正十三年「未発表歌」四月八日の歌と重複

この夕べ窓の板戸にはづみたるそのごむ毬は大きくあらん　全

ひらきたるからかさにそそぐ春雨のこまかき音のさやかなるかも　全

身にしみてこころよきかも久々に降りいでし雨のしたたかに降り　全

〔注〕右の三首及「町中の」「朝戸あけて」の歌は「日光」大正十五年四月「春の雨」と重複、尚この「病床の春」は自選歌と思われるが、一〇首中、七首のみが旧全歌集に収録されている

このまひる俄に暗く空くもり雪降るやがて風吹きいでつ　全

妹上京

いづこにも梅の花咲き外《と》いづればまこと春なりと妹話すも　全

町中の庭なき家に病みこもり立木の梅は今年も見ざらん　全

朝戸あけてしばし眺むる空のいろうす紫にややかすみ見ゆ　全

病床雑歌

日光　大正十五年五月号（第三巻第五号）

直立《すぐた》てる電柱太しそのそばに光りつつ小さし四日頃の月　全

うつしみはさびしきものか久々に月かげ仰ぎうれしくなりぬ　全

何もみなすててしまへといましめし医師の言葉はつねに思ほゆ　全

〔注〕「短歌雑誌」大正十五年九月号「雨後」と重複

やうやくにからだあたたまり床の上にゐる安らかさしみじみ思ほゆ　全

ややにして心おちつきまことにもあきらめたれば元気いでつる　全

はつかなる戸のすきまより火の番の提灯の灯の明るく見えし　全

〔注〕「短歌雑誌」大正十五年九月号「雨後」と重複

あかときの小床にめざめめづらしく鳥のこゑを聞きにけるかも　全

おそひ来るうれひはたやすく除《の》けがたし夜半の小床に起きあがり悶ゆ　全

めざむればしづかに春の雨降れり聞きつつ居ればいや降りしきる　全

〔注〕「短歌雑誌」大正十五年九月号「雨後」と重複

家の前にぼんやりとして立ちをれば言葉をかくる人のありけり　全

妹がこの日来たりて敷きかへし白き敷布の洗ひたての匂ひ　全

雨の音に心やはらみたちまちにねむりたるらし春の夜の眠り　全

うれふればからだ見るまに弱るなりおろかと思へどせんすべなきに　全

〔注〕「短歌雑誌」大正十五年九月号「雨後」と重複

いちじるく春暖かきけふきのふ素足の人を多く見うけぬ　全

このごろのしづかなる心告げてこし友の手紙は簞笥にしまひぬ　全

ゆくりなく雨雲とぎれ照りいづる夕日明るし朝のごとしも　全

春の淡雪

少女文芸　大正十五年五月号（第一巻第二号）

かるやかに宙に舞ひつつ乱れつつ春のあは雪はらはら降るも　全

やや大き障子の破れ目ゆふる雪の見えつつたのしたびたび見るも　全

春の雪あはれ美しはらはらと降りつつ降りつつすこしもつもらず　全

戸をあけておどろきにけりあかときを白雪は今し盛んに降れり　全

子も親もゆるゆるねむり日曜の朝は隣の家しづかなる　全

ゆるやかに祈りの鐘の鳴りいでぬ聞きつつ今宵のあたたかさはも　全

ふくらめて口を離せばおのづから風船の笛は力なく鳴る　全

幼き日村の祭りにわが欲りし風船の笛今聞きにけり　全

三月のはじめといふに紅ゐの大き苺をいただきにけり　全

をりからによき友来り君が贈びし初物の苺共に食うべつ　全

春

週刊朝日　大正十五年五月九日（第九巻第二十一号）

〔注〕一連一〇首は旧全歌集に収録落ち

ほのかなる白雲うかべり動きつつやがて消ぬべし春の大空

どんよりとまひるの空の曇りたり四方の桜のふふむころかも　全

〔注〕右の一首は「日光」大正十五年十二月号の「をりをりの歌」、及び「短歌雑誌」大正十五年九月号の「雨後」と重複

咲きたらむ四方の桜を思ひをれば昨夜《よべ》はさくらの夢を見にけり

軒の端の雀のむれのさへづりも今朝はこころよく聞きにけるかな

軽業のごときあやふきわが命なほ生きてをりあはれおもしろ　全

夜をこめて瓶のさくらの咲きゆくをめざむる毎にわれは見にけり

うつくしさこの世のものとも思はれずしみじみとさくらうち眺めをり

外いづるも家にこもるもみな好きなり永久《とは》にのどかにわれ生きましを

わが心しづかにありなむ桜咲くこの春の日をしづかにありなむ

春の月は大きかりけり宵空に光なごみてまどかなるかも

春あらし　日光　大正十五年六月号（第三巻第六号）

春あらし吹きどよもせば物干の竿竹一本屋根におちたり　全

瓦屋根に吹きおとされし音きけば物干竿は割れてゐるらし　全

きたなき下水の溝に子供たちぼうふらすくふ頃となりけり　全

今年こそ見むと思ひし町のさくらつひにわれ見ず春過ぎんとす　全

〔注〕「短歌雑誌」大正十五年九月号「雨後」と重複

春の空に白雲うかびひる近し一年生の子らはや帰る　全

羽織ぬぎ足袋をぬぎすて春の日をからだもかろくわが子やあそぶ　全

ゆくりなく眠さめたるこの夜半のあまりしづけしわれ生きてをり　全

ひとときの安らひなれど安らひてなほ一日の命を生きむ　全

〔注〕「短歌雑誌」大正十五年九月号「雨後」と重複

春の日のあたたかなればうつつなし机によりて居眠りにけり　全

家近き氷川の森に咲くさくら思ひつつ今年もつひに見ざりき　全

わがからだいたくよわれりいささかのこのよろこびに堪へられぬらし　全

〔注〕「短歌雑誌」大正十五年九月号「雨後」と重複

うつしみの口にするだに穢らはしかく思ひつつ心苦しむ　全

むらぎもの苦しき夕べゆくりなく強き地震《なゐ》ふりややなごみけり　全

わが心永久にしづまる時しなけん鏡に見たるわれの眼ざし　全

この苦しみ堪へおほせたらばいかばかりゆゆしからまし思ふだにゆゆし　全

みづからを悔い愧ぢらひて嘆く時又また人を怒ること起る　全

わが軒の用心水に紅ゐの桃の花びら散り浮きにけり　全

風雲《かざぐも》のひろごりひろごる大空にたまたま見えたる昼の月あはれ　全

ひんがしにあらはれし虹ややに消え雲切れて見ゆる大空の青さ　全

遠くして何木《なにき》かわかねいちじるく梢青みて聳えたるかも　全

軒の雀　草の実　大正十五年六月号（第二巻第六号）

〔注〕一連一〇首は旧全歌集にまとめて収録されておらず●印の四首のみが「日光」の大正十五年五月号「病床雑歌」の続きに収録されている。理由は不明

あけがたの軒の雀のさへづりもつねこころよくききにけるかな　●　全

仰むけに土に落ちたり蟬のいのちいまだ死ななく羽搏きにけり　●　全

吾子が持つもやひの傘にわが濡れず買物もみな吾子が持ちたり　●　全

青空に吹き散らされし白雲の光ぞ寒くかがやきにける　全

〔注〕「日光」大正十五年四月号、「短歌雑誌」同九月号と重複

幼子は小さき諸手を赤くして雫滴る氷持ちたり　全

厨の戸けさは開かぬなり力入れて開けんとすれば凍りつきてあり　全

一人をれば家さへ寒しはやすでに元日の日の暮るるなりけり　全

〔注〕「短歌雑誌」大正十五年九月号「雨後」と重複、尚「厨の戸」「一人

をれば」と次の「わが家と」の三首は「日光」三月号「うす氷」と重複

わが家とさだめられたる家ありて起き伏しするはたのしかりけり　全

〔注〕同じく「短歌雑誌」大正十五年九月号と重複

軽業のごとくあやふきわが命なほ生きてをりあはれおもしろ　●全

〔注〕「週刊朝日」大正十五年五月九日の「春」と重複

みないねて人しづかなりいたづらにさ夜の凩吹きすさぶかも　全

〔注〕「日光」大正十五年四月号「春の雨」と重複、さらに「匙」昭和二年二月号「春の雨」と重複

花瓶

少女文芸　大正十五年六月号（第一巻第三号）

春の日のあたたかなればおのもおのも三人の友の訪ね給へり　全

屋根のへにうすき白雲うかびたりやよひの空の晴れなごみつつ　全

病むわれの為すことはみなおろそかなり心ぐるしき日を重ねつつ　全

先生に教はりながら丁寧に吾子が縫ひたるわが肌襦袢　全

枕べに三輪いみじきカーネーション色とりどりに咲きほこりをり　全

たまひたる美しき花を瓶にさし寝ねつつ見をりひとりしづかに　全

春あらし吹けばゆゆしも枕べの瓶の花さへゆらぎけるかも　全

ほのかなるひとへのさくら咲きにけりわが枕べの花瓶にして　全

いつさんにはげしき春雨降りいでぬ打たるる桜思ふに堪へず　全

何鳥か欅の枝の中にをりいまだ芽ぶかねばあきらかに見ゆ　全

寒き日　詩歌時代　大正十五年六月号（第一巻第二号）

遠くさす夕日の光よわよわし冬木のうれにいまださしつつ　全

箒持ちて座敷を掃きぬおのづからからだのかろくうごく今朝はも　全

初雪のいささか降りぬ屋根に白く枯木の枝にはつもらざりけり　全

乾きたる地のおもてに今朝降りしこのうす雪のま白かりけり　全

寒き日はしづかにいねてのどかなる春を待てとふにうなづきにけり　全

昼の床に暖まりつつ鉄瓶の口よりあがるゆげを見てをり　全

幼子は小さきもろ手を赤くしてしづくしたたる氷持ちたり　全

〔注〕右の歌は「短歌雑誌」大正十五年九月号「雨後」および「草の実」六月号「軒の雀」と重複

欅若葉　日光　大正十五年七月号（第三巻第七号）

わが裏の大木の欅こまやかに梢けぶりて今萌えんとす　全

おり立ちて仰ぐ大空くまなく晴れすがすがしもよ若葉そよげる　全

〔注〕この二首は「短歌雑誌」大正十五年九月号と重複

空晴れて欅若葉のあさみどり影もとどめずそよぎけるかも　全

たまたま風大き吹き欅の若葉やはらかなる音立てにけり　全

ゆたかにも欅の若葉しげりたりこずゑおのづからたわみてゆらげり　全

○

今年つひに桜を見ずとわが言へば来年は見得べしとすぐ言ひし友は　全

友の肩につかまりながら歩みゆき大家の藤を遠く眺めし　全

指さされてわれは見にけり藤の花むらがり咲きてほのけかりけり　全

五月の半ばといふにこの寒さ道ゆく人ら肩すぼめをり　全

花瓶に今日はつつじのさしてあり二階の人がさしてぞくれし　全

子をつれて人らたのしげなり浅草へ行かん話をしながら通る　全

われ病みて久しく掃かぬ軒下に草青々と生ひいでにけり　全

〔注〕「短歌雑誌」大正十五年九月号「雨後」と重複

軒下を少しく掃きぬ生ひいでし草いささかもむしらざりけり　全

すこしづつ書をよみては窓により外をながめてたのしかりけり　全

まづしき色はつか見えたる軒下の小草の花をはや誰か摘みし　全

あれちのぎく野げし犬がらしなどわが軒の敷石のきはに生ひいでにけり　全

弟の死

わが弟一とせ前に死にけるをまはりの人らわれに秘しおきし　全

一とせあまり弟の死をかくしおき人らたくみにうそのみ言ひし　全

弟の死を一年あまり気づかざりし心の鈍さ思へばくやし　全

死にたりと聞きて心のおちつきぬ死にたる弟思ひつついねむ　全

ともに病み永久に逢ひえぬを嘆きしか弟はすでに亡き人なりし　全

ただならずつねに気になりし弟はすでに他界の人なりしなる　全

ふるさとゆ来し義妹《いもうと》に吾子はまこと生きてゐるやといきなり問ひし　全

みじめなる家のありさま長く見ず早く死にたるは幸ひなりし　全

わが心知る人は無しあたり前のわれの心を知る人は無し　全

ふるさとを立つ朝

俥屋のなかなか来ねば縁側に伏して弟はまこと泣き居りし　全

虹きゆる空　少女文芸　大正十五年七月号（第一巻第四号）

向つ岡の一もと柳若芽萌えあしたの風に青くなびけり　全

ほのぼのと若芽萌えたる糸柳風烈しくてみだれみだるる　全

空曇り風もし無ければ萌柳しづかに垂りてしだり枝揃ふ　全

埃風やうやくなぎし春の空夕かたまけて明るく澄みぬ　全

あたらしき鞄をかけて並びゆく一年生の子らのよろしさ　全

障子あけて早き夕餉を食しをれば散歩がへりの人らとほるも　全

この町に幾とせ住みてわれ知らずいづこの花の飛び来るならん　全

ひんがしにあらはれし虹ややに消え雲切れて見ゆる大空の青さ　全

〔注〕「日光」大正十五年六月号「春あらし」と重複

溝のべにみみずこゑ清く唄ひをり今宵あたたかし夏さりぬらし　全

屋根の上に満月大きくのぼりをり雨戸さしかねしばし眺めつ　全

夏の歌　常春　大正十五年七月号（第六巻第●号）

夕立して涼しくなりぬ白き蝶すだれの外を舞ひ過ぎにけり　大正十三年八月麻布谷町宅

〔注〕「日光」大正十三年九月号と重複、求められての自選歌と思われる

溝のべにみみずこゑ清く唄ひをり今宵あたたかし夏さりぬらし　全

大正十五年五月はじめ麻布谷町宅

〔注〕「少女文芸」大正十五年七月号と重複、前の歌と同様自選歌と思われる

百合　日光　大正十五年八月号（第三巻第八号）

青白き大き蕾の先を破り百合は匂ひを吐きそめにけり　全

〔注〕「短歌雑誌」大正十五年九月号「雨後」と重複

枕べに咲きたる百合の匂ひしるく眠りかけたるわれをさましぬ　全

枕べの百合のにほひのあまり強し花の向きをば変へていねけり　全

思ひきり花瓣《はなびら》そらし白百合は力一ぱいの匂ひを吐くも　全

わが室の白百合今を咲き盛りいづくにゐても百合の匂ひす　仝

五花《いつはな》の大き白ゆり咲き輝き幾日あかるきわが室ならむ　仝

軒に立ち夕空あふぎとりとめなし室の白百合ここまで匂ふ　仝

夏の光り空にみなぎりそよぎゐる欅の諸葉しらじら光る　仝

今日もまた歩みの稽古杖につく傘ぞさしたき暑さとなれり　仝

ほほゑまし郵便片手に持ちながらこの配達は犬を撫でをり　仝

大丈夫と言ひきりてひとり行きけるにあやう《ママ》きあやう《ママ》き思ひしにけり　仝

ポストまで十四五間なり

ポストまで行きがたくして幾たびも一つの手紙持ちかへるなり　仝

やうやくに歩みゆきけるに子に送る雑誌厚くしてポストに入らず　仝

兵営の起床のラッパさはやけき朝の空気に鳴りひびくなり　仝

わが子所沢にあり、新聞を見て

デンマーク飛行機歓迎の写真のれり旗振る子らに吾子交るなり　全

大掃除

病気にて大掃除出来ずと言ひたれば治らばせよと巡査言ひけり　全

大掃除延期の札を門に貼り障子をしめてひとりこもれり　全

ひと月も思ひかまへつ今日こそは畳を干して大掃除なす　全

やとひ人《びと》障子の脚を切りてくれぬ幾年ぶりにはづれし障子　全

病床のかたへにすわり夏の日を障子張るなりひとりたのしく　全

畳あまりよごれたればと妹は上敷茣蓙を買ひて届けし　全

障子を張りあたらしきござを敷きにけり訪ね来む友らよろこびくれん　全

小心

日光　大正十五年九月号（第三巻第九号）

あきらめねばならぬすべなきうれひなり枕為《し》直しよくぞ眠らむ　全

にはかに真夏のあつさおそひきぬ思ひをなほし衣更せん（六月はじめ）　全

すべなくて妹を呼び告げけるにおろかと言ひて相手になさず　全

あきらめんにあきらめられず悶えをり今日のひと日はたふときものを　全

なほやつぱり神はましけりうつしみのすべなき時し人ぞ来れる　全

まことわれはすこしおろかなりもろ人に笑はれんことをいたくおそるる　全

梅雨晴れ

梅雨晴れて暮るるにおそき今宵の空なごみうるみて星生《あ》れにけり　全

梅雨晴れて今宵の空のひろやかさ星の光ぞ涼しかりける　全

すばる星廂の上にありにけりからだかしげて縁側ゆ見し　全

しばらくの午睡よりさめ午すぎか或《ある》は午まへかしばし迷ひし　全

あぢさゐのさかりの花をわれ見たり目ざむるばかりの紫の映え　全

月の光おぼろかにしてむし暑しかすかに感ず遠きいなづま　全

ながからぬ命おもへば明かし暮らすひと日ひと日のたふとかりけり　全

かなかな蟬しきりに鳴きて夏深し雲夕焼けて棚引きにけり　全

〔注〕右の二首は「短歌雑誌」大正十五年九月号「雨後」と重複

むしあつく曇り迫れる夕空にすがしく透る蜩のこゑ　全

ひねもすを家べにどよもす《とよもす(全)》蟬のこゑ夜寝る時になほ耳にあり　全

あぶら蟬頭のうへに鳴くごとし今日も朝より堪へがたく蒸す　全

雨後　短歌雑誌　大正十五年九月号（第九巻第九号）

〔注〕「雨後」三〇首の中、「幼子は」の歌が「詩歌時代」大正十五年七月号「寒き日」、同六月号「草の実」の「軒の雀」と重複。他はすべて「日光」大正十五年三月号より十二月号までの歌と重複、煩を避けて一々明記しない

一人をれば家さへ寒しはやすでに元日の日の暮るるなりけり　全

片手をばふところ手してのどかなり店の番頭羽子つきあそぶ　全

冬にしてまれのあたたかさ大勢の子供集ひて馳けくらべせり　全

青空に吹き散らされし白雲の光ぞ寒く輝きにける　全

窓の戸をはや閉むるなり夕雲の赤くちぎれてけふの寒けさ　全

綱引きのかけごゑすれど子供どちまことは誰も綱は引かぬらし　全

空明るく雨霽「晴」れ（日光）にけり雨だれの水は澄みつつ砌「砂」沈（日光）みをり　全

春の雨夜半に降りいでわが屋根に音あたたかくふりそそぎをり　全

幼子は小さきもろ手を赤くして雫滴る氷持ちたり　全

何もみなすててしまへといましめし医師の言葉はつねに思ほゆ　全

はつかなる戸のすきまより火の番の提灯の灯の明るく見えし　全

久久に吾子が見せたる綴方おどろくばかりうまく書けたり　全

めさむればしづかに春の雨降れり聞きつつ居ればいや降りしきる　全

うれふればからだ見るまに弱るなりおろかと思へどせんすべなきに　全

ひらひらと春の胡蝶の舞ひ来りわれの心のうつつなきかも　全

ひらひらと蝶は舞ひをり幼子は捕へしと思ひ手を握りたり　全

わがからだいたく弱れりいささかのこのよろこびに堪へられぬらし　全
ひとときの安らひなれど安らひてなほ一日の命を生きむ　全
どんよりと真昼の空のくもりたり四方の桜のふふむ頃かも　全
七彩の虹あらはれぬ現せみの世にしてわが目に見るがかなしさ　全
今年こそ見むと思ひし町のさくらつひにわれ見ず春過ぎんとす　全
わが裏の大木の欅こまやかに梢けぶりて今萌えんとす　全
おり立ちて仰ぐ大空くまなく晴れすがすがしもよ若葉そよげる　全
われ病みて久しく掃かぬ軒下に草青青と生ひいでにけり　全
月の光おぼろかにしてむし暑しかすかに感ず遠きいなづま　全
青白き大き蕾を先を《大き蕾の先を（日光）》やぶり百合は匂ひを吐きそめにけり　全
軒に立ち夕空あふぎとりとめなし室の白百合ここまで匂ふ　全
わが家とさだめられたる家ありて起き伏しするはたのしかりけり　全

ながからぬ命思へば明かし暮らすひと日ひと日のたふとかりけり　全

かなかなぜみしきりに鳴きて夏深し雲夕焼けて棚引きにけり　全

夕立

日光　大正十五年十月号（第三巻第十号）

夜ふけて夕立来るあな涼し雨戸の隙ゆ埃の匂す　全

蚊帳の中に蚊の一つゐてめざめゐるわが顔のべにうなるなつかし　全

空くもり暑き輝き失ひし甍《いらか》の色のさびしくぞ見ゆる　全

空いちめんほのかなりけるうす雲のまだらうつくしく夕映えにけり　全

つきづきに《つぎつぎに（全）》浮び来る思ひおししづめただひたすらに眠らんとすも　全

時のまに雨雲かぶさり大粒の雨ばらばらと降りいでにけり　全

夕立の雨降りこぼしいかづち《いかづちの（全）》心ゆくまで鳴りとどろくよ　全

この朝早く起きたりおきぬけに家のまはりを一まはりせり　全

向つ丘の木立をこむる朝霧をやや動かしてあかつきの光　全

うす赤き光のなかにほのぼのとめざめけるかなうつしみわれの（ある朝）　全

このまひる厨の流《流し(全)》に盥据ゑわれ久々に湯を浴みにけり　全

わが窓の葭のすだれにあたる日のちらちらまぶし秋づく日ざし　全

きのふけふ俄に涼しわが窓のすだれに蟬のとまりけるかな　全

人をらぬ暗き二階にのぼりきて雨戸押しあけ外眺めけり　全

すこやけき日吾子と通りし道が見ゆ二階の窓の雨戸をくれば　全

黒き蕋を真下に向けて向日葵はこの降る雨にうなだれにけり　全

蜩

汜濫　大正十五年十月号（第四巻第五号）

灯をつけて飯食しをればゆくりなし夕暮るる空に鳴き立つひぐらし　全

一つ鳴けばまた一つ鳴き夕暮るる空にひととき鳴き交ふひぐらし　全

向つ家の格子のひまより入りし蝶つばさひらひらすぐ出でにけり　全

母の浴衣みづから柄をえらび来て今縫へりとふわが子の便り　全

よわりたるからだ思へば久々に来らん吾子に逢ふがつらかり　全

雑詠　掲載誌不詳

〔注〕「雑詠」六首は「旧全歌集」中に「夕立」の後に掲載されているが、雑誌名は今日では不詳

手紙来れば誰といふなく心をどりすぐに返事の書きたくなるに　全

さびしさに人待ちし日は過ぎにけりただ安らかにひとりこもらせ　全

待つものも気にかかることも今日は無しさみだれの雨降りいでにけり　全

きれぎれの雨雲きよくさらされて空水色に晴れわたるかも　全

しづまりしと思ふたちまちさやぎ立ちさやぎさやぐも欅の諸葉　全

わが家を外より見たりすだれ透きてともしび明しわがこもる家　全

初秋　日光　大正十五年十一月号（第三巻第十一号）

路地はけば土のしめりのこころよし隣にあざやけき朝顔の花　全

遠方はさ霧こめつつ目のまへにうるほひあまねき朝顔の花　全

秋に入りて花咲きまさる朝顔の何かあはれなり盛りと思ふに　全

この真昼日はまだ暑けれ朝顔の萎へ《ママ》たる葉に秋風吹けり　全

裏の森に今鳴きそめしおおしいつくあなあわただしおおしいつくつく　全

この朝の雲ゆきけはし一匹のとんぼしきりに輪を描きをり　全

向丘の木木あやしきまでに染りたり野分のあとのいみじき夕焼　全

軒に来て寒蟬鳴き立つこの真昼わが家通し秋の風吹く　全

青空に白雲ここだ散り乱れたまゆらにして曇る秋空　全

和歌講演会講演要目並ニ展観短冊目録　大正十五年十一月掲載誌不詳

わが家のまうへをとほる飛行船大いなるもの空をゆくかも　全

〔注〕「短歌」大正十二年七月号の「武蔵野より」と重複

あぢさゐの花まだ青しうつとしく咲きかはりゆく色しおもほゆ　全

時の間にゆふべの靄のかかりたるまばら木立の芽ぶきかなしも　全

（「短歌」大正十二年七月号と重複）

をりをりの歌　　日光　大正十五年十二月号（第三巻第十二号）

〔注〕「日光」十二月号は「短歌号とした」と矢代東村の編集後記にあり、東村が大正十五年一月より十一月に亘って選をしたとある。従って大部分既出歌であるが、○印のものは「日光」に見当らない（掲載誌不詳）。尚△印一九首については「短歌雑誌」大正十五年九月号「雨後」と重複

元日

一人をれば家さへ寒しはやすでに元日の日の暮るるなりけり　△　全

片手をばふところ手してのどかなり店の番頭の羽子つきて《番頭羽子つきあそぶ（「日光」三月号）》あそぶ　△　全

冬

冬にしてまれのあたたかさ大勢のこども集ひて馳けくらべせり　△　○　全

青空に吹き散らされし白雲の光ぞ寒く輝きにける　△　全

春雨

春の雨夜半に降りいでわが屋根《屋の字、脱字（「日光」十二月号）》に音あたたかくふりそそぎをり　△　全

折にふれて

何もみなすててしまへといましめし医師の言葉はつねに思ほゆ　全

うれふればからだ見るまに弱るなりおろかと思へどせんすべなきに　△全

久久に吾子が見せたる綴方おどろくばかりにうまく書けたり　△○全

春の蝶

ひらひらと春の胡蝶の舞ひ来りわれの心のうつつなきかも　△○全

ひらひらと蝶は舞ひをり幼子は捕へしと思ひ手を握りたり　△○全

どんよりと真昼の空のくもりたり四方の桜のふふむ頃かも　△○全

〔注〕「週刊朝日」大正十五年五月九日「春」の歌と重複

七彩の虹あらはれぬ現せみの世にしてわが目に見るがかなしさ　△○全

今年こそ見むと思ひし町のさくらつひにわれ見ず春過ぎんとす　△全

わが裏の大木の欅こまやかに梢けぶりて今萌えんとす　△全

百合

青白き大き蕾の先を破り百合は匂ひを吐きそめにけり　△全

わが家

わが家とさだめられたる家ありて起き伏しするはたのしかりけり　△全

ながからぬ命思へば明かし暮らすひと日ひと日のたふとかりけり　△全

わがからだいたく弱れりいささかのこのよろこびに堪へられぬらし　△全

ひとときの安らひなれど安らひてなほ一日の命を生きむ　△全

ある朝

うす赤き光のなかにほのぼのとめざめけるかなうつしみわれの　全

立秋

わが窓の葭のすだれにあたる日のちらちらまぶし秋づく日ざし　全

秋に入りて花咲きまさる朝顔の何かあはれなり盛りと思ふに　全

〔注〕「日光」十一月号と重複

昭和二年　――三〇三首――

日記

日光　昭和二年一月号（第四巻第一号）

俄雨降りてやみたる夕庭にひとときはひびくこほろぎのこゑ　全

朝ぐもり深き空より目に見えて霧降り来る心がなしも　全

めざめゐて時経ちにけりこほろぎのこゑ遠のくは明け近きなり　全

中空にふと浮びたる一羽の鳶翼を伸して空《くう》をすくふも　全

雨の洩るうれひは無くてこの夜半の野分の雨をひとり聞きをり　全

吹きすさび冬かと思ふあらしの音夕の小床に思を凝らす　全

思ふままに文字書きえぬをなげくまじわれは却りて救はれてあり　全

夜半さめて身ぬち寒けし音に澄みて鳴くこほろぎはわが窓のうち　全

いちじるく日の詰まるおぼゆ曇空につくつく法師こゑをしぼるも　全

おほ《ママ》ほしく曇りはてたり朝顔の末花いくつけさも咲きつつ　全

あわただしく百舌鳴きしきてこの朝の曇れる空は雨となりたり　全

秋来り高鳴く百舌よこのあした雨のさなかを飛びつつぞ鳴く　全

裏庭に落つると鳴きし蟬のこゑこの真夜中の暗にひびきし　全

命せまりて蝉の叫びしこの夜半を秋雨しづかに降りいでにけり　全

たたずみてわれは見にけり裏の人赤のまんまを鉢に植ゑたり　全

安けさを求むるわれにあらねどもあやまちはただちにわびざらめやも　全

寒さ　近代風景　昭和二年一月号

向つ丘風吹き立てば青空の光のなかに散らふ欅葉　全

この夕べ水汲む人の言交はすこゑは寒さにややふるへたり

庭に見るわが屋の影の深々し寒き月夜のふけわたりつつ　全

さ夜床にうつ伏してものを考へをり久々の雨耳に聞ゆも　全

硝子戸のつめたく見ゆる裏の家紅葉の色の紅ゐ冴えたり　全

あつぶすま重ねていまはあたたかし家をゆすりて風は吹きをり　全

ひたすらに堪へん心のつひになごみおのづからなるほほゑみわきたり　全

〔注〕この七首は「寒さ」の題であるが、旧全歌集には「寒き日」となっており、しかも二首目「この夕べ…」の歌脱落している

菊　高原芸術　昭和二年一月号

十一月二日　水町京子様より菊をいただく

上りぐちゆ鉢のうす紅菊しだれたり日暮れて玄関の土間掃くわれは　全

思ひきりて簞笥の上に置きたれば置場かなひたりうすべに垂れ菊　全

うつくしく咲きたる菊の残らずを鼠が食べし夢を見にけり　全

やうやくに衰へそめし菊の根に青芽かなしく生ひてぞい《ママ》たり　全

〔注〕原文は「青葉かなしく」であるが、葭子自筆で「青芽」に訂正してある

×

この夕べ水汲む人の言ひ交はすこゑは寒さにややふるへたり　全

〔注〕五首目「近代風景」一月号「寒さ」の歌と重複しているので、旧全歌集では前者をとり上げなかったと思える

現代女流百人一首　婦人公論　昭和二年一月号（第十二巻第一号）

またもなき恋しき人よとたはむれぬげにそれよりも思へるものを　全

〔注〕「スバル」大正二年七月号の歌と重複、但し「スバル」でも「恋人よとて」となっており、自選歌集「吾木香」でも「恋人よとて」とあるので、編集者の誤記かと思える

題不詳

〔注〕この六首は旧全歌集で「日光」一月号の「日記」一六首のあと続けて掲載されてあるが、掲載誌不詳

久久に母におぶさりうれしきか子はもろ足を打ち振りてをり　隣りの子　全

銭湯の大き鏡にひた向ひ首を振りつつ顔あらふ吾子よ　全

学校に暗くなるまでゐるといふ吾子の姿はおもほゆるなり　入学試験準備　全

昨夜おそく瓶にしぼみしりんだうが生き生き咲きぬ今日の真昼に　全

今宵わが見る龍胆はふるさとのかの山行きて甥が摘み来し　全

おのづから今朝も早く起き床の上に坐りてまづぞ足袋穿くわれは　全

遠きわが子　日光　昭和二年二月号（第四巻第二号）

一人子のわが子おほきくなりにけりおほかたの日を離り住みつつ　全

よき月に心残してねしわれの小夜床にしてかりがね聞くは　全

さ夜更けと月はいよいよ澄みぬべし空高く雁の鳴きゆくを聞けり　全

このことの幾ばく思へど決めがたし暁鶏《かけ》のしきりに鳴くよ　全

遠方ゆつぎて聞ゆる鶏のこゑの幾ところより起るこゑなる　全

裏丘の一もと欅日毎見つつこのごろ俄にいたく黄ばみし　全

見てをれば間なくし散らふ欅の葉青空透きて枝あらはなり　全

二葉三葉黄なる枯葉の残りをり大木の欅梢しづけさ　全

軒雀こゑにぎはしく朝な朝なさへづる聞けば冬は来にけり　全

大き小さき星のかがやき目守りつつ空はいよいよ高くありけり　全

このあした厚き氷の張りたりと吾は書きやらん遠きわが子に　全

真夜中にめざめて思ふ明日ころはうら待つ吾子の手紙来らん　全

向う丘のうら枯柳ほの見えて夕の光は寒く残れり　全

春の雨　匙（医学と文芸）　昭和二年二月号（第二巻第二号）

〔注〕「春の雨」一二首はすべて「日光」大正十五年四月号「春の雨」一三首中よりとられており、作者自選か編集者選か不明

芥箱の上にすてたる門松の青々として初雪降れり　全

青空に吹き散らされし白雲の光ぞ寒くかがやきにける　全

窓の戸をはや閉むるなり夕雲の赤くちぎれてけふの寒けさ　全

冴えわたる月の光に底見えて清き鉢の水こごりそめたり　全

夕ぐれとなりて毬投はじめけりあそぶ子どもの心のどけし　全

この夕べ窓の板戸にはずみたるそのごむ毬は大きくあらん　全

ひらきたるからかさにそそぐ春雨のこまかき音のさやかなるかも　全

身にしみてこころよきから《こころよきかな（日光）》久々に降りいでし雨のしたたかに降り　全

〔注〕「こころよきから」は「匙」の誤植と思われる

町中の庭なき家に病みこもり立木の梅は今年も見ざらん　全

春の雨夜半に降りいでわが屋根に音あたたかくふりそそぎをり　全

ふる雨の地《つち》にあまねしたちまちに溝の水増したぎち流るる　全

みないねて人しづかなりいたづらにさ夜の凩吹きすさぶかも　全

病床雑詠

日光　昭和二年六月号（第四巻第四号）（三ヶ島葭子追悼録掲載号）

戸をしめて室のさびしさ思はずも室の真中に佇みにけり　全

戸をしめてひとり室なかに佇めば灯にあらはなる天井のよごれ　全

はるかなる向ひの高家灯《あかり》明し見つつ雨戸はとざしけるかも　全

〔注〕同年「未発表歌」に「向ひの家の明き灯を…」とあり

わが窓によそのあかりのさしそめて冬のひと日ははや暮れしなり　全

〔注〕同年「未発表歌」にも記録あり

よその灯のさししほのけき障子には格子の影のうつりゐにけり　全

〔注〕前の歌と同様、「未発表歌」に記録あり

ひとりゐの何か待ちがてに置時計けさも巻きたり朝餉の前に　全

郵便夫の寄らず過ぎしを知りながら障子をあけて玄関を見し　全

待ちわびしたよりのやうやく今日はきて雨さへ久に降りいでにけり　全

音立てて雨降りければわが窓の障子はややに明るくおもほゆ　全

おのが身をいたはらざりしおろかさを愧ぢつつひたに打ち臥《こや》しをり　全

心決めて臥せる時しゆくりなく来りし友はわが病むを見つ　全

床の上に飯運ばるるうら安さわれは産屋にある心地なり　全

やうやくに足ぬくまりし小夜床に過ぎたることを思ひゐたりし　全

妹は先がた帰りゆきしなりたまゆらわれの眠りたるらし　全

思ひいでて冷汗流るることのみなり病の床に今ぞ安けき　全

ゆくりなく眠さむれば灯ともれり今は夜なりと思ふしづけさ　全

一月三日

正月の休みたのしく来し吾子か袂の長き羽織をば着たり　全

久々に来りし吾子はおほ父に言はれてわれの床近くすわる　全

思ひしにたがひたりけり今日を来し吾子は蜜柑を食べざりにけり　全

やうやくに吾子は蜜柑を食べそめぬわれは小床に息をつきたり　全

年々にわれは待つなりふるさとの盆会過ぎねば来らぬ吾子を　全

〔注〕この歌以下の一四首は夏の歌なので前年大正十五年夏の作と思われる

けふここに吾子ゐることはあらたにも身に恵まれし幸ひなりき　全

〔注〕旧全歌集に「吾子のゐることは」とあり

ほど近き父の家より朝は来り夕べはかへるわが子なりける　全

八月十七日　わが子上京

久々に来りし吾子よ日に焼けて色黒黒とかたく肥れり　全

すこやかに子は生ひ立ちてわれよりも背高くなりぬしばらく見ぬまに　全

じりじりと日は照りつけていらだたしひた待つわが子今日は来ぬらし　全

われ病めば子は長く居るを禁ぜらる

やうやくにわが世さびしも今日も来しがわが子はあはただしくすぐかへりたり　全

〔注〕旧全歌集には「今日も来しわが子」となっている

まのあたり暗くなりけり久にきてただ五日ゐて子はかへりたり　全

しづかなる心になりて鳴ききほふみんみんぜみに聞き入りにけり　全

がらりと格子あきたり帰りしと思ひしわが子まだをりしなる　全

道のべの垣に咲きたる朝顔を今日もわが子の一つ摘みこし　全

おのが子のかへりしあとやそこにゐるよその子供に言葉をかけつ　全

もぎたてのたうもろこしを食べをらんわが子思へばややなごむなり　全

置時計今宵とまりたり先の日に来りし吾子が巻きしままなる　全

絶詠

〔注〕「絶詠」六首は「日光」六月号（三ヶ島葭子追悼録）の歌に載っていないが、同号追悼録口絵に最後の三首を自筆した原稿写真が載っているので、「日光」へ出詠する原稿が病床に残っていたものと思われる

胸のべの鈍き痛みや春雨の音を聞きつつ昼をねむらむ　全

春の雨雪となりつついみじもよ見るまにつもる濡れたる屋根に　全

屋根の上に水《み》づきてつもれる春の雪やや透きとほり夕晴れにけり　全

あたたかくなりけるものか夕ぐれて見れば火鉢の火は消えてあり　全

三月二十二日

今日一日必ず書は読まざらん朝けの床に額づきてちかふ　全

紙に吐きし啖赤からずわが窓にあたる障子の日かげのしづけさ　全

大正十五年・昭和二年未発表歌　二〇三首

わが病すこし快ければとことはに死ぬ日なきごと身をばさびしむ　全

今朝もまた遠き汽笛を床の上に聞きつつひとり心しづけし　全

雪やみて空なほ晴れずさむざむとまひる鴉の鳴きさわぐなり　全

枝かはす木はみなさくらところどころ白きは花のほころびしなる　全

〔注〕大正十三年「未発表歌」四月八日の項と重複

時のまも咲きよそふらし夕ぐれのしづけさの中にゆれてゐ《ママ》るさくら　全

〔注〕大正十三年「未発表歌」、「少女文芸」大正十五年四月号と重複

そぞろゆくわがうしろより蝶二つ肩をかすめて舞ひゆきにけり　全

〔注〕「少女号」大正十五年三月号と重複

この土手のさくら幾つも幹古りて今年も花を咲かせつるかな　全

わが子上京　八月十七日

久に逢ひて心沈みぬつねに病みやがて死ぬべき母持つわが子　全

七夕を心に祭るこの夕べふるさとの吾子よすこやかならん　全

久久に子の読方を聞くものかこゑほがらかに水流すごとし　全

今日かへると子の着かへたるよそゆきのめりんすのひとへ古くなりたり　全

子のうしろ見送りてうれし若き叔母と肩を並べてかへりゆきたり　全

こゑもなく向ひの森を離れたる一羽の鴉空なかに浮けり　全

向うより飛び来る一羽の大鴉秋空まばゆく夕づきにけり　全

大き羽を横に開きて飛ぶ鴉かぼそき足は揃へてあはれ　全

○

午過ぎてわが家の窓にさしそめし冬の光は身にしみにけり　全

まもりをれば久しかりけりわが窓に一ときにしてかげる日かげの　全

冬至すぎの日ざし明るし窓障子にかすかにさししは小鳥の影か　全

雪ふるを心待ちつつ男の子らは今日も竹馬に乗りてあそべり　全

むくみたる瞼重たしうつらうつら火鉢によりてまなこ閉ぢをり　全

この通りに大勢の子供あそべるを巡査ほほゑみ見つつ過ぎけり　全

軒の端を一歩出づればまどかなる月のただちに仰ぎえしかな　全

風邪ひくをひたおそれつつ軒のはを一あし出でぬ月の見たさに　全

おろかさのひそかに嘆かゆわが病心一つにて癒ゆべきを知れば　全

妹は障子はたけりわが顔に手拭がいつか被《かぶ》されてありし　全

このごろはうれひ打つづきうつしみをさびしがる暇無くなりにけり　全

世話になる人の心におびえつつわれの心のみじめなるかな　全

○

をちこちのさくら盛りと思ふ日をここのとほりのしづかなるかも　全

室貸しおく二階の人がこの夕べひた雨にぬれて戻り来にけり　全

〔注〕大正十三年「未発表歌」四月八日の項と重複、但し「部屋貸しおく」になっている

ゆたかなる人を思へばおのづから羨まれつつさびしくなるを　全

この町に毎日来たる耳しひの飴屋の飴のよく売るるなり　全

病床吟拾遺

この夜ふけにはかに苦しこのまま死すともよしと心しづめをり　全

くるしさに隣の人を呼ばはんに表も裏も鍵かけてあり　全

きその夜の苦しみ思ひしみじみと今日ある命ありがたく思ふ　全

このあした欅の落葉しきりなり青空透きて幹さへあらはに　全

あらはなる欅の枝にいささかの枯葉残りて冬来るしづけさ　全

おろそかに悔ゆること多し昨夜もまた安寝《やすい》せざりしこの疲れはも　全

病みてゐる友が身体にさはるかと思ふ手紙をつい出しにけり　全

二階に人はゐにけりこの深夜寝がへりのきしみかすかに聞こゆ　全

人によりてやうやくたもついのちなり今宵も寝ねてそのことを思ふ　全

隣の子学校の話を父にするをいつしか吾子と思ひつつ眠《ぬ》る　全

うす暗き室にこもりてひねもすなりをりをりかなしき百舌鳥のさへづり　全

おどろきに目を開きにけり朝床に覚むるただちにもの思ひをりし　全

障子あけて心は痛し家家に黒きみ旗はかかげられたり　全

今日もまた雨降りいでて心待ちに待ちたる心空しくなりぬ　全

三月十一日　三首

うつつなく日あたる窓によりをれば誰か来るごと思ほゆるなり　全

樫の古葉かげ青々と光りけり間なくし風の吹きゆすぶれば　全

風吹きて日の色白し向つ丘の桜はつぼみまだかたからん　全

近近に終る命と思ひつつもこの衰へをさびしみにけり　全

ふる雪を見むとたたずむ縁側にたちまちに病むわが胸のべは　全

雪降るとよろこびうたふ子らのこゑ今朝はきこえず飽きにけるらし　全

○

君に逢ひて静かなる心えたりけり今宵は何も思はず寝ねん　全

たらちねの母のごとき人に逢ひにけり力無きわれもなほ生きぬべし　全

六月二十六日

ひんがしの空あかるくぞなりにける月のぼるらし高き屋の向うに　全

屋根の上にかがやく雲は見えながら月は見えざりいつまで経てど　全

夏の夜の望月は低くわたるなり向つ家高くつひに見がたし　全

○

わかるときいつかはあらむわからねばわからぬままにてよろしきなるも　全

夜半さめてふとんを肩までかけて寝し明けがたに聞く秋の雨の音　全

久方の空晴れたれど仰ぎ見る町の空狭く天の川見えず　全

虫の鳴く草原道をそぞろゆきて見し天の川ふたたび見がたし　全

虫の鳴く広草原のうへにしてあざやかなりし天の川かも　全

あらぬこと思ひうかべぬすぐ立ちて夕の支度にとりかかりたり　全

心深く思ひさだめてひたぶるなり身にあまる仕事成し遂げんかも　全

いささかの仕事なれどもこの弱きわれには深き覚悟要るなり　全

今はもよ心に深く決めしなれば堪へがたけど《ママ》もものは言はざり　全

〔注〕旧全歌集の斎藤茂吉序文に引用されている歌で下句は「堪へがたけれどもものは言はざり」となっており、原歌の語法のあやまりは誤植か

痩せたりと思ひて伸べしただむきに幼き時の種痘《はうさう》の痕　全

すべなきは人の許さんむらぎもの心大きくかまへてをらむ　全

かくまでに心苦しむも力無くてみづからひとり生きられぬため　全

ひたすらに仕事のことのみ思ひをりし籠の鈴虫今宵も鳴くに　全

疲れたれどあなありがたしおぼつかなく思ひし仕事為しおほせたり　全

○

月月に少なからぬ金費してただ病みくらす幾年ならむ　全

梅雨の空けふめづらしく晴れわたり春のごとくもうち霞みけり　全

水道のしたたり止めつ夜の更けのしづけさ味ひながら眠るも　全

ひとり死ぬはわが幾とせの願ひなれどしかすがに心ややあわてつる　全

必ずも何も言はずと思ひ決め心却りてやはらぎにけり　全

大人びし言葉にこもるまごころの笑ましきかもよわが子の手紙　全

言葉づかひいたくませたり久々のわが子の手紙くりかへし読む　全

突きつめて思ふと言へどすべなさよ朝けの床に欠伸せりけり　全

夕庭に真暗く立てる紅葉見れば昼見し色の目に浮かぶなり　全

寒空に星の光はややうるみ忘れし干物とりこむわれは　全

○

いのちありて幼き時の友のたよりはたとせぶりにわれの読むなり　全

小鳥を飼ひ花を作りて海近き家居に友よすこやかならん　全

弟が今行きにけるわがうらの教会の鐘鳴りいでにけり　全

はなびらに天鵞絨に似たる感じありて手にふりて見たきこの紅うばら　全

久々にうまいしたれば朝起きて洗ふわが顔やや肥えにけり　全

天井に手洗水のてりかへしゆらめく見れば夏は来にけり　全

いま見たる夢のつづきを或は見む夜半の小床にみじろかずをり　全

いきどほり堪へがたき時ゆくりなく外の面に照れる月を思ひぬ　全

くもり空眺めてあれば塀の外に洗濯すすぐ音のきこゆる　全

八つ手の葉真青にぬれてなめらかなりつもれる雪のいまかしづるる　全

たのしみて書よみたるに咳出でて夜もすがらわれの苦しみにける　全

何をしてもすぐに疲るるうつしみのさびしくなりてわれ寝ねにけり　全
全くのひとりとおもひこのまひるさびしくなりてわれいねにけり　全
風なぎて夕空しづけししなやかに冬木の梢立ち揃ひつつ　全
入日のなごりほのかに赤き夕空や晴れなごみつつ春近づくも　全
鬼ごとをしつつあそべる幼どち寒風に晒すその赤き頬　全
わが家の屋根の真上にまさにある月を思ひていねにけるかな　全
四五枚の葉書つぎつぎに書きえたりだまりてをられぬこのうれしさよ　全
ことりことり雨戸の音す雪あとのさむき嵐は夜半に起れり　全
朝空や高木の梢《うれ》にこごりつつ残る白雪今しづくする　全
いづこゆか小鳥の声す雪晴れの空清らかに澄みわたりつつ　全
立ちそろふ欅の梢このあした雪を払ひてしなやかに見ゆ　全
雨あがりの夕さらずして曇りそめ窓べ小暗くならんとするも　全

馳けて来るありしづかに来るありおのもおのも卒業証書手に持ちにつつ　全

免状を羽織のかくしに挾みけり脇杖《つゑ》つきて来る一人の童は　全

裏の家も隣の家もまだ起きずこのしづけさや日曜なりし　全

打ち沈む心なりけり泡雪に屋根の瓦のしめるを見つつ　全

遠方に長鳴く鶏のあはれさはわれの心をむかしに還す　全

なにかたのしき思ひわきをりこの病の癒ゆる望みはなしと思ふに　全

〔注〕大正十四年「未発表歌」十二月の項に類似歌あり、第三句が「この命の…」になっている

さかりゐる一人の吾子を思ひつつ眼つぶりて飯かきこみぬ　全

裏の森に春鳥なけり吾子を待つ心ぞゆらぐはややがて来ん　全

着物着かへ火鉢を清めあしたよりわが待つ客のいまだ来ぬかも　全

この日また病よろしく久久に仰ぐみ空のあはれ霞める　全

うぐひすのこゑ聞こえけりあかつきの小床にわれは夢かと思ふ　全

うぐひすのまたまた鳴きつ先に聞きしその鶯の夢にあらずも　全

はるかなる向ひの家の明き灯を見つつ雨戸はとざしけるかも　全

わが窓によそのあかりのさしそめて冬のひと日ははや暮れしなり　全

よその灯のさししほのけき障子には格子の影のうつりゐにけり　全

〔注〕この二首は昭和二年六月号「日光」（葭子追悼録号）「病床雑詠」の中に発表されている

いつにても死にてよろしと思ひつつふとん掻巻き寝なほしにけり　全

向つ家の八つ手の葉青くぬれてをり降りゐる雨の目に見えて来つ　全

この朝も遠き汽笛を床にして聞きてゐるなり鳴り終るまで　全

むしるなと子らを叱りし簾をばおのれいつしかむしりゐにけり　全

真夜中にめざめて思ふこともなし心やうやく老いにけらしも　全

二階の人水をたたへて顔洗ふ音こころよし床に聞きをり　全

傘さず友が持て来しスヰートピー春の小雨の露にぬれつつ　全

戸を閉めて室に入れば灯に映えてスヰートピーはうす紅ゐにあり　全

しとしとと春雨降れりま夜中にめさめしわれのまた眠るなり　全

いたつきに疲れしわれや春雨の音をききつついねがてにあり　全

今日もまたはたきをかけてややをかしわが病床のまはりを掃くも　全

たのむべき大き力を下心わが思ふ時し君のしぬばゆ　全

夜半さめてやがてぞ思ふこほろぎはすでに一つも鳴かなくなりし　全

くすり取りを誰にたのまむ今日もまた思ひわづらひ頭痛くなりぬ　全

もろもろの病を持ちてけふまでを生き来しわれのなほ長く生きむ　全

子のためと言ふは苦しもいたづらに空しき命貪《むさぼ》りにつつ　全

人の子にやむなく使を頼みけり自動車の多き通りを思ふ　全

見るからにさかしげなるこの子供電車に触り怪我するなかれ　全

真夜中に頭痛みてめざめけり人のいとし子にものを頼めば　全

ひとしきり降りてやみたる春雨の又か降り来むめざめてあれば　全

こころよきせせらぎ聞こゆ小夜床に聞きつつしばしもの忘れゐし　全

人の子を使に頼みその日よりわれはまことに神を思ひき　全

身にしめてつね思ふべきみ情を忘れんとさへわれの思ひし　全

忘れんとして忘れえぬたふとかる人の心は永久に思はむ　全

はつかなる障子の隙間ゆ見ゆる雪を床の上より見てをりわれは　全

雪あかりさびしと思ふ夕まぐれ火鉢の炭火黄色く見えつ　全

見のかぎり白雪ふれりふぶきつつうづまきにつつ白雪ふれり　全

雪の日をおのれが家に居りがたく行き行きてつひに君を問ひしか　全

あたたかき夜半のしづけさ屋根の雪地ひびき立ててなだれ落ちたり　全

夕の庭に雪なほ白し今日一日降りける雨は寒きあめかも　全

ほそぼそと降りゐる雨やきのふ降りし大雪の量やや減りにけり　全

春いまださむしと思ふ向つ家のうす黄の壁に夕日あたれば　全

入りつ日のまぶしき光に面むけ立ちてゐるなり春寒き窓に　全

かたはらの友いつしかに眠りたり蠅の羽音のかそけき広間　全

久久に友が家訪へばさ庭べのさつきつつじは花過ぎにけり　全

宵早く玄関閉《さ》すと下りたちてたまたま見たる月のさやけさ　全

いちじるく靄立ちこむる上にして今宵の月のいやさやかなる　全

ひときれのあやにかがよふ夕雲をせまれる屋根のあひだに見たり　全

友　五首

木戸あけてひそかに庭へまはりたり友おどろかん久久に来し　全

久久に訪ね来たれば奥の間につねすこやけき友いねをるも　全

病かとわれおどろきて快き友の午睡《ひるね》を呼びさましたり　全

一町ほど歩み来たりて疲れたり枕ならべて友とひるねす　全

目閉づれどまだ眠られぬ友のかたへわれもひたすらに眠らんとすも　全

折々の歌

一しきり春雨ふりて止みにけりいつしか夜の更けにけるかも　全

何故か今宵は心くつろげりからだ大事と思ひつつ寝る　全

雪やうやく晴るるあかるき空にして鳶のつばさの色見えにけり　全

雪白き裏家の屋根にすれすれに鳶飛びゆきぬ行方見ましき　全

思ひきり今日は起きんか花瓶の梅の蕾はみなひらきたり　全

わが世話をなす人病みしその日よりわれは起きつつ起きられてをり　全

軒下に炭を出しゐて仰ぎけり空にむらがる小鳥のこゑかも　全

近火

惜しきもの一つも無しと思ひつつ室の真中にひとり立ちをり　全

重きほどふとんかさねてなほ寒し肩に掌をあてかがまるあけがた　全

〔注〕大正十三年「未発表歌」十二月の項の歌と重複、但し「蒲団をかさねなほ寒し」になっている

夜の更けの凍土《いてつち》をゆく下駄の音銭湯へゆく人人ならん　全

手当だによければなほもいつまでも生きはうべけんかなしきやまひ　全

二月二十二日　三首

二階の人もひとりなりけり雪降るとまだ夜明けぬに起きて告げける　全

天ぎらし白雪降れりたをと木木の梢はゆらぎつつあり　全

こまやかにつもる白雪時のまに木ずゑをいたく圧したわめたり　全

鍋のふたとれば湯気だつ飯の匂ひけさはめづらしくうまさをそそる　全

人人が単衣着る日をやうやくに胴着かさねて袷着るわれは　全

久久に我家の二階にのぼり見れば向ひの崖の射干《しやが》の花ざかり　全

足あやふくはしごをのぼり二階より諸木の若葉を眺めけるかな　全

わがからだけふはとりわけわるきなりと繰返し言ひぬ友の顔見つつ　全

言はれなきことにぞありける友はまたわが為め綿入を作らんといふ　全

久にして逢ひし名残はおのづから昨夜は友の夢のみぞ見し　全

フリジヤの花

たまはりてけふわが見つる鉢植のフリジヤの花は葉さへすがしく　全

枕あげてわが見たる時フリジヤのすがしき花は光りけるかも　全

室《へや》の障子ややに明るき枕べにフリジヤの葉のみどり透きたり　全

たまひける鉢のフリジヤ一夜にして色さびにけりわが室寒く　全

さやかなるフリジヤの花夜となれば灯に透きて雪と冴えつつ　全

眼閉ぢてまだ眠らねば枕べにフリジヤの花ありと思へり　全

ひたすらに冬をこもらふ枕べにすがしきものかフリジヤの花は　全

うつうつと眠りゆくらし床の上にわれのからだは安らかにあり　全

運ばれていねつつわれの見るものか鉢のフリジヤの花は光れり　全

あたらしく鉢のフリジヤ咲く見ればきのふけふ寒さややゆるびたり　全

○

くりやべの水道の水氷解け思はぬときにほとばしりけり　全

昼は臥す室のあかるさほのぼのと眼は閉ぢて仰《あふ》にいねをり　全

この幾日こころ安らかに臥りをり窓の障子に冬日あたれる　全

夕早くあかりつきたり障子の桟一つ一つに青き影もてり　全

義弟の婚姻の日は近づきぬそれまでわれのいのちあらしめ　一月二十日　全

今にして人に甘ゆる心あり永久に救はれがたきわれかも　全

しみじみと障子うす暗き窓の外音立てて雨の降りいでにけり　全

○

押入にはやも鼠のさわぐなりわが室の灯のただに明るき　全

ともしびのひかり明るき夜の室鼠顔出しぬ障子の間ゆ　全

わが室の灯の素明さよ鼠子の顔をば出したじらひにけり　全

顔出してしばしためらふ鼠子の黒き眼はわれを見るらし　全

以上六二二五首（重複歌を含む）

大正四年　追補

曙光をあふぎて　新評論　大正四年二月号（第二巻第二号）

きみをえてわれのいのちをたたましとおもふばかりにこころなげきぬ
かかはりもあるにあらねど妬《ねた》ましきことありやがてなんとなるらん
あやまてばおのれ悔《く》ゆるにさきだちてもののゆるしを乞《こ》はんとぞする
そのこころ知《し》らずといはんあはれこはおもふとだにもいはで死なまし
もしわれを捨《す》てなばかくとおもふことあれどきみにはそれもはかなし
恨《うらみ》をば持《も》たねどかなし針《はり》とめて山《やま》みるごとに白雪《しらゆき》のふる
やまひにて死《し》にうべき身《み》のことなさにやすさに涙《なみだ》とどまらぬかな
このいたさくるしさすこしうすらがばひともおのれもこひしからまし
花匂《はなにほ》ふ窓風《まどかぜ》薫《かを》る樹《こ》かげにもくちづけがたきわれらなるかな

なせるまにはや毀《こぼ》たるる世界《せかい》みゆわれらいづれを新《あた》らしとせん

うれひつつあらがひつつも夜もいねず身のやまひをばすすめゆくかな

あなここに道《みち》はなきかやなみだしてよろこぶほかのみちは無《な》きかや

水色《みづいろ》の雨《あめ》のなかにて火《ひ》の燃《も》ゆる夜明《よあけ》の山《やま》をきみにみせまし

君死《きみし》して悔《く》いじといふはあきらめかわれはひたまつそのたまゆらに

あまりにもあぢきなければもとめてもけはしき路《みち》をゆかんとぞする

あひあるも苦《くる》しからんとおもふひま無《な》き身《み》とならばいかがしてまし

枯草《かれくさ》を噛《か》みつつ山《やま》のふもとゆくこのわれきみのおもへるひとか

みこころは幾重《いくへ》の霧《きり》にまよふともわれおもふにはさやりなからん

よろこびてみこころこそはうくべけれ身《み》はこのままに空《むな》しかりとも

はるかなるきみがちからをわれおぼゆ曲《ま》げて枕《ま》きたるおのが肱《ひぢ》にも

さびしさをおぼゆるまでにうれしくもちからづきたりゆきて逢《あ》はまし

おほらかにおもふこころとこころぞとおもへどもなほ見《み》せがたきかな
われかぎりちからのかぎり押《お》しひらきまてるこころをきみはおほひぬ
はしたなき愁《うれひ》いま湧《わ》くかかるとき来《きた》りてわれのこころとらへよ
約《やく》したる道《みち》のべまでもゆきてみんきみはこずともこころなごまん
わがかげのありのことごと入《い》りみだるきみがこころのひとつびとつに

——哀歌より——

嶺南抄

倉片寛一（一三七首）

○　葭子宛書簡より　大正三年三月

海近き古駅に二人旅人となりておりたつ春の曇り日

曇り日や旅ゆくもののならはしにまづ春さむき山をあふぎぬ

白雲のうづまく山をわがぬかにうちあふぎつつ君たすけゆく

青空にしらくもなびきそのもとにわがゆく山のたてるさびしさ

われらふたり旅あきうどの姿してゆくなり春の箱根の山を

つと前にひらけし川の瀬の音のかなしさにわれら声をしぞのみぬ

うちあふぐ山、ふしてみる曇日の川原いづれも悲しかりけり

声あげてうたへばかなしゆく水ももだせる山もうちなげきつつ

「あれみたまへ、山のあなたに青青と、天《そら》をかぎりて海の光れる」

あなゆらしすさぶはやちのただなかに木の葉のごとく君のがれゆく

今日は山の肌さへかたくかげろひも見るによしなし君ときたれば

底倉の蔦屋にやどり狭青なる温泉《ゆ》にうちひたる夕のたのしさ

旅より

コスモス　大正三年七月号（第二巻第六号）

やはらかきいさごにおふる松の葉のいたきひかりに夏たちにけり

なつたてば松透くひるの日の光ぬかにあびつつ愛《あな》しくおもふ

みどり濃きまばらまつばらやはらかき砂に影おくまばら松原

かなしきは松の樹梢《こぬれ》のひかるときひた酔ごころ砂に伏すとき

とめくればわが瞳にかなし松の風つづくいさご路ひかる青海

疲れはて松にわれ倚るうみの風きたり吹けども枝も鳴らさず

〔注〕「文章世界」大正四年一月号「旅にて」と重複

玉きはるいのちのこみちたどり来れば浪路うすうす淡路島みゆ

なつかしきあはぢしまやまなみのうへにかすみてみゆる淡路島山

ひるの日にやまなみけぶり二楽荘その山腹に白く光り居り

うつつ見る卯の葉神事《かみごと》そのかみをうつつみる日のかしこさよあな

白鳥はわが世かなしく高み空翔けりてかげもとどめざりけむ

朝の日にしろくかがやき山桜やまの樹の間ゆまじり咲くなり

天日のごとく　自然と人生　大正三年八月号（第九巻第九号）

天つ日のかがやくごときこころもてわれいませちにきみをこそおもへ

夜の闇の嵐のなかにうちどよみみなぎりふるふわれのこころは

夜の闇の山路にあれどわが胸のあなたぬしさよさゆらぎもせじ

闇の夜のあらしにまよひ来しわれもきみには何のあたひあるべき

われありて山路のやみにきみがみ幸《さち》奪ふがごときここちするかな

さけたまふきみとおもはねとこしへに忘れたまふとおもはねどされど

人魚の血　早稲田文学　大正三年十月号（二〇七号）

とこしへにもゆることなきみこころをいやこひわたる瞳もめしひつつ

こひすればかならずいのち死ぬといふ人魚の血かもわがむねに燃ゆ

人魚すら恋するもののおもかげはむねにゑがくをゆるされたりき

かなしきは山に狭霧の降れるとき旅にいでつつひとこふるとき

みるとして山ならぬなくみるとしてわが墓ならぬ山はなかりき

一夜さはいまだしもあれ百夜千夜とこしへ寝《ぬ》ともねがひはつきじ

われのみのきみぞとおもふときにすらわかれてあればなみだながるる

ああわれは尊ききみがこひびとぞほこりかにいふかなしみていふ

おほろかにきみによるべくあまりわれともしとぞおもふ身もこがれつつ

いまははやかたみにうごくすべもなみあなまがなしくなりにけらずや

われありて山路のやみにきみがみ幸奪ふがごときここちするかな

〔注〕「自然と人生」大正三年八月号「天日のごとく」の歌と重複

この夕水の遠音のきこえずばきみかへらずばいかがしてまし

あられなきことさへおもふこがれてはかなしきゆめをゆくかのごとく

うちあふぐ山暮れそめていつしかに夕霧降りぬきみとすむ家

あまりにも罅《か》くることなきみちたらひこはまたあまり哀しからずや

秋川の瀬の音《と》にめざめきみみんとすれど一縷の燈さへにほはず

一縷だに灯あるをおそれ寝し夜半のねざめのとこのなんぞかなしき

み名呼べど闇に消えゆきめざむるとおもひしきみはいらへたまはず

あさましきさまさへみつつみぬごとくよそほふきみを何といふべき

かへりみもせずいそぎゆくきみがこころよ手とりあひみん日は知らえぬに

わかれきて坂をのぼればきみがさすみづいろのかさうちゆらぐみゆ

かたはらにあれば泣かるるきみがこころわかれてあればなつかしきかな

とこしへにわかれじものとねがひつつかたみに寝しはただ三夜さのみ

秋山のしげみをわけてきみとゆきしその日はわれにかへらじものか

ああかの夜みしはうつつかわかれきて秋山をこそゆくは(原稿には「こえゆくは」とあり)まことか
ふた夜み夜かたみにぬればうつつにもゆめにもひとのかげはみえつつ
わがむねの天《あめ》の炎のとびちりてきみ焼きつくす日はきたらじか
わかれきて山をめぐれば秋の雲しろくうづまきうごくともせず
櫨《はぢ》の葉のあかるう揺るる川べりに旅人はたつ秋風のなか
ああこの身狭霧とうかびきみがすむ群山がくれうちけむらばや

心

文章世界　大正三年十二月号（第九巻第十三号）

わが思ふをとこの心それすら《さへ》(吾)も知りがたき世に何を思はむ
昼はわが夢を夜はわがうつそ身を抱きて心をなごませたまへ
うちもだし小鳥の歌を聞く日《時ぞ》(吾)のみおのれの歌ふ心地こそすれ《するなれ》(吾)
火の形焔の形ととのへりはげしきは猶ゆるしたまはん
いま君をあやぶむ身にもあらねどもたはむれごころ無きはなからん

〔注〕「心」五首は倉片寛（倉片寛一は署名する時しばしば倉片寛を生涯用いた）の名で掲載されているが、一首目「わが思ふ…」三首目「うちもだし…」の二首は葭子の自選歌集「吾木香」にまさしくのっている。或いは葭子、寛一、葭子、寛一と一首ずつ交互に贈答歌を載せたおもむきもあるが、真意は現在不明である

旅にて　文章世界　大正四年一月号（第十巻第一号）

かなしきは淡路島山けふもまた消えなんとして浪にうかべり（淡の輪）
疲れはて松にわれよる海の風きたり吹けども枝も鳴らさず
あさの日にしろくかがやく山桜やまの樹の間ゆまじり咲くなり（有馬街道）
ひんがしのそらゆかぎれるあを雲の生駒の山をあふぎけるかな
なびき伏す奈良のやまやまみはるかな《ママ》いこまのやまにたてばかなしも
疲れくるこころはげまし初夏の奈良山さしていこま越えゆく
とめくれば春日の宮の杉がくれ青草がくれ鹿ら群れ居り

春草会詠草　女の世界　大正七年四月号（第四巻第四号）

久にしてわが訪ひ来れば春草のにほやかに生ふる野となりにけり

未発表歌　六四首

〔注〕「葭子日記」の大正三年八月二十七日より同九月十四日までは、原稿用紙の裏面を利用して書かれてある。その表面に残された倉片寛一の歌。以下六四首は同時期に於ける倉片寛一の習作と見られる

汽車の窓首を出せば黝づめる空か海かやかなしみ満てり（品川湾を見て）
きさらぎのはじめの一夜われ載せて汽車ぞ走れる月清ら照る
月光はいとしづやかに悲しみを木の芽つのぐむ野に山にしく
窓より見ゆ工場の煙の月光にあかるう照りて立ちのぼるかな
疲れはて眠れる人の横顔をたたずみ写す子もまじりけり
こけものと呼ばれたる子がおもしろう「酒屋の段」を語りいでにけり
君もまた寂しき思するものか列車の隈にハーモニカ吹く（友に）
こけ笑ひ胴間声あげし人の夢のせて夜汽車のよく走るなり
夜の汽車やがてざれ歌低うなり話もやみぬ疲れたるらむ

葉月はうなだれしままうら若う「いまだに歌の興わかぬ我」

よらずして走りすぎたる停車場の月光の中に走るかなしみ

青の煙ゆるう流れぬ心のみ遠くかへりて君を思ひぬ

夜の汽車の曇れる窓のガラス戸を拭ひて外を見る若き友

客のはく気息こもりて薄ぐもりしめれる夜の汽車の玻璃戸《ガラス》

青き煙渦まき満てり夜の汽車に騒ぎ疲れて眠りし人等

山、四方を、囲めり中をひた走り寂しき音し我汽車はゆく

月あかし我汽車に添ひ道一路白う走れりつきんともせず

交換の列車来るごとこのままに都にとくも帰らんと思ふ

都にては旅せんと思ひ旅しては帰らんと思ふさびしき心

悩ましう月夜の空の重く垂る小田の蛙の鳴きいづる頃

月あかしおぼろの空に木などある小高き山のしづかに走る

胴間声に騒ぎ立てたる若き子の疲れてぬるがかなしかりけり
道一路見えずなるまで白う照りしそのゆくゑなど思ひつづくる
葉月はハーモニカをば口にあつ何の音色に吹きいづるらむ
うた一つ得るたびごとにあたたかく瞳をしめし来る涙かな
酒のめばはげしう胸は湧きかへりわが血管は若う脈うつ
酒の香をかげば鈍りし心の火若うなるかやあかく燃えたつ
酒胸に入れば心の若がへりいとおほどかに君思ひみる
汽車の旅ひとりゆく子を思へるや心遠くも君を恋へるに　（人にとて）
乾きはてし瞳ながらにうすじめる酒てふもののしづかなる香よ
月光は松の林の中にある二月の家を白う照せる
都をば遠のくままにさはいへど君が瞳のなつかしきかな
月光の松林などうす明かうてらせる中を走れる夜汽車

黒う立つ小山のふもと二つ三つ光る灯の忘られもせず

我汽車のともし消したり薄暗に疲れたる顔より添ひてぬる

両側に山せまりきぬ我汽車の真闇いづこにゆきはつるべき

口笛を一人が吹けば真向の男もふけり夜の旅の汽車

夜の汽車の窓をおしあけほてる頬を冷き風になぶらせて見る

酒飲めど若き心のかへり来れど愁消やらず夜の旅の汽車

話声やみぬいつしかしめやかに旅の思のひたせまりきぬ

うら若き駅夫の顔も悲しかり午後二時汽車は歩みそめたり

波の音とどろに聞ゆいざゆかん疲れし心夜かへりきぬ

いきいきとをどり来れりすさびたる心もいまだ死なずありけり

けだものの心の底にひそめるや若者共はざれ歌うたふ

木の枝の腕だるげに抱き合ふ中を走れるわが夜の汽車

小野の末皆一様に夢の如白く煙れり月ほのぐもる

夜の汽車明日の疲れを思へども心をどりて眠られもせず

めざむれば二月の寒さしみ来る若き心のいつ眠りけむ

うすじめりみるみるあくる有明を雄松の蔭に海の音をきく

ああ雄松むら立てるかな潮の香のうすじめりして眼にいたくしむ

とうとうと寄せくる雄波濃緑の砕けて白う散りて消《ママ》るかも　（沼津の海岸にて）

濃緑の雄波うねうね寄せ来る磯にたたずむきさらぎの朝

青雄波寄せて散るかもみてあれば消なまくほしき我思ふかな

きさらぎの風凪ぐ富士ようす明かう光りて四方は今しづかなり

波よする磯につづける小松原はしにおきたる五六の荷足

とうとうと寄する雄波の青に透く中より躍れ底の勇魚ども

さつとひきどつと寄せ来る青波のしぶきにぬれて我たてるかも

青海の潮のしぶきの香にぬるる人の子あはれ気もうつらなり

小松林生ひひろごれるところどころここなる山はもだして立てり　（江の浦にて）

渚ゆけば左は小山海の風顔に小砂利を吹きとばし来る

夢よりやさめけむ富士よいままさに銀色にかがやきてあり

とうとうと海鳴る強く胸に来て乱れはてたるわが歌の調

朝嵐するか白雲逃げまどふ山の素肌は今赤らてる　（富士を）

海、青に、透けり、ゑいゑい櫓拍子にゆるう滑りて我船はゆく　（静浦にて）

歌集「吾木香」序

私が葭子様の歌集吾木香に序文を書くなどといふことは、思ひもよらぬ僣越な事と思ひますが、歌により初めてからの私は可成の長い年月を、比較的あゆみを等しくして来たと思ふ点に於ても、単に友人としての関係から云つても、今は断つことの出来ないまでの親しさに到つている、葭子様の歌集が世に出ると云ふ時、黙つては居られないやうな、喜悦を感じます。

　さうした場合に、葭子様の御良人から吾木香の序文は是非あなたが書くやうにとの御言葉であつたので、私は、未だ自分が歌に対して、それを批判的に見ると云ふ能力さへ養はれてゐない貧しい頭脳の持主であるといふことをも考へる暇もなく、悦んでお諾けしてしまつたのでした。

　それで、自分の書くものは序文と名づけられるべきものかどうかわかりませんが、ただ思つた儘を書いて、その序文をお引き諾けした責任だけを果さしていただくつもりです。

　歌集の名吾木香と云ふひと茎の草の名も、私には種々の意味に於いて、限りない懐しさと、親しさとを感じさせられるものでした。そしてそれは、何がなし葭子様のつつましい寂しい御性格の象徴であるやうな気がする故かも知れません。私の古い歌の中に斯ういふ歌がありました。

　吾木香あはれや花のたぐひとも見えず寂しく秋の野に咲く

　その当時、葭子様がこの歌の寂しい境地に共感して下さつたことなども思ひ出されます。

　私が初めて葭子様のお歌を知つたのは、私が与謝野両先生に御指導を受けるやうになつて、雑誌スバルに、乏しいながらの私の歌を出していただけるやうになつてからでした。其の時分はもう、葭子様のお歌は、大きな題のもとに十首も二十首も出てゐる。それらを読んで、どんなに大きな驚異を感じたことでしたらう。才華煥発と云つたやうなお歌には、豊潤な処女の純な感激が溢れ湛へられてゐました。それは舞台のうへの恋の姿態のやうに美しく、哀れに、悩ましげに人を酔はせるものでありましたが、その空想的実感とでもいひたいやうな、或る華々しさの中にやはり拒むことの出来ない実感性の滲み出てゐるのが見出されることは葭子様の不断の真面目な生活態度に依るものと信じます。

　寂しい山村に病後のよわい肉体を守りながら、歌にのみ命をもとめて、日々を過して居られた葭子様には、歌が恋であり、恋が歌であつたと思はれることも当然であります。その当時私もみちのくの山奥に住むでゐて、遠く葭子様を追慕して居りました一人でございました。葭子様が生活の変化と共に上京せられたその時私も上京中で初めてお目にかゝる事が出来ました。そして私は、あの誇りかな恋の歌の主がこの人かと思はれるやうな謙遜な、そして地味な寂しい葭子様を見ました。此の間の内的生活の消息は葭子様の跋にあるやうですから省略いたします。

　其の後、二三年にして葭子様の歌は全然と云つてもよい程に変化されました。譬へば夕闇の空に震へてゐる青白い李の花のなやましく、うつくしい姿と云ひたいやうな、例を挙げてみれば

　　はらはらとさくら散るかなうつくしき恋にみだるるこころのごとく

　　さびしくも君が一つのまばたきのなかにさまよふ吾を見しかな

　　起きゐつつ一日とせんか寝とほして一夜とせんか君を待つ三日

斯うしたお歌の夢幻的な甘い境地から潔よく脱離して雄々しくも苦しい、そして痛ましい現実に対つて立たれました。

　此処に到達されるまでの道程にはどれ程の深刻な内的争闘が行はれたかは、其処から出発されたそれらの歌に遺憾なく具現されてゐることと思ひま

す。一歩一歩現実に即しつつ、自分を凝視する目を離さずにあゆみを続けて来られた、葭子様の徹底的生活から生れたそれらの歌は、私共にとつてどれ程貴重なものかを思はせられます。女性としては見難い程の卒直さと素朴さと、真摯とに満ちてゐる葭子様の歌は、たとへ艶かしい技巧の匂ひは少ないにしても、余韻嫋々と云つたやうな響きには乏しいにしても、ぎこちないとも思はれるやうな太い線で、直線的に詠み下してゐる処に、思ひがけない力で人の胸に突込むで来る強よさのあることを思はせられます。そこに葭子様の大きな自信と誇とがひそむでゐる筈です。何しろ最近のお歌は葭子様の生活全部の滴りであるといふ気が致します。透徹したひと筋の道を真直ぐに、一つの焦点にむかつて、側目もふらずに驀進して行かれる葭子様の強い信念を感知する時、私はいつも深かい感激と新らたなる懺悔の念とを与へられますことに限りない感謝を捧げるものでございます。

　終りに臨むで私は、私のこの到らぬ文の為めに友の歌のあたひを傷けることのないやうに祈りながらペンを擱きます。

原　阿佐緒

「吾木香」あとがき

この集を編むまで

私が与謝野寛、晶子両先生の御厄介になつて歌を作りはじめたのは、明治四十二年の春であります。その頃、私は西多摩の一山村にひとりで暮してゐましたが、東京の弟から月々送つてくるスバルと女子文壇とが待遠でたまりませんでした。そして何一つしつかりと勉強するでもなく、ただ歌ばかり作らうとしてゐた私は、上手下手は別として全く意味をなさぬものを沢山つくつて先生をお驚かせ申したものです。しかし、三四年経つうちには、さすがに自分でも寂しくなつてきました。

大正三年の春、私は東京へ出てまゐりました。夫を持ち、子を持ち、家を持ちましたが、不具に近い貧弱な肉体と頑固な心を持つた私には、ひとりで生きることも人と共に生きることも同じく苦しいものであることをしみじみ知りました。そして以前のやうに歌（たとへ形ばかりでも）を作ることが出来なくなりました。

そのうちに私は、不図したことから病気になりました。そして、一ヶ月ばかりで床を離れることだけは出来ましたが、病後の衰弱はいつまでも恢復しませんでした。丁度そこへ宮城県の原阿佐緒さんから「山の方へ来て静かにしてゐたらどうか、待つてゐる」といふ手紙をいただいたので、早速仙台からまだ五里もある阿佐緒さんのお家を指してはるばる出かけました。大正五年の秋のことです。山のお湯へ入れていただいたり何かして四十日も御厄介になつてゐるうちに、からだも大分よくなると共に、阿佐緒さんの作歌を見てゐるだけではゐられなくなつてきました。

　阿佐緒さんは、その時分歌をアララギへ発表してをられましたので、私も自然アララギを読むやうになりました。そして、その時分から私は島木赤彦先生の御厄介になるやうになりました。

　今からその時分のことをふりかへつてみますと、私は毎日毎日全く無駄な心配に自分の心を切り苛んでゐました。私は、懸命になるべき歌に対して懸命にならぬ代りに、却て思はないでいいことまで思つたり、心配したりしてゐました。そのためにいまだにかういふ歌しか出来ないのは、先生方に対してはまことに申しわけのないことであり、自分としてはこの上なく悲しいことであります。併し、私は今、かういふ歌を並べた歌集を出すことの苦痛に堪へます。私は「歌集を作つてみたらどうか」といふ人の厚意によつて、尋常小学時代の清書を保存し得ると同じ心の満足をおぼえます。

　けれども、私はつい最近までこの集に表はれてゐるやうな浅墓な悩みにかなり烈しく悩んでゐたこともまた覆ふことの出来ない事実であります。しかし、私はこの集の編輯を境ひとしていま少し賢くならなければならないと心に誓ひました。

　歌の順序は最近のを初めにし、少し前のを中程に、ずつと前のを終りにしました。雑木集の方は主にアララギへ出していただいたので（さうでないのも少し交つてゐますが）青煙集の方は主にスバルへ出していただいたのです（やつぱりさうでないのも少しは交つてゐますが）そして、一二句づつ改作したのが全体を通じて十五六首あります。その他は、たとひこの頃とはまるで調子が違つてゐても手を入れませんでした。尚、この書は活字の都合上夥しいルビの誤用をどうすることも出来ませんでしたから別に正誤表を附けることに致しました。

　この集を編輯するにあたつて今更感謝しなければならないのは阿佐緒さんの御親切です。阿佐緒さんは去年の秋から私の家に来てをられます。遠くにゐてさへ私の力であつた阿佐緒さんは、今かうして一しよに居てみると、ますます私の何よりの力であることを新たに知りました。現に今日も私のこの貧しい集のために病を押して序文を書いて下さらうとしてをられます。

大正十年一月十日夜

葭子しるす

「三ヶ島葭子全歌集」序

　三ヶ島葭子さんが亡くなられてもう足掛八年になつたが、橋本徳壽君が万端骨折られて、全歌集の発行を見るに至つたことは、私等も感謝して居るのである。

　三ヶ島さんは夙くから病身で居られ、終生病気の生活を送られたやうなものだから、世の富貴円満健康充足の生活者と比べれば非常に寂しい、悲しいものであつたことは、私のごとき者の想像をも許さない点が多かつたに相違ない。さういふ切迫つまつた暮しの中で歌を詠んで居られた。前々から歌が好きで作歌を中絶せずにゐたから、苦しい間にも作歌によつて悶を排して居られたのであつただらうか。それだから、三ヶ島さんの歌の真実なものになると、語々句々に生が滲徹して居り、読む者をして涙をもよほさしめねば止まないもののみである。かういふ歌になれば、万葉歌人の風格に相通じ、末世の専門歌人等の到底企図しても成就不能の境涯といふ事になるのではなからうか。それ程の真実な歌を作つて居られる。一生は悲しかつたけれども私等は是等の遺作をいだいてせめてもの心遣りとして居るのである。

私は煩を避けて試みに大正十五年昭和二年の作から以下の二十数首を抄録した。

わが病すこし快ければとことはに死ぬ日なきごと身をばさびしむ
このごろはうれひ打つづきうつしみをさびしがる暇無くなりにけり
世話になる人の心におびえつつわれの心のみじめなるかな
この夜ふけにはかに苦しこのまま死すともよしと心しづめをり
きその夜の苦しみ思ひしみじみと今日ある命ありがたく思ふ
いささかの仕事なれどもこの弱きわれには深き覚悟要るなり
今はもよ心に深く決めしなれば堪へがたけれどもものは言はざり
痩せたりと思ひて伸べしただむきに幼き時の種痘《はうさう》の痕
はなびらに天鵞絨に似たる感じありて手にふりて見たきこの紅うばら
いま見たる夢のつづきを或は見む夜半の小床にみじろがずをり
遠方に長鳴く鶏のあはれさはわれの心をむかしに還す
なにかたのしき思ひわきをりこの病の癒ゆる望みはなしと思ふに
さかりゐる一人の吾子を思ひつつ眼つぶりて飯かきこみぬ
うぐひすのこゑ聞こえけりあかつきの小床にわれは夢かと思ふ

わが窓によそのあかりのさしそめて冬のひと日ははや暮れしなり
入りつ日のまぶしき光に面むけ立ちてゐるなり春寒き窓に
ひときれのあやにかがよふ夕雲をせまれる屋根のあひだに見たり
惜しきもの一つも無しと思ひつつ室の真中にひとり立ちをり（近火）
重きほどふとんかさねてなほ寒し肩に掌をあてかがまるあけがた
夜の更けの凍土《いてつち》をゆく下駄の音銭湯へゆく人人ならん
手当だによければなほもいつまでも生きはうべけんかなしきやまひ
今にして人に甘ゆる心あり永久に救はれがたきわれかも
しみじみと障子うす暗き窓の外音たてて雨の降りいでにけり

ここに抜いた二十首あまりの歌に対しては、私の如き徹底しない生活は慚愧すべきものでそれゆゑ、この序文を書くにしても気が引けて為方がなかつたのであり、また作歌の価値から云つても、是等の歌には到底及び難いのである。

なほ余計だとは思ふが、少し附言するならば、三ヶ島さんの歌は表現が奈何にも自在だと云ふことに気付くのであるが、これは生涯を通じての一つの特色であつたやうである。橋本徳壽君の編輯記及び同君編の三ヶ島葭子年譜によつて明かなる如く、三ヶ島さんは最初は与謝野晶子夫人に師事して、作歌を練磨されたので、その頃から表現が奈何にも自由であつた。この習練・力量をそのまま継続せしめて、アララギの歌風に移り行いたのであるから、アララギに入会した頃は既に優れた女流歌人であつたのである。即ち、忽然として急激な進歩をしたといふわけではない。ただ最初の歌風は新詩社風の主観的色調が目立ち、アララギに入つてからは事象を捉へる寧ろ客観的色調が目立つたと謂ふべきである。アララギに入つてしばらくは、赤彦君の薫陶を受けた。その後友人の恋愛事件に関聯してアララギを退いたのであるが、それ程赤彦君も熱心に三ヶ島さんを指導したのである。それだから赤彦君の当時に於ける三ヶ島さんに対した態度に就いては、これを善い意味に解釈すべきだと私は思つて居る。アララギ退会後は、千樫君に従つた。そして自由な表現の傾向は、却つて千樫君の方に同感されたものであつたかも知れぬ。何れにしても晩年の諸作は、自在で朗かで楽々と歌ひ上げてゐるやうで、もはや誰にも何れの場合にも出来ると云ふ境地ではない。

　私は大正十年春、長崎を去つて東京に帰つて来た頃、石原君が阿佐緒さんと麻布の三ヶ島さんの家に寓居されてゐたので、私は毎日のやうに石原君を訪ねた。その時はもう三ヶ島さんはアララギを退いて居り、私と歌のことに就いて話し合ふといふやうな機会もなくてしまつたのである。現在は赤彦君も千樫君も大熊長次郎君もすでに他界せられて居ることを思ふと、夢のやうだと云つてもいいほどになつた。若し千樫君が丈夫でゐたなら、心をこめてこの全歌集を讃嘆して呉れたに相違ない。私は亡友のその心持を少しく理解し得ると思ふから、非常に僭越だとは思つたが、敢てこの小文を草した。約めれば私は世の人々に三ヶ島さんのこの全歌集を少しく重く見ていただきたいことを希つて止まないのである。

昭和九年二月

斎藤茂吉

〔注〕昭和二十三年版創元選書「三ヶ島葭子歌集」の序文は、斎藤茂吉氏に、この全歌集の序文の最初の二行を改めて「今度、橋本徳壽君の骨折りによつて、三ヶ島葭子さんの選集の発行を見るに至つたことは、私等も感謝して居るのである。」としていただき、以下は前者と同文である。

聰明な眼

古泉千樫

「三ヶ島葭子全歌集」序として

葭子さんのことは色々書きたいことがあり、また書かねばならぬのですが、小生の病気どうもはかばかしくなく、非常に衰弱してしまつて、此の頃は筆をとる勇気もなく、話をすることも随分困難なので、とうとう何んにも書けず、自分ながら残念にぞんじます。かうして寝て居て葭子さんのことを思ふときにいつも思ひだされる歌は、

　わが家とさだめられたる家ありて起き臥しするはたのしかりけり

といふ歌です。去年の初めはじめてこの歌を見たとき僕はびつくりしてしまつた、実にすばらしい歌だと思ひます。この頃から葭子さんの歌はとくによくなつたのではないかといふ気がしてゐます。

けふは葭子さんの四十九日忌です。いま小生のところに葭子さんの写真が

来てゐるので（告別式場にかかげたもの）妻は心ばかりの花をあげたり牡丹餅をこしらへてあげたりしてゐます。葭子さんは決して美人といふがはではなかつたけれども実にいゝ眼をしてゐた、聡明な眼であつた。病気になつてからも眼だけは澄んでゐたやうに思はれます。（五月十三日）

――「日光」昭和二年六月号、三ヶ島葭子追悼録より転載――

「三ヶ島葭子全歌集」編輯後記

故人は生前に一冊の歌集を有つてゐた。「吾木香」といつて大正十年二月に東雲堂から自費出版したものである。それには新詩社時代の作品（自明治四十二年至大正三年）を青煙集と題して百七十一首、アララギ入会以後の作品（自大正六年至大正九年）を雑木集と題して三百四十四首、計五百十五首収録してある。大正三年から大正六年までの間の作約六百首ばかりを「落葉集」と名づけて出版する意志を有ち、ひと通り目を通して貰ふために与謝野寛氏のもとへ送つたが、それはそのまゝ返されなかつたさうであるので、内容に就いては今知るよしもない。故人の歿後、大熊長次郎氏及その協力者によつて故人の作品が聚輯された、それは大正十年以後の「アララギ」「日光」を主としたもので五百六十九首を算した。昭和六年十一月発行の改造社版現代短歌全集第二十巻中の三ヶ島葭子集へは、「吾木香」と前記大熊氏聚輯の作から、私が三百二十首を選抜して収録した。なほ同集へは故人の作風を紹介する相当にながい私の拙文と略年譜とを添へた。「吾木香」は型の変つた四七判の歌集で中川一政氏が吾木香を彩した、いかにも故人らしいじみな紙装の装幀をした。版は伊上凡骨氏が刻したものであつた。両氏ともよく故人を識る人であつた。「吾木香」は既に絶版で、古書街にも容易に見当らぬやうである。たま〳〵目録で見たりするが、かなりの高価である。親友の原阿佐緒氏が序文を書き、故人が巻末記を書いてゐる。少しながくなるが、記念のために故人の巻末文を此所にとゞめて置きたい。

〔注〕この文は吾木香より全文を引いたもので重複をさけて除く。

全歌集を編むに当つて、所謂「全歌」の範囲を何処まで拡げるかが第一に問題になつた。兎に角遺品として十三歳からの歌のノートがあることはあるのである。然し死後に於てその習作まで聚録されることは、おそらくこの故人の絶対に肯んぜぬ所であらうといふ私の独断のもとに、大正三年までの新詩社時代の作は、夥しい数のうちから既に故人が「吾木香」へ百七十一首を撰録してあることであるから、故人の意志を尊重して広く追録することを控へ単に「明滅」十六首を加へるにとゞめた。大正三年以降は前述の「落葉集」の件もあるので出来る限り聚輯に努めた。

所で作品の聚輯であるが、故人には作品表の如き手記が何ら遺されていない。各結社の歌誌に就いて創刊号から全部調べるといふ方法もあるが、それは不可能に近い困難な仕事であり、現在は既に廃刊して了つてゐる結社も少なくないし、また以前は結社的観念が、今日ほど厳しくなく、またその数も多くなかつた為か、歌誌以外の雑誌に多く発表されてゐる事実も発見されて来たので、結社の歌誌を虱つぶしに調べるといふ方法は断念することにした。で、最後に採つた方法は、手あたり次第に或結社の旧い歌誌を調べ、なほその広告欄に出ている他誌に故人の名を捜して、その他誌に就いて調べ、それからそれへと、飛石伝ひ式に手づるを得て模索するといふ方法であつた。甚だ非科学的な方法であるが、何うにもそれより他になかつた。さうして索し得た雑誌名も、雑誌その物は、図書館にも無く、発行所は廃刊の為に存在場所が不明だつたり、百法手をつくしても、遂に調べることの出来なかつた雑誌もかなりある。それらの雑誌名をあげるならば、「創造」「銀聲」「反響」「椎の樹」「嬰児」「行人」「新思潮」「玄土」等の或号である。之等の雑誌を索すために、地方へまで出て行つたことも一二度ではなかつたが、遂に見ることが出来なかつた。尤もこれ等の雑誌にしても、広告には名が出てはいるが、果して事実掲載されてゐるか何うかは別問題である。さういふ事実を幾回か経験したので、このことが云へるのである。

そんな訳で結局聚輯し得た既発表の歌は、千九百九十二首となり年次別歌数は目次の通りである。が、これが既発表の全部であるとは絶対に云へない。まだ〳〵沢山あると思ふが、以上のやうな次第で、目下の所、手を尽すだけつくして得た数である。

次に故人の筐底から夥しい歌稿が発見された。小さな手帳もあり、一枚一枚の青い洋罫紙もある。多くは毛筆で書かれてゐる。日記体に月日を記してあるが、年次が判然としないのがある、一枚一枚ばらばらになつてゐるのは、更に年次が乱れ勝ちである。歌も同じ歌が、いく個所にも重複してゐたりする。またこれが全部未発表であるのか、この内の或歌は既発表なのかそれも判らない。それを既発表の歌稿と照合して、出来だけ整理したつもりであるが、まだ手落ちが無いとは云へぬ。初めは之等の歌を既発表の歌の年次へ繰入れて印刷する考へであつたが、思ふ所あつて未発表の分だけは一括して最後に組むことにした。この年次も不動のものとは言ひ難い。これが千八首となり、本集に収めた歌は合計三千首である。「吾木香」の編輯は年次順になつてゐない。本集ではそれを全部年次順に編み直した。同年の作は発表月順にしたが、月の不明の為に適当に塩梅したものもある。大正九年以後にあらはれてくる「少女の日の思ひ出」は雑誌「少女号」に載せたもので、全部少女の為に作つた歌である。

一二句或は二三字相違するのみの歌が相当ある。これは前後改作の異同と思はれるが、両歌の採否を決しかねたので、そのまゝ載せて置くことにした。例へば

こほろぎは夕餉なかばに鳴きいでぬ暖き飯をわれは喰べをり
こほろぎは夕餉なかばに鳴きいでぬ温き飯の冷めにけるかも

おもかげはたふとくもあるかこれの世にいまぞ逢ひがたき人となりつる
おもかげはたふとくもあるかこれの世にまた逢ひがたき人となりつる

ゆきがたくからだよわれり死ぬばかり恋ふとも我や空しかるべき
言ひ難くからだよわりて死ぬばかり恋ふともわれや空しかるべき

枯葉の下に短かく萌えいづる草のみどりのかくろふよしなき
枯草の下に短く萌え立てる草のみどりのかくるるはよしなき

すさまじきけむりなるかも舞ひまへる火の粉は何のもえがらならむ

すさまじき煙なるかも舞ひ揚る火の子は何の燃えがらならん

部屋貸しおく二階の人がこの夕べひた雨にぬれて帰りきにけり
室貸しおく二階の人がこの夕べひた雨にぬれて戻り来にけり

枝かはす木木はみな桜ところどころ白きは花のほころびしなる
枝かはす木はみなさくらところどころ白きは花のほころびしなる

きのふけふわれ健やかに軒をはけばこころよからん隣の人らも
きのふけふわれ健やかに軒掃けばこころ安からむ隣の人も

重きほど蒲団をかさねなほ寒し肩に手をあてかがまる明けがた
重きほどふとんかさねてなほ寒し肩に掌をあてかがまるあけがた

何かたのしき思ひわきをりこの命の生きんのぞみはなしと思ふに
なにかたのしき思ひわきをりこの病の癒ゆる望みはなしと思ふに

などである。中には発表後に改作したのもあらうし、また、手帳と青罫紙の両方へ覚え違へて記したのもあらうと思はれる。

故人の仮名遣は非常に正しかった。然し送り仮名には不統一な点が相当にある。全部直さうと思って手をつけたが、また思ひ返してそのままにした所が多い。例へば「紅ゐ」「幸ひ」などの仮名は故人が故意に好んで用ゐたものと見た。また体言に用ゐた「疑ひ」「炊ぎ」「悔い」などの仮名も故人の好みとして原形のままにした。

本集への歌の聚輯並に原稿浄書の仕事に、私に協力して呉れた諸氏は青垣会員土屋丈夫、入沢孝、牧丘哲夫の三氏である。未発表の歌の整理には故人の夫君倉片寛一氏と遺児倉片みなみ氏とが助力してくれた。また作品聚輯のうへに、前田夕暮、太田水穂、中村琢郎、矢代東村、石河和夫、柳田新太郎、若山喜志子、中河幹子、丸茂濱子の諸氏並に婦人之友社には種々便宜を与へられた。また相坂一郎氏からは編輯上種々の助言を与へられた。記して感謝する次第である。

斎藤茂吉先生には身辺非常に御繁多のなか、ことに只今御病気御静養中を押して、特に故人の為にねんごろなる序文をお書き下されたことは感謝に堪へない。故人も地下に於てさぞ感泣してゐることと信ずる。故人の晩年の師千樫先生在世なれば、必ずや故人の為に一文を惜しまれぬであらうことを信じて、「日光」昭和二年六月号の「三ヶ島葭子追悼録」中の文章を転載させて貰ふことにした。

本書出版に就いて立命館出版部の西見茂氏にはいろ〱と御配慮を戴いた。記して感謝したい。本集の背文字、扉文字は総て故人の夫君倉片寛一氏の筆である。これは故人へのよき手向であると思ふ。

昭和九年二月十五日

橋本徳壽　謹識

「三ヶ島葭子歌集」（創元選書）解説

橋本徳壽

三ヶ島葭子は、明治十九年八月七日埼玉県入間郡三ヶ島村字堀ノ内に生れた。祖先は代々、同村、中氷川神社の神職で、葭子の曽祖父日歌輪翁は、幕末に於ける心学者で門人多く、『安国宝鏡』の著がある。日歌輪翁の次男光五郎が分家して農を業とした。その子寛太郎が葭子の父で、葭子は父三十一歳、母さわ二十四歳の時の長女である。寛太郎は同村の小学校の校長で数学に長じてゐた。この父は大正十一年六十八歳で死んだ。

○

三歳の年に父の転任によつて、一家は秩父郡槻川村に移つた。ここで弟の栄一が生れた。四歳の年に一家は更に入間郡小手指村字北野に転任した。七歳で母が肋膜炎で死んだ。十一月に継母のぶを迎へた。九歳の時児玉郡児玉町小学校に父が転勤したので、一家はそこに転住した。後に継母により異母弟妹の一郎、その、千代子、精一らが生れた。結局葭子は六人兄弟であつた。

　七歳で小手指村尋常小学校に入学し、十五歳で児玉小学校高等科を卒業した。直ちに女子師範に入学したかつたが年齢不足で果さず、一時上京して叔父の家から青山学院に通つたりした。十七歳（明治三十五年）の四月、埼玉県女子師範学校の乙種講習科に入学した。十九歳の夏頃から肺患の兆があり、十一月に至つて遂に休学し、自宅で療養につとめた。その頃一家は東京府南葛飾郡船堀村に転任してゐた。父がそこの小学校に転じたのだ。病勢はなかなか衰へず、二十歳（三十八年）の九月に女子師範を退学した、その後健康に起伏はあつたが、この病気が葭子の生涯を通じて、つひに離れなかつた。

　少女の時から読書が好きで、十二歳の頃から百人一首の註釈本を読んだりして、歌を作り初めたさうで、現に十三歳の時の作歌のノートを私は見た。十五歳の頃には古今集や新古今集を耽読し、また狂歌集などを好んで読んだ。そして将来歌人になる空想をしたりした。

○

　健康の回復した二十三歳（明治四十一年）の二月に上京して、暫く人の家に仕へたが、六月に東京府西多摩郡小宮村小宮尋常高等小学校の代用教員となつて赴任した。同村字乙津の、老婆が独りで経営してゐた、森屋雑貨店の奥座敷を借りて自炊生活をした。ここに二十九歳（大正三年）の三月まで、丸五年六ヶ月を暮した。その間に二十七歳（四十五年）の一月には試験を受けて准教員の資格をとつた。教員生活をするやうになつてから、作歌や文章の勉強にいよいよ身を入れ、河井酔茗の『女子文壇』に投書をしたりしてゐたが、二十四歳（四十二年）の春に新詩社に入社して、与謝野寛、晶子の指導を受け、作歌を『スバル』に発表した。二十六歳（四十四年）の夏には上京して師与謝野夫妻に会つた。またその年に平塚雷鳥らの青鞜社の同人ともなつて、『青鞜』に作歌を発表するやうになつた。葭子の歌才は大いに師から認められ将来を嘱望された。その頃新詩社には大貫かの子（岡本）、原田琴子（遠藤）、原白百合（阿佐緒）などがゐた。『我等』にも作歌を発表するやうになり、第一歌集を出版しようと思つたりした。

名も知らぬ小鳥来りて歌ふ時われもまだ見ぬ人の恋しき
濡髪のしづくのごとくしとどにも涙流るるをとめなるかな
われ寂し青き李の花に似て弥生の空のもとになやめる
水色の雨の中にて火の燃ゆる夜明けの山に君を思へる
空すこし曇れば赤きほほづきをむしりて君を待たじとぞ思ふ

いま誰か山に火を焚くああこの身煙となりて君に往かまし

この時代の作風の一例だ。恋を主情とした、浪漫的な、空想味の勝つた絢爛な譬喩や機智に富んだ作風だ。葭子の一生を通じて考へるに、この小宮村の六年間が、最も幸福な時代であつたのではなからうか。健康は回復したし、若くもあるし将来に希望は燃え、歌才は次第に中央の歌壇に認められて行つた。非社交性で小心翼々とした所から、校長に気に入られてゐないと、独りぎめに悩んだり、同僚のうちでも最も資格の低いことに、肩身の狭い思ひをしたりしてゐるが、受持の児童たちには慕はれ、村民からはよく思はれ、薄給ながらも自分ひとりの生活には困らないし、将来に夢は抱けるし楽しい時代であつた。作歌の対象はすべて恋愛であるが、現実の恋人があつたといふよりも、夢に恋人をゑがき、幻に恋人を抱くといつた方が適切らしい。尤もやや交際した人もあつたが、それも大したことはなく終つた。この時代の末期には、後に結婚した人を対象とする歌をみるやうになつて行つた。その人との結婚のために二十九歳（大正三年）の三月にここの生活と時代とが終つた。学校を辞めて上京する時には、村民は前例のないさかんな送別会をしてくれ、記念品をくれた。

○

相思の人倉片寛一（二十七歳）と結婚する為に大正三年三月の末に単身上京した。倉片が新宿駅に待つてゐた。倉片家は代々埼玉県所沢町に在つて、『上の倉片』『下の倉片』と並称された名家であるが、当時は昔日の勢がなく、父と弟とが牛を飼つて乳を搾つてゐた。寛一は東京電燈会社に勤めてゐたが、結婚と前後して、会社の人員整理にあひ失業してしまつた。二人の結婚は倉片家の父の了解を得てゐなかつたので、なかなか入籍されなかつた。が、倉片の父母（父作輔四十九歳、母わぐり四十六歳）たちが葭子にあひ、葭子の人柄を知るにいたつて、葭子は許されたのみならず、葭子の評判はいよいよよくなつて行つた。葭子にとつて結婚生活は、ゑがいてゐたやうな楽しい華かなものではなかつた。夫の失業が何よりも暗いかげをさした。葭子の前に現実はきびしい顔をして立ちふさがつた。独身時代の夢は冷たくさめて行つた。新詩社流の、浪漫夢幻空想的な歌が、おのづから出来なくなつて行つた。

いたづらのいのちにいまはなやむのみこひしとなきしきみがかたはら
家のうち鍋などさげてゆきかへるゆふぐれにきく秋雨の音
わが背子が寒き巷を走るさま思ひてあふぐ空のしづけさ

夫は巷を毎日走つたが、なかなか職がない。葭子自身も桂庵の暖簾をいくたびかくぐつた。押しつまつた十二月の末に葭子は女児みなみを生んだ。初は神田猿楽町に二階借をしてゐたが、秋頃には中川一政の世話で、巣鴨監獄表門前の、中川の家の裏に二室を得て移つてゐた。

いそいそと門の内掃く一人の囚徒ありけり鎖なかりし

看守より少し離れて青草を刈る囚人をみればうれしき

自由を束縛されてゐる囚人を見る時に、せめてもの幸福を葭子は感じたことであらう。この頃若山牧水夫妻とも知つて、歌風はいよいよ新詩社流から離れるばかりであつた。翌三十歳（大正四年）の四月に膀胱炎に罹つた。これは暫くで癒つたが、これから生涯、薬餌の絶えない生活がはじまつた。

何よりもわが子のむつき乾けるがうれしき身なり春の日あたり

爪立てて我をつかめる手の力ゆるぶが如し子の眠りつく

まづ何をおぼえそむらむ負はれてはかまどに燃ゆる火など覗く子

親のかほけさやうやくに見いでたる瞳はいまだ水のごとしも

鈴ふればその鈴の音を食はむとするにやあはれわが子口あく

葭子の喜びは赤子のうへのみにかかつた。が、翌三十一歳のはじめに、つひに血痰を見るにおよんで、丸一年三ヶ月の赤子は葭子の手から放されて、所沢の舅姑の手に育てられることになつた。その後は時々つれられて上京する子供に会つたり、自身所沢に出かけて会つたりはしたが、続けて長く母娘相住むといふ幸福に、葭子はつひに恵まれなかつた。

その少し前、大正四年の十月に夫は丸二ヶ年近くの失業苦から救はれて、社団法人大日本水産会の編輯部に職を得た。これは歌友中島俊雄の世話であつた。非常に薄給ではあつたが、兎に角これで一応生活の拠り所を得た。

葭子は作歌を命とし、生涯作りをふせたが、実は短歌よりも小説が書きたかつた。何篇かを書いて中村星湖を訪ねて見て貰ひ『早稲田文学』『ホトトギス』その他に発表した。『途上』その他の作品がそれだ。師として星湖を選んだ所に葭子の人柄があらはれ、またその作風もしのばれるであらう。歌に身を入れると小説がおろそかになり、小説に力を入れると歌の方が怠け勝になつた。どちらに進むべきか、葭子は悩みつづけた。創作をするには何よりも健康と時間とが必要だ。賃仕事の縫物をしたり、内職の靴下の刺繍をしなければならない貧苦の生活のなかに在つても、時間はいくらかは何うにかならないこともなかつたが、長時間の勉強に、葭子の健康は堪へなかつた。少しつめて机に向つてゐると熱が出た。葭子はつねに自分に創作の才能のないことを嘆き悶えてゐるが、健康が許されたならば、或は葭子は小説家として立てたかも知れなかつた。

○

葭子の物の観方は、いよいよ現実的傾向に深まるばかり、新詩社流の浪漫風を清算しなければならぬ時が来た。三十一歳（大正五年）の九月に、意を決してアララギに入会して島木赤彦に師事した。これよりアララギに作歌を発表し、アララギの歌会にも出て斎藤茂吉、岡麓、古泉千樫、中村憲吉、土屋文明などの諸先輩を知り、そのよき影響を受けて行つた。三十二歳（大正六年）の四月には、夫の勤め先の近くに家をもとめて、麻布谷町六十三番地に転居した。

　ひるすぎとなれば日かげるこの家に仕事なすべく心すすまず
　さ夜ふけて釘打つ音す隣にて松を打つならん小さき松を
　今朝見れば五軒ならびのわが長屋みな青青と松飾りせり

私が葭子に初めて会つたのはこの家で、大正六年の秋の頃であつたと思ふ。倉片の勤め先の大日本水産会の造船技師として就職した私は、同僚の倉片の細君がアララギの三ヶ島葭子であることを知つたのだ。この家に私は度々遊びに行つたが、それは倉片と酒をのむ為で、葭子と歌の話などしたことはなかつた。私たちの仲間は『葭子さん、葭子さん』と名を呼んで彼女に親しんだ。七畳かの一室しかない家で、私達のんだくれが行くと、葭子は少しもいやな顔をしないで、酒の仕度をいそいそとした。小柄な葭子が倉片に叱り飛ばされながら、まめまめしく立働いてゐる姿が、いまでもありありと目に浮かぶ。からだが悪かつたのだらうに、今考へると何とも申訳がない。ここで、私は所沢から出て来た倉片の父にも会った。酒好きの父を前にして私たちは酔つぱらつて『親爺、質において酒をのめ……』などと大きな声で歌ひわめいたものだった。またそれは、次に移つた近くの二階家での話だが、私たち一団の酔つぱらひを、折りから所沢から上京した、五歳ぐらいになつていた女児のみなみが部屋の一隅に坐つて眺めてゐた姿なども、あり〱と思ひ出す。

○

葭子は友として原阿佐緒と最も親しかつた。新詩社でも一緒だつたし、アララギは阿佐緒が一足先に入会してゐた。血痰をみて臥床した三十一歳（大正五年）の秋に、阿佐緒の親切なすすめに従つて、仙台から五里も奥の、宮城県黒川郡宮床村に阿佐緒を訪ねて、山の湯にはいつたりして四十日も逗留した。その後三十三歳（大正七年）の六月にも行き、更に三十五歳（大正九年）の四月にも行つた。阿佐緒も上京すると葭子の家を宿とした。阿佐緒と石原純との問題が進んで行くにつれて、阿佐緒はすべての事をいちいち葭子に相談した。大正九年の秋から翌年の初夏にかけて、阿佐緒は葭子の家の二階に寄宿してゐた。そこへ石原純も来て、しばらく一緒にゐたこともあつた。またこの家へは、純や阿佐緒たちに会ふために、斎藤茂吉や平福百穂や古泉千樫なども遊びに来た。

面やつれ囲爐裏にゐるは友なりき土間なるわれにしばし気づかず
尽くるなき話われより切りあげて眠ると蒲団引きかぶりけり
ひたすらに友の語ればわが心いまはやうやくまじめになりぬ
夫とわれと争ひたれば泊りゐる友のからだに熱はいでたり
夫の留守に狭き戸棚をかたづけて友のふとんの入れどをつくる
友とゐるに今は馴れたりおのおのにもの書きて黙すややに久しく
名を呼べど答へをなさずわが夜具の襟のけて見し友は泣きをり

○

路地の奥の五軒長屋から、表通りの谷町五十番地に越したのは三十四歳（大正八年）の五月だつた。二軒続きの二階建て、下が玄関の二畳に座敷が六畳、台所のわきに三畳があつたが、それは後で板の間に直した。二階は六畳だつた。隣は下駄屋だつた。位置は霊南坂教会の前を高い石段をくだつた所で、直ぐ近くに銭湯があつた。葭子はこの家の二階を喜んだが、下にばかり住んでをり、つひにこの下の部屋で九年の後に死んだのであつた。

　二階ある家にうつりて久しぶり夕べの雲の動くを見たり

　二階をばよろこびにつつ薄暗き下の座敷におほかたはをり

夫の大日本水産会に於ける仕事は機関誌『水産界』の編輯をすることであつた。初めはただ職を得たいために、何の気なしに入つた水産の社界ではあつたが、毎月の編輯をして行くにつれて、その社会に興味を持つて来るし、事情にも通じて行つた。そしてこれはずつと後になつてから、客観的に見た私の考へだが、倉片は遂に水産操觚界に於ける我国の第一人者となつた。『水産界』も現在にいたるまで六十余年以上続刊してゐるが、倉片が編輯してゐた時代が最も華やかで充実してゐた。暮らし向きも次第に少しづつ楽になつて行つた。葭子はあちこちの雑誌に歌を出すやうになり、選者にもたのまれ、『少女号』といふ雑誌には、少女向の歌物語を連載しはじめた。小説を書きたい希望は依然として捨てず、机に向ふのではあるが、思ふやうにはなか〳〵書けず、葭子は自分の才能の貧しさを嘆きに嘆いた。

　葭子三十五歳（大正九年）の二月に、倉片は大阪から発刊してゐる水産新報社に招聘された。編輯長といふ格で単身赴任した。病弱な葭子は東京にとどまつた。夫も子供もゐないし、寂しいといへば寂しいが、生活には心配はないし、葭子は自分の好きなことだけをしていればよいのだ。不用心だから二階は人に貸した。その年（大正九年）の暮には、京都に行つてゐる石原純に会ひに行く原阿佐緒の懇望に応じて、阿佐緒と共に京都に行き、自分は大阪の夫のもとに二週間ばかり滞在した。

○

葭子三十六歳（大正十年）の二月に処女歌集『吾木香』を東雲堂から自費出版した。それは大阪の水産新報社の印刷所で印刷したので、特別なルビのついた活字であり、仮名遣がかなりちがつてゐた。七十何箇所も正誤しなければならなかつた。葭子は出来たばかりの『吾木香』を、いそ〱と私の勤め先にもつて来てくれた。『女ですから何うせろくな歌はつくれませんから、せめて仮名づかひでも正しくなければ』と笑つて言つた。内容は新詩社時代の作品百七十一首、アララギ入会以後の作品三百四十四首、計五百十五首を収録した。『吾木香』は細長い型の変つた歌集で、装幀は中川一政が吾木香を彩した、いかにも葭子らしいいじみの味の深い紙装だ。版は伊上凡骨が刻した。原阿佐緒が序文を書き、葭子がつつましやかな巻末文を書いた。『吾木香』はあまり歌壇の評判にはのぼらなかつたが、今みてもすぐれた歌集である。恰度その頃友人中島俊雄の戯曲が帝劇で上演され、葭子も私も招待されて椅子を隣にして観たが、短歌雑誌へ私が書いた『吾木香』の批評の話も出て、葭子は歌集出版の嬉しい昂奮のなかにゐた。この前後の時代が、葭子の一生にとつて、小宮村の教員時代に次ぐ幸福な時であつたらう。病身に無理をしない程度に、歌の勉強をしてゐればよかつたのだ。時には夫も大阪から帰つて来た。

　まじめなる手紙はいまも書きがたしあまり知りたるわが夫なれば
　夫の帰る報せ来りぬにはかなる暑さにわれのからだ弱れり
　やがて夫の姿見ゆべきひとときをひとりの心たのしみてをり
　帰り来し夫と思へばその面は見つめがたくて茶の仕度する

帰京した倉片と葭子と私の三人で麻布永坂の更科へ行つて、蝦の鬼がら焼や、厚い玉子焼をたべたことなどもあつた。

○

石原純博士と原阿佐緒の恋愛問題が、新聞紙上で喧ましく騒がれて来た。真相に暗い世間では、阿佐緒を妖婦として、謹厳な大学教授を誘惑したるものと解釈した。事実は斯うだ。博士の阿佐緒に対する一方的な熱愛が昂じ昂じて、悩みに悩んで博士はつひに縊死をも考へるやうになつた。博士夫人が悲嘆煩悶の局、阿佐緒に助けをもとめた。そこで阿佐緒の葭子附添ひ京都行となつたのだ。委細を知つてゐる葭子は阿佐緒のために敢然と筆をとつた。それが大正十年五月号の『婦人公論』に出た。それは事実を書いたのだが、博士に有利な文章ではなかつた。この執筆公表が師島木赤彦の瞋にふれて破門され、アララギを退会させられてしまつた。アララギへ作歌を出すことは出来なくなつたが、その後は歌を古泉千樫に見て貰ふことになつた。

○

この頃から葭子のうへに人妻として忍びがたい重苦しい、悩みがふりかかつて来た。

訴ふべきなやみにあらず声立てて泣けば寂しも人あらぬ部屋に
断ちがたき思ひなりけりこの心いまはみづから苦しむにまかす
きぞの夜は嘆きつかれて眠りけりめざめて今朝は手紙を書くも
必ずいつか我の心にかへりこん君と思ひつつ涙とどまらず
おのづから人や優しき日のあらんおのれゆめゆめ疑はずあれば
人のきてなだめん我にあらなくに今はしづかに寝るべかりけり
生けるものを死にたるものとあきらむるわれの心の堪へられなくに

大阪にゐる夫に若い愛人が出来たのだ。葭子の深い苦悩には、歌や小説が思ふやうに出来ないといふやうな、今までの種類とはちがつた、さらに深刻なものが加はつた。葭子に同情すべきはいふまでもないが、さりとて倉片の行為を頭から非難してしまふわけにはゆかない。病弱な葭子には妻としての本分に欠ける所も少くなかつたやうだ。貧しいながらも、不足勝ながらも、病弱な葭子を一生背負つて、生活に心配させることなく、療養させ続けた倉片の深い愛情を思はなければなるまい。私などは葭子に大いに同情して、ある時など月夜の雪の原へ倉片を誘つて、大いに反省をもとめたこともあつた。が、夫婦間のことは二人以外の者にはわかるものではない。なか〳〵複雑で、はたから考へるやうな単純なものではない。避け難い宿命ともいはうか。それはとにかくとして、このこと以来葭子の歌はいつそう深みを加へて行つた。

○

三十七歳（大正十一年）の一月には実父寛太郎が六十八歳で死んだ。その頃から葭子は心臓の調子がわるくなり、肺患の方も再び活動を始めて来た。そこへもつて来て夫は東京勤務となつて愛人を同伴し、葭子の家の二階に夫と愛人とが棲み、葭子は階下で暮すといふ生活がはじまつた。離れてゐればまだしものこと、狭い家での斯うした生活は、葭子に堪へ難いものであつたに違ひない。私が倉片を雪の原へつれ出したのは、斯ういふ生活になつてからのことであつた。『見てゐられない』といふ激情に駈られたのであつた。この精神的な苦悶と、病気の苦悩とが加速度的に二乗三乗して行つたことは容易に考へられる。

ひた待たるる我にはあらず病院に友をとぶらひ夜更けて帰る
つつしみを知らぬやからと怒りつつおのが妬をひそかにおそるる
いまさらに人をつらしと思はねど寂しき我は涙おつるも
いくたびのこらしめによりてためさるるわれの心ぞただに忍ばん
障子しめてわがひとりなり厨には二階の妻の夕餉炊きつつ
あさましく妬める我と思ふときすでにさびしきあきらめをおぼゆ
人とともに今朝も厨に働けりあきらめに馴れしわが心はも
うつそみの深きさだめと思ひつつわが下心つねに怒れり
言ひがたき悩みにしあればおのが身のただに痩せつつ幾日経るなり
心こそたふとかりしか黙しをれば時ふるままになごみ来るも
いつにして心したしむわれならん見馴れし顔を打ちまもり思ふ
たまゆらのわれの心に漲りしかの憎しみを人は知らぬなり
あらはにもこの身苦しむひとときは尊きものもおもかげに来ず

これらの悩み深い葭子の歌は、さういふ朝夕の生活から生れて行つたものだ。胸の奥はかういふ深い悩みに悶えてゐながらも、慎みぶかい葭子は、夫やその人に対してあらはに感情をあらだてるといふことはなかつた。いはば弟夫婦に接するといふ風な親しみや、愛情をさへも示してゆかうとつとめた。私などが遊びに行つてゐる時なども、さういふ気持ちをいぢらしいまでに感じることがあつた。ひとつは病気だから、いつそう気も弱くなつて来てもゐたのだらう。友人の牧師を時々訪問したのもこの頃のことであつた。三十八歳（大正十二年）の九月にあの大地震にあつたが、麻布市兵衛町の草原（俗称お化屋敷）に逃れて、露宿すること三日だつたが、家人一同みな無事、家もこと無きを得た。翌三十九歳（大正十三年）の三月に、夫とその人とは、ほかに家を借りて別居することになり、これから葭子は身も心もほんとの孤りの生活がはじまつた。精神を鎮めよう為にか葭子は習字をはじめたりした。この年の四月に雑誌『日光』が創刊され、葭子は千樫に随つて同人となり、その後は毎月同誌上に作歌を発表するやうになつた。八月の中頃に脳溢血を起した。それは軽かつたがその為に右半身が不随となつて、一時は口も思ふやうにはきけず、筆をもつても字の形をなさなかつた。自然と歌作も絶えて行つた。葭子の看病かた〴〵異母妹の千代子が葭子の家に寄寓することになつた。翌四十歳（大正十四年）の春から、やつと文字が形をなすやうになつた。この後葭子は丸二年ばかり生きてゐたのだが、そのあひだの生活は病軀をしづかに養ふことと、病苦を主とした歌を作ることが生活のすべてであつた。充分なことは出来ないとはいふものの、夫からの金で心配なく療養してゐられた彼女の生活は、また幸福であつたといはなければなるまい。四十一歳（大正十五年）になつた。年頭から胸の調子が良くない。それにつれて神経がいら〳〵とする。倉片が入院することをすすめたが、葭子は何うしてもきかない。ききわけのない子供のやうに頑固にきかない。頭が少しをかしい位に倉片に対してはききわけがなくなつて来た。葭子にはこの家がどんなに〳〵良い家であることか、若し入院でもしたら、その留守にこの家を何うにかされてしまふ。『癒つても私の帰つてくる家がなくなつてしまふ』と何うしてもきかない。

　　わが家とさだめられたる家ありて起き臥しするはたのしかりけり
　　やうやくにからだあたたまり床の上にゐる安らかさしみじみ思ほゆ

　葭子には天地のあひだに、この家がどんなに〳〵良かつたか知れないのだ。いつか倉片が私に『葭の奴近頃神経をいら〳〵尖らして、下らない事ばかり心配して困るから、古泉さんと二人で行つて、よく納得のゆく様に話してくれないか』といふので、千樫にたのんで私たちは三月のある日に葭子を見舞つた。千樫が『病人は何でも大威張にしてゐなくてはいかん』といふやうなことをよく話し、私は倉片については少しも疑つたり心配する必要はない、そんな男ではないからとよく話した。それからは大分精神が平静になつて行つたやうだつた。この年の五月に千樫のもとに『青垣会』が結成され、葭子はその最も有力な会員となつたが、病気の為に会合には一回も出席が出来なかつた。歌会への歌や、『日光』に出す歌の原稿をよく私がたのまれて、千樫のもとに持つて行つた。その頃妹の千代子は既にこの家にはゐず、二階には三会堂の小使の山本といふのが借りて来ていた。だから昼間は全くの独りの時が多かつた。

妹の手紙を書く見つつうらやまし筆とれど文字形ととのはず
やうやくに人によみ得る文字書き得しはがきの言葉おのれうれしかり
前よりは気取るところがなくなりて病気の文字の上手になれりといふ
からうじて一つづつ書くわが歌よこの原稿のきたなかりけり

斯ういふ風に文字は次第に書けて来たのだが、時には『思ふままに文字書きえぬをなげくまじわれは却りて救はれてあり』と心から思ふこともあつた。身軀が丈夫で文字が自由に書けたならば、自分の悩み深い生活感情を材料にして、そのままの小説でも書かないではゐられないかも知れない。それは怖ろしいことだ。字の書けないのが寧ろ幸福だと葭子は思つた。

いのちはもたすかりたれどいつまでも口のきけざるおそろしき病
隣びと呼ばんと思ひ止みにけりあやふきおもひ幾時つづく
弱き身は早くすたれり天地のかそけきものを歌ひ得ぬ病
苦しければ死なんと思ひたちまちにこころよければ癒えんと思ふ
いのちかけてなすべきほどのことはあらね好きなることをなせば熱いづ
ゆくりなく眠さめたるこの夜半のあまりしづけしわれ生きてをり
わが世話をなす人病みしその日よりわれは起きつつ起きられてをり
わが病すこし快ければとことはに死ぬ日なきごと身をばさびしむ
この夜ふけにはかに苦しこのまま死すともよしと心しづめをり
くるしさに隣の人を呼ばはんに表も裏も鍵かけてあり
きその夜の苦しみ思ひしみじみと今日ある命ありがたく思ふ
人によりてやうやくたもついのちなり今宵も寝ねてそのことを思ふ

○

斯ういふ苦悶懊悩の朝夕のなかにあつて、葭子を心の底から素直に喜ばせ慰めたものは、所沢の舅姑のもとで育ちつつある、ひとりの女児みなみであつた。つれられてたまに上京するわが子、所沢へ会ひに行つてしばらく一緒にあそんでくる吾子。吾が子のことを思ふと、寂しい葭子の心もゆらぐのであつた。子供を歌つた歌を前にも四五首かあげたが、その後のものを少しばかり拾つてみよう。一篇の涙ぐましいほほゑましい愛育史ともいへよう。

答ふべきわれかと思ひ片言をふといひそめし子にをののきぬ
いつのまか子のさかしまに倒したる時計の音の止まぬいみじさ
ものねだり肩につかまる幼子の手を抑へつつ文書き果たす
もの縫へるわがかたはらに紙切りてしばしおとなし日にやけし子は
ふり仰げば銀杏の大木芽をふけり子にかくれまはるその木のもとを
ちちははが今日ゆくことを吾子ははや隣びとらに話しゐるならん
盆棚をつくると舅が青萱の縄なへば吾子も真似して縄なふ
田舎へぢぢと行く気になりし子は持てゆく玩具揃へつつをり
年玉の手拭たたむわが前をゆきかひ遊ぶ吾子の足見えつ
先生の話なかばにいたづらをはじめし吾子をただにまもれり
馳けくらべ一年生の吾子のむれ吾子は一ばん後になりつつる
平仮名の吾子の手紙をよろこびて声あぐる夫にしばし親しむ
おとぎばなししつつたまたまともに寝る吾子の手足の固くふとれり
芝の上に起きてはころびあそぶ吾子親の姿も目に入らぬらし

歩きつつ突く毬の音庭先の茶の樹のかげゆ吾子来るなり
たまたまに来たりし吾子が掃除して敷きかへし床に昼寝をするも
久久に子の読方を聞くものかこゑほがらかに水流すごとし
やや瘦せて口の大きくなりし吾子の背はいちじるく伸びにけるかな
先生に教はりながら丁寧に吾子が縫ひたるわが肌襦袢
母の浴衣みづから柄をえらび来て今縫へりとふわが子の便り
置時計今宵とまりたり先の日に来たりし吾子が巻きしままなる
正月の休たのしく来し吾子か袂の長き羽織をば着たり

○

葭子四十二歳（昭和二年）の正月五日だつた。倉片から速達が来たので私は飛んで行つた。葭子は蒲団の中で枕に突伏してゐた。元日、二日とつづいて喀血したさうだ。葭子は頰に赤みのさしたよい顔色をしてゐた。『少し本を読んで勉強したものですから』と葭子は寂しく笑つた。『もう駄目ですね、生きませんね』しばらくするとまた顔をあげて葭子は言つた。その後めき〳〵と元気になつて行つたので、私たちは内心おどろいた。倉片は『日本水政新聞』を発刊する準備に多忙をきはめて、しばしば葭子の家にもまはつて来られないでゐた。その頃倉片は葺手町に別居してゐた。三月二十五日の午後三時頃、二階の山本が倉片にたのまれてその月の金をもつて来た。山本は葭子が玄関の二畳と座敷の六畳にまたがつて倒れてゐるのを発見して大騒ぎとなつた。脳溢血が再発したのだつた。そこへ所沢からひとり子のみなみが、川越高女の入学試験に通つた知らせに祖父と一緒に来た。勿論葭子にはそれがわからない。それつきり口もきけずに翌日二十六日午前十一時半に息を引きとつた。口がきけないものだから、しきりに何か書きたいやうな様子をする。筆と紙とをもたせると『シホユ』と書き、ひと休みしてから、『ノミタイ』と書いた。口にあてがつてやると、もう飲む力もなくそのまま死んでしまつた。臨終の枕もとには舅とみなみと二階の山本とがゐた。電報によつて私がかけつけたのは午後三時すぎで、枕元は綺麗に片づいてゐた。

翌日の夕方遺骸を狼谷の火葬場で焼いた。葭子の弟と倉片の妹と中川一政と私との四人で送つて行き、その翌日は葭子の妹と、倉片の妹と、原阿佐緒と私との四人で骨あげをした。四月二日に霊南坂教会で告別式が行はれた。ずつと後になつて所沢の実蔵院へ遺骨は埋葬され、仏式の法名もつけられた。『浄貞妙芳大姉』といふ。

○

以上が葭子の一生の概略だ。誰の一生にしても、富貴円満健康充足などといふ幸福な生涯は、さうたくさんあるものではない。人生は苦に満ちたものだが、葭子の一生も苦悩に続く苦悩の一生であつた。が、この葭子に歌を作るといふことがなかつたならば、それはどんなに佗しい一生であつたらうか。悩み多い葭子の生活にあつて、歌を作ることがどんなに慰めになつたかわかるまい。若い頃の葭子は歌人にならうといふ華かな希望に輝いて作歌の勉強をしたのであつたが、中年以後の葭子は、所謂専門歌人が歌壇的な活動をする為に、歌を作るといふやうなことは殆んどなかつたらうと思ふ。悩みの唯一のはけ口として、悩みを追ひやり、自分を慰めるために、一首を作り一首を書き捨てては、わづかに現在の苦悩をいくぶんでも忘れようとしたのであらう。発表する為に作る歌ではなく、発表機関があつたから発表したといふに過ぎなかつたのだ。人に見せる為ではない。ただ作つてさへゐれば自分が慰められたのだ。死後に私がノートを調べたら、大正十年以後の未発表の歌だけでも一千余首にのぼつてゐた。そのなかには秀れた作品が少くなかつた。以上のやうに葭子の歌の大きな特長は、読ませる人を意識しての詠みぶりではなく、独りつぶやき、ノートに書きつけて、独りなぐさめてゐる独詠的な所にある。従つて歌材の範囲が非常にせまい。病苦と生活苦と家庭的な煩悶、それらに対して歌はなければゐられないといふ嘆きの歌がその大部分を占めてゐる。旅行もあまりしたことがない。仙台の在に原阿佐緒を三回ばかり訪ねたことと、大阪に二度ばかり夫を訪ねたことが大旅行で、あとは若い頃に御嶽山に登つたことと、箱根から徒歩で三島に出たこと、それと所沢の夫の家に何回か往復したこと位のものであつた。さうした旅行にあつても、自然の風物を対象とした、所謂旅行歌といふやうなものがまことに尠い。いはば葭子は極く取材の狭い、徹底して自分に執した歌よみであつたといへるだらう。それだけに、深き悩からくる真実に徹したものになると、切迫した性命の哀愁が深く滲み出て独自の作品をなし、読む人の心を強く搏たずにはおかないのだ。それは佳作とか秀作とか、読者の心に批評鑑賞のゆとりを与へるやうなものではなく、言々句々直ちに読者の肺腑を衝いてくる痛ましい作品だ。ここに私たちは深き苦悩の真実に徹した人生のひとつに共に嘆じるのだ。

○

葭子は富貴享楽の世界を知らず、一生を貧苦陋巷のあひだにすごした。そして貧陋の世界にある数々の美しさを観た。それを素直に歌つてゐる。

　百姓が車に積みて売りに来し漬菜を買へば氷こぼるる

日に向けて氷を解かす店先の樽の慈姑のやや動き見ゆ

雨降ればものも縫ひ得ず天窓にがらすの板を欲しと思ひぬ
今朝見れば五軒ならびのわが長屋みな青青と松飾りせり
夕の部屋に灯をつけず坐りをり餅搗く音のよそに聞ゆる
おほかたの昼餉どきかもかすかなる茶碗の音の隣より聞こゆ
宵寝してほのかに覚めぬ近き湯屋の板間にひびき桶の音きこゆ
裏の家の高窓障子はづされて時計の見ゆる夏さりにけり
路地出でて八百屋の車にものを買ふ夕かたまけて雨止みにけり
空車しづかに曳けり二人の車夫夕べの道を話しながらゆく
往来に馬をとどめて荷を下ろす人の汗にほふ家の中まで
この露地にさきまで遊びゐたる子のこゑなくただに風吹きわたる
わが家の窓の前なる日だまりに石蹴り遊ぶ幼子の声
一本のからかさを人に貸しやりて不自由しつつ心なごめり
この街の幅せまければ両側に提灯ならびうつくしきかも
自転車を走らせとほる店の小僧たんぽぽの花を帽子にさしたり
あれちのぎく野げし犬がらしなどわが軒の敷石のきはに生ひいでにけり
ほほゑまし郵便片手に持ちながらこの配達は犬を撫でをり
このまひる厨の流に盥据ゑわれ久久に湯を浴みにけり

向つ家の格子のひまより入りし蝶つばさひらひらすぐ出でにけり

路地掃けば土のしめりのこころよし隣にあざやけき朝顔の花

これらはいづれも、陋巷に咲く美しい詩の花だ。これらを見る葭子の心がまことに素直で純だ。貧者の卑屈がない。富者への妬みがない。心がすこしもひねくれてゐない。なんの構へるところもなく、実に素直ではないか。

○

深い悩みのなかに重苦しい息をついて、生きてゐるやうな葭子の朝夕ではあつたが、ときには喜びもあつた。遠い吾が子が丈夫に育つてゆくのは何より嬉しいことであつた。その子にたまに会つてゐる時は、更に嬉しい幸福なことであつた。そのほかにも嬉しいことが時にはあつた。

障子張りて部屋あかるくもなりにけりひとりすわるもいつもの所に

一人ありて心足らひぬ昨日張りし障子の桟にはたきかけつつ

今にして我や知りけん寒き日は火鉢に炭火つぎて足らふを

夕餉早く終りてひとりすわりたる部屋片づけりひぐらしのこゑ

きのふけふわれ健やかに軒をはけばこころよからん隣の人らも

天気なり思ふがままに水を湛へ顔を洗へばよきここちなり

味噌汁の今朝はうれしも大根の千六本の細かく切れたり

こほろぎは夕餉なかばに鳴きいでぬ暖かき飯をわれはたべをり

あたらしきセルの前掛一つ買ひにこにことしぬ大みそかのゆふべ

箒持ちて座敷を掃きぬおのづからからだのかるくうごく今朝はも

雨の洩るうれひは無くてこの夜半の野分の雨をひとり聞きをり

障子を張りかへた部屋に坐つて喜んでゐる葭子、寒い日に火鉢に炭をつぎたして満足し切つてゐる葭子、からだがよくて隣の軒下までを掃けた時の嬉しさ、水を充分につかつて顔を洗つた朝の嬉しさ、こほろぎの声をききながら暖い白い飯をたべ得る幸福、セルの前掛を一つ買ふことが出来て何よりも喜んでゐる大晦日の夜の葭子、雨の洩らない安心感に野分の雨の音をきいてゐる葭子、いづれも何といふつつましやかな、いぢらしい喜びであらう。富裕享楽美食の徒の夢にも知らない幸福だらう。

○

葭子の世界はまことにせまい。病弱な葭子には歌材をもとめて、外を出あるくといふことは出来なかつた。陋屋の起居、病床の周囲、身辺の雑事、かういふ世界が葭子の歌境の大部分であつた。ここでは障子とか窓とか格子とか、さういふものを開けるとかしめるとかいふ些細なことが、葭子には新しく心のひかれることであつた。

戸を開けてふたたび坐る床の上蚊は飛びゆくも明るき方へ
戸開くれば今朝も曇れり向つ家の物干に咲くきりしまの花
病人の命あやぶみ真夜中にわが訪ふ家は格子開きをり
一ところ開けおく窓の明るみに寄りてもの縫ふあらしの昼を
裏の垣に小鳥来てをり細目にし障子を開けて覗きて見るも
とほりなれば表の障子あけがたし狭き部屋ぬち歩きて見るも
病みこやり灯もつけず一人あればよその灯の障子にさすも
格子戸を隣の人があけたてする音よりもののこほしくなりぬ
ひるちかく冬のうす日のさしそめし窓の障子はよごれたりけり
女童と大き男と羽子つけり障子をすこしあけて見しかな
やや大き障子の破れ目ゆふる雪の見えつつたのしたびたび見るも
すこやけき日吾子と通りし道が見ゆ二階の窓の雨戸をくれば
よその灯のさししほのけき障子には格子の影のうつりゐにけり

斯ういふ具合である。何も特異な材料をさがしに出かける必要はないのだ。いやさうしたくても病弱な葭子にはそれが出来なかつた。身辺周囲の心に触れるものを、たくまず飾らず、実に在りのまますぎる程の在りのままのすがたを、極く平凡な素朴な表現をしてゐるにすぎないのだ。然し作歌の実行にあたつては、これがなか〱出来るものではないのだ。在りのままのものを、在りのままの相に表はし得るといふことは、大きな力量がなければ出来ないことだ。こんなにまでも単純素直に表はし得た葭子の作歌力量は大したものである。大家の力量だ。家から一歩そとに出るといふことが大きな問題であつた葭子には、日に一度か二度、外からこの家に来る郵便配達が、葭子と外の世界とをつなぐ唯一の連絡路であつた。それは自由健康な人々が郵便に対していだく関心よりも、はるかに異状なものであつた。

　洗濯のなかばに友の文つけば急ぎ拭く手のなほ濡れをるも
　障子あけて土間を見たれど郵便の来てをらざれば坐りて本読む
　わが家によらですぎゆく配達の麻地の服をとほす脊の汗
　頭悪く手も口もきかぬ我がこころみださじと友も便りせぬなり
　ポストまで行きがたくして幾たびも一つの手紙持ちかへるなり
　やうやくに歩みゆきけるに子に送る雑誌厚くしてポストに入らず
　手紙来れば誰といふなく心をどりすぐに返事の書きたくなるに
　四五枚の葉書つぎつぎに書きえたりだまりてをられぬこのうれしさよ
　真夜中にめざめて思ふ明日ころはうら待つ吾子の手紙来たらん
　郵便夫の寄らで過ぎしを知りながら障子をあけて玄関を見し

女だから女らしい歌のあるのは当然だが、葭子のはそれがいかにもつつましやかで、じみで少しも軽く浮いたところがない。子供に対する歌は前に書いた。そのほかの歌をほんの少し抜いてみると、

疲れはて歌も書きえぬ憂き身よりうれしや乳のほとばしること
竹竿の朽ちて割れ目に入りし雨打ちおとしつつもの干す今朝は
もの書きつつなほ立たずあり庭先の張物はすでに乾きてあるを
去年のごと我し病まねばこの歳暮は貯への菜も早く漬けたり
灯のもとにひとりこごみて衣に引く真綿はかかるわが荒れし手に
かすかなる仕事なりけり針しごとわれにせはしき冬としなりぬ
雨の夜は早くとざしていとまあり綿入せんとにはかに思ふ
天気よくて張物さはに乾きたり布海苔の汁の少し余れる
張物をみななしをへて心すがし吾子のをりなば遊びやらんを

○

葭子にはこれといふ信仰がなかつた。あれほどの苦悩にみちた朝夕にありながらも、それによつて安心し立命する所の宗教がなかつた。霊南坂教会に行つたこともあるが、信者にまではなり切れなかつた。いはばあの教会のエキゾチックの様な空気に憧れて出かけて行つたにすぎなかつた。家庭苦があ

らたに起ってから、牧師を訪ねたこともあるが、それは新詩社時代の友人であつたからだつた。当時流行した親鸞の他力本願の浄土信仰にも、葭子には入りきれなかつた。

　あらはにもこの身苦しむひとときは尊きもののおもかげに来ず

これが葭子だつた。葭子はどこまでも現実の懊悩を現実のままに苦悶したのだ。その葭子が病床にひとり暮らすやうになつて、近所の子供に薬をとりに行つて貰つた。

　くすり取りを誰にたのまむ今日もまた思ひわづらひ頭痛くなりぬ
　人の子にやむなく使をたのみけり自動車の多き通りを思ふ
　人の子を使に頼みその日よりわれはまことに神を思ひき

また

　なほやつぱり神はましけりうつしみのすべなき時し人ぞ来たれる

自分の苦悶には尊きものさへも寄せつけなかつた葭子も、人のなさけ、ことに天真純情の子供のなさけには神を感じた。

○

葭子の歌は詞句の使ひ方も、一首の調子も実にのび〱として自由自在だ。一読してすぐに感じる平明調だ。推敲など少しもしてゐないかのやうにすら〳〵としてゐる。こんな歌ひ方なら直ぐに誰にでも出来さうに思はれるほどに、それは素直なものだ。たとへば葭子の歌と、あの格調のきびしい島木赤彦の歌とを比較したならば、このことは一層明瞭に感じるであらう。で、うつかりすると読者は見のがし易いのだが、葭子の歌のしつかりした良さの基調をなしてゐるものは実に写生の手法に達しているといふ所にあるのだ。すら〳〵とのび〳〵と歌つてをりながら、対象の核心を実にしつかりと把握してゐる。感情だけで歌ひあげてゐるやうに見えながら、見る眼は現実の奥の相にふかく徹つてゐる。だから作品に浮いた所が少しもない。この写生の勉強を葭子はアララギの諸先輩から学び、それを葭子の独特ののびやかな声調のなかによく融かしこんだのだ。

　底の石につかへてありし笹の枝わが川越せば流れ出しにけり
　石垣に角出しゐたる蝸牛いつしかをらず苔あをきかも
　俥屋の足暑からん炎天の日の照りさかる深きほこりに
　雨降らねば藪に散りしく竹の皮清く乾きて草にとまれり
　さ夜ふけて釘打つ音す隣にて松を打つならん小さき松を
　曇り空の鈍きひかりに飛びかへる蜻蛉は羽見えずからだのみ見ゆ
　庭白く残れる雪にわが家かげ暗くかぶさり月夜となりぬ

酔へる舅がよろめきて我を押しつけし石垣暗く苔の匂す
炭出すと厨の土間に屈み見る夕べの空に木がらし止みぬ
夕ぐれを細かき雨の降りいでぬ傘さす人のやうやく多き
ごろごろと土間にころがる青西瓜一つ一つに大きかりけり
子供らの夕かたまけてさわぐこゑ春のさむさもゆるびたるかな
咲きほぐれし藤の花房おのづから真すぐに垂りて静かなるかも
花瓶のおきどころなしあやめさして簞笥の上は高すぎにけり
あとさきに人影も見えぬ雪の道かたへの松の雪落ちにけり
子供らがつかまるによき棗の樹幹すべらかに年ふりにけり
瓦屋根に吹きおとされし音きけば物干竿は割れてゐるらし
この町に幾とせ住みてわれ知らずいづこの花の飛び来るならん
ひらひらと蝶は舞ひをり幼子は捕へしと思ひ手を握りたり
はなびらに天鵞絨に似たる感じありて手にふりて見たきこの紅うばら
痩せたりと思ひて伸べしただむきに幼き時の種痘の痕

例歌をあげれば際限がない。実に写生がしつかりして、勘所をぐつとつかんでゐる。具体的の表現がまことに適確でありながら、高い抒情性を失つてゐない。『わが夫はすこやかにして朝ごとにわが炊く飯をうましと言ひしか』は大阪に行つてゐる夫を思ふ歌だが、何といふ現実味の豊かなすぐれた相聞歌であらうか。この歌を越し得る現代の人妻の作品は、さう滅多にはあるまいと思ふ。この歌なども根本は写生の窮極から来てゐるのだ。
　次に『藤』の一連と『フリジヤの花』の一連とをあげてみよう。この二つの連作を見ただけでも、葭子の写生の力量がいかに秀れたものであるかがわかるだらう。

藤

藤の花さくべくなりぬ見あぐれば藤棚こめて煙るむらさき
からみあふ蔓のひまよりおのづから藤の花ぶささがりたるかも
花ふさのもとこまやかに若葉さへ開きて藤のむらさきは映ゆ
人の手に届きて垂るる藤の花この藤棚のたかさよろしも
風やある咲き重りたる紫の藤のもろふさおもむろにゆるる
むらさきの花さへ見つつ藤棚のかげを涼しみわが憩ひをり

フリジヤの花

たまはりてけふわが見つる鉢植のフリジヤの花は葉さへすがしく
枕あげてわが見たる時フリジヤのすがしき花は光りけるかも
室の障子ややに明るき枕べにフリジヤの葉のみどり透きたり

たまひける鉢のフリジヤ一夜にして色さびにけりわが室寒く
さやかなるフリジヤの花夜となれば灯に透きて雪と冴えつつ
眼閉ぢてまだ眠らねば枕べにフリジヤの花ありと思へり
ひたすらに冬をこもらふ枕べにすがしきものかフリジヤの花は
うつうつと眠りゆくらし床の上にわれのからだは安らかにあり
運ばれていねつつわれの見るものか鉢のフリジヤの花は光れり
あたらしく鉢のフリジヤ咲く見ればきのふけふ寒さややゆるびたり

『フリジヤの花』一連はノートに書いてあった生前未発表の歌で、昭和二年三月にはいってからの歌だ。つまり死に近くなった歌だ。身軀の自由の思ふやうにきかない病床から一鉢の花を眺めた歌として、変化もあり、想もゆたかであり、姿態も痩せてゐず、一脈の哀愁がただようてをり、葭子一代の秀作であらう。この一連を読むと、その師古泉千樫の『稗の穂』の一連が聯想され、また正岡子規の『藤の花』の一連が思はれる。

○

最後に葭子の歌の格調に就て一言したい。葭子の歌の声調が非常に自由でのび〳〵としてゐることは、前にも書いたが、葭子の歌には口語的発想になるものが非常に多い。

若き人がたちまちにして縫ひあげし羽織の出来のいふところなし
何も出来ねば死ぬがましだとぢれて居し中気の叔父をしみじみ思ふ
電車自動車とぎるるを待ちてゆつくりと横ぎる往来しばしの眺めあり
おまささんはまたも寝ねをりやうやくに起して見ればまた床の上
この坂を今年はじめてのぼりたりそれほど疲れず明日ものぼらむ
このごろは心のどかなりこの病いよよ悪ければ死ぬまでなるも
鉢に張りしかちかちの氷指ふるれば指のぬくみにいささか解くる
片手をばふところ手してのどかなり店の番頭羽子つきあそぶ
春の雪あはれ美しはらはらと降りつつ降りつつすこしもつもらず
ふるさとゆ来し義妹に吾子はまこと生きてゐるやといきなり問ひし
思ひきり花瓣そらし白百合は力一ぱいの匂ひを吐くも
病気にて大掃除出来ずと言ひたれば治らばせよと巡査言ひけり

ほんの一例をあげたに過ぎないが、よく調べあげたら、この選集だけでも三四十首以上はあることだらう。この口語的発想から派生してゐると思はれるのだが、葭子の歌には四四調（この選集で六十首以上）、五三調（この選集で七八十首以上）が非常に多い、また六三調があり、破調も相当にある。これらに就ては時をあらためて分類し研究したならば、歌格史の上から見ても、興味ある発見と結論とを得ることだらうと思ふ。今ここでは例歌を少しづつあげて置くにとどめる。

四四調

屋根の面にうるほひ足らひし春の雨あまだれとなりて滴りそめぬ
自転車を走らせとほる店の小僧たんぽぽの花を帽子にさしたり
秋晴れて障子にあたる日の匂ひ朝の新聞立ちつつひろぐる
このごろのしづかなる心告げて来し友の手紙は簞笥にしまひぬ
春の雪あはれ美しはらはらと降りつつ降りつつすこしもつもらず

五三調

門松のとり払はれてうらすがしつねの心になりたりと言はん
今年つひに桜を見ずとわが言へば来年は見得べしとすぐ言ひし友は
死にたりと聞きて心のおちつきぬ死にたる弟思ひつついねむ
妹は障子はたけりわが顔に手拭がいつか被されてありし
人によりてやうやくたもついのちなり今宵も寝ねてそのことを思ふ

六三調

十日ほどゐるまに我の縫ふとする舅の冬着は幾枚にもあらず
牛部屋のあたり片づき生えなりに曲りし菊の蕾赤く見ゆる

明日のあした吾子に着すべき衣持ちて汽車に乗りをり大みそかの夕べ
月の下にわがうちみたりむきむきに牛は牧場の柵のうちに眠る
くすり取りを誰にたのまむ今日もまた思ひわづらひ頭痛くなりぬ

○

以上私はなが〱と書いたが、葭子の歌に就ては更にいろ〱の面から論じて見たいのだ。読めば読むほど、近代女流歌人のうちで第一位にくらゐすべき作家であるといふ信念を、いよ〱深めるばかりだ。生活がじみであつたが為に、葭子の歌の真価が普く世に識られてゐないらしいのは、甚だ残念だが、読者は私のこの文章を頭から去つて、よくこの選集を読んでいただきたい。この文章はほんの解説の役に立てばそれで満足だ。

葭子の作歌の修業はいふまでもなく、アララギ流の勉強をしてから大成し、つひに独自の歌境を成就したのであるが、もと〱葭子にその素質があつたのに原因してゐるのであり、またいへば初期に於ける新詩社の与謝野寛、晶子夫妻の薫陶の賜といはねばなるまい。あの新詩社の自由奔放な発想法に若い時代を仕込まれ、中期にいたつてアララギの万葉調写生流で仕上げられたことは、たしかに幸福だつた。新詩社時代の勉強が、晩年まで葭子の歌調にあののび〱とした自在性となつて生きたともいへるのだ。

葭子には門人がなかつた。私など葭子を知つた頃から、葭子と歌の話をしていたならば、教へられる所がさぞ多かつたのだらうにと、今では非常に残念に思つてゐる。当時私は葭子の歌を注意して読みもしないで、あたまから『女の歌よみなんか』と問題にしてゐなかつた。それ故死ぬまで十年間ばかり交つたのだが、つひになにも教へられずにしまつた。門人はなかつたが、葭子の歌は幾多の若い歌人に非常によい影響を与へてゐる。それまで、ふは〱とした気持で歌を作つてゐた人が、葭子の歌を読んで、『世の中に斯ういふ歌もあるものか』とはじめて『真実の歌』に目を覚された人がある。私も実際にその何人かから感想をきかされてゐる。この歌集も再びさういふ役目をするであらうことを私は信じてゐる。

葭子が死んだ時はみなみがやつと女学校に入つたばかりであつたが、何うだらうそのみなみが成長して、葭子自身は小学校の代用教員で肩身の狭い思ひをしたのに、みなみは正規な資格があつて女学校の先生をしたことをきいたら、さぞおどろくことだらう。なほそのみなみが、あののんだくれの（葭子には私はそれ以外には印象されなかつただらう）橋本の弟子となつて、青垣で作歌の勉強をなし、少しは歌壇で何とかいわれるやうになり、この選歌集の仕事に私に助力するほどになつたことを知つたなら、さぞあきれることだらうと思ふ。と同時に私のこともさぞあきれ返るだらうことを思ふと、私は何ともいへないほほゑましい気持になつてくる。またもう一つ葭子をおどろかして置かう。親友の中川一政が洋画家の大家になつたこと。また親友の原阿佐緒の息子の保美が成長して映画界で活躍してゐること。そしてそのスター保美君が、中川画伯のお嬢さんをお嫁さんに迎へたことだ。このニュースには葭子は顔を真赤にして、気絶するほどに喜ぶにちがひない。少し脱線しさうだからこの辺で筆を擱かう。（了）

「三ヶ島葭子歌集」後記

橋本徳壽

三ヶ島葭子は大正三年二十九歳の頃、第一歌集（六百余首）を出版しようと準備が整つたが実現しなかつた。其後第二歌集（六百余首）の原稿は与謝野寛の許へ送つて、そのままになつてしまつた。大正十年二月に初めて歌集『吾木香』を東雲堂から出版した。これには新詩社時代の作品青煙集百七十一首と、アララギ入会以後の作品雑木集三百四十四首、計五百十五首を収録した。その巻末記に葭子は次の文章を書いた。

〔注〕「吾木香」あとがきと重複するので除く。

改造社から現代短歌全集が出版されて、その第二十巻中へ『三ヶ島葭子集』がおさめられた。発行されたのは昭和六年十一月であつた。それには『吾木香』とその後の作品から三百二十首を私が選出して収めた。なお同集へは葭子の作風を紹介する私の文章と、略年譜とを添えた。

昭和九年三月に、立命館出版部から『三ヶ島葭子全歌集』が出版された。これは数人の助力を得て私が編輯したものであつた。当時相当に苦心をして、手の尽し得られる限り、既発表の諸雑誌から歌をさがし、更に未発表のノートから千八首の作品を得て、合計三千首を収録し得たのであつた。未発表の作品は全部大正十年以後のものであつた。年次と作品数とをあげてみると、

自明治四十二年至大正元年	六十四首
自大正二年至三年	百二十三首
大正 四 年	二百十二首
大正 五 年	五十五首
大正 六 年	四十二首
大正 七 年	百十首
大正 八 年	八十九首
大正 九 年	三百四十首
大正 十 年	三百二十九首
大正十一年	二百五十九首
大正十二年	百二十五首
大正十三年	五百二首

大正十四年　百五十二首
大正十五年　四百六十三首
昭和　二年　百三十五首

で、合計三千首となる。その後重複してゐる歌のあるのに気がついたが、新たに発見した歌もあるので、葭子の作歌数を大体この位と見て、あまり間違ひないものと思ふ。

この歌集への選歌は次の方法に従つた。三千首の全歌集を定本として、倉片みなみが選出した歌の頭へ○印をつけて行つた。それが総計千四十二首になつた。みなみから廻送された全歌集に、今度は私が○印をつけて行つた。それが八百首あつた。大体八百首前後を念頭に置いて抜いて行つたのだが、計算したら、それがぴつたり八百一首だつたのには驚いた。八百一首のうち、みなみの選と私の選とが一致したのが六百二十四首あり、みなみが採らなかつた歌から、私があらたに採つたのが百七十六首あつた。八百首のうち二人の選の一致したのが七割八分といふことになる。この八百首の年次をあげて見ると、

自明治四十二年至大正元年　十首

自大正二年至大正三年　九首
大正　四　年　二十六首
大正　五　年　五首
大正　六　年　十八首
大正　七　年　五十八首
大正　八　年　四十二首
大正　九　年　八十一首
大正　十　年　七十六首
大正十一年　三十七首
大正十二年　四十一首
大正十三年　百六首
大正十四年　四十一首
大正十五年　百七十七首
昭和　二　年　七十三首

アララギ入会以前の作品が五十首ばかりで少い気もするが、これはこれで故人も賛成してくれることと思ふ。大体葭子にはそんなに程度の低い歌というのがない。殊に晩年に近い頃の歌は、ノートに作り放しに書いてある歌が、殆んどみんな秀れてゐるのだ。で非常に厳しい態度でかからないと、あれもこれもと採りたくなつてしまふのだ。それにしても全歌集の三千首はさすがに読み難い。改造社版の時の三百二十首は少し少なすぎたし、それにあれには、未発表の分のが一首も入つてゐない。この選集によつて初めて葭子の選歌集が世に表れた訣だ。私の選が万全だとはいはれないまでも、まあそれに近いものであらうと信じてゐる。これだけの歌が後世に伝へられれば大したもので、歌人葭子を論ずるにはこの選歌集だけで、たいして遺憾はなく、葭子も満足してくれるものと私は信じてゐる。葭子と交際すること十年、葭子が死んで今年で丸二十年、この二十年を私は、葭子の歌を世に残すことにいろ〳〵と努力もし、終始気になつてゐることの一つなのだが、この選集が出ることになつて、葭子に対する私の気持にも一つの段落がついた。『千樫選集』の校正もその内に出はじめることだらうし、この二冊の選集を出し得たことだけでも、私は南方からおめ〳〵と生きて還つたことが、無駄ではなかつたと思つてゐる。千樫先生もさぞ喜んでくれることと思ふ。先生も常に葭子の歌を心にかけてゐた。

『拝啓御歌集吾木香東雲堂発行の事に付御良人様より御返事有之候哉、就いては先日御話申上候通り三月中発行相成候様に候はば短歌雑誌二月号より広告出す方よろしき事と存候間早速広告原稿御作下され速達便にて御送り被下候様願度尤も直接西村氏宛御送り下され候ても差支無之候。四月発行にてもなるべく二月号より広告出し度候。何れそのうち小生も参上致すべく候へ共取いそぎ右用事のみ匆々』

これは大正十年一月十九日発葭子あての千樫の手紙だ。また、

『拝啓、年刊歌集の御稿中、（石なげて倒せし家のつつましく燃えゐるそばをあした通るも）という歌の初句これだけではどうにもよくわからずどういふことにや、又何とか外に表し方なきにや御伺申上候。匆々』

これは大正十三年五月十二日発の手紙だ。

私は南方に行く時に、制限された少い荷物の中へ葭子の全歌集を入れた。また寒雲、暁紅、白桃、万葉秀歌、朝の螢、川のほとり、六月風、山谷集などを入れた。また岩波文庫の子規、左千夫、節、赤彦、憲吉、牧水の歌集や白秋や藤村の詩抄をも入れた。彼の地で葭子の歌集を幾度かひらき、また女子軍属の歌よみにすすめて読ましたこともあつた。終戦後新嘉坡を退去する時に、向うで買ひためた何百冊かの本と共に葭子の歌集も、あのセットンクロースの軍の宿舎に置いて来たが、その後どうなつただらうか。

この集を編輯するに当つて、数々の亡き人を私は思ふ。葭子が指導を受け

た与謝野先生夫妻も、赤彦先生も千樫先生も既にこの世にはない。葭子の没後いちはやく葭子の作品聚輯にかかつてくれた大熊長次郎君もその後まもなく死んだ。全歌集の時に私に手伝つてくれた、若い青垣会員の土屋丈夫、入沢孝（中村）、折井哲夫の三君が、三君とも揃つて三十前後の若さでばた〳〵と死んでしまつた事は、実に感慨無量だ。この選集のために斎藤茂吉先生から忝い序文をいただいたことは、故人と共に深く感謝するところである。これらの方々は、この選集を葭子と共に喜んで下さることと思ふ。また千樫先生のもとに青垣会結成以来恆に渝らぬ同行の相坂一郎、安田稔郎、中島治太郎の諸君には、編輯を急いだために良き助言をして頂く暇がなかつたが、諸君も共に喜んでくれることと思ふ。この上は母親の体質を承けて長い病床にあるみなみが、一日もはやく立ちあがつてくれる日を待つばかりである。それともう一つ、あの涙ぐましい苦闘の人生記録たる葭子の日記を抜萃でもよいから、世に出したいことである。本集上梓にあたつては、松村泰太郎氏に非常にお世話になつたことを感謝する。

昭和二十二年八月二十四日

群馬県北甘楽郡磐戸村にて

「定本三ヶ島葭子全歌集」（短歌新聞社）序

長沢美津

『定本三ヶ島葭子全歌集』が上梓されることになった。在世中に出た歌集は『吾木香』一冊である。没後八年目には全歌集が編まれた。その後葭子研究が各方面からすすみ、研究書も相ついで出版されている。

この度一人っ子の倉片みなみさんによりあらゆる面から定本としての全歌集がまとめられた。年譜は勿論、索引その他万端を網羅して三ヶ島葭子を知る至れり尽くせりの一巻が出来上るに至った。

三ヶ島さんは若いころから文芸を好み、短歌を作り、その作品を「女子文壇」にやがて「スバル」にまた「青鞜」にも参加し、「アララギ」に移り、最後は超結社「日光」に参加して、その折々の作品をそれぞれの誌上に発表した。

これを如何に見るべきか。私は近代短歌革新の中期に巡り合せて世の風潮にしたがいつつ、作歌の上に自己確立をなし遂げたこの期の代表であり、且つ女性歌を支えた大きな存在であると信じている。スバルは「新詩社」の一期明星と二期明星の間に存在したものであり、折から抬頭して来た「アララギ」が歌壇の主流を占めるに至りその清新さに葭子は更に歌境の展開を招来した。ここで今迄の自己をとり巻く周辺への関心から真の自己求心的表白となり、その表現力は技巧をこえて素樸ではあるが人間の真実に迫る、ある意味のしたたかさを加えて来た。

　そこに至るまでには自身の体の不調、またそれによって招来した家庭的不幸も生じたが、現実を超え人間的成長を深めて、体験をもととしての誰にも追随を許さぬ独自の境涯詠として吐露したのであった。

　私は若い学生のころ古泉千樫門に入り、「青垣会」を知りその会員の一人である葭子の歌を注目せよと千樫師より教えられた。直接にまみえる折はなかったが以来葭子の歌境に親しみ、年を経ると共に理解の深まりを覚え、今日に至っている。

　その夫君である倉片寛一氏と旧居のあたりをたずねたことがある。「震災のときよしはこの坂道を不自由な身で逃れたのです。」あれは霊南坂教会など思いをこめて指ざされるのであった。いまは旧居はあとかたもなく、教会は近くに移され建築様式も異ってしまって昔のおもかげはない。もの変り移りゆく世にそれは当然のことであるが、葭子の歌にはまざまざと当時の起き臥しをしのばし、消え去らぬあとをとどめて余りあるものがある。

思うに、葭子さんのうたの一首に、離れ住む子が巻いて帰ったあとに時計がときを刻んでいる、というのがある。どんなにかその音に慰められたことであろう。いまみなみさんはそれと逆にお母さんの遺されたものを集めることにひたすら打ちこんでこられた。そして見事に一巻として仕上ったことをよろこび度い。

葭子さんにとってみなみさんは天の申し子である。みなみさんにはお母さんの遺業をまとめるその仕事はこよなき生き甲斐であろう。

短日月ではあったが存命中に同門であったえにしにより、大きな意義を持つこの集に意をつくしがたい自分を顧みつつも、みなみさんに乞われるままに筆を執った。

（一九九一・晩夏）

「定本三ヶ島葭子全歌集」解説

私が三ヶ島葭子の名を知ったのは、戦後（昭和二十三年）の創元選書『三ヶ島葭子歌集』（のちに短歌新聞社から平成二年二月修訂復刻され、この時校正等に少し関わらせていただいた）によってであった。まだ旧制中学の終わりか高等師範学校に入りたての頃で、解りようのないまま「さびしい歌集だな」と思った。

次いで就職上京、教員生活の初期、西荻窪のキリスト教関係の古書店で『三ヶ島葭子全歌集』（昭和九年立命館出版部刊）を入手した。葭子のものとしてはこれが永い間いちばん詳しいものであった。まだ若かった遺子倉片みなみ氏が手伝い、「青垣」以来、「大日本水産会」での葭子夫君倉片寛一以来の往来を以て橋本徳寿が編集した。遺子と友人代表である、枉げる意志など毛頭もなかったのであるが、風潮として「アララギの支配する平和《パクス・アララギーナ?》」があり、前期作品は、「葭子も生前自ら編んだ唯一の歌集『吾木香』（大正十年）に入れてない」、「葭子も幼い作品を入れることを望まないはず」と軽視されてしまったのであった。

すなわち、東京都の西の果ての谷口集落五日《いつか》市《いち》町のさらに奥秋川の落合、小宮の小学校に奉職し、ここで先ず「女子文壇」投稿者の一人となり、やがて鷗外を師父とする「スバル」を舞台とし、進んで女性解放を旨とした「青鞜」社員に加わっていた、目覚めざるを得なかったうら若い女の魂のうめきの歌は、ここで「習作」であるという理由によって蒐集から除外されたのである。『全歌集』を、これで良しとした感性は今日からすれば如何ようにも怪しまれるが、葭子を世の非難から守ろうとする家父長的配慮が幾分か橋本氏にあったのかも知れない。橋本氏は尨大な「解説」で判るとおり個人的には全く善意・熱誠の人だったのだから。これは「歌壇のアララギ制覇」（大正中期）という『吾木香』出版の季節、満州事変以来の日本の保守化、右傾化というような政治の季節と微妙にからみあった『全歌集』刊行の時期の空気の問題かも知れぬが、さらに今後の研究を待ちたい。

さて、この本には原阿佐緒・斎藤茂吉・古泉千樫のそれぞれの時期の序文があり、橋本徳壽のくわしい解説および後記が収録されている。葭子が山を下り、惨澹たる現実の結婚生活によりリアリストになって行き、（この時期に「ホトトギス」「早稲田文学」等に小説を幾篇か発表している）やがて「アララギ」赤彦門に移る大正五年以後、つまりその後期については何も付け加えることはないようである。

十代の半ばに少女の葭子は「私は歌人になるのだ」と誌している。結核による埼玉女子師範学校の退学等大きな挫折を経ながら、この少女期の希望はひたぶるに追求されてゆく。――ただ最初から花鳥諷詠の「写生」というパラダイムを与えられて修行し、人間そのものを疎外されてしまうといったふうには処女＝葭子は歩まなかった。僻地といっていい山間に暮しながら、明治末から大正初期を、夢をたくさん持った女として葭子は生き、歌っている。それらは本集では「吾」「全」等の印のつかぬ無印として多くは前半に収録されている。そこでは愛が歌われ、地球を囲む天体物理が歌われ、詩人の使命が歌われている。尨大な量の前期作品が倉片みなみ氏の図書館通いと諸方への問い合わせ、訪問等によって掘り出され、さまざまな考証を経て発表順・制作順に配列された。

こうしてわれわれの前に大量の作品群が現われた。私たちはこの中からいくらでも珠玉を発見し、そのよろこびに涵ることができるのである。一例をあげると昨年、私は諸方で歌の話をする機会があり、数度にわたり三ヶ島葭子の歌を語った。それぞれの会の性格・地域によって話の筋に多少の変化はあったが、そこでテキストとしたのは、ほとんどの人の知らない葭子前半の浪漫期の次のような歌々であった。

1あめつちのあらゆるものにことよせて歌ひつくさばゆるされむかも　明42・女子文壇
2寂しさを歌ふ人なくなりし時ろをまの国は亡びしと聞く　明43・創作
3大地《おほぢ》すらものいはぬ日に引かれゐぬわれは歌もてさそはれしかな　明44・女子文壇
4君を得しよろこびなれど新しくおのれを得たる驚きぞする　明44・スバル
5悔やあるもと美しき過ちを美しと見てなせるわれらに　〃　〃
6母となり子にもよき恋教へんと思ひしものを一人あるかな　明45・女子文壇
7なりゆきに従ふといふはしたなきはじめのわれにかへらんとする　明45・青鞜
8暗に立ち我は盲《めしひ》に異なると言はんとすれば涙流るる　大2・スバル
9はかられし身とは思はじ君は今火をもて我を囲みたまへど　大3・我等

10みづからを失ひもえずけふもまた我は我にて遊ぶさびしさ　〃　青鞜

1の歌人としての召命の自覚、2の小抒情詩（短歌）を以ってする全世界（ローマはイコール世界そのものだった）との対峙、3の万有引力（地球物理学）を藉りての壮大な対話、4・5・6・7の「恋」の肯定と、女の人間としての誕生、「はしたない」ものは「なりゆきに従ふ」ことだという告発のするどさ、8の「新しい女」の、しんじつ恋の前に立ったときの、「涙流るる」というよりない滝を浴びるような内と外の落差、等々に人々はもう一人の三ヶ島葭子を見出して拍手を惜しまなかった。

葭子のピークを後期に置く常識を私も否定はしない。しかし「アララギ」受洗の後期を発展史的にとらえる見方に疑問がある。私には、後期作品に涙をもよおすように、前期作品にとどめがたい涙の湧く事実がある。後が必ずよいというのは例の進歩史観の安易な応用、あるいは長いものにはまかれろ史観に過ぎぬ通俗・偏見で、三ヶ島葭子の事実と合致しないのではないか。二つ乃至三つの峰を持つ作家、というのが私の三ヶ島葭子像だが、それは押しつけまい。少くとも前期もよく読んでみて欲しいというのが私の希望である。

詩を書く青年調《しらべ》まどか氏がこの葭子の育った狭山丘陵縁辺に住んだ。この美しい風土が生み出した詩歌人を探し、先ず葭子の『吾木香』を新書版で復刻し（昭和六十一年）、続いて倉片みなみ氏による『葭子慕情―母・三ヶ島葭子の生涯』が出、年一冊ずつ『新書版全歌集』が刊行されて四冊に及び挫折した。経緯はみなみさんの「あとがき」にあるので略すが、葭子を丸ごと残す運動（？）のうえで私どもにはありがたい仕事であった。

旧『全歌集』から半世紀余を経て、ここにはじめて文字通りの一巻本『定本三ヶ島葭子全歌集』が出来あがった。前期・後期というようなことを述べてきたが、ことがらは前期作品が多く付加されたという物理的なことだけを意味しない。「新しい女」の一人であった葭子が、大正四・五年を経てそれこそ宗教者の殉教のような形で赤彦を頂点とする「アララギ」「写生」の世界に入っていったのである。また、あの苦しかった晩期入口の生活者としての葛籐を、神仏に頼ることなく越え、中川一政のいう「仏のような人」になってゆく。前期は、後期のこれらの問題に内在的に本質的に関わっているはずである。

　後期葭子形成の媒体となった夫倉片寛一の作品が、「嶺南抄」としてごく僅かであるが収録された。これも葭子全体像を考えるとき一つの鍵になるはずである。

　一連をそのまま雑誌発表時の形で、という今回の編集方針は、類似歌・原型・注等を含めて夥しい重複をも生んだ。ただし繁をいとわず丁寧に見ていけば、それは、葭子の推敲の跡であり思考の推移を語るものである。

　一子倉片みなみさんが母のため父のためして下さった渾身の努力は、こうして子としての孝養にとどまらず、大正デモクラシーを特殊に文学者として潜った一人の女のかけがえない仕事の仔細を文献として後世に遺すこととなった、斯界への貢献に感謝しつつ一書生として拙い解説としたい。

一九九二年五月十二日

田井安曇

付記一

どなたかが既に触れて下さっているが、歌人としての三ヶ島葭子が、次第に大正女流の中で抜きんでた存在として注目を集めている。例えば本年一月から「群像」に書き継がれている大原富枝氏「今日ある命」なども、「評伝」とは異なる「小説」であるが、葭子の歌への理解のふかさによって葭子の存在のふかさに触れたよい仕事であると思う。不幸な葭子の上に、こうした日の巡り来たっていることを共によろこびたく付記する。

付記二

今まで存在は判っていながら作品と出合えなかった「曙光をあふぎて」（二十六首大正四年二月・新評論）を、三校終了直前、林真氏を通じて入手、追録し得た。これは本来みなみ氏あとがきに書くべき項だが、余白のあったここに書いてよろこびとしたい。

「定本三ヶ島葭子全歌集」あとがき

　母葭子は生前自選歌集「吾木香」一巻を大正十年出版しているのみである。歌一筋にその病弱な生涯をかけて、満四十歳と七ヶ月の短い生涯を終った。今その歌を集大成するに当って、諸雑誌に発表された（投稿も含む）歌を、年次によって端から並べる方法を最良とみて、それに従った。発表掲載誌別にする方法も考えたが、発表誌は一寸数えても五十に余るので、この分類は別表を掲げるにとどめた。更に加えるに、全歌集ということで日記に記された少女時代の歌も収録した。又、後の日記中、折々記された歌、投稿歌の下書きであったかと思える歌もすべて収録した。

　雑誌掲載歌の大筋としては、明治四十二年に初めて「女子文壇」に投稿して与謝野晶子の選を仰ぎ、やがて寛、晶子夫妻に師事して「スバル」に毎月発表するようになる。「女子文壇」発表も勿論これと並行している。「女子文壇」改題「處女」（大正五年二月終刊）、「スバル」改題「我等」（大正三年十月終刊）のこの時期、両誌に数百の歌を発表し、更にこれと並行して明治四十五年三月加わった「青鞜」にも、その終刊まで実に一〇一六首を発表している。この間「創作」にも十回ばかり発表しているのも見落せない。これより作歌傾向を転じて、「アララギ」一辺倒となる大正六年までに、「早稲田文学」「文章世界」「秀才文壇」「反響」「微光」「帝国文学」「新潮」その他多くの雑誌に発表しているのは、時流に従って変化していった短歌を、母も身を以て苦しみ探求していった事を象徴しているようにも思えるのである。「アララギ」に本気で入ってからは、全く脇目もふらずにそれに精進している。が然し思わぬ原阿佐緒の恋愛事件に関して、大正十年「アララギ」を退くことになり、それより大正十三年四月「日光」が発刊されてからは、古泉千樫に従って歌作の大部分をそれに発表している。然しこの間、他誌にもかなり発表しており、これが「日光」発表作、又未発表作と思われていたものと複雑にからみ合っている。既発表作でもよいという要望で求められたものか、又雑誌編集者が勝手に発表作から選したものもあろうし、今日に至っては判断がつかない。勿論既発表作よりの自選歌もある。本集では飽くまで掲載された時点の形に重きをおき、重複もかえり見ず収録し、重複歌については出来るだけ注をほどこしておいた。

母の「吾木香」以外の歌集には、没後昭和九年の「三ヶ島葭子全歌集」（立命館出版部）がある。橋本徳壽氏編で、全篇約三〇〇〇首。当時掲載誌を手あたり次第に調べて収集したものであるが、当時調査出来なかった「創造」「反響」「嬰児」「行人」「新思潮」「玄土」等の掲載歌も、以後六十年間にぼつぼつと図書館や知人の好意によって殆んど集めることが出来た。尚その他六十年間に、発見された歌数は、おびただしい。何れも今日では稀覯本となつた歌誌のものが多い。尚本書では旧全歌集の未発表歌も一度活字になつたものとして、発表歌の取扱いをしたので全篇六〇〇〇首を超える。それでも尚「吾木香」に掲載されていながら発表誌不明の歌が四十数首を残し、更に発表されていても、その雑誌が見つからぬものがまだあり、今後幾分かは発掘されるものがあると思われる。尚旧全歌集の歌数が三〇〇〇首と少ないのは、時代の要望と言おうか、「アララギ」以後のものに重点をおき、前半期のおびただしい「青鞜」掲載歌などを数多く削除してしまったためでもある。

　次にこの旧全歌集中より橋本徳壽氏の選を主とした創元選書「三ヶ島葭子歌集」（八〇〇首）が昭和二十三年出版されている。（この歌集は先年短歌新聞社より復刻された）。以後母の生誕百年を契機として水の原社、調まどか氏が分冊の全歌集を計画され、この編集に私も携ったが、これは四年間四冊で、第四巻のあと未完である。この続行を意義あることと考え、継続しようとしたが、大方の御意見としては、どうしてもまとまった全歌集が葭子研究には必須であると例外なく忠告されたので、自分の健康に殆んど自信のもてぬ昨今、どこまでまとめ得るかとの危惧を日々抱き乍ら、とにかく不手際ながらここまでこぎつけた。全歌集とは言え、作者本人の選は「吾木香」収録歌のみで、あとはただ集めたというだけの死後六十数年後の歌集ではあるし、玉石混淆も甚しいものと思う。

なお、母が一生を歌にかけ得たのは、父倉片寛一の協力に負う所が多いとは、今や定説といってもよい。父の歌も収録すべきであるとの友人のすすめに従って巻末に「嶺南抄」としてこれを附した。麻布谷町を初めとして、霊南坂近辺に四十年間住し、それにちなんで「嶺南草堂」と号して、文を書き書を楽しんだ父が、生きていたならば必ずやこの名を自集につけるであろうとの、子の勝手な推測によるものである。内容は、結婚当時の諸誌掲載歌数篇と、あとは母が貧窮して、父が歌を書いた原稿用紙の裏を使って日記を書いているその表に残された歌である。尚表紙の文字は旧全歌集の折、父が書いたものをそのまま用いることにした。

この集は私の生涯の終りに亡き父母に捧げる集である。ここまでまとめ得たのには、何年かに亙る沢山の方々のお力添えの結果である。殊に新妻佳珠子、田井安曇、大河原惇行、川合千鶴子、調まどか、林真、玉田真弓、山畑武雄、野々山三枝、倉片ケイ子、岡田若音、中畑信雄、二木理子、又「三ヶ島葭子の会」の諸氏にはお世話になった。厚く御礼申上げる次第である。殊に田井安曇氏には解説、編集、校正、その他の為に多大の時間をおさき下さり申訳なく思っている。又、最終段階で尨大かつ煩瑣な初句索引を引き受けて下さった井上美地氏に感謝申しあげる。

又長沢美津氏には御高齢でもあり、その御多忙の中、こころよく序文をお書き下すった。古泉千樫同門として母の方が数年先行するのみであるが、母の死後六十数年間にわたって、母の歌を暖く見守りつづけて下すっている。昭和二年春、母は自分の重態も忘れて「ほんとに先生だけは御たつしやにしてお上げ申したい」と嘆いて三月二十六日亡くなった記事を最近読んだ。病床の師千樫は「日光」の「三ヶ島葭子追悼録」に「聡明な眼」の一文を病を押して書かれ、間もなく八月十一日に亡くなられた。この集を地下の千樫先生も喜んで下さるだろう。長沢美津氏に御礼申上げると共に長く母の歌に心よせて下すった千樫門一統の方々にも御礼申上げたい。

短歌新聞の石黒清介社長にはめんどうな集に色々御心遣いいただき、厚く御礼申上げます。

平成四年春

倉片みなみ　しるす

三ヶ島葭子年譜

倉片みなみ編

明治十九年　一八八六　（数え年一歳）

八月七日、埼玉県入間郡三ヶ島村字堀ノ内（現所沢市堀ノ内一六九七）に三ヶ島寛太郎（当時三十一歳）の長女として生れる。寛太郎は明治十八年四月埼玉県立浦和師範学校高等一級臨時卒業生で明治十九年より三ヶ島小学校校長をしていた。三ヶ島本家は代々三ヶ島村式内神社中氷川神社の神職であり、葭子の曽祖父義信（二十二代日歌輪翁と号す）は寛政から安政へかけての神学者で、神道の極意に通じ、「安国宝鏡」三巻の著がある。殊に貧民の救済をはかり、田畑をなくした者にはこれを貸し与え、草木を育て、池沼を浚い、水田の用に供し、又養蚕を教え大いに産業に貢献した。その為教化を受ける者があとを絶たなかったという。中氷川神社に「日歌輪翁の碑」があり篆額は有栖川宮幟仁親王、文は平山省斎で翁の事蹟を精しく記してある。義信の次男？光五郎は備前と称して農に携わった。その長男が寛太郎である。本家のすぐ側に分家した。同胞に千代（吉田家に嫁す）二弟祘《さん》次郎（清水氏を嗣ぐ）、三弟橘次郎、四弟藤次郎がある。寛太郎は級友に黒須龍太郎（後弁護士）、大屋森之助（小説家・評論家）等があり、皆寛太郎を敬っていたが、寛太郎は学者肌で官界遊泳の技に乏しく、終に小学校長を出る事なく終った。数学と英語をたしなみ終生微積分の研鑽をつづけた。母さわ（当時二十四歳）は当時神奈川県西多摩郡増戸村伊奈（現東京都あきる野市伊奈一五七三）の宮沢英道の妹である。宮沢氏も代々伊奈岩走神社の神職で、三ヶ島氏と宮沢氏は近親結婚が多く、葭子の両親、祖父母、曽祖父母も皆いとこ同士であった。尚、光五郎の妻（葭子の祖母いべん）も健在であった。

明治二十一年　一八八八　（三歳）

父寛太郎、八月より秩父郡槻川村小学校長となり、一家移住する（現秩父郡東秩父村）。翌年八月まで居住。

明治二十二年　一八八九　（四歳）

父寛太郎、入間郡小手指村小学校が出来るに及び、呼び戻され小手指村初代小学校長となる。一家小手指村北野へ移住。

明治二十三年　一八九〇　（五歳）

五月、弟栄一生れる。

明治二十五年　一八九二　（七歳）

四月十四、日母さわ肋膜炎のため長逝。この年小手指村小学校へ入学（学齢不足）。十一月、小手指村北野小暮氏よりいのぶ寛太郎の後妻として入籍。

明治二十七年　一八九四　（九歳）

三月、弟一郎（後の俳優左卜全）生れる。五月、父寛太郎児玉郡児玉尋常小学校へ校長として転勤。一家同時に児玉町一四〇番地へ移住。児玉の身馴川に大水の出た時子守友達が河に足をすべらせたのを助けようとして自分も又落ちた。児玉小学校では一年年上の同窓に落合浪子（後藤田姓、淑徳女学校長夫人）一年下に坂本その（後千代田高等女学校教諭）がいた。この二人とは晩年交際が復活した。

明治二十九年　一八九六（十一歳）

児玉小学校尋常科卒業、高等科に進む。

明治三十年　一八九七（十二歳）

歌作を初めたのはこの頃である。百人一首の註釈本などを読む。日記をつけ始めたといわれるが幼時のものは存在しない。十月、妹その（後小町姓）が生れる。

明治三十二年　一八九九（十四歳）

父寛太郎、六月再び槻川村小学校長となる。葭子は祖母べんと弟栄一と共に児玉に残り、或る家の離れを借りる。

明治三十三年　一九〇〇（十五歳）

児玉小学校高等科を卒業する。埼玉女子師範学校に入学の希望があったが、年齢不足の為果さず、一時継母の小暮家へ身を寄せ養蚕の手伝いなどをする。又、叔父橘次郎の東京飯倉の家へ身をよせ、一時青山学院や四谷の教会に通った。この頃から古今集や新古今集などを読む。

明治三十四年　一九〇一（十六歳）

六月、妹千代子生れる（後桑島姓）。秋頃所沢町下町の商業銀行に留守番役をつとめる杉本勘左衛門（継母のぶの母方の伯父）の所に手伝いに住みこむ。父寛太郎はこの年秩父郡小鹿野小学校長となる。父と母とその、千代子は小鹿野に、葭子は銀行に住み、祖母べんと弟栄一、一郎は所沢裏町に借家して住み、祖母は内職をする。

明治三十五年　一九〇二（十七歳）

この年一月元旦より日記かなり精細に書かれる。杉本勘左衛門の孫杉本寛一（後創作の歌人、葭子より二歳下）狭山村宅部郷（現在多摩湖底になる）より屢々銀行に葭子をおとずれる。四月八日、埼玉県女子師範学校乙種講習科（浦和町）へ入学。寄宿舎に入る。入間郡柏原村の吉田氏へ嫁した叔母千代子の娘蔵子が寄宿舎では一緒だった。六月、乙種講習科より本科に編入。八月、父小鹿野小学校を休職となる。

明治三十六年　一九〇三（十八歳）

この年、父一家は東京府南葛飾郡船堀村に転住した。父、船堀村第八代小学校長となり、官舎に住む。（現江戸川区船堀二―二二―二二）三月末、同級生金子千代子の帰省に伴い、槻川村に遊ぶ。十二月、冬季休暇には船堀村に帰る。順路は浦和駅から汽車で上野に出、鉄道馬車で吾妻橋に至り、蒸気船にのって隅田川を下り、新大橋で下船、深川高橋から小蒸気船その他の舟で小名木川、新川を下り船堀の渡しに至った。総武線は一部開通されていたが舟便によることが多かった。

明治三十七年　一九〇四（十九歳）

「帝国文学」を愛読した。明治三十五年一度退学した吉田蔵子が三十六年再入学し、蔵子に源氏五十四帖の歌などを借りて写す。三年生となっていたが、夏頃より身体不調であったと思われ、十一月十四日、肺患の為師範学校を休学する。父の家の船堀村で療養。

明治三十八年　一九〇五（二十歳）

病勢は次第につのり九月、遂に退学のやむなきに至る。一時は「骸骨が歩く」と村童に囃される程痩せた。

明治三十九年　一九〇六（二十一歳）

二月末、弟精一生れる。ふとしたきっかけで医者も家族も見放していた病勢が衰え、食欲が進み好転のきざしが見えた。この間、時折日記はつけていたが量も少なく破損してない。小名木川療養所の佐竹医師に来診を乞い、又船で通院していた。

明治四十年　一九〇七　（二十二歳）

末弟が嬰児なので病気の伝染をおそれ四月近くに光明寺（現江戸川区船堀六―八―一八）の二畳の部屋を借り自炊する。日常の用事はすべて祖母べんが弁じた。五、六月頃、次第に快癒し、六月八日、祖母べんと上京、麻布森元町の叔父橘次郎の家の近くに、二階借りをし、手袋の内職を得てこれに励む。

明治四十一年　一九〇八　（二十三歳）

二月頃、麻布笄町の今泉定介邸に住みこみ、間もなく芝城山町の青木大三郎邸（日本漁業会社々長）に住込む。六月二十七日、生母の実家の世話で、東京府下西多摩郡小宮村尋常高等小学校代用教員となって赴任する。月俸十一円。同村乙津に森屋りつの経営する雑貨店の奥座敷八畳を借りて自炊する。山奥の村には稀な女の先生ということで珍しがられ、当時非常に肥満したので「俵」とか「おまんじゅう」とかあだ名された。

明治四十二年　一九〇九　（二十四歳）

河井酔茗の主宰する「女子文壇」（明治三十八年一月創刊）を弟栄一より毎月送って貰い愛読する。和歌欄は佐佐木信綱選であったが、四十一年一月より「新派和歌欄」として与謝野晶子が選をするに及び、この年初めて短歌を投稿し一首掲載される。最初の筆名は「三ヶ島秋子」となっている。これより毎月「女子文壇」に短歌、書簡文、短文、散文詩など百篇を上廻る投書、又は後には依頼原稿も受けて発表した。最初の書簡文「炭を送る」が、臨時増刊「新作家」に入賞以来、入賞作は二十数種に達する。ペンネームは「芳子」など二、三変ったのもあるが、明治四十三年より本名「三ヶ島よし」又は「三ヶ島葭子」の名がほぼ定着している。

明治四十三年　一九一〇　（二十五歳）

これより先「明星」は四十一年に百号で廃刊されていたが、与謝野寛、晶子を中心とする新詩社は社中消息を伝える「常盤木」を四十二年創刊、葭子も熱心にこれをよむ。併せて明星廃刊後明治四十二年一月、新旧派いずれをも拒まず、歌壇の交流を意図して観潮楼歌会を起した森鷗外の意見実力を基盤として、「スバル」が刊行されたが、「スバル」は新派実力者のより所となって、まだ時代的魅力を充分にもち、一つのスバル時代を作った。葭子の心もその流れに当然おもむき、四十三年四月、「霞」十三首が「新詩社同人」として出ている。これ以後「スバル」発表の歌はすべて晶子の目を通ったものと思われる。三月、「創作」創刊。これも愛読する。四月、受持の生徒をつれて御嶽山に登る。この年八月、生母の実家のいとこ宮沢牧太肺病の為逝く。八月、大雨が続き小宮村はひどい水害を被った。仙台の岩崎歌より晶子の「佐保姫」「夢の華」などを借りて耽読する。

明治四十四年　一九一一　（二十六歳）

「スバル」に出す歌数愈々多く、大正二年十二月終刊まで四九九首を出している。九月、平塚らいてう等により女性だけの雑誌「青鞜」創刊。六月一日、四年ぶりで増俸月俸十二円。中川一政小宮村来訪。この年、准教員資格試験を受ける為準備する。

明治四十五年〔大正元年〕　一九一二　（二十七歳）

一月二十九日より青梅町（現青梅市）金剛寺の親戚に宿し、准教員資格試験を受けて合格。当時この資格試験を一度にパスする人はまれであったのでこの事が西多摩教育会の話題になった。三月、「青鞜」に入社。「スバル」「女子文壇」と並行し「青鞜」には最も多くの歌を発表した。大正五年二月終刊までに実に一〇一六首発表している。倉片寛一と文通始まる。「スバル」「三田文学」「人生と表現」等を愛読する。七月、岩崎歌より一葉全集を借りる。七月増俸。十三円。同月、明治天皇崩御。八月の休暇は船堀村の父母のもとに帰る。当時の家族は祖母、父、母、妹千代子、弟精一である。そのは小手指村の生母実家に預けられていた。八月二十一日、本郷蓬萊町万年山の青鞜社を訪れたが、面会日でなかった為誰にも会い得なかった。万葉集を買い読み耽る。八月二十六日、倉片寛一、友人と共に船堀村を訪問。九月十三日、倉片寛一小宮村訪問。この年より校長の河村与一とそりが合わず好遇されぬ為、勤務上悶々とすることが多い。歌に専念すると同時に創作に対する意欲も強く、その練習の為に日記をつけていた趣もある。

大正二年　一九一三（二十八歳）

八月、「女子文壇」終刊。改題後身「處女」創刊。これにも歌を発表する。原阿佐緒「涙痕」原田琴子「ふるえる花」出版。この頃より両人との手紙の往来がしきりである。十月、倉片寛一御嶽山遊行の途次小宮村に立寄る。十二月、「スバル」終刊。

大正三年　一九一四（二十九歳）

一月、倉片寛一と箱根に遊び、旧道を三島に出て加藤為子を訪れる。一月、「スバル」後身「我等」創刊。引きつづき参加。箱根より帰り辞職の意を申出るが校長は仲々承知しない。校長への当てつけに退職するごとき感じを村人に与えるからというのである。一月末、歌集をまとめようとして題を「眠の前」と内定し与謝野晶子に送ったが、これは出版の運びに至らなかった。村中に物議をかもした退職問題が漸く「校長の虐待の為に退職するにあらずして結婚の為なり」という覚書を書かされて解決し、退職できることになる。三月二十四日、卒業式。そのあと村人は森屋家を会場に村として送別会を催す。十一円余の反物と五円の酒肴料を記念に貰う。これは村として破格の餞別であった。三月二十五日、雨の中を離村。生徒は五日市まで送って万歳をとなえた。新宿に倉片寛一出迎える。同月下旬、倉片寛一と結婚。倉片氏は代々埼玉県所沢町にすむ。当時の一家は父作輔（四十九歳）母わぐり（四十六歳）叔母わか（四十四歳）夫寛一（二十七歳）弟千代司（二十歳）妹晶子（六歳）及び四代歴仕の老婢茂木ゆき。夫は東京電燈会社につとめていたがこの三月、一括整理にあい失職していた。倉片家は弟千代司の主宰するところで、所沢町御幸町七三四番地に小牧場を経営し牛乳搾取業をしていた。夫は退職金もあるので葭子をむかえた高田豊川町の家から、関西へ遊びにゆき、葭子は一時船堀村（松江村）へ帰る。船堀村はこの年、荒川大改修工事で船堀の土地一四〇ヘクタールが川底に沈む為、村は独立村を維持することが出来ず隣村の松江村と合併。船堀小学校はなくなったので、父寛太郎は校長の職を失い、五月官舎を出て近くの松江村上之《かみの》庭《にわ》東善寺（現江戸川区松江一―四―四）に一室を借りて移った。葭子は一人職を得ようとして上京桂庵などに当るが六月、妊娠を自覚し、兵庫県芦屋にいた倉片に知らせる。倉片は急遽帰京し、神田表猿楽町四番地長谷川砂糖店の二階四畳半に間借り同棲する（現千代田区神田神保町一—六四—三）。所沢の父母からは正式に結婚は許可されない。十一月、中川一政の斡旋により府下巣鴨村向原三二七四の巣鴨監獄前の同家裏の一軒家に転居した。（現豊島区東池袋四—三五、三六のあたり）家は六畳と四畳半。十二月二十八日、みなみ生れる。中川一政氏母堂に非常に世話になる。若山牧水夫婦、原阿佐緒、原田琴子、中村琢郎、黒田まゆみ等と往来が多く、夫の友人工藤信太郎、渡辺義知、伊藤弥太等来遊が多い。

大正四年　一九一五　（三十歳）

乳飲児をかかえての失職生活は容易ではなかったがこの年の創作意欲は強く、歌も「青鞜」等に多作し、短篇創作「途上」（處女四月号）「ある夜」（早稲田文学一一七号）「途上」（ホトトギス一月号）等次々に発表する。創作は中村星湖の指導を受けていた様である。十一月、「青鞜」の平塚らいてう発表の論文を縁として人生観ともいうべき一文を「青鞜」に載せた。夫の失職長く、生活は赤貧を極める。所沢の倉片の父母は孫の出生を見ると一変し、葭子を嫁として温かく遇する。十月、夫が大日本水産会（赤坂溜池三会堂内）に就職し、雑誌「水産界」を編輯する。一応生活の資は得たが失職時代の質入品の処理などに追われ生活は苦しい。十月二十五日、「女子文壇」の会合に出席。河井酔茗、岡本かの子などを識る。この年、弁護士川口庄蔵夫人邦子、牧師中村光斎、原田琴子、生田花世、今井邦子、杉浦翠子と親しく殊に川口夫人と屢々往来した。又中村俊雄（綺堂門下の劇作家）の来訪が多い。夫の友人遠藤孝三に原田琴子を媒酌する。

大正五年　一九一六（三十一歳）

一月一日、初めて夫の所沢の実家へゆく。四月二日、突然病む。みなみを所沢の舅姑にあずける。病気一応快癒するが、これより生涯薬餌を絶たなかった。この年、「青鞜」「處女」二月で終刊し、「詩歌」「新潮」などに出詠しているが作歌の方向に疑問をもち悶々とする。八月、実父寛太郎一家が松江村より、近くの西巣鴨一九三一（現南大塚三丁目あたり）に引越してくる。八月、原阿佐緒の招きにより養生のため、宮城県黒川郡宮床村（現宮城県黒川郡大和町八坊原）の阿佐緒邸におもむき、四十日滞在する。近くの山の深山温泉などにも行った。阿佐緒はこれより先「アララギ」に入会し、作歌を斎藤茂吉に見て貰い発表していたが阿佐緒に触発され島木赤彦に九月歌を添えて、入門の希望を依頼する。赤彦よりは「入会下され候はば他雑誌へは成るべく御出しなき事を祈り候……アララギに入ると否とは各人の自由に候へば右の点お考への上御決定苦しからず候……（後略）」という手紙を阿佐緒方で受けている。その前大正四年一月号「アララギ」に「郊外にて」短歌十八首を出しているがこれは入会以前の投書と思われる。十一月、みなみ帰京。

大正六年　一九一七（三十二歳）

一月十四日、「創作社」同人大会に出席。一月十八日、みなみ所沢へゆく。二月二十五日、夫の通勤の関係上麻布区谷町六三番地（現港区六本木一―三―一一）へ移転。五軒長屋の南はしで部屋は間口二間、七畳一間である。隣家の畠山重昌（保険協会主事）夫人、又近隣の中村中郎夫人と識り生涯付き合った。夫の同僚橋本徳壽と識る。三月、「東方時論」に「その頃のこと」発表。少女時代の病中、又その快癒後の女中奉公の様子が画かれている。これ以後創作意欲強く、習作があったが、何れも未発表に終った。四月、与謝野寛猩紅熱に罹り入院。見舞いにゆく。その後右肺に変調がある。七月二日、原阿佐緒と共に若山牧水夫妻を訪れる。「アララギ」に三月「槲の葉」十八首を掲載し、十月以降は毎月「アララギ」に掲載している（大正十年十月まで）その間赤彦より歌の佳品を喜んだ書簡が何通かある。九月十六日、島木赤彦を雑司ヶ谷亀原に訪う。十月八日、与謝野寛宅歌会へ出席。平野万里、茅野蕭々、水上滝太郎（阿部章蔵）、久保田万太郎、江南文三、茅野雅子等にあう。この年、夫の友人尾山篤二郎、中山雅吉、小川水明、越前翠村等と識る。

大正七年　一九一六　（三十三歳）

二月三日、創作を携えて神奈川県生麦に中村星湖を初めて訪う。同六日、茅野雅子発起の短歌会が与謝野晶子宅で開かれ出席。同九日、青山脳病院の「アララギ」短歌会へ出席。これより数ケ月健康で小説を書き、作歌し、家事を整理し子供と遊ぶ。六月、夫の友人工藤信太郎来て、油絵の葭子肖像画を画く。六月末、再び原阿佐緒の招きにより宮城県宮床村へ行く。石原純との恋愛問題に相談を受けた為である。八月、みなみ所沢へゆき、十一月帰る。

大正八年　一九一九　（三十四歳）

一月五日、与謝野寛宅歌会へ出席。同六日、根津神社内「アララギ」新年歌会へ出席。十三日、弟栄一中村氏といしを娶る。二月二十五日、夫、勤務先の同僚達と「どうなる会」（痛飲馬食の会）を起し、その第一回会合を葭子宅で行う。会員は橋本徳壽、中島俊雄、財前国生、小茂鳥豊三郎、有馬弥市等である。三月から「アララギ」に出詠する歌は自選することになる。所沢にいたみなみ三月十六日、帰京。三月十七日、初めて曙町の平塚らいてうを訪ねる。五月一日、与謝野寛、晶子を訪問、橘曙覧の硯を見せて貰う。橋本徳壽、中島俊雄屢々来訪。五月八日、谷町六三番地の家より表通りの五〇番地の二階家に引越す。（現港区六本木一—二—一四）南向きの三軒長屋の向って右側の家で間口二間、中は玄関二畳奥六畳、その奥に三畳（後板の間に直す）があり、二階は六畳であった。この家が終生の家となった。このアララギの歌赤彦に度々推奨を受ける。十二月十五日、浅草西光寺に松倉米吉三七日忌歌会にゆく。

大正九年　一九二〇　（三十五歳）

一月三十一日、夫水産新報社経営の為、大阪に下るにつき、携えて所沢へゆく。二月二日、夫下阪。飯山太平、中島俊雄、橋本徳壽、下田杢一等に見送られ、葭子は病弱のため独り東京に残る。三月二十九日、所沢へゆく。四月七日、四谷のさぬきやにアララギの会あり行く。石原純に原阿佐緒との問題につき相談を受けたい旨を促され、一緒に宮城県の阿佐緒の所へゆく事を頼まれ、大阪の夫に電報で許可を受け、四月十日、石原純とその娘と共に上野より三度宮床村に向う。四月頃、頻りに小説に没頭し、夫の分家にあった娘の自殺事件や、又実家の曽祖父日歌輪翁の碑文を父の家で写しとる事を主題とした短篇などに心をくだき数度書直したが、発表に至らなかった。五月四日、所沢行。姑、子供と共に初めて所沢の名所旧跡を歩く。同十五日、帰京。

七月、石原対原の問題解決のため夫上京。みなみ上京。十一月、原阿佐緒上京して葭子の家に同居する。十二月、石原純は相対性原理講演のため京都帝国大学に招かれたが、追行する筈であった阿佐緒が約を破ったため、石原は大阪に夫を訪い懇請したので、夫はこれに応えて葭子に対し阿佐緒を同伴すべしと打電してきた。そこで葭子は阿佐緒をつれて西下し、石原、原は三本木の信楽に、自分は夫の寓居（大阪市北区梅田の水産新報社の二階）に二週間滞在する。十二月、大晦日所沢へゆく。この年、小学新報社発行の「少女号」に一月より十二月まで一年間毎月十首ずつ少女向きの短歌を発表する。幼時の思い出、少女時代の回想歌が多い。

大正十年　一九二一　（三十六歳）

少女号にこの年引続き短歌を交えた少女向き読物を一年間掲載する。阿佐緒が二階住いをしている所へ石原純も来り同居する事になり、斎藤茂吉、古泉千樫、平福百穂等来訪者が多い。二月、「吾木香」を東雲堂書店より自費出版する。四七版で中川一政装幀、版は伊上凡骨の刻になる。序文原阿佐緒。内容は青煙集（自明治四十二年至大正三年一七一首）雑木集（自大正四年至大正九年三四四首、アララギ人会後の作が主）。計五一五首である。植字は実際には大阪の水産新報社の新聞活字を年少の文選工の高橋一義が拾ったが、あまりにルビの違いや誤字が多いので、誤字を嫌った葭子の意志で最初から七十数ヶ所の正誤表がつけてある。七月、石原対原の問題が都下の新聞紙上に論ぜられたので、九月、その真相の一部を記し阿佐緒のために弁じて「婦人公論」に公にした。これが島木赤彦の忌む所となり破門される。しかし形は「……御歌近頃より小生拝見してよきか如何かと思ひ居り今日にてはどうも責任を以て拝見の勇気出ず。此儀甚如何かと存じ候へば当分小生拝見の責を御免除下され度　お互に個性を尊重して考ふるゆゑ　容易に人のものへ手が出せぬ事に有之此処の心理御了解下され度願上候御歌稿同封御返し申上候」という手紙があり、結局内容は破門という事になる。この問題に関し斎藤茂吉は稍寛容な態度をとり、古泉千樫は最も同情的な態度をとっていたので、ここに転じて千樫の門に入った。千樫は葭子と同年齢である。九月十一日、田端大竜寺にて子規二十周年忌歌会に出席する。会するもの島木赤彦、斎藤茂吉、古泉千樫、森本富士雄、三ヶ島葭子、杉浦翠子、今井邦子等。この時の一首を以て「アララギ」に歌が出る事はなくなる。

大正十一年　一九二二　（三十七歳）

一月十三日、父寛太郎喘息のため死去。二月、心臓に故障を生じ、またラッセルがある。三月、房州保田靉日荘に石原純、原阿佐緒を訪う。四月、夫大阪より帰京。夫のあとより徳田冨野上京。この年は所属雑誌がないので出詠数は少ない。七月、再び保田に原阿佐緒を訪う。

大正十二年　一九二三　（三十八歳）

三月二十一日、三ヶ島村の父の墓に兄弟五人つれだって詣でる。五月、所沢にゆく。九月一日、関東大震災。難を麻布市兵衛町の草原、俗称お化屋敷（現スペイン大使館所在地）に逃れ三日露宿した。同三日、所沢の舅リヤカーに米、西瓜、蠟燭、又水を牛乳一斗缶に入れて救援にかけつけた。家は壁が少々落ちた程度で被害は少なかった。火災は谷町の谷地一帯を残し上手は大倉商業工高（現ホテルオークラ新館のところ）まで、また下手は溜池より福吉町通りまで焼け来り、葭子宅に二町あまりの所で鎮火した。（この辺は後太平洋戦争の空襲にも焼け残った。）夫は区内に避難した罹災者のために尽力し、又同志とはかって山谷町会を創始した。夫帝国水産会嘱託となる。震災後歌壇各誌もすぐ復旧するもの少なくこの年も出詠数は少ない。十月、三度保田に原阿佐緒を訪う。

大正十三年　一九二四　（三十九歳）

三月、夫芝葺手町一五に転居し、これより独居する。四月、「日光」創刊。師千樫に従って同人となりそれ以後同誌上に作歌を載せる。八月中旬、軽微な脳出血を起し右半身不随となる。偶々みなみが夏季休暇で滞在中であった。この朝、急に舌がもつれ手がきかなくなったので、強いて身を起して二町ほどの杉原医師のもとにみなみに手を引かれてゆく。医師より安静を命ぜられ約三ケ月間臥床する。このため文字も全く書けなくなり口もほとんどきけず、作歌は自ら中止する。夫のはからいによりみなみは所沢小学校より麻布区麻仲小学校に転校し、朝と下校後は葭子の家にいて用事を足す。心臓もずっと悪く、人のすすめによって日課に松の生葉をかんだりした。十一月初旬、ようやく歌作を初めたが、文字はまだ不明であった。十二月、病が落着いたのでみなみは所沢小学校へ復校した。

大正十四年　一九二五　（四十歳）

一月、親友遠藤琴子甲斐万沢村で逝去。異母妹千代子が葭子の看病をかねて同居し、四月、虹児を分娩した。三月、三ヶ島家では弟栄一が逝去したが、葭子と同腹で非常にたよりあっていたので、近親はその激動をおそれて秘した。四月初旬、夫帝国水産会を辞して下旬大日本水産会の嘱託となる。この一年にも「日光」に病後吟を少しずつ出す。七月、千代子去る。

大正十五年〔昭和元年〕　一九二六　（四十一歳）

胸に変調がある。師古泉千樫橋本徳壽と同道慰問された。千樫は原阿佐緒と親しかった関係もあり葭子は師弟関係以前より親近感深く、殊に「日光」同人となってからは歌作上非常に深く信頼されていた。五月、同門十二名と共に師千樫のもとに「青垣会」をむすんだが、月並例会には出席することが出来なかった。夏に入り次第に快癒し一時薬をたち歌境もすすみ筆札も洗練され復調してきたので、この年の諸誌への発表歌は三七〇首を超える。八月、みなみ上京。

昭和二年　一九二七　（四十二歳）

元日より継続して三日間多量に喀血した。二月、所沢の義弟千代司が町田つるを娶り、月末に新夫婦が携えて上京したので非常に喜ぶ。三月十七日、橋本徳壽大熊長次郎を伴って来訪。健康は余程持直したように見えた。三月十七日、夫、春日信市（後の大日本水産会副会長）の後援を得て日本水政新聞を発行。三会堂裏の溜池ビルの一室を借りる。三月二十四日、五日はみなみが埼玉県立川越高等女学校の入学試験を終えて上京する手筈になっていたが、それを待たず二十五日午前十一時頃、脳出血再発、玄関二畳と六畳にまたがって昏倒した。偶々夫の使いで水産会から来た小使の山本某が発見したので、早速葭子が信頼していた不破医師の治療を受けたが終に一語も発せず、又注射の効もなかった。午後、みなみが祖父と同道かけつけて「入学試験は合格した」と報じたがただうなずくのみであった。夜に入り右手に握っている呼鈴を幾度も押した。二十六日午前十一時にやや意識を回復して、何か云いたそうな様子であったので紙と筆を持たせた所、「シホユ」と書き一休みして「ノミタイ」と書いたので塩湯を飲ませたが殆んど飲めず、そのまま十一時三十分瞑目した。橋本徳壽来り万端世話をする。夜古泉千樫夫人来る。二十七日、市外狼谷火葬場で荼毘に附す。三ヶ島一郎、倉片晶子、中川一政、橋本徳壽送る。出棺後七時すぎようやく原阿佐緒が来た。四月二日午後二時、霊南坂教会で小崎道雄司会のもとに基督教により告別式を行う。古泉千樫夫人初め河井酔茗、阪井久良岐、中村星湖、矢代東村、四海民蔵、大槻憲三、村野次郎、生田花世、今井邦子、杉浦翠子、中河幹子、又青垣会員一同、その他一般からは田川大吉郎、粕谷義三、鈴木英雄、岡村金太郎等が弔問された。式場では阪井久良岐が「三ヶ島の葭子のよめる歌一首この天地にとどまらばよし」の歌を二度朗読した。日光社より花輪を贈られる。この間橋本徳壽、中村中郎、松元啓等が斡旋に努めた。「日光」六月号は葭子追悼録を附して発刊。古泉千樫、中村琢郎、中川一政等が執筆した。七月三日、百ヵ日に当り親戚故旧が埼玉県所沢町実蔵院に集まり、法要遺骨を倉片氏先塋に納める。水町京子、大熊長次郎等参会される。法名を浄貞妙芳大姉という。八月十一日、師古泉千樫逝去。十一月、「青垣」第一号を「古泉千樫追悼号」として創刊。

昭和三年　一九二八（没後一年）

三月一日、一周忌法要を実蔵院にて営む。

昭和六年　一九三一　（没後四年）

十一月、改造社現代短歌全集第二十巻中に三ヶ島葭子集刊行。これは葭子の没後大熊長次郎及びその協力者によって聚集された五六九首と「吾木香」の中より三二〇首を橋本徳壽が選抜収録したものである。作風を紹介する長文と略年譜が添えてある。

昭和九年　一九三四　（没後七年）

三月、「青垣叢書」第九篇として三ヶ島葭子全歌集出版。立命館出版部。序斎藤茂吉、古泉千樫、写真三葉、短冊手紙等四葉、年譜、編輯後記橋本徳壽。歌は明治四十二年より昭和二年に至る既発表歌約二千首、未発表歌約千首である。

昭和二十三年　一九四八　（没後二十一年）

創元社より創元選書として「三ヶ島葭子歌集」出版。橋本徳壽、倉片みなみ選にて八〇〇首を選する。長文の橋本徳壽解説、倉片みなみ編年譜がある。

昭和三十三年　一九五八　（没後三十一年）

十一月八日、所沢市宮本町の神明社境内に歌碑が建設される。

昭和四十年　一九六五　（没後三十八年）

吉屋信子著「ある女人像―近代女流歌人伝―」中「三ヶ島葭子の一生」（新潮社）出版。

昭和五十一年　一九七六　（没後四十九年）

「明日香」同人川合千鶴子、枡本良、福原滉子、成瀬晶子共著「三ヶ島葭子研究」（古川書房）出版。

昭和五十五年　一九八〇　（没後五十三年）

「三ヶ島葭子日記」上、下巻（至芸出版社）出版。編者倉片みなみ。

昭和五十七年　一九八二　（没後五十五年）

「三ヶ島葭子往復書簡抄」（至芸出版社）出版。編者倉片みなみ。

昭和六十一年　一九八六　（没後五十九年）

「短歌現代」四月号にて「特集・生誕百年の歌人」。三ヶ島葭子について、藤岡武雄（総論）・川合千鶴子が執筆。六月、福本武久著「地の歌人三ヶ島葭子」（新潮社）出版。九月、所沢市三ヶ島中氷川神社に第二歌碑建立。新版「吾木香」刊行。発行者調まどか。

昭和六十二年　一九八七　（没後六十年）

生誕百年を記念して命日を「吾木香忌」とす。以後毎年順次分冊全歌集を一巻ずつ刊行。（第四巻まで刊行。未完。）又「葭子慕情」、原阿佐緒宛書簡集「生けるものの悲しみ」刊行。調まどか、倉片みなみ編。三ヶ島葭子賞設立、公募。

昭和六十三年　一九八八　（没後六十一年）

「短歌」十月号にて「特集・三ヶ島葭子の世界」。長沢美津・倉片みなみ・田井安曇・篠弘・武川忠一・伊藤一彦・大西民子・秋山佐和子ら二十一名が執筆。川合千鶴子の略年譜、倉片みなみによる百首選がある。なお巻頭には、十数葉の写真を掲載。

平成二年　一九九〇　（没後六十三年）

「三ヶ島葭子歌集」（劇元選書版）を中川一政筆の装釘で短歌新聞社より復刻。木俣修著「悲恋の歌人たち」（北辰堂）再刊。

平成三年　一九九一　（没後六十四年）

三月二十四日、吾木香忌を期して、生地所沢で「三ヶ島葭子の会」発足。発起人斎藤修治、長沢美津、川合千鶴子、石黒清介、大河原惇行、田井安曇、村田あい子、山畑武雄、野稗の会、吾木香の会、所沢短歌連盟以下二十七名、三団体。神明会館に一二〇名参集。九月二十九日、所沢市内で「葭子をしのぶ故郷めぐり」パートI行われる。八十名参加。

平成四年　一九九二　（没後六十五年）

三月二十九日、第七回吾木香忌。新たに第一回「葭子短歌賞」設定による入賞者発表及表彰式。百余名参加。

※これ以後は、新版三ヶ島葭子全歌集刊行委員会により記載。なお、それ以前の箇所に若干の挿入と補整を行った。

十一月、「三ヶ島葭子をしのぶ西多摩の旅」（三ヶ島葭子の会）実施。大型バスにて、小宮小学校・下宿先森屋家・生母の実家岩走神社等を訪問。倉片みなみ・大河原惇行・田井安曇・斎藤修治・秋山佐和子・久保田登他。

平成五年　一九九三（没後六十六年）

三月、短歌新聞社より『定本三ヶ島葭子全歌集』（編・倉片みなみ、序文・長沢美津、解説・田井安曇、野稗叢書）刊行。十一月、埼玉歌人会短歌大会にて倉片みなみ講演（三ヶ島葭子のこと）。

平成六年　一九九四（没後六十七年）

一月、大原富枝『今日ある命―小説・歌人三ヶ島葭子の生涯』（講談社）刊。三月、『三ヶ島葭子』所沢市教育委員会より刊行。以後十年毎に同書Ⅱ、Ⅲを刊行。五月、三ヶ島葭子資料室開設（所沢市三ヶ島公民館内）。三ヶ島葭子の会主催による大原富枝記念講演（三ヶ島葭子について）、所沢市関係者・遺族・三ヶ島葭子の会大河原惇行他多数出席。（平成六年度の来館者三千五百二十八名）倉片みなみ・小暮晴彦（葭子遠縁）より、新たな葭子資料の寄贈。三ヶ島糸（左卜全夫人）より左卜全資料の寄贈。六月、若き日の三ヶ島葭子について秋山佐和子講演（三ヶ島公民館）。

平成七年　一九九五（没後六十八年）

四月、「三ヶ島葭子の娘、倉片みなみが語る三ヶ島葭子の一生」（三ヶ島公民館発行冊子）。

平成八年　一九九六　（没後六十九年）

一月、金子朝子講演（大正という時代と三ヶ島葭子の生き方／所沢市女性センター）。四月、吾木香忌にて「アララギ」の女性歌人葭子の短歌について三宅奈緒子講演（三ヶ島公民館）。

平成九年　一九九七　（没後七十年）

一月、金子朝子講演（三ヶ島葭子と同時代の女性たち）、久保田登講演（小宮時代の三ヶ島葭子／所沢市女性センター）。四月、吾木香忌にて田井安曇講演（石川啄木と三ヶ島葭子）。九月、国際日本文化研究センター（京都市）の共同研究にて秋山佐和子「書く女―三ヶ島葭子」を発表。

平成十年　一九九八　（没後七十一年）

四月、吾木香忌にて葭子の所沢の歌について座談会（大河原惇行・柴田藍・高木ユキ・西沢光子他）。九月、第一回三ヶ島葭子資料室講演会（三ヶ島葭子と原阿佐緒、田井安曇）。以後、毎年歌人・識者による講演会実施（令和二年度は、新型コロナ感染拡大のため中止）。

平成十一年　一九九九　（没後七十二年）

四月、吾木香忌にて「三ヶ島葭子の眠る歌について」講演、小暮晴彦。五月、短歌新聞社文庫『吾木香』（解説・田井安曇）刊。九月、資料室講演（原阿佐緒の短歌の世界、扇畑利枝）。同月、『田井安曇著作集』第6巻（不識書院）刊。葭子についての評伝・論考等を含む。

平成十二年　二〇〇〇　（没後七十三年）

一月、所沢市女性センターにて講演会（三ヶ島葭子と平塚らいてう、秋山佐和子。四月、吾木香忌にて大河原惇行講演（三ヶ島葭子短歌を読む）。六月、「短歌現代」六月号小特集「三ヶ島葭子の歌」に川合千鶴子・田井安曇・柴田藍・新津澄子執筆。九月、大河原惇行・田井安曇対談（葭子晩年の短歌）。十一月、『三ヶ島葭子全創作文集』秋山佐和子編著（ながらみ書房）刊。

平成十三年　二〇〇一（没後七十四年）

二月、NHK教育テレビ「NHK人間講座」で葭子の生涯を紹介（道浦母都子）。四月、吾木香忌にて秋山佐和子講演（『三ヶ島葭子全創作文集』を編んで）。五月、倉片みなみ逝去（八十六歳）。倉片備（みなみ異母弟）より資料寄贈。九月、三ヶ島葭子資料室だより「われもこう」の第一号発行。以後毎年二回発行（関谷英雄他）、今日に至る。同月、資料室鼎談「葭子の歌」（大河原惇行・田井安曇・村永大和）。

平成十四年　二〇〇二（没後七十五年）

四月、吾木香忌にて村永大和講演（近代文学の中に読む葭子）。八月、評伝『歌ひつくさばゆるされむかも　歌人三ヶ島葭子の生涯』秋山佐和子著（TBSブリタニカ）刊。翌年、同書が「第一回日本歌人クラブ評論賞」を受賞。九月、資料室講演（一医師が読んだ三ヶ島葭子日記、稲垣卓）。十月、久保田登講演（歌人・三ヶ島葭子の生涯／あきる野市寿大学）。

平成十五年　二〇〇三（没後七十六年）

三月、『倉片みなみ歌集』田井安曇編（短歌新聞社）刊。四月、吾木香忌にて小野勝美講演（三ヶ島葭子の世界）。七月、歌誌「玉ゆら」が創刊され、編集発行人秋山佐和子が、「三ヶ島葭子新資料」を連載開始、現在に至る。九月、資料室講演（私がみた歌人・三ヶ島葭子―初期の歌を中心に、沢口芙美）。

平成十六年　二〇〇四（没後七十七年）

吾木香忌にて内藤明講演（三ヶ島葭子を

めぐって)。九月、『三ヶ島葭子Ⅱ』(所沢市教育委員会)刊。十月、資料室講演(三ヶ島葭子の散文世界、松本鶴雄)。

平成十七年　二〇〇五　(没後七十八年)

二月、秋山佐和子講演(三ヶ島葭子の生き方／国立女性教育会館)。四月、吾木香忌にて大河原惇行講演(三ヶ島葭子の花の歌)。九月、資料室講演(学生時代の三ヶ島葭子、義煎房江)。

平成十八年　二〇〇六　(没後七十九年)

四月、吾木香忌にて川合千鶴子講演(三ヶ島葭子作品)。十月、資料室鼎談「現代三女流が語る三ヶ島葭子」(平林静代・沖ななも・さいとうなおこ)。

平成十九年　二〇〇七　(没後八十年)

この年、三ヶ島葭子資料室での市民ボランティア解説会開始。四月、吾木香忌にて伊藤光冨久講演(石原純の歌と物理学)。八月、あきる野市中央図書館開館記念行事として三ヶ島葭子・南洋一郎展開催。十月、資料室鼎談「現代短歌と三ヶ島葭子」(東直子・佐藤弓生・松村由利子)。

平成二十年　二〇〇八　(没後八十一年)

四月、吾木香忌にて秋山佐和子講演(三ヶ島葭子と原阿佐緒―歌の同行者)。十月、資料室鼎談「男から見た三ヶ島葭子」(黒瀬珂瀾・奥田亡羊・目黒哲朗)。

平成二十一年　二〇〇九　(没後八十二年)

三月、あきる野市小宮地区の人々により第三歌碑建立(あきる野市乙津、徳雲院境内)。十五日、除幕式。四月、吾木香忌にて久保田登講演(縁百年―三ヶ島葭子と小宮村)。十月、徳雲院にて、秋山佐和子講演(三ヶ島葭子の小宮時代)。同月、資料室講演(三ヶ島葭子の生き方、沖ななも)。

平成二十二年　二〇一〇　(没後八十三年)

一月、北原東代『響きあう白秋』（短歌新聞社）刊、三ヶ島葭子の一項あり。四月、吾木香忌にて小暮晴彦講演（葭子とト全）。九月、あきる野市寿大学秋川校にて「三ヶ島葭子の人と作品」講演会、秋山佐和子。翌年九月には、同五日市校でも同内容にて開催。九月、資料室講演（晶子と葭子　その思想と暮らし、松村由利子）。

平成二十三年　二〇一一（没後八十四年）

四月、吾木香忌にて大河原惇行講演（啄木の歌葭子の歌）。七月、三宅奈緒子著『アララギ女性歌人十人』（短歌新聞社）刊。十月、市民劇団き楽座により「われのまだ見ぬ人の恋しき」公演（あきる野市ふれあいホール）。十月、資料室講演（三ヶ島葭子をめぐる男性歌人たち、奥田亡羊）。

平成二十四年　二〇一二（没後八十五年）

三月、小宮小学校百三十八年の歴史を閉じる。四月、吾木香忌にて田井安曇・大河原惇行対談。同月、秋山佐和子著『原阿佐緒　うつし世に女と生れて』（ミネルヴァ書房）が刊行され、第八回平塚らいてう賞受賞（「青鞜」と関わった歌人原阿佐緒と三ヶ島葭子）。九月、資料室講演（三ヶ島葭子の祈りの言葉、東直子）。

平成二十五年　二〇一三（没後八十六年）

二月、所沢市女性センターにて大河原惇行・黒津三枝子対談。四月、吾木香忌にてき楽座公演。大河原惇行講演（花の歌から）及び、所沢市中央公民館にて日大芸術部学生による朗読・舞踏のコラボレーション。九月、資料室講演（青鞜の歌人、三ヶ島葭子と原阿佐緒、秋山佐和子）。

平成二十六年　二〇一四（没後八十七年）

四月、三ヶ島葭子著、秋山佐和子編『少女おもひで草―「少女号」の歌と物語』（角川書店）刊行。吾木香忌にてパネルディスカッション「葭子の明治四十四年の歌から」（大河原惇行他）。十一月、『三ヶ島葭子Ⅲ花おりおり』刊（所沢市教育委員会）。資料室講演（三ヶ島葭子花おりおり、大河原惇行、花の解説・吉野貴子）。この年、所沢市ふるさと研究秋季企画「三ヶ島葭子の文学と日々」開催。

平成二十七年　二〇一五　（没後八十八年）

四月、吾木香忌にて葭子資料室解説員による『三ヶ島葭子Ⅲ花おりおり』の解説。十月、資料室対談「生に寄り添う花々」（大河原惇行・平林静代）。

平成二十八年　二〇一六　（没後八十九年）

四月、吾木香忌にて秋山佐和子講演（三ヶ島葭子と所沢）。九月、資料室講演（子どもを詠む―歌人・三ヶ島葭子の母の心、池田はるみ）。

平成二十九年／令和元年　二〇一七　（没後九十年）

三月、小冊子「あきる野歌碑めぐり」発行（併せて、あきる野市広報にて葭子他紹介）。九月、資料室講演（三ヶ島葭子いのちの賛歌、久保田登）。十一月、日本歌人クラブ甲信越ブロック大会にて久保田登講演（歌の縁―三ヶ島葭子の歌の変遷）。

平成三十年　二〇一八　（没後九十一年）

四月、吾木香忌にて秋山佐和子講演（葭子―理系女子の歌）。九月、資料室講演（リアリスト三ヶ島葭子と「少女の日のおもひで」、佐伯裕子）

平成三十一年〈令和元年〉　二〇一九　（没後九十二年）

五月、吾木香忌にて久保田登講演（葭子の歌とところどころ）。九月、資料室講演（三ヶ島葭子　その時代のリアル、生活のリアル、藤原龍一郎）。十一月、所沢市図書館狭山ヶ丘分館講演（歌人三ヶ島葭子　逆境における生き方、さいとうなおこ）。

令和二年　二〇二〇（没後九十三年）
二月、所沢市生涯学習情報紙に六回にわたり葭子の短歌紹介。新型コロナ流行により吾木香忌及び資料室講演を中止。

令和三年　二〇二一（没後九十四年）
一月、資料室講演（三ヶ島葭子の祈り、秋山佐和子）。五月、三ヶ島葭子の会解散。葭子短歌賞の現選者及び葭子資料室運営協議会委員脇晴代からなる全歌集刊行委員会を組織し、『三ヶ島葭子全歌集』の文庫版化を企図する。角川文化振興財団より刊行後、本書を所沢市へ寄贈することを決める。因みに葭子の会は、平成四年より毎年講演会と共に短歌コンクールを実施。選者大河原惇行・田井安曇・倉片みなみ・川合千鶴子・村田あい子・峰山田鶴子・秋山佐和子・伊藤光冨久・久保田登・さいとうなおこ等、事務局渡辺和佐子・柴田藍・田中陽子・江幡文代。

令和四年　二〇二二（没後九十五年）
三月、所沢市生涯学習情報紙「翔びたつひろば」にて三ヶ島葭子資料室紹介。九月、資料室講演（浪漫派の葭子・写実派の葭子、沖ななも）。同月、あきる野市寿大学秋川校講演（小宮時代の三ヶ島葭子、久保田登）。十月、同様の講演会を五日市校にて開催。

令和五年　二〇二三（没後九十六年）
五月、所沢市北野天神にて「左卜全展」開催（左卜全の会）。十一月、角川文化振興財団より『新版三ヶ島葭子全歌集』刊行。

※平成四年半ば以降の記録は、三ヶ島葭子の会だより・所沢市三ヶ島葭子資料室関係他の資料をもとに、葭子に関わる諸事項を加えて記載した。なお資料室とあるのは、総て同資料室のことである。

掲載誌別発表一覧（資料確認のもののみ）

女子文壇	一六一首
處女（女子文壇改題）	六四首
スバル	四九九首
我等（スバル後身）	一五四首
青鞜	一〇一六首
創作	一〇四首
アララギ	五三九首
日光	四一一首
少女号	二三一首
微光	六三首
早稲田文学	九〇首
文章世界	五五首
秀才文壇	四七首
反響	四三首
コスモス	一二首
仮面	二七首
帝国文学	五二首
心の花	二六首
創造	四六首
新潮	六六首
潮音	一二首
詩歌	三五首
銀磬	一首
第三帝国	二一首

女の世界	二六首
ビアトリス	四八首
才媛文壇	一〇首
嬰児	一六首
短歌雑誌	一四五首
女性同盟	二〇首
行人	二二首
とねりこ（秦皮）	二〇首
水松樹	一六首
玄土	一六首
常春	二五首
婦人之友	二五首
短歌	三二首
文章倶楽部	一二首
ごぎやう	八首
主婦之友	二〇首

新思潮	一〇首
高原芸術	一五首
匙	一二首
婦人公論	三一首
純文学	二首
少女文芸	四〇首
荘内文学	五首
真人	九首
詩歌時代	七首
草の実	一〇首
氾濫	五首
近代風景	七首
日日マガジン	一〇首
週刊朝日	一〇首
新評論	二六首

初句索引

凡例

・全短歌作品初句を現代かなづかいで読み50音順に配列した。
・ただし助詞「は」「へ」「を」はそのままの位置に置いた。
・初句同一のものに限って二句を示したが、三句には及んでいない。
・重出も略さず録した。

《あ》

《い》

《う》

《か》

《き》

《け》

《こ》

《さ》

《す》

《せ》

《そ》

《ち》

《つ》

《な》

《に》

《ぬ》

《ね》

《の》

《ふ》

《む》

《め》

《ゆ》

《よ》

あとがき

これまで「三ヶ島葭子全歌集」となっているのは、昭和九年（一九三四）「青垣叢書」の立命館出版部刊と、平成五年（一九九三）短歌新聞社刊の『定本三ヶ島葭子全歌集』二冊です。昭和の旧全歌集はもちろんですが、先輩の歌人の方々が大変な労力と情熱を注いで作られた平成の「定本」も現在手に入りにくく、葭子の歌を知るためのネックになっていました。

この本のはじめにありますす経緯で平成三年（一九九一）に発足いたしました「三ヶ島葭子の会」の活動も、令和三年（二〇二一）五月の総会をもって解散となり、惜しまれつつ長い歴史を閉じることとなりました。その折、葭子の遺児、故倉片みなみ氏からいただいていた葭子顕彰のための寄金をこれまで大切に残しておりましたので、今こそ活用し、『定本三ヶ島葭子全歌集』を復刻してはどうかという企画が出され、了承されました。

このたび、『新版三ヶ島葭子全歌集』（文庫版）としての刊行にようやく至りましたことは、これまで「三ヶ島葭子の会」を支えてくださいました多くの方々のおかげです。心より感謝申し上げます。

全歌集の復刻にあたって、まず刊行委員会を組織し、葭子の生地、所沢市に新たに拠点を移された角川文化振興財団に刊行をお願いいたしました。細部にわたる復刻の労を取っていただき、ありがとうございます。また、所沢市教育委員会文化財保護課ふるさと研究グループ、所沢市三ヶ島葭子資料室にはさまざまなご協力をいただきました。記してお礼申し上げます。

最後に、定本の年譜（倉片みなみ編）に続き、平成四年半ば以後の事項を加えることにいたしましたが、何分、急遽狭い範囲で記事を集めましたので、欠落や不備があると思います。そのような場合は次の機会に改めて加えたく、どうかお許しくださいますようお願い申し上げます。

この全歌集出版によって三ヶ島葭子の歌がさらに多くの読者を得られますように祈っております。

二〇二三年　五月

新版三ヶ島葭子全歌集刊行委員会
大河原惇行　秋山佐和子　伊藤光冨久
久保田 登　脇 晴代　さいとうなおこ

新版　三ヶ島葭子全歌集

初版発行　2023年11月27日

著　者　三ヶ島葭子
編　者　新版三ヶ島葭子全歌集刊行委員会
発行者　石川一郎
発　行　公益財団法人 角川文化振興財団
〒359-0023 埼玉県所沢市東所沢和田 3-31-3
ところざわサクラタウン 角川武蔵野ミュージアム
電話 050-1742-0634
https://www.kadokawa-zaidan.or.jp/
発　売　株式会社 KADOKAWA
〒102-8177 東京都千代田区富士見 2-13-3
電話 0570-002-301（ナビダイヤル）
https://www.kadokawa.co.jp/
印刷製本　中央精版印刷株式会社

Printed in Japan ISBN978-4-04-884463-5 C0092